(Consulter la Couverture)

1917

METZ

ET

THIONVILLE

SOUS CHARLES-QUINT

PAR

CH. RAHLENBECK

BRUXELLES

M. WEISSENBRUCH, IMPRIMEUR DU ROI

45, RUE DU POINÇON, 45

1881

C. KLINCKSIECK

LIBRAIRE DE L'INSTITUT DE FRANCE.

METZ ET THIONVILLE

SOUS CHARLES-QUINT

METZ

ET

THIONVILLE

SOUS CHARLES-QUINT

PAR

CH. RAHLENBECK

———— •◄►• ————

BRUXELLES

M. WEISSENBRUCH, IMPRIMEUR DU ROI

45, RUE DU POINÇON, 45

——

1880

INTRODUCTION

METZ ET THIONVILLE

SOUS CHARLES-QUINT

INTRODUCTION

Il y a, dans les vastes champs de l'histoire, de ces sujets qu'on tourne, qu'on retourne, auxquels on revient sans cesse sans les épuiser jamais. Leur nombre est grand et, malgré les progrès de la science, il n'est pas près de diminuer. Voilà trois cents ans qu'on se demande s'il y a eu une république messine, s'il est vrai que les grandes familles de Metz ont vendu leur ville à la France, s'il est démontré que l'évêque de Lenoncourt ait été leur complice? D'ordinaire, on répond affirmativement à ces questions. Quant à nous, nous ne pouvons nous y résoudre. L'impartialité réclame un effort plus grand. Il ne s'agit point ici de se contenter des sources banales; il faut en rechercher, en découvrir, si possible, de nouvelles et, quand on a fini par les rencontrer, ne s'en servir qu'après les avoir soumises à un contrôle sévère, à un examen consciencieux. Cela prend beaucoup de temps, il est vrai, mais c'est le seul moyen de faire mieux que ses devanciers, d'arriver à rétablir la vérité tout entière, sans ombre et sans voiles.

Avons-nous eu cette chance? Nous n'osons le prétendre; il est certain, toutefois, que notre livre ne ressemble en rien à tous ceux où l'on s'occupe des vicissitudes des villes de Metz et de Thionville au XVIe siècle. Il s'appuie sur l'histoire des Pays-Bas, dont la connaissance approfondie manque, en général, tout aussi bien aux Allemands qu'aux Français, et nous croyons ne pas nous tromper en disant que personne, jusqu'ici, ne s'était avisé de considérer les annales du pays messin, et plus particulièrement de la cité de Metz, du haut des remparts de Thionville et de Luxembourg. Cela était indiqué cependant par l'excellente raison que ces deux villes belges avaient, dès le XIVe siècle, reçu de l'Empire la mission de surveiller et de défendre, au besoin, la Lorraine et les trois évêchés. Nous sommes parti de là et nous avons pu ainsi combler certaines lacunes, avoir le mot de plus d'un mystère.

Longtemps avant de mettre la main à la plume, nous avions lu et relu tout ce qui a été écrit sur ce qui s'est passé à Metz avant, pendant et immédiatement après son mémorable siège par Charles-Quint, et nous avouons qu'avec la meilleure volonté du monde nous n'étions pas parvenu à voir clair dans cette lutte à la fois politique, sociale et religieuse, suivie d'un changement de nationalité. Il est vrai que, comme d'habitude en pareille rencontre, les vainqueurs avaient eu soin d'étouffer les plaintes et les réclamations des vaincus, d'écarter ou de détruire tous les témoignages fâcheux se rapportant à eux-mêmes. Déjouer ces calculs, rendre ces précautions inutiles en remplaçant la légende par l'histoire, en faisant briller de nouveau la lumière sur laquelle on avait soufflé en croyant bien l'éteindre à tout jamais, tel a été le but que nous nous sommes proposé.

C'est pourquoi nous avons voulu savoir comment et pourquoi Charles-Quint, ce grand prince dans les États duquel le soleil ne se couchait jamais, dont l'orgueil non satisfait avait pris pour emblème les deux colonnes d'Hercule, en était venu à perdre une ville qu'à la diète d'Augsbourg de 1559 l'envoyé du duc Christophe de Wurtemberg qualifiait si juste-

ment « de principal boulevard du Saint-Empire du
côté de l'Occident ».

C'est pourquoi encore nous avons cherché à connaître les raisons pour lesquelles le tout-puissant
empereur n'avait pas mieux profité des troubles inté-
rieurs de la France pour réparer le rude échec
éprouvé par ses armes sous les murs de Metz.

On sait que le Charles-Quint évoqué par Robertson
a été démoli par l'Américain Prescott, qui s'est surtout servi des papiers d'État du grand empereur,
réunis et publiés par le Dr Lanz. Cela nous a conduit
à nous dire que Bruxelles, dont Charles-Quint avait
fait sa résidence préférée jusqu'au jour de son abdication, où le Dr Lanz avait rencontré les documents
les plus importants, les plus décisifs, devait nous
offrir des sources nouvelles d'information depuis
les restitutions d'archives faites par l'Autriche, et
que c'était là sans doute que nous rencontrerions,
dans les rapports officiels venus de Thionville et de
Luxembourg, la lumière qui fait défaut, la vérité qui
manque encore.

Nous n'avons pas tardé à reconnaître que l'inspi-
ration était bonne, et nous nous sommes mis à
fouiller dans les vieux papiers avec cette persévé-
rance que connaissent seulement ceux qui ont l'habitude ou la passion des études historiques, qui savent

par expérience le bon accueil fait aux Archives
générales de Belgique à tout travailleur sérieux,
fût-il un généalogiste.

Puisque nous y sommes, disons un mot, en passant, de ce riche dépôt d'archives. On l'a logé dans
une véritable grange, quand il lui faudrait, pour
répondre à son importance, si universellement
reconnue, un vaste et somptueux palais. Il en résulte
que les prévenances des archivistes de Bruxelles
n'arrivent pas, à beaucoup près, à compenser les
inconvénients de l'hospitalité qu'ils sont à même
d'offrir. On ne fait que passer chez eux; on ne s'y
arrête pas, à moins, toutefois, d'arriver tout exprès
d'Amérique comme Motley, de Berlin comme Léo-
pold Ranke. Mais la concurrence d'illustres savants
n'est pas à craindre pour les simples pionniers de
l'histoire. Leurs études embrassent d'habitude toute
une époque, une phase entière de la civilisation
moderne. Il s'ensuit qu'ils regardent de haut, ne
s'attachent qu'aux points saillants de l'histoire politique, et que, pour l'étude et la critique des faits
accessoires ou secondaires, il reste encore, après
eux, dans les collections de la rue de la Paille,
comme ailleurs, énormément à trouver, à glaner.

Notre livre fera son possible pour en fournir la
preuve. Nos recherches n'ont pas été tout à fait sté-

riles. Nous avons introduit dans le drame du passé
quelques faits et quelques personnages nouveaux ;
nous croyons même avoir prouvé, grâce à eux, que
l'histoire de l'antique cité impériale de Metz et
celle de l'ancienne ville belge de Thionville sont à
refaire, tout au moins en ce qui concerne leur premier changement de nationalité au XVIᵉ siècle.

Et, d'abord, en voici la grande, la principale
raison. Si l'on veut, en histoire, marcher droit et
atteindre sûrement son but, il faut, avant de se
mettre en route avec tout son bagage, sonder le terrain qu'on va avoir à parcourir, s'assurer de sa
solidité. C'est ce que, la plupart du temps, ceux qui
ont écrit sur Metz ou sur Thionville ont négligé de
faire. Ils avaient autrefois une bonne excuse à mettre
en avant : l'état de la science historique, le manque
général de méthode, la rareté des sources à consulter.
Cette défaite n'existe plus, et, cependant, combien en
est-il pour lesquels les idées fécondes qui ont renouvelé l'érudition dans toutes ses parties et dans tous
les sens sont comme non avenues ! Certes, il faut
rendre hommage au courage, au zèle et à la patience
des Bénédictins de la congrégation de Saint-Maur et
des Pères bollandistes ; mais ni leur point de vue, ni
leurs procédés ne sont plus les nôtres.

Si l'on est dans le cas de les consulter, il convient

de se dire que c'est l'idée religieuse seule qui les inspire, les soutient, les absorbe si bien, qu'ils ne voient rien au delà. Leurs travaux ne conservent donc, si grande qu'elle soit, qu'une valeur relative et spéciale. Il en est de même des volumineux travaux des Bénédictins de Saint-Vanne concernant Metz, de dom Calmet sur la Lorraine et du P. Berthollet sur le Luxembourg. C'est en s'appuyant sur eux qu'on a inventé la république messine, qui, à vrai dire, n'a jamais existé [1].

La liberté relative des Messins, comme celle des Tréviriens du moyen âge, ne signifie, comme dans les autres cités épiscopales du Saint-Empire, que l'alliance des forces féodales et populaires contre le pouvoir ecclésiastique, amenant celui-ci soit à composition, soit à une abdication à peu près complète qui n'a nullement constitué l'égalité des droits pour les vainqueurs, la paix et la concorde entre eux, mais, au contraire, une lutte constante pour la supré-

---

[1] F.-D.-H. KLIPPFEL, *les Paraiges messins. Étude sur la république messine du* XIIIe *au* XVIe *siècle.* Metz, 1863, 1 vol. in-8°. L'erreur de cet auteur provient de ce que, en comparant les municipalités gauloises avec la commune germanique de Metz, il ne s'est pas bien rendu compte de l'origine des divergences énormes qu'il constatait. Si l'indépendance politique de la ville de Metz avait été aussi grande qu'il la suppose, il est évident que, jusqu'au moment de sa conquête par Henri II, elle n'aurait point compté dans sa magistrature jusqu'à sept conseillers ayant pour toutes attributions les relations à entretenir avec l'empereur et les diètes impériales.

matie qui dure jusqu'au jour où l'idée de race et de
nationalité opère des groupements et y fortifie, le
plus souvent au profit de tous, le pouvoir souverain.
L'erreur dans laquelle on est tombé à ce propos
provient de deux causes voisines : d'abord, de l'intérêt qu'avaient des auteurs tonsurés à dissimuler de
leur mieux la faiblesse de l'Église dans le maniement
des affaires temporelles, à faire passer cette faiblesse
pour un bienfait voulu ; ensuite, de la confusion, si
regrettable et si persistante, résultant de ces fausses
données. D'où vient la commune, ce berceau de nos
libertés politiques ? Est-ce un fruit de l'esprit de
conquête et de domination de la Rome payenne ou
de son héritière, la Rome chrétienne, qui, en politique, la suit, autant que possible, dans ses erre-
ments ? La question ainsi posée fait entrevoir la
solution qu'il convient de lui donner. Ni la Rome
antique, ni la Rome moderne ne peuvent avoir été le
point de départ d'une œuvre d'émancipation politique.

Le mouvement communal est partout fédératif,
nulle part unitaire. Nous le constatons dans la Haute-
Lotharingie ; nous le constatons également dans le
reste de l'ancien royaume d'Austrasie, en Brabant et
ailleurs. Ce mouvement est bien un retour vers l'insti-
tution de la gilde à laquelle Jules César s'est heurté.
Charlemagne parvient à l'enrayer, mais, après lui, la

gilde reprend sa marche et triomphe de tous les obstacles. Cette revanche de l'esprit germanique sur l'esprit latin est, avant tout, dans le sang : c'est pourquoi elle tient si peu compte des variations dans les mœurs et le langage, et se montre, surgit et éclate là où l'on s'attend le moins à la voir paraître, à Metz, à Liège, qui se trouvent dans des conditions identiques, et même dans les cités helvétiques et lombardes.

C'est pourquoi encore Augustin Thierry, lorsqu'il se mit à étudier les institutions communales du nord de la France, avoua que Metz l'embarrassait beaucoup, qu'il ne savait trop qu'en faire.

L'illustre historien ne se trompait pas. Metz, devenue une ville française, se trouvait être, par son passé, par ses traditions, une ville à part, impossible à classer. On doit le savoir et s'en souvenir, si l'on veut comprendre quelque chose à la crise qu'elle traverse à la veille de sa conquête par la France en 1552, et à tout ce qu'elle souffre immédiatement après. M. Charles Abel, l'ancien membre du Reichstag, et M. de Bouteillier, le président de la Société d'histoire et d'archéologie de la Moselle, ont décrit en ces termes, dans la préface du *Journal de Jean Bauchez*, l'état de Metz sous Henri II et ses successeurs immédiats : « En publiant la chronique de Jean « Bauchez, nous entrons dans la période la plus

« curieuse et la moins connue de l'histoire de Metz.

« C'est précisément dans cette période séculaire que

« les bourgeois de Metz, de Toul et de Verdun ont

« résisté tant qu'ils ont pu à l'absorption envahis-

« sante de la monarchie française et se sont vai-

« nement opposés à l'annexion de leur pays au

« royaume de France, sous le nom de province des

« Trois-Évêchés. Ils ont dû succomber dans la lutte,

« n'étant soutenus par l'empire d'Allemagne que

« d'une façon toute morale ; mais cette lutte, conti-

« nuée un demi-siècle par un petit pays, pour con-

« server sa nationalité et ses institutions, n'a manqué

« ni de grandeur, ni de péripéties. Pendant cent

« ans, les Messins ont lutté pied à pied. On leur

« enlève leurs magistrats communaux, leurs tribu-

« naux des Treize et des maîtres échevins, leur mon-

« naie; on les accable d'impôts; on leur fait payer

« chèrement le sel et servir les appointements des

« magistrats parisiens du Parlement de Metz. Pour

« combler la mesure, le gouvernement français, dési-

« reux de ruiner la Lorraine, afin de forcer le duc à

« s'en dessaisir, se ligue avec les protestants suédois

« et leur donne en pâture la Lorraine et les Trois-

« Évêchés dont les habitants étaient également anti-

« pathiques à la domination française [1]. »

[1] *Journal de Jean Bauchez.* Metz, 1858, 1 vol. in-8°. Préface, p. XXI-XXII.

Tel a été, en effet, le régime importé, dès 1552, sur les rivages de la Meuse et de la Moselle, par un prince qui portait le titre pompeux de *protecteur et défenseur des libertés germaniques.*

Si l'on voulait se montrer indulgent, on pourrait dire que, pour le Valois et ses successeurs, les libertés communales n'étaient probablement pas comprises au nombre de celles dont il convenait de prendre la défense. Et l'on n'aurait pas tout à fait tort.

Ces libertés-là n'avaient pas cours en France, le centre de ce grand pays les a même toujours ignorées, et nous sommes très porté à croire que Henri II, lors de son entrée dans les villes de Metz, Toul et Verdun, aurait été capable d'imiter Charles VIII qui, en Italie, entendant sur son passage les populations italiennes pousser le cri de liberté, se tourna vers ses chevaliers et leur demanda ce que ces gens-là voulaient dire. En bons courtisans, ils ne surent que répondre. Sinon Henri II, ses lieutenants tout au moins, affectaient la même ignorance. Le duc de Guise se moqua des bourgeois de Metz qui, de l'aveu du chroniqueur Vincent Carloix, *crevaient de rage et de dépit d'être forcés en leur publique liberté* [1], les

---

[1] Voir *Mémoires sur Vieilleville*, t. VI, chap. Ier.

fit trembler plus d'une fois par ses rigueurs, tandis que son successeur, le marquis de Vieilleville, raisonnait avec eux pour les guérir de leurs regrets, et leur demanda, un jour, s'il était raisonnable de faire tant de bruit d'un état social qui n'était autre chose que la confiscation du pouvoir au profit de sept lignées patriciennes et au détriment d'une bourgeoisie aussi ancienne qu'honorable.

Le reproche n'était pas dénué de fondement, il aurait même semblé irréfutable si l'état social des Messins n'avait pas correspondu exactement à leurs mœurs, à leur caractère, si leur autonomie et leur neutralité politique, qu'ils tenaient pour le meilleur des boucliers, n'avaient point suffi pour les consoler de voir leur haute magistrature rester aux mains de leur aristocratie. Voilà de quelle façon ils entendaient être républicains! Ils étaient donc cent fois plus faciles à gouverner que les Liégeois, qui, eux aussi, avaient un évêque pour souverain et passaient leur vie à rechercher un accord durable entre les prétentions cléricales et les exigences communales. Des deux côtés cependant le pouvoir épiscopal avait été impuissant à tenir tête à l'aristocratie et au peuple, des paix avaient été signées et sans cesse renouvelées, et, vis-à-vis de l'étranger, on en vint, après les fureurs de Charles le Téméraire, à se décla-

rer neutre dans toutes les querelles qui pourraient
surgir, à l'avenir, entre la Bourgogne, la France et
l'Allemagne.

Nous sommes ici en présence d'un phénomène
historique assez curieux. Les Lorrains, également
pris et resserrés entre les mêmes puissants voisins,
suivent l'exemple des Messins et des Liégeois : ils
ont recours à la neutralité, cette dernière et bien
inutile ressource des faibles, parce que, dans une
guerre qui éclate, les sympathies de ceux-ci se portent toujours d'un côté ou de l'autre, et que les belligérants de tous les temps n'ont que leur avantage
en vue et font d'un pays neutre, si solennellement
sauvegardé qu'il soit par eux-mêmes ou par les
autres, un boulevard, un champ de bataille ou un
grenier d'abondance. La neutralité politique, d'in-
vention épiscopale ou communale, n'a jamais servi
qu'aux monastères et aux églises. Nous pourrions
en citer de nombreux exemples [1]. Mais ce qu'il nous
importe de constater, ne pouvant le comprendre ni

---

[1] Le chevalier de Heeswyck, dans son *Tableau de l'Église de Liège* (Liège,
1782), raconte comment, vis-à-vis des troupes de Louis XV et de Marie-
Thérèse, les moines d'Averbode trouvèrent moyen, en invoquant tantôt la
neutralité liégeoise et tantôt leur qualité de sujets brabançons, d'échapper
sans cesse aux contributions et exécutions militaires, tandis que les villes
et villages du plat pays avaient les charges les plus lourdes à supporter. Le
même auteur rapporte que, dans un autre couvent liégeois, on avait une collection de drapeaux, et qu'on arborait toujours celui de la nation dont les

l'expliquer, c'est que, pendant plusieurs siècles, les Messins, comme d'ailleurs les Lorrains et les Liégeois, se montrent fermement attachés à leur neutralité qui n'empêche rien.

En 1552 et en 1553, c'est-à-dire avant et même après le siège infructueux de Metz par Charles-Quint, l'enlèvement du jeune duc de Lorraine et l'occupation militaire de ses États par le roi de France, nous voyons Messins et Lorrains courir tout effarés auprès du comte de Mansfeld, gouverneur général du Luxembourg, ou ses successeurs, et même auprès de la reine Marie de Hongrie, à Bruxelles, disant tous qu'ils sont bien malheureux, qu'ils n'ont en rien démérité, et qu'ils espèrent, à la fois, la protection de l'empereur et le maintien de leur neutralité. C'est ce dernier point qui leur tient surtout au cœur. Ils y reviennent sans cesse, quoique la reine de Hongrie, d'accord en ceci avec l'empereur, considère comme traîtres et félons le cardinal de Metz, les évêques de

---

soldats étaient en vue, afin d'en être quitte avec le don de quelques rafraîchissements. Ainsi se trouvait confirmé le précepte disant :

Ecclesia nihil nisi fidem possidet.

Mais Frédéric le Grand ne l'admettait point; c'est pourquoi, en 1740, à cheval sur sa fameuse devise : *Suum cuique*, il fit occuper militairement le bourg d'Herstal, aux portes de Liège, et ne le rendit que contre une grosse somme d'écus.

Toul et de Verdun, se refuse à écouter leurs envoyés
et ceux de la ville de Metz et ne montre un peu de
condescendance, plus par politique que par sympathie réelle, qu'au comte de Vaudémont, qui gouverne
la Lorraine en l'absence de la duchesse douairière
et de son jeune fils.

Nous appuyons à dessein sur la question de la
neutralité, parce que, quant à Metz, elle est capitale;
elle explique à merveille ce qui, jusqu'ici, est
demeuré dans l'ombre et dans l'oubli. Pour nous, ce
n'est ni le protestantisme de quelques familles patriciennes et bourgeoises, les de Heu en tête, ni l'orthodoxie romaine bien constatée des Gournay, des Raigecourt et des Baudoche qui jeta la cité de Metz dans
les bras de la France, mais uniquement la fausse
sécurité que leur donne à tous leur malencontreuse
neutralité. Les preuves à l'appui ne manquent pas.
Nous les publierons sans doute un jour ou l'autre et,
en attendant, nous nous en servirons pour écrire
l'histoire de la famille de Gaspard de Heu. Ce sera à
la fois l'épilogue de la mission à Metz du conseiller
Boisot et le commentaire du siège de 1552 par
Charles-Quint, — deux faits trop mal connus jusqu'ici pour n'être pas racontés à nouveau d'après les
actes de la chancellerie de Marie de Hongrie, la sœur
de Charles-Quint.

2

Comme chaque fois la réaction est vive et durable, il n'est pas étonnant que les écrivains du parti vainqueur nous aient représenté les Gournay et leurs alliés, tous bons catholiques, comme ayant bien mérité du Ciel et de la patrie, les Heu, ces seuls vrais défenseurs des libertés communales, comme des brouillons, des fourbes et des traîtres. Cependant, ce qu'il y a de vrai au fond de tout cela, c'est que le fanatisme religieux les a mal conseillés les uns et les autres; ils sont tous plus ou moins dupes et victimes dans ce qui arrive, et leur malheur commun, s'ils avaient été logiques, aurait dû les rapprocher, les pousser à s'unir au lieu de continuer entre eux une lutte mesquine désormais sans objet, sans espérance. Et voilà comment, par manque d'entente, par entêtement et jalousie de la part de ses meilleurs enfants, Metz demeura une ville française et perdit peu à peu ses mœurs originales, son commerce, son industrie, comment aussi les nombreuses conspirations, qui éclatent sous le gouvernement du maréchal de Vieilleville, échouent les unes après les autres.

Quelques·unes, les plus marquantes, ont été racontées par Vincent Carloix avec plus de verve que d'exactitude; les autres, étouffées dans leurs germes, n'ont pas d'histoire. Nous nous en occuperons cependant comme des autres, parce que, de l'ensemble de

ces protestations contre la conquête des trois évêchés par la France, il ressort pour nous, à la dernière
évidence, que, si l'on peut reprocher au roi Henri II
d'avoir joué l'Allemagne, on peut, avec tout autant
de raison, accuser Charles-Quint et Philippe II de
l'avoir trahie, et les empereurs Ferdinand Ier et Maximilien II d'avoir manqué de volonté et d'énergie à
défendre ses droits. Ces accusations sont graves,
aussi ne les avançons-nous pas à la légère. Charles-
Quint avait' à l'exemple de l'empereur Maximilien Ier, confirmé à plusieurs reprises les gardes ou
neutralités messines, lorraines et liégeoises, parce
qu'elles étaient pour lui un avantage évident dans sa
lutte de suprématie contre la France.

Mais le jour vint où, s'étant brouillé avec l'Allemagne, qui n'entendait pas lui donner pour successeur à l'Empire son fils Philippe, à ses yeux un
étranger, presque un ennemi, il retira à petit bruit
les Pays-Bas de la communauté germanique et résolut
d'en faire une machine de guerre, une espèce d'Espagne du nord de l'Europe, fanatique et turbulente,
toujours prête à se lever, à frapper, à brûler même
au profit de la sainte Église et de la monarchie universelle.

C'est sans doute pourquoi Charles-Quint mit en
1552 le duc d'Albe, un Espagnol complet, à la tête de

ses armées; c'est pourquoi, après lui Philippe II, le
souverain détesté des Belges et des Hollandais, voulut
toujours prendre Metz, non pour rendre cette ville à
l'Allemagne, mais pour lui-même, pour s'arrondir et
se fortifier. On avait pénétré le père et le fils, on
s'était détourné d'eux : leur insuccès final vient de là.
Le maréchal de Vieilleville, le gardien de Metz pour
la France de 1553 à 1558, a donc pu, à bon marché,
tenir tête à ses nombreux adversaires.

Il fallait à ceux-ci, pour assurer le succès d'un coup
de main, une complicité réelle, qui leur fit toujours
défaut. Les Messins gémissaient, supportaient avec
impatience le joug qui pesait sur eux, se disaient
impériaux et neutres, mais, à aucun prix, comme le
déclara en 1553 au conseiller Scepperus leur ancien
maître échevin Gaspard de Heu, ils n'auraient consenti à devenir sujets espagnols. Cette déclaration
est d'un grand poids pour le sujet que nous avons
à traiter. C'est elle qui met en hostilité constante
pendant toute la seconde moitié du XVIe siècle, garnisons et habitants des deux villes voisines de Metz
et de Thionville, assises toutes deux sur la Moselle
et que la force même des choses semblait avoir destinées à jouer le même rôle, à subir la même destinée.
C'est ainsi qu'après 1552, Thionville, restée fidèle,
fait ce qu'elle peut pour ramener Metz au giron ger-

manique, et que Metz, à son tour, quand sa voisine devient, par droit de succession, une ville espagnole, passe à l'offensive et ne néglige rien pour lui faire partager sa bonne ou sa mauvaise fortune.

Ce long duel a été si riche en reprises et en surprises, en démonstrations et en expéditions, en embuscades et en camisades qu'on en pourrait, si l'on voulait, remplir tout un volume. Quelques pages nous suffiront pour rétablir la vérité des faits, dire ce qui, à dessein ou par oubli, a été laissé de côté. On verra que, sans toucher en rien à la réputation comme soldat du maréchal de Vieilleville, nous avons été assez heureux pour pouvoir défendre celle de plusieurs de ses adversaires les plus illustres, malmenés à tort et à travers par Vincent Carloix et quelques autres chroniqueurs du xvie siècle. Nous avons aussi remis en lumière quelques autres acteurs de cette lutte demi-séculaire qui, malgré leur mérite, avaient été laissés absolument de côté. D'abord le luthérien Guillaume de Furstemberg, landgrave de Baar, comte de Heiligenberg et de Wordenberg, seigneur de Neufchâteau et de Blamont, ce qui suffit pour expliquer l'importance du rôle qu'il joue en Alsace et en Lorraine, puis Jean de Heu, seigneur de Blétange et de Montigny, qui peut être considéré comme étant le dernier représentant des paraiges messins, dont il épouse la querelle avec un zèle si entier qu'il lui sacrifie sans regret sa fortune et sa vie. Il était le frère de Nicolas, de Robert, de Martin et de Gaspard de Heu, tous les quatre maîtres échevins de Metz. Les lettres qu'il reçoit, celles qu'il écrit comme capitaine gouverneur de Thionville, vont de 1554 à 1557, époque de sa mort. Elles nous le montrent toujours sur le qui-vive, la cuirasse au dos, la main sur l'épée, l'œil ardemment fixé sur Metz, sa ville natale, qu'il voudrait, en haine des Gournay et des Baudoche, arracher à la France.

Tandis que ses parents et alliés sont tous au prêche, il reste fidèle à la messe, autant par goût que par respect pour la tradition. C'est ce qui lui permet, à un certain moment, de passer sans embarras du service de l'Empire à celui de l'Espagne. Voilà, certes, une figure originale à introduire dans les annales du pays messin. Nous n'avons qu'un regret, c'est qu'entraîné par la rapidité de notre récit, nous n'avons pu la peindre qu'en passant et de profil. Le successeur immédiat du seigneur de Blétange comme gouverneur de Thionville, Pierre de Quaderebbe, n'a pas été du tout l'officier couard ou inexpérimenté que le secrétaire du maréchal de Vieilleville s'est plu à voir en lui. C'était, au contraire, un vieux soldat qui, à Thionville, se défendit bravement et ne succomba que sous le nombre.

A ce sujet, nous ne pouvons nous défendre d'une remarque qui a dû être faite déjà par d'autres que nous. Les batailles de Saint-Quentin et de Gravelines, qui mirent la France à deux doigts de sa perte, ayant été gagnées par les Belges, par une petite nation sur une grande, ont laissé à celle-ci une irritation qui, chez les contemporains, devait se traduire en jugements peu conformes à la vérité historique. Vincent Carloix, Rabutin et quelques autres n'y ont pas échappé. Brantôme lui-même a donné sa note dans ce concert en mettant dans la bouche du duc de Savoie des paroles passablement méprisantes pour le comte d'Egmont, le vainqueur de Gravelines. Il nous semble qu'il aurait pu dire en toute justice pour ce dernier, comme pour Montluc, que, lorsqu'on ne veut être ni calomnié ni méconnu, le mieux est encore d'écrire ses mémoires. Si d'Egmont, Boussu de Berghes, d'Aremberg, Meghem et Lalaing avaient pris ce soin, nous saurions peut-être que la conspiration des seigneurs flamands contre le régime espagnol date du siège de Metz et non pas de leur réunion, beaucoup postérieure, à la fontaine de Spa. Ils nous auraient dit aussi leur humiliation et leur colère quand, après avoir ouvert par le succès de leurs armes le chemin de Paris à Philippe II, ce triste prince n'ose point y marcher pour aller reprendre

les clés de Metz, de Toul et de Verdun échappées aux
mains de son père. Tout ce qu'il rattrape, en négo-
ciant, c'est Thionville, son poste avancé sur la
Moselle. Metz lui échappe définitivement, l'Allemagne
n'est pas plus heureuse, malgré le traité de 1575,
conclu entre ses princes protestants et ceux de
France, les Condé en tête et d'Aumale stipulant pour
les Ligueurs. Il y aurait eu cependant quelque chose
à faire de ce côté; ce qui le prouve, c'est que là, où
tant de conspirations civiles et militaires avaient
échoué, une conspiration protestante réussit. Le
baron de Clervant la dirige; des pasteurs réformés
flamands et wallons l'assistent. Ils mettent si bien à
Metz la bourgeoisie et le peuple de leur côté qu'ils
donnent lieu à La Noue et à Coligny de dire un jour
à Charles IX : « Sire, soyez avec nous, et les Pays-Bas
sont à vous, et l'Espagne à vos pieds. » Ils disaient
vrai. L'insuccès du siège de Metz, croyons-nous, n'a
pas encore été envisagé à ce point de vue. Que fit
Charles IX ?

Il joua absolument le même rôle que Charles-
Quint et ses ministres vis-à-vis du comte de Mansfeld et de Gaspard de Heu, leur offrant, l'un après
l'autre, la revanche de Metz. Il refusa par défiance
ou par scrupule religieux l'alliance des protestants,
et perdit par là sa dynastie, compromit sérieusement

la France, la ruina pour longtemps. S'il garda Metz,
ce ne fut que par hasard, parce que les troubles qui
désolaient l'Allemagne et les Pays-Bas arrêtaient ou
détournaient les convoitises et les légitimes regrets.
Il fallut, du côté de la France, attendre que vînt
Richelieu pour s'apercevoir qu'en politique c'est le
génie dépouillé de toute hésitation et, le plus souvent, hélas! de tout scrupule, et non le chemin convenu, tracé d'avance, qui mène le plus sûrement d'un
point à un autre. Richelieu, supérieur en ceci, et de
beaucoup, au cardinal de Granvelle, n'hésita point,
quoique également prince de l'Église, à se servir des
ennemis du pape. Cela l'aida énormément à relever
le prestige de la France, à la préparer à être un jour
l'arbitre des destinées du monde. Ce fut lui qui, pour
assurer à son pays la possession des trois villes
impériales de Lorraine arracha encore une fois à la
Belgique la ville de Thionville.

Depuis, ces deux villes voisines n'ont plus été sépa-
rées l'une de l'autre. Tout ceci témoigne que la noble
cité de Metz a joué un grand rôle dans le passé. Ma
seule ambition a été d'en mettre de mon mieux en
évidence le côté le plus singulièrement instructif et
le moins connu et de m'efforcer de payer ainsi la
dette de l'hospitalité et du souvenir.

LA

MISSION DU CONSEILLER BOISOT

LA MISSION DU CONSEILLER BOISOT

I

Au moyen âge, il n'y avait rien de stable, de fixe, d'arrêté. Les juridictions territoriales ressemblaient au reste; le gâchis était partout, dans tout. Les bourgeois de Metz et de Thionville eussent été sans doute bien embarrassés de dire, avec quelque certitude : « Ici finit le pays de Luxembourg, là commence le pays messin. » Mais on n'attachait pas à la chose grande importance, les deux villes et les deux pays étant bons voisins, incapables de se nuire. Ce ne fut que quand la puissance bourguignonne eut pris pied dans les Pays-Bas, qu'on eut vu sa croix de Saint-André se dessiner de toutes parts sur les pierres bornales, que l'on comprit que cette invasion pouvait être un danger[1]. Qu'était à vrai dire cette nouvelle Bour-

[1] Ce sont les marches et estaultz (mis ici pour borne ou poteau) que la cité de Mets ait à lencontre des pays voisins à lentour delle :

Premier contre la duchié de Lorraine sur le pont de Flacquay;
    Id.   contre la duchié de Barr à la chapelle de Wazaige;
    Id.   contre la duchié de Luxembourg sur le pont de Richemont;
    Id.   contre larcheveschie de Trèves à Macre-le-Roy dans le villaige;
    Id.   contre leveschie de Mets sur le hault Dissa Verquoy;
    Id.   contre leveschie de Verdun à la grainge de Nasseront.

Ces indications sommaires, que nous avons tout lieu de croire inédites, sont extraites d'une généalogie de la famille de Heu manuscrite reposant à la

gogne, sinon, pour les pays situés entre le Rhin, la
Moselle et la Meuse, une France du Nord non moins
remuante, non moins avide que celle qu'on avait sur
ses flancs au couchant et au midi, et contre laquelle,
par conséquent, il convenait aussi de se tenir en
garde. Il est vrai que ces deux France se jalousaient,
se détestaient, comme autrefois la Neustrie et l'Austrasie. C'était quelque chose, et ce n'était pas assez
pour que les Messins pussent s'abandonner à une
entière quiétude. On chercha donc un remède pour
parer aux conséquences d'un choc facile à prévoir.
La neutralité — cette arme éternelle des faibles et des
petits — fut ce qu'on rencontra de mieux. On l'appliqua sur une vaste échelle dans les États ecclésiastiques, au Luxembourg, en Lorraine, en Alsace, et,
cela fait, on redevint aussi insouciant qu'on l'avait
toujours été. On avait les signatures des empereurs
d'Allemagne, celles des rois de France et des ducs de
Bourgogne, mais on n'avait que cela. Le réveil fut
terrible. La France, à peine débarrassée des Anglais,
plus forte de jour en jour, voulait aller jusqu'au
Rhin, ne s'en cachait pas; la Bourgogne, de son
côté, voulait descendre par le Luxembourg jusqu'en
Franche-Comté et souder l'une à l'autre ces deux
portions de son héritage. Si légitime, au fond, que fût
ce dernier programme, il avait le défaut de traverser
le projet, que la France des Valois caressait, d'inquiéter l'Allemagne et la Suisse, enfin, ce qui était le

Bibliothèque royale de Bruxelles. Fonds Goethals. Ms. n° 1327. Elles
datent du commencement du XVIᵉ siècle. Voir aussi Klippfel, les *Paraiges
messins*. Metz, 1863, p. 215 et 216, en note.

pis de tout, d'avoir pris racine dans la tête folle de Charles le Téméraire.

Voilà ce que nous lisons couramment dans les annales du passé, ce que dom Calmet aurait pu nous dire s'il avait voulu, car un savant de sa trempe, grand dénicheur de chartes et fureteur intrépide, n'a pu passer à côté de la vérité sans l'entrevoir. Mais il était prêtre bénéficiaire; il vivait à une époque de réaction, était bien noté à la cour de Versailles, et il n'aura point osé, quoique Lorrain de naissance, se risquer à réfuter les assertions téméraires et les erreurs calculées de Jean Cassan, l'historiographe protégé et pensionné par le cardinal de Richelieu[1]. Si nous nous trompons, nous déclarons ne rien comprendre à sa manière de faire. Il glisse sur la question fondamentale de la vassalité de la Lorraine vis-à-vis du Saint-Empire, sur celle des sauvegardes, quand il eût été de son devoir d'y appuyer de toutes ses forces. La seule excuse qu'il en donne, en passant, c'est qu'il convient « de ne pas mesurer les temps anciens avec ceux d'aujourd'hui », et il nous laisse le soin de découvrir dans les preuves de son *Histoire ecclésiastique et profane de la Lorraine* ce qu'il n'a pas jugé à propos de mentionner dans son texte.

[1] Jacques de Cassan, complètement oublié aujourd'hui, a eu son heure de célébrité. Il est l'auteur d'un livre intitulé : *Recherche des droits du Roy et de la couronne de France sur les royaumes, duchez, comtez, villes et païs occupez par les princes étrangers.* Paris, 1632, 1 vol. in-4°. Cet ouvrage mirifique avait été commandé par le cardinal de Richelieu; il eut trois ou quatre éditions successives et donna naissance à d'innombrables réfutations. Michel Pràun, de Lindau, nous raconte que Richelieu paya royalement son historiographe, qui reçut mille livres tournois pour chacun des seize chapitres de son livre.

Tout ce qu'on voudrait y voir ne s'y trouve pas;
mais, en y regardant de près, on ramasse sans peine
plus de faits qu'il n'en faut pour établir dans leur
vrai jour la vassalité et la neutralité lorraines. Le
20 mars 1354, étant à Metz, l'empereur Charles IV
signe un diplôme par lequel il abandonne à son frère
Wenceslas, futur duc de Brabant et de Limbourg,
son comté de Luxembourg, avec le titre et les prérogatives ducales. Pourquoi? Evidemment pour lui
donner une position sinon supérieure, du moins équivalente à celles qu'occupent les ducs de Lorraine et
les archevêques de Trèves et faire de lui le gardien des
marches occidentales du Saint-Empire[1]. C'est dans le
même ordre d'idées que, deux ans plus tard, étant de
nouveau à Metz, où il fit publier solennellement sa
Bulle d'or, il annula une sauvegarde que l'évêque de
Verdun s'était fait donner par le comte de Bar, son
parent. Le fait est que la protection des feudataires
n'appartient qu'au souverain, seul dispensateur légal
de toute faveur ou privilège, et que c'est lui faire
injure que de s'adresser à tout autre prince ou
seigneur. Cela n'empêcha point qu'au siècle suivant,
la maison de Bourgogne étant devenue de plus en plus

---

[1] Une chose peu connue et bonne à dire ici, c'est que l'acte de 1354,
faisant des ducs de Luxembourg les tuteurs et les protecteurs de la cité de
Trèves, fut confirmé en 1407, 1411, 1416, 1497 et 1553, et donna occasion,
en 1635, à l'infant Ferdinand, gouverneur général des Pays-Bas espagnols,
de s'assurer de la personne de Philippe-Christophe de Soetern, archevêque
et prince électeur de Trèves, qui était accusé d'avoir trahi l'Allemagne au profit de la France. Cet enlèvement légal valut à la Belgique une déclaration de
guerre et l'invasion de son territoire par les armées de Louis XIII. On brûla
des villes, mais l'électeur infidèle à ses serments resta en prison. (Voir, à ce
sujet, dans la *Revue de Belgique* (livraison d'août 1880), notre article :
Entre jésuites et capucins.)

puissante tout le monde voulut tenir d'elle ses sauvegardes. Il y en eut bientôt tant qu'on ne savait plus s'y
reconnaître, et que nous voyons, en janvier 1555,
Marie de Hongrie, gouvernante des Pays-Bas, charger
le maréchal de Gueldre, qui commandait alors à
Luxembourg, de tirer la chose au clair. Le maréchal,
qui ne connaissait pas le premier mot de la question,
eut recours aux lumières de son procureur général et
de ceux de ses officiers appartenant à la magistrature,
et parvint à répondre tant bien que mal[1].

La confusion vient, d'après lui, de ce que les
sauvegardes qu'on invoque comme anciennes sont de
différentes époques et s'appliquent tantôt à des sujets
de l'Empereur habitant la Lorraine ou les frontières
de France et tantôt à des étrangers établis dans la
prévôté de Thionville, en terre commune[2]. Outre ces
sauvegardes-là, il y en a encore d'autres que les
Lorrains prétendent avoir en les terres de Metz et de
Verdun, et dont il n'a pas été question depuis longtemps, ces pays n'ayant pas été en guerre. Maintenant, on les invoque à tout propos. Le maréchal est
d'avis qu'il ne faut pas en tenir compte, d'abord parce
que Charles-Quint ne les a pas confirmées, ensuite
parce qu'elles servent à l'ennemi pour se procurer
des vivres. Comme il fallait s'y attendre, la reine de
Hongrie accepta la manière de voir du maréchal

---

[1] Arch. gén. de Belgique. *Lettres des seigneurs*, t. XIV, p. 39. — Lettre
de Martin van Rossem à la reine, du 23 janvier 1555. (1554, style de Trèves.)

[2] Les droits territoriaux respectifs du roi d'Espagne, comme souverain
des Pays-Bas, et du duc de Lorraine et de Bar furent définitivement réglés
en 1562 à la journée de Marville. (Voir Arch. gén. de Belgique, le volume
n° 90, intitulé : *Rapport des traictez et négociations tenuz à Marville entre
les députez de la duchesse de Parme et du duc de Lorraine.*)

de Gueldre et ne tint plus compte des sauvegardes luxembourgeoises, lorraines et messines que lorsque, en les respectant, elle servait la politique de l'Empereur son frère.

Nous avons rapporté cette consultation, parce que la question de la neutralité et des sauvegardes a joué un grand rôle dans la mission délicate que le conseiller Boisot eut à remplir à Metz en 1543, et qu'il est bon qu'on sache qu'à cette époque la cour de Bruxelles n'avait pas encore décidé de son attitude vis-à-vis de cette question. Il y avait des années cependant qu'elle était à l'étude. On en parlait de temps à autre dans les correspondances officielles de l'époque, et nous avons bien le droit de nous étonner que le savant dom Calmet et tous ceux qui le suivent ne lui aient pas prêté l'attention qu'elle mérite. Comment expliquer, sans y faire allusion, les mesures de rigueur auxquelles, en 1531, Charles-Quint était, un moment, décidé à recourir contre Antoine le Bon, duc de Lorraine? Ce prince n'avait-il pas contrevenu déjà à plusieurs reprises à la neutralité dont il jouissait? C'est à Spire que s'instruisait son procès. Un homme d'État belge, Camille Scepperus, fut envoyé dans cette ville où siégeait la chambre impériale. « Sire, » écrivit-il de là le 5 juin 1531 à Charles-Quint, « vos « juges me demandèrent aussy l'explication de ce « nom *Lotharingiæ vel Brabantiæ*, parce qu'ils disent « que Votre Majesté leur avoit expressément com- « mandé de procéder contre le ducq de Loraine « comme contre prince de l'Empire, et que Votre « Majesté n'avoit pas voulu que la duché de Loraine

« dite Lotharingia fust exempte de la juridiction de
« l'Empire, ce que sembloit qu'elle seroit au cas que,
« en vostre Bulle d'or, ce mot Lotharingia signifiast
« Loraine. Et, sur ce point, ilz demandèrent avoir
« ma déclaration. Je leur respondis que l'ancien titre
« des ducqz de Brabant est de Lothryck et de Bra-
« bant, et que ce Lothryck n'est une Loraine mais
« aultre chose que l'on appelle en latin *Lotrycum sive*
« *Lotharingia* aussi bien que l'aultre. Et que je ne
« cuidois mie que Votre Majesté vouldroit la duché de
« Loraine estre exempte, mais bien sa duché Lothryck
« qui est annexée à Brabant et à Limbourg. Et de
« cette déclaration ils furent contents[1]. »

Cette lettre nous révèle la politique que Charles-
Quint, à l'instigation de son chancelier, Nicolas Perrenot de Granvelle, est décidé à suivre désormais
vis-à-vis de la Lorraine et des Pays-Bas. Il ne veut
pas supprimer absolument les liens de vasselage qui
rattachent ces contrées au Saint-Empire, mais les
relâcher de telle sorte qu'elles dépendront moins des
autres et davantage de lui. Il rompit les fiançailles
de François de Lorraine, fils aîné du duc Antoine
le Bon, avec Anne de Clèves, parce que ce mariage
aurait donné la Gueldre à la maison de Lorraine et
qu'il se réservait cette province. Voilà quel était au

---

[1] D. LANZ, *Correspondenz Karl des V*ten, t. Ier, p. 469. L'original est aux
Archives de Bruxelles.

[2] C'est à Nuremberg, en février 1541, que fut signé le contrat de mariage
de François de Lorraine et de Christine de Danemark. (Voir *Correspondance
de la reine Marie avec Charles-Quint*, vol. II, aux Archives générales de
Belgique.) Nous reviendrons sur ce mariage lorrain dans le livre suivant,
intitulé : *la Famille des de Heu*.

juste, dans la première moitié du xvie siècle, le degré d'indépendance politique de la Lorraine. Mais, si Charles-Quint empêcha l'héritier de Lorraine d'épouser la princesse de Clèves, il voulut l'indemniser en lui donnant sa nièce Chrétienne, fille du roi de Danemark et veuve du duc de Milan. Ce mariage fut décidé à l'époque de la première visite de l'Empereur à Metz, et célébré à Bruxelles, le 10 juillet 1541. La cour de France en prit ombrage, car il était évident que la nièce de l'Empereur allait servir à Nancy sa politique avec tout le zèle dont Éléonore d'Autriche, seconde femme de François Ier, lui donnait l'exemple.

La conséquence en fut que François Ier exigea des princes lorrains, ses feudataires pour le duché de Bar, de nouvelles garanties qui lui furent accordées à la réserve des droits du Saint-Empire; ceux-ci d'ailleurs, comme cadeau de noce, avaient été modifiés par le traité de Nuremberg du 15 février 1542, confirmé par Charles-Quint, à Spire, le 28 juillet 1543[1]. On a voulu faire passer ce traité pour l'acte de reconnaissance de l'indépendance politique de la Lorraine. Il suffit de le lire avec un peu d'attention pour être d'un avis contraire. Les idées de Charles-Quint ne s'étaient pas modifiées depuis 1531. Il étend, au contraire, la protection de l'Empire à tous les domaines de la maison de Lorraine, à ceux qui en étaient exempts jusque-là comme aux autres, c'est-à-dire au duché de Bar et aux seigneuries de Blamont et de

---

[1] Dom CALMET, *Histoire ecclésiastique et civile de la Lorraine*, t. VI, p. 534, 537 et 538. Les dates indiquées par Dom Calmet sont souvent fautives. Nous suivons, dans notre texte, le style moderne.

Pont-à-Mousson. Les concessions qu'il fait consistent
dans la suppression de toutes taxes impériales quelconques, ordinaires ou extraordinaires, en échange
du paiement annuel des deux tiers de la co tribution
d'un électeur du Saint-Empire et dans la dispense de
tout recours judiciaire en première et en seconde
instance aux tribunaux de l'Empire. Il n'y a donc là
qu'un allègement et nullement une rupture des liens
féodaux.

D'ailleurs, comme seigneur de fief, Charles-Quint
n'était pas homme à transiger ou à consentir à la plus
légère concession; le service de Dieu et le soin de son
honneur étaient ses seuls guides, comme il l'a affirmé,
à plusieurs reprises, dans ses *Commentaires* et ailleurs. Nous ne pouvons plus en douter quand nous
comparons le traité lorrain, conclu à Nuremberg en
1542, avec le traité d'Augsbourg de 1548 concernant
les Pays-Bas. D'un côté comme de l'autre, le but est
de combattre et d'annuler autant que possible le contrôle d'un pouvoir étranger assez fort pour faire con-
trepoids au despotisme impérial, et la seule différence que nous trouvions entre ces deux actes, c'est
qu'en 1542 Charles-Quint repousse la France de la
Lorraine par le rachat, la neutralité et les sauvegardes, et qu'en 1548 c'est par les mêmes moyens
qu'il repousse l'Allemagne, plus d'aux trois quarts
protestante, de ses États héréditaires, afin de pouvoir
d'autant plus à son aise y extirper l'hérésie et tout
ce qui pourrait l'y gêner encore[1]. La cause perdue

---

[1] L'empereur n'avait plus, en 1548, à s'occuper des anciens droits de la
couronne de France sur les comtés de Flandre et d'Artois et les châtellenies

d'avance de la monarchie universelle n'y gagne rien,
tandis que les populations, qui s'imaginent avoir conquis une plus grande indépendance politique, y per-
dent, au contraire, énormément. Et cela se comprend,
car, vis-à-vis d'un maître puissant, très jaloux de son
autorité, un contrôle étranger est toujours pour les
administrés une garantie, souvent un bienfait. Les
gouvernants du xvₑᵉ siècle savaient cela aussi bien que
nous; ils l'avouent même. Huit mois après la signature du traité lorrain, c'est-à-dire en octobre 1542, la
reine Marie de Hongrie envoya de Bruxelles à Nuremberg le conseiller Viglius et le seigneur de Créhange
et de Pittange à l'effet d'obtenir de la diète germanique
pour le cercle de Bourgogne, comprenant toutes les
provinces de Belgique et de Hollande, un appointement sur la base de la réciprocité[1]. Si ces négociations avaient abouti, les Pays-Bas, envahis par la
France et ses alliés de trois côtés à la fois, auraient dû
être défendus par les milices de l'empire. La conséquence eût été pour la ligue de Smalkalde la perte
de son seul appui extérieur, sa ruine certaine; on
sentit le piège et on sut l'éviter. C'est ce qui amena
Charles-Quint à faire à Spire, en novembre 1543, des
concessions qu'il n'eut jamais consenties sans cela.

de Tournai, Lille, Douai et Orchies, ceux-ci ayant été supprimés par le traité
de Madrid du 14 janvier 1526, qui rendit François Iᵉʳ à la liberté; mais il
stipule avec soin ses nouveaux droits sur le duché de Gueldre et le comté
de Zutphen, ceux des maisons régnantes de Clèves et de Lorraine ayant été
écartés à son profit personnel et contrairement aux intérêts de l'Allemagne.
(Voir SCHMAUSSEN, *Corpus juris publici*. Leipzig, 1794, p. 120-121.)

[1] Les instructions données à Viglius et à Créhange par Marie de Bourgogne se trouvent dans les *Staatspapiere zur Geschichte des Kaisers Karl V*,
du Dʳ Lanz. Stuttgart, 1845, p. 316 à 332. Elles sont datées de Louvain du
21 octobre 1542.

Mais entre la tentative manquée de Nuremberg —
celle de substituer une guerre générale à une guerre
locale — et les promesses de Spire, il y a place pour
les exécutions de Liège et de Metz dirigées par le conseiller Charles Boisot. Notre conseiller flamand était
déjà venu à Metz en janvier 1541, avec l'Empereur[1].
La ville lui avait offert, à cette occasion, « *pour une
propine et souvenance* », la somme de 12 florins. Elle
n'oublia que l'Empereur, qui chargea Boisot de
réclamer les 1,000 florins de tribut annuel auquel il
croyait avoir droit. La ville s'excusa en disant avec
raison que, de temps immémorial, elle avait été
exemptée de tout tribut, en considération de sa qualité de cité franche et de sa situation sur les extrêmes
limites de l'Empire[2]. Comme les magistrats messins
avaient renouvelé de bonne grâce leur serment de
fidélité, on ne les pressa pas davantage cette fois; on
fit même semblant de croire que c'était leur évêque,
Nicolas de Vaudémont, qui devait le tribut.

L'Empereur cependant avait à peine tourné le dos
que les intrigues, arrêtées par sa présence, reprirent
de plus belle. Le parti protestant triompha aux élections en la personne de Robert de Heu, nommé maître
échevin. L'année suivante, son frère Gaspard lui
succéda en sa charge. On était maître du terrain. La
cour de Bruxelles n'eut pas l'occasion de protester,
puisque l'Empereur lui-même, dans sa déclaration

---

[1] J.-T. HUGUENIN, *les Chroniques de la ville de Metz*, 1838, p. 847,
854, 856 et 857. A la page 847, on a imprimé par erreur Bassac pour
Boisot.

[2] Huguenin, p. 857.

du 20 juillet 1541, avait commenté dans un sens favorable aux disciples de Luther les plus récentes réso-
lutions de la diète impériale[1]. Mais la cour de Bruxelles savait qu'à Metz on était, en général, plus calviniste que luthérien, et c'est là-dessus qu'elle comptait
pour mettre, à la première occasion, les protestants
de cette ville hors la loi. Robert de Heu s'en doutait
bien; il fut si prudent comme maître échevin qu'il
n'eut à se défendre que contre l'accusation « d'être
plus que bon Français[2] »; son frère Gaspard eut moins
de chance, et cela, il faut bien le dire, par sa propre
faute.

Au lieu de se contenter d'être tacitement sous la
protection de la ligue de Smalkalde et de continuer à
faire entendre à celle-ci des conseils de modération et
de sagesse, comme on l'avait fait en 1538, on se compromit de gaîté de cœur en sollicitant la faveur d'y
entrer à l'exemple de la plupart des autres villes impériales. Deux Messins, Maître Jean Niedprucker, dit
Bruno, et Jean Kairchien furent députés, dans ce but,

---

[1] DUMONT, *Corps diplomatique*, t. IV, part. II, p. 210.— RODOLPHE REUSS,
Pierre Brully. Strasbourg, 1879, p. 19 à 22.

[2] Le mot se trouve dans une lettre de Nicolas Le Gouverneur, receveur
général du Luxembourg, à la reine Marie de Hongrie. Ce personnage prétend
que des lettres interceptées prouvent à l'évidence que les excuses mises en
avant par Robert de Heu sont nulles. (Voir Arch. gén. de Belgique.
Lettres des Seigneurs, t. Ier, p. 291.)

Dans une autre lettre du même personnage, du 2 février 1544, il est dit,
sur la foi d'un espion, qu'à Metz « on ne voit autre chose que courir gens
par trois ou quatre, spécialement un nommé Sturmius, luthérien ». Ce Sturmius n'est pas le célèbre professeur de Strasbourg, mais son frère Pierre,
né et résidant à Schleiden, au Luxembourg, en qualité d'intendant ou de
secrétaire du comte Thiéry de Manderscheit. (Papiers d'État et de l'Audience,
liasse n° 12)

en Allemagne [1]. Ils échouèrent dans leur mission, malgré l'appui du landgrave de Hesse, parce que, si le parti protestant à Metz l'emportait par l'influence et le mérite de ceux qui en faisaient partie, le parti contraire était peut-être numériquement le plus fort et pouvait fort bien, aux élections prochaines, reprendre le dessus. Ce qui, sans doute, pesa aussi dans la balance fut cette considération que, la ville étant de langue française, elle était plus portée pour la réforme de Calvin que pour celle de Luther, la seule dont la ligue de Smalkalde voulait entendre parler. Cependant, l'Empereur ayant laissé Metz et son territoire sans défense, la ligue chargea le comte Guillaume de Furstenberg de les protéger au besoin.

Tout cela se fit sensément pour le maintien de la neutralité et parce que l'on se croyait, à Metz, menacé à la fois par le roi de France et par le cardinal de Lorraine. Michel de Gournay, sire de Beux, Michel de Barizey et Maître Félix, l'un des pensionnaires de la ville, furent chargés par le conseil de se rendre à Bruxelles auprès de la reine de Hongrie pour tout expliquer et tout justifier [2]. On connaissait fort bien à

---

[1] RANKE, *Deutsche Geschichte im Zeitalter der Reformation*. Berlin, 1843, t. IV, p. 326. — L'*Histoire de Metz*, par les religieux de Saint-Vanne (t. III, p. 8), fait aux bourgeois de cette ville le compliment d'avoir été assez orthodoxes pour refuser d'entrer dans la ligue de Smalkalde. On voit, par notre récit, que c'est le contraire qui est la vérité. V. les griefs du conseil d'État de l'Empereur contre les Messins, dans certain mémoire du mois de juin 1542. La reine Marie les trouve exagérés. (Arch. gén. de Belgique. Fardes de l'Audience, n° 12.)

[2] Arch. gén. de Belgique. *Lettres de divers à la reine Marie*, t. Ier, p. 163. — Audience, liasse n° 12. — Lettre de la reine Marie au comte d'Isembourg, du 24 février 1542.

la cour de Bruxelles le comte Guillaume de Furstenberg, dont le frère avait été le compagnon de jeu de
Charles-Quint enfant et était encore dans l'entourage
de l'Empereur en qualité de chambellan; mais on le
savait luthérien, et l'on se défiait de lui. Non sans
raison, il faut bien le dire, si les bruits qui couraient
sur son compte avaient quelque fondement. On prétendait qu'autrefois le comte s'était chargé de tuer
ou de faire tuer le roi François Ier, et que, ce prince
l'ayant su, fut assez magnanime pour le laisser sortir
de son royaume sans châtiment. Qui rapporte cette
histoire? D'abord Marguerite d'Angoulême, la sœur
du roi, dans son *Heptaméron;* puis, d'après elle, Brantôme[1].

Si c'est quelque chose, ce n'est pas assez. Un homme
d'esprit répète ce qu'une femme d'esprit a dit, sans
commentaire, sans preuve nouvelle, parce que, si
cette femme parle sérieusement ou si elle plaisante,
elle est sœur de roi et reine elle-même, et qu'il est, lui,
un homme de cour, un chambellan de Charles IX,
pour lui, un bon et brave petit roi. La date d'un incident aussi extraordinaire ne nous est pas donnée.
Mais, comme Louis de la Trémouille y joue le rôle de
dénonciateur et qu'il fut tué en 1525 à la bataille de
Pavie, ainsi que l'amiral de Bonnivet, qui était aussi
au courant de l'aventure, nous la tenons à peu près.
Or, dans ce temps-là, la révolte de Charles de Bourbon
était toute récente (1523), et, quand un prince de sang

---

[1] *Les Contes et Nouvelles de Marguerite de Valois, reine de Navarre.*
Édit. de Londres de 1784, t. III, p. 19-29. — *Œuvres de Brantôme.* Édit.
Bastien, t. IV, p. 241.

trahit, tout devient possible, tout le monde est suspect, et, à plus forte raison, un étranger peut être jugé capable du plus noir forfait. Nous nous demandons cependant si, « le comte Guillaume allié à la maison de Saxe », dont il est question dans le récit de la reine Marguerite, est bien notre Furstenberg? Les contemporains, qui l'ont cru, auraient bien fait d'établir cette alliance illustre dont nous ne trouvons pas trace. Nous ne comprenons pas non plus l'intérêt qu'un luthérien servant la France aurait eu, à ce moment là, à se défaire de François Ier. C'eût été donner l'Europe à Charles-Quint, lui permettre d'en finir d'un coup avec ses coreligionnaires. Or, au XVIe siècle, quand on croyait, on croyait bien, on sacrifiait tout au triomphe de sa foi. Guillaume de Furstenberg, en venant, en 1542, au secours de la ville de Metz, faisait évidemment preuve de dévouement, car il était douteux que ses frais d'armement lui fussent jamais remboursés, qu'il trouverait moyen, sans laisser piller quelque peu, d'entretenir ses soldats. Il venait de Strasbourg. Il défila, enseignes déployées et tambours battants, en vue des murs de Metz et alla se loger à Ancy, sur la rive gauche de la Moselle. Il était là à portée, prêt à répondre au premier signal et, de plus, en grasse terre épiscopale. Vers la fin du mois de mai cependant, il alla s'établir à l'abbaye de Gorze, capable d'être mise en défense et dont il restaura les murailles. Cela n'avait pu se faire sans le consentement de François Ier, qui, d'après la rumeur publique, avait donné l'abbaye au comte de Fursten-

berg [1]. Ce qui est plus certain, c'est qu'entre la cour
de France et notre chef de partisans, il n'y avait plus
de mésintelligence.

Si l'on n'en était pas encore aux petits cadeaux, on
échangeait des lettres au moment où la guerre entre
Charles-Quint et François Ier va reprendre plus terrible que jamais [2]. Ce sont les Français qui attaquent,
avant toute déclaration de guerre, et s'emparent,
presque sans coup férir, des principales places du
Luxembourg, sauf Thionville. Cela donna la fièvre
aux Messins, mal préparés à faire résistance. Aussi

---

[1] Arch. gén. de Belgique. *Lettres des seigneurs*, t. Ier, p. 315. — Lettres
de Nicolas Le Gouverneur à la reine Marie. — Cette donation de François Ier
est sans doute un faux bruit, car les Guises déjà alors étaient tout-puissants ;
ils prenaient aux autres, mais on ne leur prenait guère. D'ailleurs, ce même
roi de France avait donné, en 1528, au cardinal de Lorraine des lettres de
neutralité pour l'abbaye de Gorze et ses autres terres d'église situées au pays
de Metz. (Voir Dom Calmet, *loc. cit.*, t. VI, p. 523.) En 1544, par le traité de
Crépy, l'abbaye fut abandonnée à Charles-Quint, comme duc de Luxembourg. L'empereur lui conserva son caractère ecclésiastique, se contentant
d'y mettre comme abbé Guillaume van Orley. « Il était hannoyer et encore
son corps est inhumé à Luxembourg, » dit Schœneis, un archiprêtre de
Gorze. C'était donc un proche parent de Philippe van Orley, bailli du Brabant wallon, qui gouverna le Luxembourg en 1554, durant l'absence du
maréchal de Gueldre. (Voir Huguenin, *Chroniques messines*. Metz, 1838,
p. 862.)

[2] Arch. gén. de Belgique. — Liasses de l'Audience, n° 12. — Lettre de
N. Le Gouverneur à Marie de Hongrie du 2 février 1542 (v. s.). « Il n'y a
« rien de plus vray que Heydeck (un colonel allemand au service de France)
« est très mal content du roy de France et aussy le conte Guillaume de
« Furstenberg, qui ont escript au roy de France lettres rigoreuses. » Moins
d'un an plus tard, le comte rompit ses relations avec la cour de France et
s'occupa activement à attirer au service de l'empereur les Allemands qui
servaient en France. (Lettre de N. Le Gouverneur à la reine Marie. De
Thionville, 23 janvier 1542 [1543 n. s.]. — *Lettres des seigneurs*, t. II,
p. 9.)

comprend-on que le 9 juillet, dans la matinée, ils
crurent à une surprise quand ils virent des gentilshommes, en harnais de guerre et bien accompagnés,
traverser leurs rues. On eut toutes les peines du
monde à faire comprendre aux gens de métier, qui
sans doute avaient été excités sous main, que ces
étrangers étaient les alliés de la ville, les amis et les
hôtes du maître échevin. Il fallut en arrêter plusieurs. Ces étrangers cependant, qui étaient le comte
Guillaume de Furstenberg et ses officiers, ne voulurent accepter aucune excuse et s'en retournèrent sur
l'heure. On tira sur eux dans les faubourgs, et l'un
d'entre eux fut mortellement atteint. On comprend
que, vis-à-vis de cet attentat, le comte de Furstenberg
ne se soit point contenté de la peine de bannissement
prononcée contre trois des meneurs. Il réclama, à titre
d'indemnité et de réparation, outre une grosse somme
d'argent, le rappel de tous les bannis pour cause de
religion et, comme conséquence, la proclamation de
la liberté de conscience sur la base de l'égalité des
deux cultes admise dans la plupart des autres villes
impériales. On promit de le satisfaire, sauf l'argent,
dans la mesure du possible. Qu'en tout ceci Gaspard de
Heu, le maître échevin, ait été parfaitement d'accord
avec le comte de Furstenberg, cela est pour nous hors
de doute. L'un des deux, peut-être même l'un et l'autre,
font savoir au très entreprenant et audacieux réformateur Farel que les portes de Metz lui sont ouvertes
comme champ de travail. Farel n'hésite pas[1]. Il se

---

[1] Guillaume Farel avait été déjà à Metz en 1525, ainsi que nous le racon-
terons dans le livre suivant, et il y revint à la fin de sa vie, en 1565, pour

met en route, et le 3 septembre 1542 il descend chez
Maître Gaspard Gamaut, l'un des plus zélés réformés
de Metz. C'était un samedi. Le lendemain, à l'heure de
la grand'messe, il se rend au cimetière des Jacobins,
où il y avait une chaire adossée à l'église. Il y monte
au milieu d'une foule d'amis, qui grossit de minute en
minute, et que sa parole enflammée électrise. L'abbé
de Saint-Vincent lui intime l'ordre d'avoir à se taire
et de déguerpir. Il n'en tient pas compte et on
l'applaudit. La foule augmente toujours, le succès va
de même en grandissant, si bien que le clergé, ne
sachant plus à quel saint se vouer, se pend à ses cloches et carillonne à toute volée. Le magistrat s'émeut
de ce vacarme et, pour faire taire les cloches, il envoie
trois sergents à Farel, pour l'engager à laisser là son
sermon[1]. Les sergents sont mis à la porte du cimetière
des Jacobins avec aussi peu de façons que les envoyés
de l'abbé de Saint-Vincent. « Les grands de la ville, »
dit ici le journal d'un témoin oculaire qu'on croit être
Paul Gayet, « firent instance pour que Guillaume
« Farel ne prêchât plus en la ville de Metz la parole
« de salut. Il est dit en saint Luc, chap. VIII v. 37 :
« Les Ganaréniens, pour la peur de leurs pourceaux,
« prièrent le Sauveur du monde de se partir d'eux[2]. »
Cette citation irrévérencieuse s'adresse évidemment

fêter le succès de l'événement. Son voyage de 1543 doit avoir été dû, en
partie au moins, aux sollicitations de son frère Gauthier, qui était alors à
Gorze, en qualité de secrétaire du comte Guillaume de Furstenberg.

[1] HAAG frères, *la France protestante*. Paris, 1855, t. V, p. 67.

[2] *Bulletin de la Société de l'histoire du protestantisme français*, XIe année,
p. 165.

au parti des Gournay, des Baudoche et des Raigecourt et exprime, en même temps, le regret de voir interrompre le cours d'un si beau succès.

Maître Farel se retira de la ville dès le lendemain, mais il ne s'en alla pas beaucoup au delà des faubourgs, puisqu'il se fixa à Montigny, le beau village qui fait face au mont Saint-Quentin. Les protestants avaient voulu se compter; ils se savaient maintenant en force et résolurent d'aller de l'avant. De grands changements se fussent alors opérés à Metz, comme par enchantement, si les Français ne s'étaient pas retirés du Luxembourg aussi précipitamment qu'ils y étaient entrés[1]. Ils passaient dans ce temps-là, hors de chez eux bien entendu, pour les porte-étendards de l'Évangile selon Luther ou selon Calvin. On sait que le duc d'Orléans avait pris l'engagement d'encourager la Réforme au Luxembourg et dans toutes les terres qu'il pourrait conquérir sur l'Empereur[2]. Or,

---

[1] L'histoire de cette retraite précipitée est mal connue. Le P. Berthollet, dans son *Histoire ecclésiastique et civile du duché de Luxembourg et comté de Chiny*, t. VIII, p. 20, dit que le 9 septembre 1542, les Français furent chassés de la ville de Luxembourg par Renier de Chalon, prince d'Orange. C'est une erreur. Les Français abandonnèrent volontairement Luxembourg, leurs onze enseignes étant réduites, par la maladie et la famine, de plus de moitié. Le colonel de Sickingen, qui les poursuivit dans leur retraite et leur tua assez bien de monde, donne ces renseignements dans une dépêche du 14 septembre 1542, datée de Thionville et adressée à la reine Marie de Hongrie. (Voir Arch. gén. de Belgique. Audience et papiers d'État, liasse n° 13. — Voir aussi *Lettres des seigneurs*, t. Ier, p. 291.)

[2] Arch. gén. de Belgique. Audience et papiers d'État, liasse n° 17. — Lettre de Charles, duc d'Orléans, au landgrave de Hesse, du 8 septembre. Publiée avec l'instruction donnée à son secrétaire et valet de chambre, Antoine Maillet, par Lanz, dans le 3e volume de la *Correspondenz des Kaisers Karl V*. Leipzig, 1844-1846, in-8°.

dans ces conditions-là, l'abandon du Luxembourg par
les troupes françaises commandait la plus grande
prudence aux protestants messins. Ils ne tinrent pas
malheureusement assez compte de la situation nouvelle qui leur était faite. Puisque la France reculait,
ils auraient dû inviter la ligue de Smalkalde à remettre à un moment plus propice son intervention
en leur faveur. Celle-ci ne voyait que l'occasion qui
lui était offerte d'avancer du Rhin jusqu'à la Moselle
et de se rapprocher d'autant de son bon allié de
France; c'est pourquoi, la politique aidant, elle se
relâcha, une fois par hasard, de sa rigidité dogma-
tique et intervint vivement en faveur de Guillaume
Farel, qui, comme orateur chrétien, avait le mérite
assez rare de fuir les vaines disputes et de laisser
volontiers dans l'ombre les questions obscures. Cela
nous explique comment le maître échevin, Gaspard
de Heu, ayant pour lui les luthériens et les calvinistes
de Metz, ne craint pas de convoquer, le 28 septembre,
le conseil des Treize pour lui apprendre l'arrivée
des plénipotentiaires de la ligue chrétienne chargés
d'aplanir le différend existant entre la cité et le comte
de Furstenberg. Les Treize lui répondent qu'ils ne
veulent rien avoir à débrouiller avec ces hérétiques.
C'est en vain qu'il cherche à leur faire comprendre
qu'ils ont tout à perdre et absolument rien à gagner à
faire injure à des princes électeurs et aux bonnes villes
impériales de Francfort et de Strasbourg. Il quitte
alors l'hôtel de ville et se rend seul au devant des
étrangers. Les rues sont pleines de curieux. A certains
signes, il est évident qu'une manifestation se prépare.

Elle éclate à la vue des députés de la ligue. Les protestants les accueillent comme des sauveurs. L'enthousiasme est tel, que les catholiques, se croyant menacés dans leurs personnes et leurs biens, rentrent chez eux et se barricadent. C'était là un soin inutile. Leur panique était déjà un commencement de réparation pour le comte de Furstenberg, et l'on résolut sagement de s'en contenter pour le moment. Ce ne fut donc pas en ville, mais à la maison Brimba, située dans les faubourgs, que se tinrent, deux jours plus tard, les conférences. Les magistrats opposants y vinrent parce que le comte de Furstenberg lui-même s'y trouvait. Les faits se rapportant à la triste aventure du 9 juillet ayant été examinés, les arbitres tombèrent d'accord qu'il était juste et équitable d'admettre désormais les deux religions sur le pied d'une parfaite égalité, ainsi que l'avait demandé le comte de Furstenberg. Ceux des députés messins qui étaient membres du Conseil des Treize n'y voulurent entendre[1]. Notre maître échevin, qui savait que les Guises lui suscitaient cette opposition, résolut de lui tenir tête. Sous le prétexte, fort discutable, que la sentence des arbitres faisait loi et devait être acceptée comme telle, il prévint le pasteur Farel que le 2 octobre il aurait à monter en chaire dans l'église de Saint-Pierre aux Images. Il y avait là à la fois l'affirmation d'un droit nouveau non encore légalement sanctionné et une véritable prise de pos-

---

[1] Bibliothèque municipale de Metz. Mss. de Paul Ferry connus sous le titre d'*Observations séculaires*. Voir t. II, XVIᵉ siècle. — Voir aussi P. MEURISSE, dans son *Histoire de l'hérésie dans la ville de Metz*, qui est assez bien renseigné pour cette époque.

session, deux audaces à la fois que les mœurs violentes
de l'époque expliquaient sans les justifier toutefois.
Les magistrats hostiles au maître échevin le firent
bien voir en venant, en force, interrompre le culte
protestant célébré pour la première fois à Metz sous
la voûte d'un temple. Leur attitude est si provocante,
que Gaspard de Heu comprend qu'il doit intervenir
s'il ne veut point porter la responsabilité du sang
versé. Il refoule la colère qui bouillonne en lui et
supplie ses coreligionnaires de se montrer plus raison-
nables que leurs antagonistes, de quitter cette église
qui ne leur appartient pas encore, et de le suivre à
Montigny, où Guillaume Farel continuera son sermon.

On l'écoute. Les Treize triomphent. Ils prennent
cette modération pour un aveu d'impuissance et
répondent à un acte illégal par une mesure vexatoire
en ordonnant que, ce jour-là, les portes de la ville
soient fermées avant la nuit. Gaspard de Heu, ses
frères et ses amis sont victimes de cette mauvaise
plaisanterie. Dès le lendemain, en rentrant en ville,
ils font un beau vacarme à ce propos. Les Treize s'en
alarment. Ils s'empressent de rédiger un mémoire
sur les affaires de leur ville et de l'envoyer au sénéchal du Hainaut, gouverneur du Luxembourg. Ce
dernier charge le receveur général de sa province,
qui se rend à la cour de Bruxelles, de tout expliquer
de son mieux à la reine Marie[1]. Le résultat de ces
explications fut un ordre d'expulsion des principaux
protestants, donné à la ville de Metz. Était-ce un

[1] Arch. gén. de Belgique. Fardes de l'audience, n° 13. — Lettre de
Pierre de Werchin à la reine Marie, du 14 octobre 1542.

maître échevin appartenant à la religion nouvelle qui
devait le mettre à exécution? Non pas. Le tribunal
des *Treize de la paix*, comme on le désigne parfois,
devenu, pour la circonstance, un véritable tribunal de
guerre, se chargea de ce soin. Il n'osa point s'attaquer
au premier magistrat de la cité, à ses frères, aux
membres de l'aristocratie qui partageaient leurs convictions, mais il frappa dans ses propres rangs Jean
Karchien, parce qu'il avait négocié avec l'électeur de
Saxe et le landgrave de Hesse au nom des protestants messins, et Gaspard Gamaut parce qu'il avait
reçu sous son toit le pasteur Farel, et qu'il s'obstinait
à suivre ses sermons malgré les défenses de l'Empereur. Cinq ou six autres bourgeois notables furent
également bannis de Metz et de son territoire comme
étant des hérétiques incorrigibles. On était alors à
la veille des fêtes de Noël de l'an 1542. Les bannis
allèrent les célébrer à Gorze, où ils furent reçus à bras
ouverts par Farel et le comte de Furstenberg. On
comprend que, dans de pareilles conditions, l'exil ne
leur pesât pas trop. Tout, d'ailleurs, leur faisait entrevoir une prochaine revanche. Cela les rend généreux.
Ils sont les maîtres à Gorze, et cependant ils s'abstien-
nent de molester les catholiques et leurs prêtres.
David Ancillon, petit-fils d'un des Messins réfugiés
en ce lieu et pasteur réformé, écrivit, peu de temps
avant la révocation de l'édit de Nantes qui le chassa
de Metz, une *Vie de Farel*. Pierre Bayle, qui a lu ce
livre, déclare que son auteur réfute victorieusement
ce qu'on a dit des mauvais traitements que les femmes de Gorze auraient infligés au réformateur pour

avoir parlé de la Vierge Marie d'une manière inconvenante[1]. Catholiques et protestants vivaient donc là en assez bonne intelligence. Cela ne faisait point le compte du cardinal de Lorraine, propriétaire de l'abbaye, et de ses partisans de Metz. Ils s'entendirent, en conséquence, pour frapper un grand coup. Le jour de Pâques de l'an 1543, à l'heure où l'abbaye regorgeait de monde pour entendre prêcher Farel et prendre part à la sainte Cène, Claude de Guise, le frère du cardinal, survint à la tête d'une troupe nombreuse[2]. On était pris au dépourvu. Il n'y eut point de combat, mais une véritable boucherie. Farel, blessé, échappa par miracle. Il était lui seul le but de l'expédition. L'ayant manqué, on avait versé bien du sang inutilement. On n'était plus qu'odieux et ridicule. Pierre Sturmius, le secrétaire du comte de Manderscheid, qui nous a donné une relation contemporaine de ces faits, ajoute que les magistrats de Metz avaient prêté les mains à ce guet-apens[3]. L'accusation est grave, mais point improbable.

Nous savons déjà de quoi, dans son zèle pieux, la majorité du conseil des Treize était capable. Ce ne sera certainement pas la calomnier que de supposer qu'à ce moment-là un bon petit massacre par procuration ait été pour elle le moyen le plus simple de se

[1] *Dictionnaire historique*. Édition de 1740, t. II, p. 444.

[2] Arch. gén. de Belgique. Audience, liasse n° 15A. Lettre du comte Salentin d'Isembourg à la reine Marie, de Thionville, 2 avril 1543.

[3] *Bericht des Grafen Diedrich von Manderscheid und Peter Sturms über die ungeschichte Handlung zu Goirs, die sie der Practick des Raths von Metz selbst zuschreiben.* Brochure citée par L. RANKE, *Deutsche Geschichte im Zeitalter der Reformation.* Berlin, 1843, t. IV, p 326.

tirer d'embarras[1]. Voici, en deux mots, ce qui s'était
passé. La ligue de Smalkalde ayant rappelé de Gorze
le comte de Furstenberg et ses soldats, celui-ci ne
voulut point quitter le pays sans avoir vidé son différend avec la ville de Metz. Il s'y rendit et, le 16 mars,
fut signé un accord en vertu duquel la liberté de
conscience était proclamée et un lieu de culte accordé
aux dissidents[2]. On acceptait donc les conclusions des
députés de la ligue qu'on avait repoussées au mois
de septembre, et cela librement, sans pression d'aucune sorte. C'est que, probablement, on n'était pas
sûr de triompher aux élections communales du
22 mars, et qu'on voulait se faire des amis. Le calcul
se trouva être bon, car les noms catholiques sortirent
de l'urne. Alors se montra le repentir d'avoir cédé,
le désir assez naturel de réparer cette faute. On prévint les Guises. Comme le comte de Furstenberg
n'avait laissé à Gorze qu'une faible garnison de 100 ou
120 hommes, et que les protestants de Metz annon-
çaient l'intention de s'y rendre en foule le jour de
Pâques, il y avait, pour ce jour-là, l'occasion de
gagner à peu de frais une ville et d'écraser l'hérésie
dans le pays messin, c'est-à-dire à la fois un grand
profit et une bonne œuvre à faire. Les Guises n'eurent
garde de manquer cette double aubaine.

Tout cela est accablant pour Richard de Raigecourt,
qui a succédé à Gaspard de Heu. Pierre Sturmius ne

---

[1] *Calvini opera*, t. XI, p. 530. — Lettre de Guillaume Farel à Myconius
de Strasbourg, le 22 avril 1543.

[2] L'accord du 16 mars fut confirmé et élargi à la conférence tenue à Strasbourg le 21 mai 1543. Voir *Calvini opera*, t. XI, p. 549.

nomme pas le nouveau maître échevin dans sa brochure; il se contente d'attribuer à son parti l'entière
responsabilité des faits. Les catholiques se défendent
seulement dans des rapports secrets. Ceux-ci disent
en février 1543 : « Prenez garde sur Metz des pratiques des protestants, car il se dresse chose étrange, »
— c'est-à-dire tout juste ce que les protestants pensaient des catholiques, — et, deux mois plus tard, les
rapports précisent en ces termes l'accusation : « Robert
de Heu est, avec ses frères, à la tête d'une conspiration ayant pour but de livrer la cité de Metz au roi
de France[1]. » Si les de Heu avaient eu réellement l'intention qu'on leur prête, ils n'auraient certes pas
attendu, pour conspirer, qu'ils fussent précipités du
pouvoir. Les auteurs de ces belles révélations sont un
bourgeois de Metz, Jacques Remich, et un énigma-
tique personnage du nom de Perthuy[2]. Ce qui étonne
davantage, c'est que le chevalier Jacques de Gournay
prenne la peine d'aller à Thionville pour les répéter
à son beau-frère, Wéry de Créhange[3]. Il aurait peut-

[1] Arch. gén. de Belgique. *Lettres des seigneurs*, t. II, p. 9, 42, 67. Ces
rapports, recueillis et transmis par Nicolas Le Gouverneur, receveur général
du Luxembourg, à la cour de Bruxelles, se contredisent. L'un dit que les
de Heu sont d'accord avec le prince de Sedan et le comte de Furstenberg
pour surprendre la ville de Metz et la livrer au roi de France ; un autre
affirme, au contraire, que les Guises et le sire de Jamets avaient reçu ordre
de François Ier de s'emparer de Thionville, et que le roi était fort mécon-
tent de n'avoir pas été mieux obéi. Cette dernière version est la plus probable.

[2] C'est peut-être le pseudonyme du Dr Lacuna, son nom signifiant en
espagnol un détroit ou tout autre passage étroit.

[3] Arch. gén. de Belgique. Audience, liasse no 12. — Lettre de Wéry de
Créhange, conseiller impérial, à... S. d.

être mieux fait de surveiller et de conseiller ses partisans. Leur conduite est étrange. Dans les premiers jours d'avril, un trésorier de France arrive à Metz avec un certain nombre de sacoches fort pesantes. Pour qui cette grosse somme? Est-ce le prix du sang versé à Gorze? Le gouvernement impérial a bien le droit de s'en enquérir. C'est ce qu'il fait en se disant sans doute que, si cet argent n'est pas destiné à payer les complaisances envers la France et les Guises du nouveau maître échevin et du conseil des Treize, ceux-ci consentiront sans peine à arrêter le trésorier du roi François Ier et à le livrer au gouverneur de Luxembourg. L'ordre d'arrestation est donné, mais point exécuté. La ville s'excuse de ne pouvoir porter atteinte à sa neutralité, qui lui lie les mains, et l'émissaire français disparaît bientôt avec ses quatorze chevaux et ses sacoches, vides ou pleines, sans laisser de traces[1]. On eût dit vraiment qu'on cherchait à se brouiller avec la cour de Bruxelles comme avec le comte de Furstenberg. Celui-ci, à la nouvelle du massacre de Gorze, s'était mis à armer. On en faisait autant en Luxembourg. Outre les droits souverains de Charles-Quint, comme empereur et duc de Luxembourg, sur la terre et l'abbaye de Gorze, occupées l'une et l'autre par les Français, il y avait, à charge de ceux-ci, l'incendie du village luxembourgeois de

---

[1] Arch. gén. de Belgique. Audience, liasse nº 15A. Voir lettre de Pierre de Werchin, sénéchal du Hainaut, à la reine Marie, de Thionville 4 avril 1543. — Lettre de Marie de Hongrie à Charles-Quint, de Bruxelles 7 avril 1543. — On soupçonna qu'il s'agissait d'acheter la garnison de Thionville. Voir *Lettres des seigneurs*, t. II, p. 67.

Marenges, où cent fermes ou maisons furent réduites en cendres, et la dévastation de la baronnie de Raville dont les seigneurs étaient maréchaux héréditaires de la noblesse du duché de Luxembourg[1].

Chose étrange! Tandis que le duc d'Orléans se posait plus ouvertement que jamais en protecteur des protestants, les Français de la garnison de Gorze venaient jusqu'au pied des remparts de leur ville rançonner les bourgeois de Metz, sous le prétexte « qu'ils étaient tous des luthériens[2] ». Les Guises avaient sans doute inventé cette mauvaise plaisanterie pour mieux faire sentir aux Messins la nécessité d'une protection efficace que l'Empereur n'avait, paraît-il, ni l'envie ni les moyens de leur accorder. Les tentateurs en furent, cette fois, pour leurs frais. On n'avait pas encore, à Metz, assez souffert de la guerre pour se laisser pousser dans les bras de la France.

A Thionville, où tout le monde alors parlait allemand, les beaux discours ne servaient à rien et un changement de nationalité ne pouvait être obtenu que par la force ou la ruse. C'est à la ruse qu'on eut recours. Les quatorze sacoches du trésorier du roi de France avaient trouvé des amateurs.

Un certain capitaine Bauer était au nombre des personnages vendus aux Valois. Il commandait une

---

[1] Arch. gén. de Belgique Audience, liasse n° 15A. Lettres de M. Le Gouverneur à la reine Marie, de Thionville fin mars et 1er avril 1543. — Lettre du comte Salentin d'Isembourg à la reine Marie, de Thionville, 2 avril 1543.

[2] Id., liasse n° 15A. Lettre de M. Le Gouverneur à la reine Marie, de Thionville le 5 avril 1543, ap. P.

enseigne de piétons allemands qui était à la solde de la ville de Metz. On lui avait payé d'avance une somme de trois cents écus au soleil, parce qu'il s'était fait fort d'introduire les Français à Thionville par le moyen de son frère qui habitait cette ville et y connaissait tout le monde. On serait peut-être arrivé à gagner les Allemands de la garnison thionvilloise, si, au mois de février 1543, leur capitaine n'avait pas découvert, par hasard, parmi ses gens l'assassin de ce serviteur du comte de Furstenberg, qui avait été frappé mortellement dans un faubourg de Metz. Il le fit appeler et, en sa qualité de grand ami du comte, le tua de sa propre main sans autre forme de procès[1]. Cela fit du bruit, et, comme bientôt après on sut en France que Furstenberg et son lieutenant Heideck étaient passés au service de l'Empereur, on comprit qu'il n'y avait plus espoir de gagner par dons ou promesses les amis qu'ils avaient à Thionville. C'était dans les mœurs de l'époque d'avoir plus d'attachement à un chef militaire en renom qu'à sa patrie ou à son souverain légitime.

Pour ce motif surtout, le sort d'une ville de guerre tenait à fort peu de chose. Comme on n'avait pu entrer ni à Metz ni à Thionville, on s'était donné le facile plaisir de surprendre la petite ville de Gorze, en manière de compensation. C'était maigre et dangereux, la place n'étant guère en état de défense. On

---

[1] Arch. gén. de Belgique. Audience, liasse n° 12. Lettre de Nicolas Le Gouverneur à la reine Marie, de Thionville le 26 février 1542, av. P. — Le capitaine allemand de Thionville s'appelait Hans von Duren. Voir Lettres du comte d'Isembourg à P. de Werchin, du 5 avril 1543, ap. P., et de P. de Werchin à la reine Marie, du 30 avril 1543. Même collection, liasse n° 15.

n'y resta qu'un mois et quelques jours. Le **25 avril**,
le sénéchal du Hainaut ordonna aux trois capitaines
de Thionville, George de la Roche, Gilles de Chappoigne et Hans de Duren, d'aller en déloger les Français. Ils prirent avec eux leur artillerie, même un
vieux canon gothique qu'on chargeait avec des boulets de pierre; mais les chemins étaient à tel point
détrempés par la pluie que, laissant leurs bouches à
feu à Richemont, cavaliers et fantassins se portèrent
rapidement sur Gorze, où les Français, sommés de se
rendre, s'y refusèrent. On les bloquait depuis trois
jours, quand le sénéchal du Hainaut arriva avec les
canons laissés à Richemont et obtint sans peine que
la garnison se rendît à discrétion. « Nous sommes
« entrés ce matin en labbaye de Gorze environ les huit
« heures, » écrit-il le 30 avril à la reine de Hongrie.
« La maison est fort bien munie de bonnes tours,
« les fossez maulvais, et partie de la muraille fort
« caducque, de manière qu'elle n'est tenable contre
« artillerie. Toutefois, pour la commodité quelle pour-
« roit donner la gardant, tant pour empescher le pas-
« saige des Franchoys par les villes du Pont, de Metz
« et Saint-Nicolas que pour la seureté du quartier de
« Thionville, et éviter les dommaiges qu'il en pour-
« roit recepvoir comme désia, joinct que lad. terre
« est bonne et profitable en revenuz, et qu'elle pour-
« roit empescher le passaige des lansquenetz et che-
« vaulx en France, semble que V. M. la pourroit
« encoires garder pour un temps[1]. » Le jour même,

---

[1] Arch. gén. de Belgique. Audience, liasse n° 15A. Lettre de Pierre de
Werchin à la reine Marie, de Gorze le 30 avril 1543. — Ce document
authentique corrige donc les récits des chroniqueurs recueillis par Huguenin

Pierre de Werchin apprend que le comte de Furstenberg se dirige sur Gorze avec 400 chevaux et
10 enseignes de piétons; il s'empresse de le mander
à la cour de Bruxelles, d'où on lui répond sur l'heure :
« Si vous ne pouvez démolir l'abbaye avant l'arrivée
« du comte Guillaume, vous êtes autorisé à la remettre
« en ses mains s'il fait serment de ne s'en servir que
« contre le roi de France[1]. »

Le comte de Furstenberg ne vint pas. Gorze étant
de nouveau au pouvoir des impériaux, il remit à plus
tard son règlement de compte avec la ville de Metz
et se rendit à Ratisbonne, auprès du chancelier de
l'empire, Granvelle. A son retour à Strasbourg, il reçut
la visite de Robert de Heu, seigneur de Malroy, qu'on
accusait d'avoir conspiré avec lui contre l'Empereur.
Il le chargea d'aller présenter à la reine de Hongrie
leur commune justification[2].

Nous savons ainsi que le comte avait prêté à Ratisbonne le serment de fidélité que Werchin lui eût
demandé s'il était venu le rejoindre à Gorze. L'abbaye
de ce nom n'avait pas été démolie, et c'étaient main-

disant (p. 863) que, quinze jou. s ou trois semaines après l'entrée des Français, les Bourguignons vinrent assiéger la ville de Gorze et prirent le château
d'assaut.

[1] Note écrite au dos de la lettre de Werchin, du 30 avril. L'écriture nous
paraît être celle de la reine Marie.

[2] Arch. gén. de Belgique. Audience, liasse nº 13. Lettre du comte de
Furstenberg à Granvelle, 8 octobre 1542. — *Lettres à divers*, t. 1er, p. 276.
— Lettre du comte de Furstenberg à la reine de Hongrie, de Strasbourg le
20 mai 1543. — Voir aussi lettre de Pierre de Werchin à la reine Marie, de
Luxembourg le 23 mai 1543 (Audience, liasse nº 15A), et la lettre, en
allemand, du comte de Furstenberg à la reine Marie, de Strasbourg le 3 juin
1543 (Audience, même liasse).

tenant des Luxembourgeois ou des Bourguignons,
comme on les appelait alors, qui y tenaient garnison.
Ils firent bonne garde, car ils y étaient encore en
1552, à la veille de la surprise de Metz, et il ne fallut
rien moins qu'un Gaspard de Coligny, appuyé d'une
redoutable artillerie, pour les en chasser.

II

Quand le conseiller Boisot reçut de Charles-Quint l'ordre de se rendre à Metz, pour rassurer les bons et punir les méchants, il venait d'avoir rempli à Liège une mission analogue[1].

Ce fut sans doute le motif pour lequel on le choisit. Il ne s'en montra ni flatté ni reconnaissant. « Monseigneur, » mandait-il de Liège à Nicolas de Granvelle, chef du conseil d'État, « j'ay receu hier les lettres « de l'Empereur par lesquelles Sa Majesté me com- « mande daller à Metz en Lorraine pour les causes « contenues ez dictes lettres; sur quoy, Monseigneur, « je luy fay la response telle que vous verrez, com- « bien je pense que cette commission sera difficile et « dangereuse, et qu'il n'en pourra venir grand fruict, « mesmes quant au faict de la Religion, veu que ceulx « qui se mectent à cette nouvelle secte sont volon- « tiers si obstinez quilz ne sont à démouvoir de leurs « opinions. Toutefois jobéyray au bon plaisir de Sa « Majesté, et me partiray de Malines le plus tost que « je pourray, prenant à mon advantage la permission « que Sa Majesté me fait destre en ma maison sept

[1] Arch. gén. de Belgique. Audience, liasse n° 17. Lettre de Charles-Quint à Charles Boisot, de Bonn le 29 août 1543. Minute.

« ou huit jours. Cependant, Monseigneur, vous pou-
« vez envoyer lettres de crédence de Sa dicte Majesté
« à ceulx dud. Metz, et, quant à linstruction je me
« reigleray selon que Sa Majesté me le commande[1].»

Si Boisot parle de difficultés et de dangers, c'est
qu'il revenait d'Allemagne et qu'il savait que les
sympathies en faveur des protestants de Metz y
étaient très vives.

Le fait est que Gaspard de Heu et plusieurs de ses
coreligionnaires messins avaient été parfaitement
accueillis à la diète de Ratisbonne, et que l'électeur
Philippe de Hesse, le duc de Wurtemberg et la ville
de Strasbourg étaient tombés d'accord avec la ville
de Metz sur la nature des concessions que celle-ci aurait à faire aux protestants en échange de la protection
de la ligue de Smalkalde contre ses ennemis du dehors[2]. L'accord du 16 mars 1543, qui n'était qu'une con-
vention particulière, était devenu par là un acte public
approuvé par la plus haute magistrature de l'Empire,
et l'on comprend qu'en allant à Metz pour le combattre, notre conseiller n'obéisse qu'à contre cœur aux
ordres de Charles-Quint. Comme le traité portait que
les protestants de Metz pourraient avoir jusqu'à trois
pasteurs, Calvin brûlait d'envie de se rendre auprès
d'eux pour imposer silence à Caroli, son ancien disciple devenu son insulteur, celui de Guillaume Farel

---

[1] Arch. gén. de Belgique. Audience, liasse n° 17. Lettre de Boisot à
Grenoble, de Liège le 31 août 1543.

[2] RODOLPHE REUSS, *Pierre Bruly*. Strasbourg, 1879, p. 37. — JULES
BONNET, *Lettres de Jean Calvin*. Paris, 1854, t. Iᵉʳ, p. 86.

et l'agent du cardinal de Lorraine[1]. Cependant,
comme l'accord signé à Strasbourg imposait aux
Messins l'obligation d'observer la confession d'Augsbourg, qui était loi d'Empire, il est fort heureux que
le réformateur n'ait pas eu l'occasion de les compromettre plus sûrement qu'il ne les aurait édifiés.
Farel et Brusly eussent aussi été de trop. On s'en tint
sagement à Waltrin Dubois, l'ancien prieur des dominicains de la rue des Ouies, — aujourd'hui la rue aux
Ours, — qui ne faisait pas de polémique en chaire,
mais par lettres seulement. Il avait inauguré le culte
public protestant dans la chapelle de l'hospice Saint-
Nicolas en Neufbourg le 24 juin, et, jusqu'au moment
de l'arrivée du conseiller Boisot, il n'avait eu à souffrir que des insultes et des coups de quelques mauvais garnements, qui le poursuivaient quand il se
montrait en rue. Ses plus cruels ennemis étaient
les magistrats catholiques, qui lui avaient accordé un
temple et le félicitaient, à l'occasion, sur la modestie
de son attitude et la modération de son langage.
Deux d'entre eux avaient été secrètement trouver
l'Empereur à Bonn, où il arriva le 17 août 1543, à la
tête de l'armée avec laquelle il se proposait d'aller
châtier le duc de Clèves. Charles-Quint parle d'eux à
Boisot, dans une lettre datée du camp de Breforth,
château situé entre Erkelenz et Gladbach, le 29 août.

---

[1] Lettres de Jean Calvin aux seigneurs de Genève, de Strasbourg, du
1er au 24 juillet 1543. — Voir J. Bonnet, ouvrage cité, t. 1er, p. 83 à 93. —
Les relations de Caroli avec le cardinal de Lorraine sont démontrées par Guillaume Lindanus, évêque de Ruremonde, dans son traité intitulé : *Dubi-
tatius dialogus de origine sectarum*, etc. Dialogue II*.

Nos conseillers messins lui avaient rapporté de bouche
et par écrit « que leur cité était en danger de se
« livrer du tout aux malheureuses nouvelles sectes,
« *voire à la pire de toutes,* » et qu'il serait impossible
« de l'éviter sans y envoyer bon personnage exprès
procédant de lui [1] ».

Si l'on admet que les deux conseillers n'exagèrent
pas, il faut croire que la population de Metz était conquise à l'Évangile avant que Waltrin Dubois n'eût
commencé à prêcher, ou bien que les succès de l'ancien prieur des Jacobins avaient été, en quelque sorte,
foudroyants. Cela expliquerait leur ahurissement
mais non leur mauvaise foi, car leur démarche à
Bonn ne peut signifier autre chose que leur désir de
manquer à la parole donnée. C'est pourquoi ils accu-
sent les luthériens de Metz d'appartenir à la pire de
toutes les nouvelles sectes, c'est-à-dire d'être calvinistes, et les princes qui ont traité avec eux à Ratisbonne et à Strasbourg d'avoir usurpé la qualité de commissaires ou délégués des États du Saint-Empire. Nous
passons volontiers condamnation sur l'accusation de
calvinisme, parce qu'elle était, au fond, à Metz la forme
du culte régénéré, préférée, sinon professée, par l'aristocratie et la haute bourgeoisie; mais nous ne comprenons pas que l'orthodoxie de Charles-Quint ait pu
l'aveugler au point de ramasser une calomnie et de
s'en faire une arme contre plusieurs princes élec-

[1] Arch. gén. de Belgique. Audience, liasse n° 17. Minute d'une lettre de
Charles-Quint au conseiller Charles Boisot. — Le « voire à la pire de toutes »
de Charles-Quint nous prouve que, si mitigé et modéré que fût le calvinisme en 1543, il lui semble plus redoutable que la doctrine des docteurs
libertins ou anabaptistes.

teurs, le sénat de Strasbourg, le comte de Furstenberg et les protestants messins[1]. Ce sont ces mêmes
catholiques qui se plaignent, qui ont été au-devant
d'un accord, et ce sont leurs concitoyens protestants
que Boisot doit accuser de leur avoir imposé un
modus vivendi par la force! On comprend que notre
conseiller en ait fait une maladie vraie ou fausse et
soit resté plus de six semaines en sa maison de
Malines avant de prendre le chemin de Metz. Il faut
avouer aussi qu'on serait embarrassé à moins que
cela.

Il s'arrête en route à Thionville, où il n'arrive pas
sans peine, car la guerre est dans son plein et lui
offre, dans toute la traversée du Luxembourg, le
spectacle des plus lamentables horreurs. Le gouverneur de cette province, Pierre de Werchin, sénéchal
du Hainaut, s'est retiré à Thionville, où il a juré de
s'ensevelir, s'il le faut, sous des ruines fumantes[2].
Boisot s'y rencontre, par hasard, avec les seigneurs de
Talange et de Moulins, un Gournay et un Baudoche[3].

---

[1] Arch. gén. de Belgique. Liasse n° 17. Voir l'instruction pour messire
Charles Boisot allant à Metz, datée de Louvain, le 27 septembre 1542.
L'empereur y dit que la sentence arbitrale rendue sur le différend existant
entre la ville de Metz et le comte de Furstenberg est nulle et inique, et qu'il
a, en outre, *entendu dire* que toute cette affaire *a été acheminée par l'iniquité
du roi de France* pour pouvoir d'autant mieux pêcher en eau trouble et s'emparer de ladite cité de Metz.

[2] Arch. gén. de Belgique. Audience, liasse n° 16. Lettre de Pierre de
Werchin à Charles-Quint, de Thionville le 13 septembre 1543.

[3] Il s'agit ici de Michel de Gournay, dont le fils, Jacques, était maître éche-
vin de Metz au moment de la conquête de cette ville par le roi de France.
François Baudoche fut le dernier de la race. Il mourut en 1558. Voir
E.-A. BÉGIN, *Biographie de la Moselle*, t. Ier, p. 71; t. II, p. 245. —
Mémoires de la Société d'histoire et d'archéologie de la Moselle, t. XI,
p. 4.

Ces deux magistrats messins étaient venus défendre
là, mais avec un bien moindre succès, une thèse
aussi absurde que celle qui avait été soutenue en
leur nom à Bonn devant Charles-Quint. Ils prétendaient avoir droit à un sauf-conduit pour mener des
vivres au camp du roi de France, parce qu'ils étaient
neutres et pouvaient, comme tels, librement trafiquer
et correspondre avec les belligérants. On aurait pu
leur répondre que si la peur ne leur avait pas fait
perdre la tête, ils étaient d'audacieux compères pour
avouer si franchement leurs sympathies pour les
ennemis de l'Empereur.

Le sénéchal du Hainaut n'en fit rien; il se contenta
de les renvoyer à Boisot, qui arrivait de la cour et
savait au juste quelle était la manière de voir de
l'Empereur sur le fait des vivres[1]. Quel ne dut pas
être l'étonnement de nos deux gentilshommes d'apprendre qu'un conseiller impérial, arrivant directement de Malines, savait que les magistrats de Metz
avaient reçu, le 12 septembre, la visite des ambassa-

---

[1] Les instructions de Boisot, datées de Louvain 27 septembre 1543, s'ex-
primaient comme suit sur la question des vivres : « Vous leur direz aussy
« que leur requérons et enchargeons bien expressément quilz n'adminis-
« trent nulz vivres ny munitions de guerre quelconques, directement ou
« indirectement, auxd. François tant pour le debvoir quilz ont vers nous
« et le Saint-Empire, que pour estre les desseings principaux desd.
« François ruyner la crestienté estans aliez et confédérez avec le Turcq
« dont avoient receu son armée de mer et la conduyte dicelle en ses
« royaulmes et joinctement avec icelle fait invasion en lad. crestienté. »
Ce que Boisot savait de plus, il l'avait appris de Pierre de Werchin, qui le
tenait de Nicolas de Heu, seigneur d'Ennery. Voir Arch. gén. de Belgique.
Audience, liasse n° 16. — Voir aussi, même liasse, lettre de Pierre de
Werchin à Charles-Quint, de Thionville 13 septembre 1543.

deurs du roi de France, s'étaient engagés à fournir le
blé dont on pourrait avoir besoin, soit que François Ier
assiégeât Thionville ou fût avec son armée dans le
Luxembourg, et que, maintenant, ils demandaient
un sauf-conduit au gouverneur général du Luxembourg, sachant que des mesures avaient été prises
pour les empêcher de continuer à fournir des vivres
à l'ennemi. Si notre conseiller n'avait pas eu pour
devoir de rassurer les bons, c'est-à-dire les catholiques, et de punir les mauvais, c'est-à-dire les protestants, quelle belle occasion il avait là de foudroyer,
comme traîtres et félons, les Gournay, les Moulins,
les Raigecourt et leurs adhérents!

Ne pouvant le faire, il résolut de se servir d'eux et
de mesurer son indulgence sur leur empressement
à l'aider dans l'accomplissement de sa mission. Le
samedi 6 octobre 1543, quand il quitta Thionville,
on aurait pu croire que les seigneurs de Talange et
de Moulins étaient déjà ses prisonniers, parce que, les
chemins étant peu sûrs, le sénéchal du Hainaut leur
avait donné une escorte de vingt-cinq reîtres com-
mandés par Jean de Heu, sire de Blétange. Leur
troupe n'était plus qu'à un trait d'arc des portes de
Metz, quand ils aperçurent l'ancien maître échevin
Robert de Heu, accompagné de trois chevaux, qui, au
lieu de venir à eux, retourna sur ses pas. Cette impo-
litesse ne concernait en rien le conseiller Boisot; elle
était due à la présence des seigneurs de Talange et

---

[1] Arch. gén. de Belgique. Audience, liasse n° 16. Voir Rapport du conseiller d'Estat Charles Boisot envoyez vers Metz pour y faire procéder contre
les sectaires. S. d.

de Moulins, et peut nous servir à mesurer le degré
de haine qui, à Metz, animait les chefs des deux par-
tis contraires. Non seulement on ne se voyait plus,
on ne se parlait plus, on ne saluait même plus; on
se fuyait[1].

Voilà des gens, dut se dire messire Boisot, qui vont
me raconter pis que pendre les uns des autres. Cela
ne manqua point. Faisant bon visage à tous ceux qui
s'empressaient de venir lui faire leur révérence, il fut
bientôt renseigné. Nous voyons dans les lettres qu'il
adresse de Metz au chancelier de Granvelle qu'il est
d'avis « que tous ceulx de la noblesse sont plus francoys que bourguignons, bien que tous se disent
impériaulx, et ne vouldroient que le roy de France
se fist seigneur d'eulx[2] » . Ce qui lui gâte quelque peu
ce témoignage satisfaisant qu'il accorde à ceux qu'il
doit juger, c'est que, sur les cinq frères de Heu qui
marchent à la tête du parti protestant, il n'est qu'un
seul, Robert, qui passe pour bon Français, tandis que,
du côté des catholiques, il ne voit que des amis des
Guises et qu'il constate que Michel de Gournay fait
élever deux de ses fils à la cour de France et que
François Baudoche a pour femme une dame française qui fait de lui ce qu'elle veut.

Or, quelle est la conclusion que Boisot tire de cet
état de choses? Est-ce celle que le plus vulgaire bon
sens indique? Non pas; c'est celle à laquelle ses

---

[1] Arch. gén. de Belgique. Audience, liasse n° 16. Lettre de Charles Boisot
au chancelier de Granvelle, de Metz, le 14 octobre 1543. Ce document a été
publié dans la *Revue de Belgique*, t. XXXII, p. 152-154.

[2] Voir la lettre citée ci-dessus.

instructions veulent qu'il arrive. « Je ne scay ce que
je doibs dire, » — « sinon que ceulx que les de Heu
« chargent destre francoys tiennent la main le plus
« que peuvent à lextirpation de lad. maulvaise secte,
« et iceulx de Heu, si ne craignaient aultres que Dieu,
« la maintiendraient volontiers[1]. » Ce qui manque,
selon nous, à ce langage, c'est la franchise. Il ne dit
point que ceux qui travaillaient de si bon cœur à
l'extirpation des sectes le faisaient par attachement
pour les Guises et non par amour pour l'Empereur;
or, au risque de déplaire en haut lieu, c'était ce qu'il
fallait proclamer, car, en suivant à la lettre ses instructions, notre conseiller ne faisait, comme nous le
verrons par la suite, que jouer le jeu des ennemis
de son maître. C'était le 6 octobre, assez tard dans
l'après-midi, qu'il était arrivé à Metz. On l'avait mené
à l'hôtellerie de la *Porte rouge*. A peine avait-il eu
le temps de s'installer, que MM. de Talange et de
Moulins étaient venus le saluer au nom de la ville et
lui demander à quelle heure, le lendemain, il lui
convenait de les recevoir. Il leur répondit que les
affaires qui l'amenaient à Metz n'étaient point de
nature à pouvoir être traitées dans une chambre
d'auberge, et qu'il les priait d'en prévenir les échevins et les treize jurés de la ville. Ses visiteurs prirent
congé de lui en promettant de faire part à leurs collègues de son désir. Il les vit revenir le lendemain
matin, accompagnés des deux secrétaires de la cité,
« pour ouïr encore une fois ce qu'il voulait et en faire

---

[1] Voir la lettre citée ci-dessus.

loyal rapport ». Il est évident qu'on était mal à son
aise, qu'on voulait, si possible, éviter cette solennité
et cette publicité auxquelles le conseiller Boisot
paraissait tenir. On avait secrètement dressé des
lettres de créance et expédié deux gentilshommes à
Bonn, auprès de l'Empereur, pour lui faire un tableau
si affligeant et si inquiétant à la fois de la situation
de la ville de Metz que l'Empereur, n'y pouvant
venir en personne, y avait envoyé l'un de ses conseillers pour juger de l'état des choses et commander les
mesures les plus propres à assurer l'ordre et maintenir l'ancienne religion. « Voilà, Messieurs, » leur dit
Boisot, « pourquoi je tiens à vous présenter mes
« lettres de créance en votre maison échevinale, en
« présence des membres du clergé et des principaux
« bourgeois, et non pas en un lieu privé ni à quel-
« ques députés en particulier.

— « Ce que vous demandez là, messire, » lui
répondit-on, « ne s'est jamais fait. Ceux de l'Église
« n'ont jamais eu rien de commun avec ceux de la
« cité, et n'ont à intervenir en aucun acte la concer-
« nant soit public, soit privé. Ce sont les échevins
« et les treize jurés qui représentent le corps et la
« communauté de la cité, sans que la coutume soit
« d'y appeler autres bourgeois. »

Cet aveu, dépouillé d'artifice, nous donne la juste
mesure des libertés messines. Il décida sans doute
Boisot à maintenir ses prétentions. Les députés se
retirèrent, là-dessus, pour aller conférer avec leurs
collègues sur l'incident.

Au bout de deux heures, les deux conseillers de la

ville revinrent seuls cette fois, pour annoncer à
Boisot qu'il serait fait selon son désir, et qu'on le
priait seulement de vouloir décider si la cérémonie
publique aurait lieu le jour même à deux heures de
l'après-midi ou le lendemain matin à huit heures. Il
préféra, « pour plusieurs considérations », le lundi
matin.

Ce jour-là, un peu avant l'heure fixée, messire
Michel de Gournay et François Baudoche, sire de
Moulins, se présentèrent à l'hôtellerie de la *Porte
rouge* et offrirent à notre conseiller de l'accompagner
en leur maison échevinale, où déjà échevins, jurés,
ecclésiastiques et bourgeois notables l'attendaient.

La cérémonie commença par la lecture des lettres
de créance de l'Empereur. Celle-ci étant achevée,
Boisot, dans un discours dont il ne nous a laissé
qu'un résumé, s'exprima à peu près en ces termes :

« Vous ne pouvez ignorer, Messieurs, que plusieurs
« placards ont été publiés par tout l'Empire, afin que
« les princes, États ou cités qui en font partie ne
« permettent point à leurs sujets, habitants ou bour-
« geois, d'aller en guerre contre l'Empereur ou le
« Saint-Empire. Ces placards, qui édictent des peines
« sévères, ont été rafraîchis et confirmés par les recès
« de la dernière diète de Ratisbonne, et cependant Sa
« Majesté Impériale a été avertie que plusieurs de vos
« citoyens, bourgeois et manants ont servi en France
« contre ses pays et s'y trouvent encore, sans que les
« gouvernants de votre cité aient fait une démon-
« stration quelconque ou les aient repris ou menacés.
« Sa Majesté Impériale en a été vivement offensée et

« avec bonne raison. C'est de sa part, Messieurs, que
« je viens vous requérir bien sérieusement de mieux
« faire votre devoir à l'avenir et, pour ce qui regarde
« le passé, de châtier les coupables exemplairement,
« ainsi qu'il est ordonné par les placards[1]. Je dois
« ajouter encore, à l'article de mes instructions qui
« parle de services rendus au roi de France, que tous
« ceux qui seront coupables d'avoir livré à l'ennemi
« des vivres ou autres munitions de guerre seront
« tenus pour adhérents à la mauvaise volonté dudit
« roi de France et considérés comme ayant donné
« consentement à la ruine de la chrétienté et, par
« conséquent, du Saint-Empire dont ils sont membres
« notables.

« Je fais cette déclaration pour répondre, ainsi que
« j'y suis autorisé et tenu par mes lettres de créance,
« à la requête présentée par vos députés à Monsei-
« gneur le gouverneur du Luxembourg à l'effet d'ob-

---

[1] L'année suivante, le conseiller Boisot, se trouvant de nouveau à Metz
avec l'empereur Charles-Quint, fut chargé, de concert avec le vice-chancelier Naves, de juger le comte Hubert de Beichlingen, qui avait été arrêté à
Épinal, comme chef d'une bande de mercenaires allemands enrôlés pour le
compte du roi de France. Ainsi que le voulaient les placards, le comte fut
condamné à mort, et son exécution par le glaive ordonnée comme devant avoir
lieu le 21 juin, sur la place au Change. Déjà le comte, sa confession faite,
s'apprêtait à marcher au supplice, quand on lui apporta sa grâce, que l'archiduc Maximilien et le duc Maurice de Saxe avaient été assez heureux d'obtenir.
C'est ce même personnage que les chroniqueurs messins de Huguenin
(p. 863) désignent sous le nom de Pintelin. Un manant de Trèves, Charles
Thomas, qui avait commis le même crime, ne trouva point de princes qui
s'intéressèrent à lui et fut pendu quelques jours plus tard, afin de faire un
exemple et de maintenir les Messins dans le devoir. Le comte de Beichlingen
retourna servir en France, où, trente ans plus tard, il fut assassiné par ses
propres soldats. FALKENSTEIN, *Thüringische Kronik*, livre II, IIe partie,
p. 774.

« tenir un sauf-conduit et sûr passage, pour conduire
« des vivres au camp des Français. Cette démarche de
« vos députés doit me surprendre, parce qu'elle est de
« tout point contraire aux ordres de l'Empereur que
« vous connaissez, et que vous devriez bien savoir
« qu'il ne pouvait être en la puissance d'aucun de
« ses officiers de vous délivrer un sauf-conduit pour
« acheminer des vivres vers l'ennemi.

« Enfin, Messieurs, suivant que vous avez prié
« Sa Majesté Impériale d'envoyer ici un personnage
« pour informer sur les divisions et partialités qui
« sont en cette cité, et savoir de qui elles proviennent,
« Sa Majesté Impériale m'a donné charge d'y entendre
« et de m'y employer. Je viens, en conséquence, vous
« prier de m'aider de tout votre pouvoir à remplir
« ma mission. »

On comprend que ce langage sévère, ressemblant
fort à un acte d'accusation dans toutes les règles, fit
sur ceux auxquels il s'adressait une vive impression.
L'autorité était aux mains des dénonciateurs, de ceux
qui avaient réclamé une enquête, et c'était sur eux
et non sur leurs antagonistes que tombait la colère
du commissaire impérial. Ils s'empressèrent de lever
la séance publique et prièrent le conseiller Boisot de
vouloir bien se retirer quelques instants dans une
salle voisine, afin qu'ils pussent s'entendre sur la
réponse qu'il convenait de lui faire.

Le conseiller n'y voulut point contredire. Tout ne
marchait-il pas au gré de ses désirs? Il avait intimidé
d'orgueilleux patriciens et compromis leur prestige
aux yeux du clergé et de la bourgeoisie. Le reste,

pensait-il, ne devait être qu'un jeu. Il se servirait des
magistrats catholiques, qu'il venait d'assouplir par
ses menaces, contre leurs collègues protestants et,
dans le cas peu probable où ils ne voudraient le servir, du clergé et des bourgeois fidèles à l'Empire,
pour les faire tous taire et les accabler. Comme il s'y
attendait, on vint bientôt le trouver pour s'excuser
de ne pouvoir, à cause de l'importance de la matière,
lui donner réponse immédiatement, et il s'en retourna
à son logis, accompagné de Michel de Gournay, du
sire de Moulins et de quelques autres gentilshommes. Le même jour, dans la soirée, deux échevins,
ayant avec eux les deux secrétaires de la ville, vinrent
le trouver pour lui dire qu'à l'hôtel de ville ils
étaient fort embarrassés parce que le roi de France
leur avait fait de grandes menaces, et, qu'après son
départ de Luxembourg, le duc d'Orléans les ayant
répétées, ils n'avaient pu faire autrement que de
promettre à ce prince de lui envoyer sans tarder
mille quartes de froment sur les neuf mille qu'on
leur avait demandées d'abord.

Devaient-ils maintenant manquer à leur parole?
Ils ne le croyaient pas, leur promesse ayant été faite
antérieurement aux défenses de l'Empereur, et les
Français, qui étaient très capables de leur nuire,
leur faisant, à chaque jour de retard, de plus grandes
et plus terribles menaces.

Si, malgré cela on ne voulait pas avoir égard à
leur parole engagée et leur permettre de la racheter
moyennant mille quartes de froment, ils suppliaient,
avant toute réponse définitive, qu'on voulût bien

prendre la peine d'examiner si les devoirs de leur
neutralité pouvaient consister à donner des vivres à
Thionville et à en refuser à Luxembourg, parce que
les Français y étaient. C'était là poser la question de
savoir si les gardes et neutralités des trois évêchés,
qui avaient toujours été respectées dans les guerres
précédentes, devaient être considérées comme étant
tombées en désuétude? Le conseiller Boisot voulut
éviter toute discussion sur ce point [1].

« Vous avez entendu, » leur dit-il, « ce que ma
« charge m'a obligé de vous dire touchant cette ques-
« tion de vivres. Je n'ai autorité ni puissance d'y rien
« changer, et ne puis vous autoriser à faire ce que
« vous me demandez. Vous devez subir la contrainte
« que la volonté de l'Empereur vous impose, et con-
« sidérer que fournir des vivres à ses ennemis, c'est
« les fortifier, et cela au moment même où ceux qui
« sont dans Luxembourg manquent absolument de
« tout. Et, puisque vous invoquez à ce propos votre
« neutralité, je dois vous dire que plusieurs des

---

[1] Le privilège de neutralité fut encore invoqué par les Messins avant et
même après l'occupation de leur ville par le roi Henri II, quand, à Thionville et en autres lieux, on les eut déclarés, à son de trompe, ennemis et
adversaires de la maison de Bourgogne. Cette insistance des Messins à prétendre « qu'ils n'étaient point de guerre » ne fut pas moins grande que
leur constance à paraître aux diètes impériales et à protester ainsi contre
l'occupation de leur ville par le roi de France. Voir Arch. gén. de Belgique.
Papiers d'État, *Lettres des seigneurs*, t. IX, p. 344. Lettre des échevins de Metz
au colonel de Schauwenbourg, gouverneur de Thionville, du 17 mars 1552,
mors Meten. (1553). — *Lettres des seigneurs*, t. XIV, p. 39. Lettre du
maréchal Martin van Rossem, gouverneur général du Luxembourg, à la
reine Marie de Hongrie, du 23 janvier 1554 (style de Trèves, 1555). Papiers
d'État et de l'Audience, liasse n° 69. Lettre de la ville de Metz à M. de
Schauwenbourg, gouverneur de Thionville, du 25 avril 1553.

« vôtres ont servi le roi de France devant Ivoix et à
« la première comme à la dernière surprise de Luxem-
« bourg, sans tenir compte aucun des défenses de
« l'Empereur et des États de l'Empire.

« Il n'y a, sachez-le bien, ville impériale où le ser-
« vice de France soit si librement permis qu'en cette
« cité de Metz, et que, de tous les Allemands qui
« aujourd'hui sont en France, il n'y en a pas un
« seul qui oserait rentrer en sa maison, de peur d'être
« châtié selon la rigueur des placards. »

L'un des deux secrétaires de la ville objecta qu'ils
avaient fait, en conformité des placards impériaux,
une ordonnance refusant à tout Messin qui se serait
mis au service du roi de France le droit de tenir
domicile en leur cité, et leur défendant, s'ils y revenaient en passant, de loger en leurs maisons. Ladite
ordonnance n'était pas autrement rigoureuse, parce
que le magistrat avait cru devoir tenir compte de ce
que la présente guerre ne concernait pas l'Empire
d'Allemagne, mais seulement les terres patrimoniales
de l'Empereur. On le voit, aussi bien dans la question du service militaire que dans celle des vivres
considérés comme munitions de guerre, la ville de
Metz, qui se sent prise entre le marteau de France et
l'enclume d'Espagne, a recours à des subtilités, à
des subterfuges pour se tirer d'affaire. Cela ne la conduit pas loin, puisqu'il est évident que sa neutralité
politique ne la soustrait en aucune façon aux devoirs
particuliers qui lui incombent comme cité impériale
et comme membre du cercle du Rhin. Aussi le conseiller Boisot ne fut-il nullement en peine de rétor-

guer l'argumentation de nos deux secrétaires de la ville.

Il le fit en ces termes : « Et votre serment de fidé-« lité à l'Empereur? Qu'en faites-vous? Croyez-vous, « par hasard, qu'il vous soit permis de tout entendre « autrement que les autres parties de l'Empire et « cités impériales qui ne permettent à leurs sujets « d'aller au service de France, et les punissent « comme il convient en cas de désobéissance? S'il « vous plaît cependant d'être à ce point singuliers en « vos opinions, vous verrez comment l'Empereur et « ceux de l'Empire prendront la chose. »

Les deux échevins, qui n'avaient pas encore ouvert la bouche, et les deux secrétaires, qui avaient trop parlé, ne répondirent rien. Ils quittèrent leurs sièges et prirent congé de notre conseiller, après avoir fixé une nouvelle entrevue au lendemain, à trois heures. Les mêmes personnages revinrent, accompagnés, cette fois, de messire Nicolas Roucel, seigneur de Mercy[1]. Ce dernier, en sa qualité de bon impérialiste, conve-nait mieux qu'aucun autre pour défendre ses collè-gues de la régence contre tout soupçon de trahison ou de félonie. La tâche était rude, car, comme nous le savons déjà par la lettre de Boisot à Granvelle, le garde des sceaux de l'Empereur, les uns étaient accusés d'aimer la France et d'y faire élever leurs enfants, les autres d'y avoir des alliances et des cor-respondances ayant un caractère politique. Nicolas

---

[1] M. Abel suppose que les Roucel ou Roucelz appartenaient à l'antique famille messine des Champel. Messire Nicolas avait eu les meilleurs rap-ports avec le conseiller Boisot lors de son premier séjour à Metz, en 1540.

Roucel s'en tira adroitement. Il commença par se poser en offensé.

« Monsieur le conseiller, » dit-il, « ceux qui ont « été présents à votre dernière proposition se sont « scandalisés de vous entendre dire que le roi de « France avait déjà fait des démarches pour mettre « cette cité en sédition et la distraire du Saint-Empire, « et que même, à cette fin, il tenait de ses serviteurs « en cette ville et en faisait venir journellement pour « solliciter les bourgeois à manquer à tous leurs devoirs « et obligations. Nous ne savons à qui ces mots- « là s'adressent; et, s'il est vrai que Sa Majesté Impé- « riale a quelque soupçon contre quelqu'un particu- « lièrement qui aurait travaillé à distraire cette cité « du Saint-Empire, nous venons vous prier de vouloir « bien nous donner plus d'éclaircissement, afin que ce « personnage, s'il est justement noté, soit châtié selon « la grandeur du cas. »

— « Je n'ai reçu charge de noter personne en par- « ticulier, » répliqua Boisot, « et ne sait si l'Empereur « a reçu quelque avertissement particulier; mais Sa « Majesté m'a ordonné de parler ainsi que je l'ai fait, en « termes généraux. Cependant je dois dire que, pour « moi, la vérité du fait ressort de ce qui a été pratiqué « par ledit roi de France en sa cité de Liège, ainsi que « de la volonté dudit roi de s'emparer de la cité de « Trèves[1]. D'ailleurs, les Français qui sont en cette « ville, qu'on y voit aller et venir journellement, sont « encore en son service et portent les armes pour lui

[1] Ces assertions de Boisot sont parfaitement conformes à l'histoire. Voir notre livre : *l'Église de Liège et la Révolution*. Bruxelles, 1862, p. 71 à 74.

« contre l'Empereur. Ils l'ont même accompagné au
« siège d'Ivoix, comme à celui de Luxembourg et de
« quelques autres places.

« Toutes ces choses peuvent bien donner conjecture
« à Sa Majesté Impériale que ledit roi tente à se faire
« servir de cette cité, et que, pour y parvenir, il se
« servira de ceux de vos bourgeois qui sont à son ser-
« vice. Je suis, de plus, averti qu'aujourd'hui même
« est arrivé en cette ville un gentilhomme nommé
« Jacques Deca, votre concitoyen, qui vient de France,
« où il se trouve aux gages du roi[1].

— « Les apparences sont souvent trompeuses, »
s'écria ici le sire de Barisey. « J'ai moi-même en
« France deux de mes fils, qui y sont allés avant la pré-
« sente guerre, et je crois même que l'un deux est
« déjà hors de page. J'ai agi ainsi pour leur faire voir
« du pays et leur faire apprendre quelque chose, afin
« qu'ils ne s'abâtardissent à vivre en gentilshommes
« en notre hôtel. J'aurais bien voulu les mettre à la
« maison de Bourgogne, mais je n'en ai pas trouvé les

[1] Il doit s'agir ici d'un membre de la famille patricienne des d'Esch ou
Dex, originaire du Luxembourg. Ces gens-là aimaient, paraît-il, les querelles
et les procès. Un Nicolas Dex, chevalier, quitta Metz, en 1522, parce qu'on
ne voulait pas lui donner raison dans un procès qu'il avait avec François
de Gournay, son beau-père. (HUGUENIN, *Chroniques*, p. 784.) — Philippe et
Renaud Dex ont été plusieurs fois maîtres échevins de Metz dans la première moitié du XVIe siècle. Ils étaient protestants ; leur frère, Nicolas, fit
tout au monde, en 1525, pour décider Farel à venir à Metz. (*Bulletin de la
Société de l'histoire du protestantisme français*, 1876, p. 451-52.) — Jacques
d'Esch ou Deca, comme écrit le conseiller Boisot, était fils de messire Renaud, de son temps maître échevin de Metz. Il mourut célibataire et jeune
encore. (*Mémoires de la Société d'archéologie et d'histoire de la Moselle*,
t. XI, p. 3.)

« moyens. Quant à Jacques Deca, il a eu des contesta-
« tions particulières avec les frères de Heu, et comme
« ceux-ci l'avaient menacé des amis qu'ils avaient en
« la cour de l'Empereur, Jacques Deca jugea à propos
« d'aller en Piémont, au service de France, pour être là
« d'autant plus éloigné desdits de Heu. Maintenant
« qu'on s'occupe de les réconcilier, Jacques Deca est
« tout disposé à quitter le service du roi de France. »

On se sépara là-dessus, et Me Boisot put se dire que
les aristocrates messins, qui se querellaient volontiers
entre eux, semblaient toutefois d'accord pour repousser toute idée d'un changement de régime. C'était
quelque chose, mais ce n'était pas tout. Restait à vider
la grosse question religieuse. Le clergé avait préparé,
à ce sujet, un mémoire que le R. P. Meurisse, évêque
de Madaure *in partibus*, a très certainement eu sous
les yeux quand il écrivit son *Histoire de la naissance, des progrès et de la décadence de l'hérésie dans
la ville de Metz et dans le pays messin*[1]. Quant à
nous, nous l'avons recherché en vain. Nous savons
seulement que le conseiller Boisot en reçut une copie
qu'il emporta à Bruxelles. Il nous dit, à ce propos, que
l'abbé de Saint-Vincent et le suffragant du cardinal de
Lorraine, comme évêque de Metz, étaient à la tête de
la députation du clergé qui vint, le 10 octobre au
matin, lui en donner lecture. A peine avait-il échappé
à cette corvée qu'une vingtaine de bons bourgeois
demandèrent à le voir. Ceux-ci se bornèrent à résu-

---

[1] Cet ouvrage, écrit avec plus de partialité que de véritable érudition, est
assez rare, quoiqu'il ait eu deux éditions. La première porte la date de 1642,
la seconde, celle de 1670.

mer en quelques phrases bien senties le long discours de Messieurs du clergé. Boisot les remercia également. Il leur dit qu'avant de quitter leur ville, il espérait bien leur donner sur tous les points pleine et entière satisfaction. Dans l'après-midi du même jour, il se rendit, sur l'invitation du maître échevin, à l'hôtel de ville, où les seigneurs de Barizey, Roucel et de Moulins vinrent au-devant de lui pour lui annoncer qu'on était tombé d'accord sur la nécessité de lui donner toute satisfaction concernant les rapports de la ville avec le roi de France et les pratiques des agents étrangers, et qu'on le priait, pour plus d'apaisement, d'en vouloir dire deux mots publiquement.

Il y consentit sans peine. Dans son discours il s'appliqua à faire ressortir combien il était absurde de porter les armes contre l'Empereur et de le reconnaître en même temps pour maître et souverain. Il témoigna aussi tout son regret de ce que, pour pallier la faute de ses bourgeois, la cité de Metz avait déclaré ne vouloir reconnaître Charles-Quint que comme chef de l'Empire, afin de pouvoir se mettre du côté du roi de France dans le cas où ce prince n'entreprendrait rien contre les États d'Allemagne. « Si vous voulez ouvrir « les yeux, » s'écria Boisot, « vous connaîtrez facile- « ment que la présente guerre ne concerne l'Empereur « comme roi des Espagnes ou seigneur des Pays-Bas, « mais comme protecteur et défenseur de la république « chrétienne tout entière, laquelle a à souffrir et se « perd par cette guerre au regret de Sa Majesté Impé- « riale, qui voudrait bien s'employer au reboutement

6

« des principaux ennemis d'icelle, n'était le présent
« empêchement. »

Le conseiller Boisot amène ici fort adroitement la
discussion sur un terrain nouveau; c'est par calcul
aussi, sans doute, qu'il ne désigne pas autrement les
principaux ennemis de la société chrétienne auxquels
il convient de faire face.

Il sous-entendait naturellement les Turcs et les protestants, mais il se gardait bien, pour le moment, de
dire que ces derniers étaient les seuls qu'il eût charge
de rechercher, de combattre et d'écraser. Il lui suffisait de démonétiser, à mots couverts, François Ier
comme allié du sultan Soliman et du pirate Barbe-
rousse.

On aurait pu cependant réfuter en un point sa thèse,
car les mœurs de l'époque étaient d'une tolérance
excessive, encore toute féodale, en ce qui concernait
le service militaire, le recrutement et la discipline
des armées. Il suffit, pour s'en convaincre, de comparer entre elles les ordonnances sur la matière des
empereurs Maximilien Ier, Charles-Quint et Maximilien II, et se rappeler les guerres des Pays-Bas, de
France et d'Allemagne pour savoir qu'à cette époque
les idées de caste et de religion, l'amour des aven-
tures et de l'argent jouaient un rôle beaucoup plus
important que l'attachement au sol natal, à son
emblème tricolore ou non. Chacun avait son drapeau
en poche, c'était l'écharpe qu'on ceignait comme signe
de reconnaissance. Cela avait de nombreux inconvénients et prêtait surtout la main aux stratagèmes de
guerre. C'est ainsi qu'un officier luxembourgeois de

la garnison de Thionville, Gilles de Chappoigne, ayant été chargé, en 1544, de se jeter dans Longwy avec son enseigne de Wallons, prit l'écharpe blanche et, grâce à elle, traversa, sans coup férir, une armée française de dix-huit mille hommes [1].

Les magistrats de la cité de Metz étaient trop heureux d'avoir écarté l'accusation de félonie, prête à les frapper, pour ne pas se montrer accommodants sur tout le reste. Ils déclarèrent, en conséquence, à Boisot vouloir, ainsi que la plupart des bons bourgeois de leur ville, remettre la religion catholique sur l'ancien pied, puisque telle était la volonté de l'Empereur. Cette décision n'avait pas été prise à l'unanimité, les membres de l'échevinat et du conseil des Treize qui suivaient Luther ou Calvin s'étant abstenus. Cela ne faisait pas le compte de notre conseiller. Il le donna à entendre, et il fut décidé qu'on rédigerait une formule d'adhésion à la résolution prise par la majorité du magistrat au sujet de la religion, et qu'on se rendrait individuellement pour la signer à l'hôtellerie de la *Porte rouge*.

[1] Arch. gén. de Belgique. Papiers d'État et de l'Audience, liasse n° 18. Lettre du conseiller Supperus à la reine Marie, du 4 janvier 1544. v. s. — Carloix, dans les *Mémoires de Vieilleville*, revient à plusieurs reprises sur la question des écharpes. Il prétend qu'en 1554 les gouverneurs de Metz et de Luxembourg étaient tombés d'accord pour empêcher le brigandage ou, mieux encore, pour le légaliser, et qu'ils s'engageaient à faire rouer vif tout officier, sergent ou soldat qui ne serait pas porteur d'un certificat en règle signé de son supérieur ou qui serait trouvé en possession des deux écharpes : la rouge, qui est de Bourgogne, et la blanche, qui est de France. « Et n'en avaient pas meilleur marché, » ajoute-t-il, « s'ils avaient l'écharpe jaune, qui est de Lorraine, avec la leur. » (Ed. Michaud et Poujoulat. Paris, 1838, p. 194 et 211.)

Douze conseillers s'empressèrent de venir, le même jour, remplir cette formalité. Comme la formule en question portait que le prêcheur jacobin serait chassé de la ville avec tous ses adhérents, Robert et Martin de Heu, le sire de Barizey, Didier de Ladouvilliers et Mathieu de Mondelange vinrent trouver Boisot pour le prier de vouloir les dispenser d'une formalité qui serait un désavœu formel de leurs actes passés.

« Regardez devant vous, Messires, » leur dit d'un ton sévère notre conseiller, « si vous ne signez « point, je ne pourrais vous tenir pour affectionnés « au service de l'Empereur, ainsi que vous me « l'affirmez, car vous prouveriez par là que vous « désapprouvez les ordonnances touchant la secte « luthérienne, qui ont été reçues et publiées par « tous les États de l'Empire. Je ne comprends « pas, d'ailleurs, que votre folle croyance puisse « aller si loin que d'ajouter plus de foi à un « moine apostat mal vivant qu'à toute l'universalité « de l'Église. »

Les cinq seigneurs opposants ne relevèrent pas ce que ce langage avait d'inexact et de froissant pour eux; ils demandèrent simplement que Boisot consentît à leur laisser le temps de mieux peser la chose, ce à quoi il consentit. Mais il y avait d'autres magistrats communaux qui n'avaient pas signé non plus et ne se laissaient pas voir. Il se mit à leur recherche. Tous comparurent devant lui à l'hôtel de ville. Quelques-uns signèrent sans rien dire; quelques autres firent des façons. Martin et François

Engisheim [1] étaient parmi les premiers, François
Kairchien et Didier de Ladouvilliers parmi les
seconds. Quand vint le tour de Maître Hugue [2], le
pensionnaire de la ville, il déclara qu'il croyait ne
devoir point signer, parce que, quand il avait été reçu
en son office, on lui avait fait faire le serment de ne
donner son conseil ou son avis plus pour une religion
que pour l'autre.

— « Mais ce serment est mauvais; il est sans
valeur! » s'écria le conseiller Boisot.

— « Mauvais ou non, » répondit l'avocat, « je ne
« veux pas que ceux qui tiennent la faction qu'on
« condamne puissent avoir occasion de me traiter de
« parjure. »

Boisot, pour en finir, dut avoir recours à une nouvelle formule ainsi conçue : « Je déclare vouloir vivre
« et mourir en bon chrétien, selon l'ancienne religion,
« et je promets volontiers d'obéir à tout ce que Sa
« Majesté Impériale voudra et commandera touchant
« icelle religion. »

En d'autres termes, tout en faisant une concession,

---

[1] Ce nom s'écrit aujourd'hui Ingenheim. Martin et François étaient fils de
Martin, clerc juré des Sept de la guerre, que le chroniqueur Vigneulles qualifie de « bien notable personnage ». François était, en 1543, l'un des
Treize, c'est-à-dire conseiller de Metz. Ses descendants émigrèrent seulement après la révocation de l'édit de Nantes. Voir HAAG frères, la France
protestante, tome VI, p. 20. — Mémoires de la Société d'histoire et d'archéologie de la Moselle. Metz, 1865, p. 230.

[2] Le nom patronymique du pensionnaire de la ville de Metz était des
Lowez, c'est-à-dire des Louves, s'il faut en croire certaine remontrance
au fait des vivres à fournir par la ville de Metz au camp de l'Empereur, qu'il
remet en juillet 1544 au chancelier de Granvelle. (Voir Arch. gén. de Belgique. Audience, liasse n° 23.)

notre conseiller mettait sans façon le bon plaisir de son maître au-dessus du Pape, des conciles, des traités et des décisions des diètes impériales.

Ce compromis devait en amener d'autres. Les deux frères Martin et Robert de Heu furent reçus par Boisot le 13 octobre, dans la matinée. Ils savaient naturellement ce qui s'était passé entre lui et le pensionnaire, et ils en firent leur profit.

— « Nous nous tenons, » dirent-ils, « pour fort bons « chrétiens; nous croyons au symbole des apôtres et « à la vérité des Évangiles, et notre foi comme notre « honneur nous défendent de rompre notre première « signature à frère Waltrin de pouvoir prêcher libre- « ment l'Évangile [1]. »

Toutes les remontrances du conseiller impérial échouèrent contre leur obstination. Il finit par se fâcher.

« Signez comme les autres, » leur dit-il, « ou crai- « gnez la colère de Sa Majesté Impériale. Vous avez « des biens au pays de Luxembourg, sur lesquels, au « défaut de vos personnes, on pourrait mettre la « main. »

Cette menace manquant également son effet, le pauvre Boisot, qui n'en pouvait dire davantage, se contenta, faute de mieux, d'une déclaration écrite portant que les deux frères de Heu voulaient vivre et mourir en la dévotion de l'Empereur et satisfaire, en outre, de tout leur pouvoir, à ce que Sa Majesté

---

[1] Cette déclaration est une allusion au contrat du 16 mars 1543, dont nous avons déjà parlé.

Impériale jugerait à propos de commander et d'ordonner.

Il ne restait plus, après cela, que trois récalcitrants, à savoir : Michel de Barisey, Gaspard de Heu et Jean Niedprucker, dit le docteur Bruno, qui était l'un des médecins stipendiés de la ville[1]. Pour chacun d'eux, la même scène se répéta. La déclaration de Barisey, qu'il avait rédigée et signée à l'avance, se terminait par ces mots : « Mais si S. M. l'Empereur ou ses entre-« mis ou ses supérieurs veulent changer ou ôter les « prédications évangéliques, je m'en rapporte à eux « et n'y veux contredire en façon quelconque, remet-« tant le tout à Dieu. »

Elle fut acceptée sans difficulté aucune. Mais Gaspard de Heu et le docteur Bruno étaient les chefs reconnus des réformés messins, et ils n'entendaient se rendre qu'après avoir vaillamment combattu. Ils

---

[1] Il est évident pour nous que Jean Niedprucker et Jean Bruno ne font qu'une seule et même personne, quoique ce dernier nom soit le seul qui paraisse ou soit connu à Metz, et cela sans doute à cause de la rudesse germanique de l'autre. M. Abel nous dit, en effet, dans sa brochure : *Rabelais, médecin stipendié de la cité de Metz* (Metz, 1870), p. 37 : « Le 20 juin 1520, « maître Jehan Bruno, du Pont-de-Nied, diocèse de Metz, est retenu aux « appointements de 50 livres par an. En allemand, il s'appelait Bruno de « Niedbruck. » Mais nous ne savons sur quoi se fonde cet auteur pour dire, p. 48 de la même brochure, que « Jean Bruno, quoique né sur les rives de la Nied, passait pour vendu à la France et à l'Angleterre ». Un fonctionnaire et magistrat messin, vendu à la France et à l'Angleterre, et qui s'en va, en bon protestant qu'il est, avec un de ses collègues demander à l'électeur Jean-Frédéric de Saxe de recevoir la ville de Metz dans l'union de Smalkalde, ce serait bien ce qu'on pourrait s'imaginer de plus original. Heureusement pour lui que Jean Bruno trouve parmi ses contemporains un illustre défenseur. Martin Bucer parle favorablement de lui dans sa lettre à Jean Calvin, du 6 octobre 1544. Voir *Joan. Calvini opera quæ supersunt omnia*, t. XI, p. 451.

firent au conseiller Boisot un long discours et lui remirent une remontrance écrite, ainsi que les requêtes aux maître échevin et treize jurés de la ville, que leurs coreligionnaires avaient fait imprimer dans l'intérêt de leur cause. Leurs exigences n'étaient pas grandes. Se fondant sur les actes qu'ils produisaient, ils demandèrent qu'on voulût bien leur laisser la prédication de l'Évangile jusqu'à l'arrivée de l'Empereur à Spire, « *parce que c'était à la Diète de prendre légalement une décision touchant le différend religieux* ». Quoiqu'ils eussent cent fois raison et missent hardiment le doigt sur l'endroit le plus vulnérable de la mission de Boisot, celui-ci leur opposa que leur demande n'était pas raisonnable. Elle n'avait, à vrai dire, qu'un seul défaut, c'était d'aller à l'encontre des instructions qu'il avait reçues et qu'il ne pouvait faire autrement que de suivre à la lettre. Il leur annonça qu'un édit supprimant tout exercice de la nouvelle religion était fait, qu'il allait être publié, et que le plus sage pour eux, qui avaient beaucoup de choses à se reprocher, était de s'y conformer fidèlement.

Gaspard de Heu, sans repousser absolument le conseil, protesta de toutes ses forces contre les accusations mises en avant par la faction contraire.

« On en veut surtout à moi et à mes frères, » dit-il; « on me jette la faute sur les épaules pour se « décharger et se laver, car ceux-là qui demandent « maintenant l'éloignement du frère Waltrin ont con- « senti, à mon insu, par leurs signatures, à sa prédi- « cation. Si c'est la volonté de l'Empereur que Waltrin

« soit chassé et la vieille religion remise en honneur,
« je n'y veux contredire, et, comme bon sujet de
« l'Empire, j'obéirai aux mandements qui se feront
« de la part de Sadite Majesté et de la justice. » On
ne saurait en disconvenir, la résistance légale des
magistrats protestants de Metz avait été aussi longue,
aussi acharnée que possible. Ils voulaient bien
donner encore, en cédant à la force, des marques de
respect et d'obéissance; mais leur amour pour la personne de leur souverain légitime s'était éteint. Charles-Quint put s'en convaincre lui-même dès l'année
suivante. Malgré les efforts du maître échevin François Baudoche, sire de Moulins, la réception qu'on
lui fit à Metz fut excessivement froide [1]. Comme bien
on pense, le passage de ses troupes allant au siège de
Saint-Dizier n'en était pas la seule cause. L'émigration
des Messins vers l'Alsace avait commencé.

Mais il nous faut revenir au conseiller Boisot. Le
13 octobre, à trois heures du soir, les échevins de
Gournay, Roucel et de Moulins vinrent lui dire que le
tout n'était pas de bannir de la ville le prêcheur hérétique, qu'il fallait encore le décider à partir.

Cette démarche est éloquente dans ce sens qu'elle
nous prouve que la majorité qui siégeait à l'hôtel ne
pouvait pas prétendre qu'elle avait pour elle la majo-

[1] François Baudoche, sire de Moulins, semblait être redevenu bon impérialiste depuis que Charles-Quint lui avait rendu son droit de patronage et
de collation de la cure de Morange-Silvange, que Georges de la Roche, gouverneur de Thionville, lui avait enlevé. (Arch. gén. de Belgique. Audience,
liasse n° 16. — Pétition du sire de Moulins à l'Empereur. — Lettre de
Charles-Quint à G. de la Roche, du 19 août 1543.)

rité de la population. Boisot promit encore une fois
aux magistrats de leur venir en aide. Il fit appeler
sur l'heure le frère Waltrin, qui se présenta accompagné de son père et de plusieurs proches parents. Le
conseiller fit subir au moine défroqué un long discours
suivi d'un interrogatoire en règle. Dans le discours,
nous ne relevons que cette phrase qui nous paraît
digne de passer à la postérité : « Le mandement de
« ce jour vous retire la permission de prêcher que
« Messieurs de la justice de cette ville vous avaient
« accordée. Elle vous a été retirée parce qu'elle était
« forcée et illicite, contraire à la volonté de Sa Majesté
« Impériale et aux édits et recès des diètes impériales,
« et qu'elle ne vous avait été donnée qu'à la condi-
« tion expresse de prêcher purement et sincèrement
« l'Évangile, ce que vous n'avez fait. » L'honnête
homme, — car nous tenons pour tel le docteur
Boisot, — dut souffrir de devoir, comme fonctionnaire
et conformément à ses instructions, proclamer des
contre-vérités aussi évidentes.

On lui avait remis une lettre de Waltrin, adressée à
Caroli, un Sorboniste envoyé à Metz pour le combattre, laquelle lettre, paraît-il, était pleine d'assertions hérétiques.

— « Reconnaissez-vous avoir écrit cette lettre?
demanda Boisot en la déployant.

— « Oui, je le reconnais, répondit Waltrin.

— « Et ces articles réprouvés par notre sainte
« mère l'Église, reconnaissez-vous également les avoir
« prêchés?

— « Donnez-moi un double de votre liste et un

« délai de trois semaines pour me défendre, point par
« point, en présence des protestants qui m'ont ici
« commis pour prêcher, sinon je ne veux vous faire
« réponse.

— « Je ne vous demande pas, » répliqua Boisot,
« de justifier aucun de ces articles, mais seulement si
« vous les avez prêchés ou non? »

Waltrin garda le silence. Boisot prit acte de son
refus de s'expliquer, et lui annonça que, d'après les
ordres de l'Empereur, il avait jusqu'au lundi suivant
pour sortir de Metz, sa banlieue, son territoire et sa
juridiction, et qu'il lui était défendu d'y remettre les
pieds à peine de la vie.

Les trois échevins, qui avaient assisté à cette scène,
intervinrent alors pour demander à Boisot de prolonger de deux jours le délai accordé à Waltrin. Il y
consentit, à la condition qu'il n'y aurait pas, jusque-là,
de prêche hérétique. Dès que Waltrin se fut éloigné,
Boisot se dit qu'il ferait bien de prévenir le père
Caroli pour maîtriser son zèle.

Quel était ce Sorboniste qu'on disait être à la solde
du cardinal de Lorraine? Un piètre personnage, en
somme. Il avait été curé d'Alençon et disciple de
Lefèvre d'Etaple. Marguerite de Valois l'avait fort
protégé, ce qui ne l'empêcha point, en 1535, de se
trouver en tête d'une liste de soixante-treize luthériens qui, le lundi 25 janvier, dit le *Journal du bourgeois de Paris*, furent ajournés à son de trompe, à
trois jours brefs, par les carrefours de Paris. Cela le
poussa sans doute à aller rejoindre Calvin et Farel en
Suisse; en changeant de pays et de religion, il avait

négligé cependant de dépouiller le vieil homme, de réformer ses mœurs comme sa foi. Censuré d'abord et ensuite répudié par le synode de Lausanne en 1537, Caroli se refit catholique romain et fut jugé digne par ses nouveaux parrains d'être envoyé à Metz pour y abîmer l'œuvre de Farel. Son passé étant bien connu, on comprend que, sans l'aide du bras séculier, représenté par le conseiller Boisot, il n'aurait rien abîmé du tout. Aussi s'en alla-t-il à petit bruit, comme il était venu [1].

Notre conseiller, n'ignorant pas à quelle espèce d'homme il avait affaire, l'invita à s'abstenir de prêcher pendant une quinzaine de jours. « Vous savez, » lui dit-il en manière de flatterie, « que les luthériens de cette ville ne vous pardonnent pas d'avoir abandonné leur secte. » C'était peut-être le contraire qui était vrai, aucun parti ne tenant à ses brebis galeuses.

Cependant, si considérable était le nombre des partisans des idées nouvelles que, la nuit portant conseil, Boisot fit également comparaître devant lui les gardiens des différentes maisons religieuses de la ville. Il leur enjoignit d'avoir à éviter dans leurs sermons toute polémique, toute allusion au mandement qui venait d'être affiché et au prochain départ du dogmatiseur Waltrin Dubois, qui en était la première conséquence.

L'émigration des protestants messins eût ressemblé à un sauve-qui-peut général, si l'attitude résolue des

---

[1] *Bulletin de la Société de l'histoire du protestantisme français*, t. VIII, p. 62; t. X, p. 34-35; t. XI, p. 253. — J. Donnet, *Lettres de Jean Calvin*, t. Iᵉʳ, p. 83.

grandes familles de leur secte, n'avait donné aux
moins timides l'espoir de voir revenir des jours meilleurs. Les de Heu, tout particulièrement, ne déses-
péraient pas. Ils surveillaient de près leurs ennemis,
en se gardant bien de rien faire qui pût les compromettre davantage. Quelque excuse qu'on fasse valoir
en faveur des persécutions religieuses, elles sont toujours absurdes et souvent aussi fatales à ceux qui
les commandent qu'à ceux qui ont à les subir.

C'est aussi ce que nous avons à constater à Metz.
Le même Richard de Ragecourt, qui avait été maître
échevin en 1543 et à qui Charles-Quint écrivit une
belle lettre pour le remercier de son zèle à aider le
conseiller Boisot dans l'accomplissement de sa mission, occupe encore une fois ces mêmes fonctions
quand, en 1546, ce prince reparaît une troisième et
avant-dernière fois à Metz [1].

Il faut de l'argent, beaucoup d'argent pour tenir
tête à la fois aux Français, aux protestants de l'Empire toujours en défiance, toujours sur le qui-vive,
et aux Turcs déjà maîtres d'une partie de la Hongrie;
mais la ville de Metz est ruinée, dépeuplée par l'into-
lérance et par la famine, et c'est Ragecourt, l'un des
principaux complices de ce triste état de choses, qui
doit supplier l'Empereur, tant est grande l'impossibilité de lui venir en aide, de faire remise à la cité

---

[1] Nous n'avons retrouvé qu'une copie du temps de la lettre de Charles-
Quint « aux maître échevin et treize jurez de la cité de Metz ». Elle ne porte
point de date, mais elle est classée parmi les papiers du conseil d'État
appartenant aux mois d'octobre et de novembre 1543. (Arch. gén. de Belgique. Audience, liasse n° 17.)

de toutes taxes et contributions ordinaires et extraordinaires.

Qu'on s'étonne encore, après cela, que les protestants, auxquels on a enlevé leur culte public, qui
sont tous, en cas de contravention, sous le coup
d'une sentence agrémentée, au besoin, de la confiscation des biens, redeviennent populaires, et que Martin
et Gaspard de Heu soient successivement nommés
maîtres échevins. Il en a été partout de même. On a
toujours vu la persécution surexciter la ferveur et le
zèle des opprimés. Avant la mission de Boisot, les
protestants messins, pour professer ouvertement leur
culte, devaient se dire luthériens comme à Strasbourg
ou à Francfort; après son départ, ils ne se réunirent
plus qu'en secret et furent tous calvinistes du jour
au lendemain. Calvin les aurait voulus moins cir-
conspects. « En Metz, » écrit-il en avril 1546 à Messire Jacques de Bourgogne-Fallez, un seigneur belge
réfugié à Strasbourg, « je vois un grand mal, faute de
« conduite et de cœur[1]. »

Le réformateur se montrait là trop exigeant. S'il
s'était rendu sur les lieux, comme il se l'était proposé
en 1543, il aurait put juger combien les choses étaient
changées, combien la surveillance des suspects au
fait de la religion était rigoureuse, impitoyable même.
C'était énorme déjà d'avoir, malgré tant d'obstacles,
obtenu deux fois la majorité dans le conseil de la
ville et d'avoir pu dire à la ligue de Smalkalde :
« Nous tenons bon mais hâtez-vous de venir à notre

---

[1] JULES BONNET, *Lettres de Calvin*, t. Ier, p. 143.

aide. » Or, l'aide, que les électeurs de Saxe et de Hesse avaient plus le désir que le pouvoir d'accorder, arriva trop tard, par le traité de Passau, au moment même où les Messins partisans des Guises étaient décidés à se jeter dans les bras de la France.

Le conseiller Boisot n'assista point à ces événements qui marquent la fin d'une ville libre et de son aristocratie, dont l'une moitié vendit l'autre; il avait succombé à Ratisbonne, en 1546, pendant la tenue d'une diète impériale. Son frère Pierre, receveur des finances aux Pays-Bas, seigneur de Buyseghem, continua à servir Philippe II avec autant de zèle que Charles-Quint, ce qui n'était pas peu dire, vu le changement radical de régime. La brillante fortune des Boisot s'écroula le jour où ils cessèrent d'être de trop fidèles sujets pour se souvenir qu'ils étaient aussi les citoyens d'un pays singulièrement jaloux de ses antiques franchises et libertés.

Les deux fils du receveur des finances aux Pays-Bas, Charles et Louis, après avoir signé le compromis des nobles en 1566, n'acceptèrent point la défaite du parti national belge, ne consentirent point, comme tant d'autres, à mendier leur pardon. Ils abandonnèrent leurs charges, leurs titres, leurs biens pour sauver du joug de l'Inquisition leur conscience, du mépris certain de la postérité leur mémoire. En cela, leur succès fut complet, et si, plus tard, ils succombèrent, l'un et l'autre, les armes à la main, ils n'eurent rien à regretter. L'histoire des patriotes messins, que nous allons raconter de notre mieux, ressemble à la leur. Mais elle est plus triste encore.

Le dévouement des de Heu fut inutile, leur sang
coula en vain, et ce n'a pas été sans peine que nous
avons tiré les faits qui les concernent d'un si long et
si injuste oubli.

LA FAMILLE DES DE HEU

LA FAMILLE DES DE HEU

I

C'est le propre des époques de transition de nous offrir, chez les nations comme chez les individus, les sujets d'étude les plus attrayants. Chacune d'elles a ses caractères particuliers, et il suffit de les comparer pour s'assurer que l'inépuisable variété de la nature se retrouve dans l'histoire, et que le monde, tout en ayant l'air de revenir de temps à autre sur ses pas, de tourner dans un cercle fatal, se rajeunit sans cesse, marche toujours en avant. Aussi, que d'institutions, que d'usages, que de types disparus par la seule raison que les conditions sociales favorables à leur maintien leur faisaient défaut! On ne les reverra plus, mais on peut les faire revivre, les faire passer sous nos yeux, leur demander même des éclaircissements, des conseils, des leçons. Voilà, en deux mots, pourquoi nous voulons raconter ici, aussi amplement que possible, la fin de l'une des races féodales du pays messin, que la mission du conseiller Boisot et le siège de Metz mettent une dernière fois en évidence. Ce sera, si nous y réussissons, un curieux et bien lamentable récit, ne ressemblant à aucun autre du même genre, parce que le théâtre sur lequel les de Heu engagent une lutte suprême a lui-même un caractère exceptionnel.

Le pays messin, en effet, germain par ses traditions et ses institutions, est gaulois de par le langage de la majorité de ses habitants et les mœurs de son aristocratie. On y est surpris par la rénovation sociale et religieuse du XVIe siècle avec un pied en France, un autre en Allemagne, et ce qui compliquait encore la situation, c'est que l'Empereur d'alors, Charles-Quint, résidait d'habitude aux Pays-Bas, d'où il commandait et gouvernait les deux tiers du monde, et qu'on pouvait, comme lui, se dire bon Bourguignon quand, à Metz, on ne voulait pas avouer qu'on tenait peu à l'Allemagne, qu'on préférait la France.

Les de Heu n'ont pas recours à un subterfuge de cette nature. Ils sont, jusqu'à leur dernière heure, lès défenseurs convaincus de l'autonomie messine. Si cela justifie notre préférence en leur faveur, cela explique également leur insuccès. Une lutte homérique étant engagée entre les Valois et les Habsbourg, il fallait se déclarer pour le roi de France ou pour l'Empereur, les suivre en religion comme en politique, ou bien se résigner à être, tôt ou tard, broyé entre ces deux géants couronnés. Et c'est ce qui arriva aux de Heu.

Sans eux, sans les d'Esch et quelques autres lignées patriciennes du même bord, l'aristocratie messine n'existerait plus que de nom. Il y avait longtemps, d'ailleurs, qu'elle se sentait malade. Ses maisons les plus illustres s'étaient éteintes, les unes après les autres, pour n'avoir pas voulu acheter la régénération et le salut au prix d'une mésalliance; on pouvait prévoir que le jour était proche où l'on ne trouverait plus, à Metz, un homme d'assez bonne maison pour en faire un maître échevin. Cette situation peut seule expliquer la conduite d'un François de Gournay, d'un Nicolas d'Esch et d'un Nicolas de Heu, qui travaillent, chacun de son côté, à substituer une dynastie échevinale à l'oligarchie expirante, et, pour arriver plus promptement à leur but, flattent la bourgeoisie et le peuple et déconsidèrent, par tous les moyens, les institutions existantes. Si l'un de ces trois conspirateurs a songé un instant, comme nous le donne à entendre le docte Paul Ferry, à faire du duc Antoine de Lorraine et de Bar un comte de Metz, ce ne peut avoir été qu'une feinte destinée à préparer les esprits à un changement politique devenu imminent, et non pas un plan sérieux[1]. Ce qui nous porte à le croire, c'est que les de Heu et les d'Esch penchent vers la Réforme et ne peuvent que redouter la maison de Lorraine, plus inféodée qu'aucune autre à l'Église.

Pour les Gournay, c'est autre chose. Ils étaient franchement cléricaux et cherchaient à la cour de France leurs alliances et leurs amitiés. Leur attitude peu correcte, dans la lutte de suprématie qui s'engage, pesa d'un poids énorme sur les destinées de leur

---

[1] Bibliothèque municipale de Metz. *Observations séculaires*. Mss., t. II, p. 318.

ville natale. Ce qui est certain, c'est qu'ils se laissent
conduire par Claude Baudoche, fort désireux de jouer
le rôle du troisième larron; ce qui l'est moins, c'est
qu'ils se seraient arrangés de façon à avoir la magistrature à leur dévotion. Cette dernière accusation date
de 1490; elle a pour auteur Jacques d'Esch, seigneur
de Bazoncourt et des Étangs, qui avait pour femme
Françoise Gournay, et auquel les Baudoche finissent
par enlever la moitié de la seigneurie des Étangs[1].
C'est aussi une question d'intérêt de même nature
qui sert de prétexte à la rupture des de Heu avec
les Gournay et les Baudoche. Nicolas de Heu était
demeuré veuf et sans enfants au bout de deux ans
de mariage avec Catherine, fille unique de Pierre de
Gournay, qui lui avait apporté en dot la terre de
Blétange.

Quand il se fut remarié avec Marguerite de Brandebourg, dame luxembourgeoise, les cousins germains
de sa première femme plaidèrent contre lui en restitution de la dot de celle-ci. Nicolas de Heu fit si belle
résistance qu'au bout d'un quart de siècle il pouvait
dire, comme le Chicaneau de *Plaideurs*, de Racine :

[1] Ce Jacques Dex ou d'Esch était le grand-père de cet autre Jacques, que
le conseiller Boisot, en 1543, accusait de s'être mis aux gages du roi de
France. Son fils Nicolas, ancien maître échevin, avait quitté Metz en 1521,
après avoir vendu tous ses biens à son frère Philippe, à son neveu Renaud,
maître échevin en 1526 et 1529, et à d'autres parents ou amis. Il s'était
retiré à Vesoul, en Franche-Comté, puis à Montbéliard, où il devint le disciple et l'ami du réformateur Farel. Ayant fait, en 1525, un voyage à Metz,
il déclara, au retour, y avoir trouvé « les luthériens merveilleusement débiles
et infirmes en leur foi ». (*Bulletin de la Société de l'histoire du protestantisme français*, t. XXV, p. 451.)

Le monde est devenu, sans mentir, bien méchant.
J'ai vu que les procès ne donnaient point de peine :
Six écus en gagnaient une demi-douzaine.
Mais aujourd'hui je vois que mon bien tout entier
Ne me suffirait pas pour gagner un portier.

Il se décida, en conséquence, à céder, en 1528, tous ses droits sur la terre de Blétange à son troisième fils, Jean, jeune et brillant officier de cavalerie. Celui-ci ne mit que trop d'ardeur à les faire valoir. La justice de Metz ayant tardé à reconnaître la validité de l'acte qui le substituait à son père, il arrêta quatre ou cinq marchands de cette ville, qui s'en revenaient de Champagne, et les conduisit, sous bonne garde, au château de Beaulieu, en Argonne.

Le procédé était digne des brigands féodaux des beaux temps de la chevalerie. On jeta à Metz de hauts cris, quand on sut qu'un message de Jean de Heu menaçait la cité de garder sous les verroux les pauvres marchands, aussi longtemps qu'il n'aurait point été salué et reconnu comme seigneur de Blétange. Quoique, dans ce moment-là, son frère aîné, Nicolas, fût maître échevin, le conseil des Treize ordonna, par mesure de représailles, l'arrestation de son père. Cela fit son effet. Les marchands furent rendus à la liberté. Le vieux de Heu, qu'on traitait ouvertement de « mauvais vieux fou », alla s'enfermer à Ennery[1]. Son fils Jean vint l'y rejoindre et lui persuada sans doute,

---

[1] Bibl. royale de Bruxelles. Fonds Goethaels. Ms. n° 1327. Voir le chapitre intitulé : « Les tors et tirannie que les gouverneurs en la citez de Mets ont fait à ceulx de Heu depuis l'an MVCXXVI. » Ce manuscrit n'a rien de commun avec celui de la Bibliothèque de l'Arsenal, à Paris, intitulé : *la Maison de Heu.* Il a appartenu aux comtes de Clairvaux, dans le Luxembourg.

tant ils étaient riches et puissants, d'humilier la cité de Metz, comme l'avaient fait encore, dix ans auparavant, le fameux Franz de Sickingen, allié aux non moins fameux La Marck de Sedan, de Jametz et de Fleuranges. Ils allèrent, en conséquence, trouver leurs parents du Luxembourg, les Brandebourg, les Mérode et les Schauenbourg, et leurs grands amis d'Allemagne, les Nuenahr, les Manderscheid et les Nassau-Sarrebruck.

Ces seigneurs, en envisageant la question, n'eurent pas de peine à leur démontrer que ce serait encore plus une maladresse qu'une folie de défier la ville de Metz, parce que, de cette façon, ils tueraient sûrement leur popularité, déjà compromise, et laisseraient le champ libre aux Gournay et aux Baudoche. C'était tellement évident, que le vieux Nicolas retourna à Ennery, bien décidé à ne plus se mêler de rien. Son fils Jean était d'un avis contraire[1]. On met à son compte une aventure ressemblant assez à celle de l'arrestation des marchands de Metz dont nous avons parlé. Un régiment de Hauts Allemands, commandé

---

[1] Le chroniqueur Philippe de Vigneules (v. les *Chroniques messines de Huguenin*, p. 832) lui attribue des gamineries qui prouvent que les de Heu, avant de passer tous, moins le sire de Blétange toutefois, dans le camp évangélique, n'étaient pas d'accord entre eux. Le maître échevin, Nicolas, qui prévoyait de la part de son père et de son frère Jean un coup de tête, leur envoya, à plusieurs reprises, des conseils de modération. Une fois Jean et son frère Robert s'amusèrent à couper les oreilles au cheval de son messager; une autre fois, à battre de verges l'un de ses pages et le concierge qui lui avait donné l'entrée du château. Remarquons ici, en passant, que le digne chroniqueur se trompe en disant que Jean et Robert étaient encore des enfants : le premier avait, en 1528, vingt-cinq ans et le second, **trente et un.**

par Conrad de Hasstadt, avait été autorisé à traverser
le territoire messin. Il devait passer la Moselle entre
Malroy et Argancy. Ayant appris la chose, le vindicatif Jean de Heu alla trouver à Sainte-Barbe, où il
s'était arrêté, le chef de ce corps et le décida à mo-
difier son itinéraire. Le régiment allemand se dirigea,
en conséquence, sur Moulins, dont le pont fixe rendait
le passage de la rivière plus facile.

Mais Moulins lez-Metz appartenait à Claude Baudoche, qui voulut renvoyer les Allemands d'où ils
étaient venus. Après avoir parlementé sans succès,
on se fâcha et l'on en vint aux mains. Soixante-huit
paysans et un bourgeois furent tués. « Or, » dit Philippe de Vigneules en sa chronique, « ne scay quel
« bien ou quel mal en pourra advenir aud. Jehan de
« Heu [1]. » Le mal ne fut pas grand pour ce dernier,
car, en 1530, ses amis et ceux des Gournay s'étant
rencontrés à Cologne, à l'occasion du couronnement
de Ferdinand d'Autriche comme roi des Romains, un
appointement fut fait qui le reconnut en qualité de
seigneur de Blétange [2]. Comme à Bruges, du temps de
Jean Breydel, on avait vu à Metz la bourgeoisie, à
l'exemple des patriciens, se partager en deux camps
rivaux, au très grand détriment des affaires publiques,
des relations sociales et de la prospérité commune.
On ne saurait donc être surpris de lire en toutes les
chroniques du temps qu'en 1531 un complot, révélé
à temps par le moine Ogier, avait pour but de massa-

---

[1] *Chroniques messines,* p. 834.
[2] Même ouvrage, p. 834.

crer tous les patriciens comme ennemis et perturba-
teurs du repos public [1].

Cela fit grand bruit, quoique ce ne fût là rien de
nouveau à Metz. Une fois déjà, au XIIIe siècle, toute
une tribu patricienne, celle de Portsaillis, avait vu
saccager et brûler ses demeures pour avoir voulu
investir l'évêque Jean d'Aspremont de l'autorité
civile; cette fois-ci, c'était plus sérieux, puisqu'il ne
s'agissait point de donner une leçon, mais bien d'exter-
miner une classe tout entière de la société d'alors, dont
les prétentions, les idées et les mœurs ne cadraient
plus avec les exigences et les besoins de l'époque. Si
fragmentaires que soient les renseignements recueillis
jusqu'ici sur le complot de 1531, nous croyons pouvoir faire remonter en partie à Jean de Heu l'explo-
sion du courroux populaire. La seule chose que nous
puissions dire à sa décharge, c'est qu'il n'usa de
moyens extra-légaux qu'après avoir vu repousser, à
trois différentes reprises « ses propositions d'arrangement par voie amiable »[2]. On avait été trop loin, de
part et d'autre, pour que l'abandon du procès concernant la terre de Blétange pût amener une réconciliation sincère et durable.

Six de Heu restent en présence de six Gournay [3]. Au-

---

[1] Même ouvrage, p. 836.

[2] Ms. no 1327 du fonds Goethaels, à la Bibliothèque royale de Bruxelles.

[3] Nicolas de Heu, fils unique de Jean, eut de sa seconde femme, Marguerite de Brandebourg, fille de Godefroid de Brandebourg et de Catherine de
Chinery, dame de la Grange, quatorze enfants, dont dix survécurent,
savoir : cinq fils et cinq filles. L'aînée de celles-ci se maria au Luxembourg,
une plus jeune en Lorraine; les autres entrèrent au couvent. François de

cune des deux tribus patriciennes ne voulait le céder
à l'autre, sous le rapport de l'illustration de l'origine,
des alliances, de la puissance territoriale ou de l'éclat
des services rendus. Si un de Heu se vantait de descendre en droite ligne de Charlemagne ou, plus exactement, du berceau du grand empereur, qu'on sait
être le pays de Liége, un Gournay répondait que ses
ancêtres jouaient déjà un rôle important dans le gouvernement de la cité de Metz quand, au IIIe siècle de
l'ère chrétienne, saint Liévin vint y travailler à la
conversion des infidèles[1]. Les Baudoche ne pouvaient, eux, prétendre à une antiquité aussi reculée,
mais le sang des La Mark de Sedan coulait dans leurs
veines. Claude n'était pas pour rien le neveu du
fameux Robert, dit le Sanglier des Ardennes. Il pen-
chait un jour pour l'Empereur, le lendemain pour le
roi de France, suivant que ses intérêts le lui commandaient.

Il serait assez difficile de dire comment il faisait
cadrer cette manière d'agir avec sa devise qui lui
ordonnait d'être

Valeureux dans la guerre
Et loyal dans la paix.

Mais la logique était la chose du monde dont se

Gournay n'était pas moins bien partagé. Il était soutenu par cinq fils, trois
gendres et deux beaux-frères.

[1] BÉGIN, *Biographie de la Moselle*, t. II, p. 336, et t. IV, p. 527. —
Voir aussi Bibl. royale de Bruxelles. Fonds Goethaels, dans le Ms. 1327,
le chapitre intitulé : « Comment Mgr d'Ennery est descendu de Charlemagne,
« Empereur et Roy, par les femmes et les contes de Namur, de Laroche et
« de Durbuy. »

souciaient le moins les représentants de la féodalité à son déclin; leur grande affaire était d'intriguer, d'exercer le pouvoir, de dominer. Or, Claude Baudoche avait vu mourir ses frères, ses neveux, et il n'avait qu'un fils unique, François, de sa seconde femme, Yolande de Croy. C'est pour lui qu'il travaillait, qu'il excitait les Gournay contre les de Heu, espérant détruire l'une par l'autre ces deux puissantes familles et rester à Metz seul seigneur et maître[1]. Cet espoir fut déçu. François Baudoche fut le dernier de sa race. Il était sénéchal de Lorraine et se disait exilé du pays messin par les Français, pour lesquels il avait mieux travaillé que pour lui-même, quand, en 1557, un an avant sa mort, il adressa au roi d'Espagne une humble supplique, à l'effet d'obtenir des lettres de neutralité pour les terres de Moulins, Vaulx, Jussy, Sainte-Rufine, Rozerieulles, Pouilly et Saint-Jure[2].

Nous ne pouvons nous empêcher de rapprocher ce document de deux autres de même nature et de la même époque, que nous avons rencontrés dans la chancellerie espagnole des Pays-Bas.

Jacques de Gournay, redevenu Bourguignon et impérialiste depuis que le roi de France traite Metz et son territoire en pays conquis, demande et obtient un commandement dans l'armée espagnole[3].

---

[1] Bibl. royale de Bruxelles. Fonds Goethaels. Ms. n° 1327, f°. 75.

[2] Arch. gén. de Belgique. Audience, liasse n° 80. François Baudoche déclare, dans sa pétition à Philippe II, que « l'usurpation de Metz par le roy de France s'est faite à son très grand regret et desplaisir » et l'a poussé à se retirer au pays de Lorraine.

[3] Arch. gén. de Belgique. Papiers d'État. *Dépêches de guerre*, vol. n° 368. La patente en question, qui porte la date du 8 juin 1554, décide que le sire

Jean de Heu, de son côté, qui compte vingt-huit années de bons et loyaux services dans les armées de Charles-Quint, qui a été fait prisonnier à Ivoix, s'est racheté de ses propres deniers et a, depuis, en qualité de gouverneur, défendu Thionville, demande qu'on veuille bien lui payer ses gages, afin qu'il puisse employer le reste de ses jours au service du roi [1]. Voilà donc les trois derniers représentants de la fière aristocratie messine réduits au rôle de mercenaires et de mendiants! Quelques années de guerre ayant la Lorraine et le Luxembourg pour théâtre ont suffi pour amener ce résultat.

François Baudoche, Jacques de Gournay et Jean de Heu disent d'une commune voix qu'ils ne savent où reposer leur tête, où prendre l'argent nécessaire à leurs plus pressants besoins. Les Français ont brûlé ou ruiné leurs châteaux, confisqué ou ravagé leurs terres, de telle sorte que leurs paysans, pour ne point mourir de faim, ont tout quitté. Le plus à plaindre des trois est sans contredit Jean de Heu, car il est toujours demeuré fidèle à la cause impériale et à la foi de ses pères. La cour de Bruxelles ne le traite cependant pas plus favorablement que ses anciens adversaires; il ne reçoit que l'arriéré de ses gages et la faveur de pouvoir retenir, à partir du 1er juillet

---

de Talanges aura à se tenir, avec ses gens à cheval, au pays de Luxembourg, pour y servir partout où lui sera enjoint par le maréchal de Gueldre, gouverneur général dudit pays.

[1] Arch. gén. de Belgique. Conseil d'État. Audience, liasse n° 76. Le duc Philibert-Emmanuel de Savoie, alors gouverneur général des Pays-Bas pour le roi Philippe, a mis à cette pièce la date du 29 juin 1556, qui est celle de sa réception.

1556, huit compagnons hallebardiers de la garnison de Thionville pour la garde de sa personne[1].

Si nous avons rapporté ces faits, c'est qu'ils peuvent servir et d'épilogue à la mission du conseiller Boisot à Metz en 1543, et de commentaire à la politique de Charles-Quint qui se montre aussi fatale à ceux qui la servent avec zèle qu'à ceux qui la combattent.

C'est que Charles-Quint et Philippe II, vis-à-vis de l'aristocratie de leurs États, poursuivent la politique qui avait si bien réussi à Louis XI, et que le cardinal de Richelieu reprendra plus tard avec non moins de succès. Le nom de gueux, qu'adoptent en 1566 les nobles des Pays-Bas, était mérité depuis longtemps par les grands vassaux de Lorraine, d'Alsace et du reste de l'Allemagne. Nous allons les voir se louer et se vendre au plus offrant, changer de drapeau et même de patrie pour quelques écus de plus ou de moins, ce qui diminue de beaucoup la sympathie qu'on est tout disposé à accorder à leur commune misère.

Si les Gournay et les Baudoche, quand ils ont tout perdu, passent du camp français dans le camp opposé, les de Heu, au contraire, ne varient pas. Nous l'avons dit déjà pour le sire de Blétange, il nous reste à le démontrer pour ses frères, Nicolas, Robert, Martin et Gaspard, tous les quatre fidèles à l'Empire et à la cause de l'Évangile, ce qui s'accorde jusqu'à un certain point avec leur tiédeur à l'endroit de Charles-

[1] Arch. gén. de Belgique. Papiers d'État. *Dépêches de guerre*, vol. n° 368.— Voir Lettres patentes du roi Philippe II pour M. de Blétange, du 1er juillet 1550.

Quint, celui-ci étant plus espagnol que germain. Leur attachement à la foi nouvelle les sert toutefois en un point, c'est de redevenir à Metz plus populaires que jamais. Dès le mois de mars 1545, Martin de Heu, seigneur de Crépy, est élu maître échevin; en 1548, c'est encore une fois le tour de son frère Gaspard, seigneur de Buy, d'occuper la plus haute magistrature de sa ville natale. Ce dernier est le seul des quatre frères demeurés à Metz qui ait sa notice dans la *Biographie de la Moselle*[1]. Les autres méritent bien cependant qu'on parle d'eux. Nicolas tout d'abord, le maître échevin de 1528, avait déjà joui, comme tout jeune homme, de la réputation d'être un savant[2]. A dix-huit ans, vers 1511, il s'occupe d'astronomie avec un médecin flamand, Pierre Phrysius ou De Vries, Jean Rougier, le curé de Sainte-Croix, dont l'église, située sur le point culminant de la ville de Metz, convenait admirablement aux observations célestes, et un simple bourgeois, Jean Rollat[3].

C'est, croyons-nous, à cette période de sa vie qu'il convient d'attribuer son horoscope publié en 1857 par M. de la Cour[4]. L'arrivée à Metz en 1518 du célèbre Cornelius de Cologne, dit Agrippa de Nettesheim, changea le cours de ses idées et de ses études. On se voyait souvent, et, sous le prétexte d'astrologie judiciaire, on suivait curieusement la marche de la renais-

[1] *Biographie de la Moselle*. Metz, 1830, t. II, p. 339.
[2] HUGUENIN, *Chroniques messines*, p. 794.
[3] CH. ABEL, *Rabelais, médecin stipendié de la cité de Metz*, p. 31.
[4] *Mémoires de la Société d'archéologie lorraine*, année 1857. Laurent le Frison ou de Frise, médecin, était l'auteur de cette pronostication.

sance des lettres, du progrès des idées religieuses.
Tout alla bien jusqu'au jour où Agrippa, en sa qualité d'orateur et d'avocat de la cité, empêcha le domi-
nicain inquisiteur Sauvin de faire brûler comme sor-
cière une vieille femme du village de Woippy[1]. Les
désagréments que lui valurent sa victorieuse opposition au fanatisme clérical doivent l'avoir poussé à
écrire, le 2 juin 1519, à son docte ami Chansonnette,
alors à Bâle : « De toutes les villes où je fus jamais,
je n'en sais aucune que je quitterais avec plus de con-
tentement que cette cité de Metz, qu'avec ta permission
je qualifierai de marâtre des belles-lettres et de toutes
les vertus[2]. » Il faut croire que ce jugement sévère
n'avait rien d'exagéré, puisque Chansonnette lui-
même, tout Messin qu'il était, refusait de remplir des
emplois dans sa ville natale et n'y faisait que de rares
et fugitives apparitions[3]. Malgré l'appui des de Heu
et des d'Esch, Agrippa donna, en 1520, sa démission
d'orateur de Metz et se remit à courir le monde. Jean
de Niedbrück, dit Bruno, fut son successeur[4]. C'était
un savant homme, plus médecin qu'avocat, et grand
partisan de la Réforme. Ses relations avec les de Heu,
qui partageaient secrètement ses idées religieuses,
contribuèrent à la formation d'un parti luthérien.
Jean Rougier, le curé de Sainte-Croix, qui n'aimait
point qu'on brûlât des sorcières et continuait à correspondre avec Agrippa; Didier Abria, le curé de

[1] Ch. Abel, *Rabelais*, etc., p. 36.

[2] *Henr. Corn. Agrippæ Opera omnia.* Lugdani, s. d., t. II, p. 33.

[3] Alpph. Rivier, *Claude Chansonnette.* Bruxelles, 1878, p. 8-15. (Ext.
du t. XXXIX des *Mémoires de l'Académie royale de Belgique.*)

[4] Nous avons déjà parlé de ce personnage, qui tint tête au conseiller Boisot.

Saint-Gorgon; Pierre Toussain, chanoine de la cathédrale, grand ami d'Erasme et d'Occolampade, en
étaient[1]. L'astrologie judiciaire leur avait servi de
manteau, le moyen de se mieux connaître, de se voir
et de se concerter. L'exemple de ce qui se passait à
Meaux, à Strasbourg et à Bâle les encouragea à prêcher eux-mêmes et à faire prêcher aux Messins la foi
nouvelle[2]. L'impunité leur fut acquise jusqu'au jour
où l'un des défroqués convertisseurs, Jean Chastelain,
de Tournai, en Tournésis, fut arrêté aux environs de
Gorze par les gens du cardinal Jean de Lorraine, et,
après un emprisonnement de six mois et un simulacre
de procès criminel, brûlé vif au château épiscopal de
Vic, le 12 janvier 1524[3]. — L'émotion causée à Metz

---

[1] OTHON CUVIER, la Persécution de l'Église de Metz. Paris, 1863, p. 13.
— HUGUENIN, Chroniques messines, p. 823.

[2] HUGUENIN, Chroniques messines, p. 807.

[3] JEAN CRESPIN, le Livre des martyrs, éd. de 1593, p. 87-88.— Le chroniqueur Philippe de Vigneules dit de Chastelain qu'il « estoit ung homme assez
« révérend et de belle manière, grand prédicateur et très éloquent, et, avec
« ce, en ses sermons réconfortoit merveilleusement les pauvres gens et les
« avoit fort pour recommandez ». (Huguenin, l. c., p. 808.) — Notre Tour-
naisien avait été précédé à Metz par le frère François Lambert, d'Avignon,
qui n'y fit pas fortune et, en étant parti, ne se soucia point d'y retourner.
En décembre 1524, le chanoine Pierre Toussain parle de lui à Guillaume
Farel en ces termes : « Aussy escripvez à François Lambert qu'il se désiste
« descripre je ne scay quelles sottes lettres et livres qu'il adresse à ceulx
« de Mets et aultres au grant détriment de la parolle de Dieu.» (HERMINJARD,
Corresp. des réformateurs, t. Ier, p. 312.) — On possède du martyre de
Chastelain deux versions : l'une, protestante, qui nous a été conservée par
Crespin; l'autre, catholique, publiée, en 1524, en un petit in-4°, sous
le titre de : « Traicté nouveau de la désécration et exécution actuelle de
« Jehan Castellan, hérétieque, faicte à Vyc, en Austrasie, le XIIe jour de jan-
« vier. Avec une oraison, etc. (par Nicolle Volkyr de Sérouville), et achevé
« d'imprimer led. libvre le XVe jour daoust MDXXIV. » — Voir aussi BEGIN,
Histoire des sciences, etc., p. 372-373.

par l'arrestation de Chastelain, dont on estimait autant le caractère que le talent, fut si vive que plusieurs des plus chauds partisans du cardinal de Lorraine furent jetés, en manière de représailles, en quelque secrète prison. Il ne fallut rien moins, pour les ravoir, qu'un bref papal, l'intervention du duc Antoine de Lorraine, les prières du maître échevin Nicole Roucel et, finalement, une promesse formelle de Théodore de Chaumont, abbé de Saint-Antoine en Viennois et conseiller lorrain, de laisser à Jean Chastelain la vie sauve.

On comprend mal comment, n'ayant pas tenu ses engagements, l'abbé de Saint-Antoine ait osé rentrer à Metz après l'exécution cruelle du pauvre moine augustin. Ses jours y furent menacés; on pilla sa maison, et sans un luthérien des paraiges, le chevalier Philippe d'Esch, qui s'intéressa à lui, il n'aurait pu s'échapper de la ville. Il y eut d'autres désordres encore. On tira de prison Jean Védaste, de Lille, en Flandre, qui avait été l'ami et le compagnon de route de Chastelain, et peu s'en fallut qu'on ne saccageât de fond en comble le couvent des dominicains dont l'inquisiteur, Nicolas Sauvin, était le prieur. L'intervention du respectable chevalier de Rheineck et de la plupart des patriciens put seule empêcher que les choses n'allèrent pas plus loin. Toutefois la réaction catholique ne tarda point à se déchaîner. A la fin de février 1525, on fouilla la maison du chanoine Pierre Toussain. Plusieurs livres hérétiques y furent trouvés. Comme, après cela, on lui refusa la permission de prêcher le carême à la cathédrale, il se fâcha, quitta le pays et s'en alla rejoindre à Bâle Nicolas d'Esch et Guillaume Farel. Le 11 juin, il était déjà de retour avec le réformateur dauphinois[1].

Leur but était de pousser les papistes à une dispute publique. Ils n'y parvinrent pas. Au bout de huit jours, Farel s'en retourna à Bâle, et, fort à contre-cœur, Toussain fut obligé de le suivre[2]. Il avait voulu faire « à la parole de Dieu une ouverture non petite », en échangeant sa chanoinie contre l'une des cures de la ville pour aider dans sa tâche de réforma-teur le curé de Saint-Gorgon, mais la défiance contre lui avait grandi et menaçait de compromettre ses pro-tecteurs. Seul l'ancien maître échevin, Nicole Roucel, lui fit dire qu'il agirait en sa faveur. Il s'adressa alors à Robert de la Marck, le fort redoutable duc de Bouillon et seigneur de Sedan, et, par l'entremise de plusieurs de ses parents qui étaient à son service, il obtint sa protection. Cela le servit petitement, car, quelques mois plus tard, ayant été rencontré sur la route de Metz, il fut jeté, à Pont-à-Mousson dans une basse-fosse puante, et, comme il le dit lui-même, « torturé jusqu'à désespérer de la vie[3] ».

Comme l'Inquisition, quand elle tient une proie, ne la lâche pas facilement, il faut croire que, si l'on ne fit pas mourir le chanoine Toussain, c'était uni-

[1] HUGUENIN, *Chroniques messines*, p. 823-828. — P. MEURISSE, *Histoire de l'hérésie*, etc. Édition de 1670, p. 16.

[2] *Bulletin de la Société de l'histoire du protestantisme français*, 1876, p. 455.

[3] HERMINJARD, *Correspondance des réformateurs*, t. I, p. 444-448. — Lettre de Pierre Toussain à Jean Oecolampade à Bâle, de Malesherbes, le 26 juillet 1526.

quement par calcul, pour ne point s'exposer à des
représailles de la part du sire de Sedan, son protecteur.
On se rattrapa sur un pauvre diable dont nul ne se
souciait. Jean Le Clerc, de Meaux en Brie, simple
cardeur de laine, était arrivé au mois de juillet 1552
à Metz dans l'espoir d'y retrouver plusieurs de ses
compatriotes également fugitifs pour cause de religion[1]. On comprend sans peine que les mauvais traitements qu'il avait subis à Paris, où on l'avait battu
de verges publiquement, et à Meaux, d'où il avait été
banni, après avoir été marqué au front d'un fer
rouge, avaient aigri son caractère et peut-être même
troublé sa raison. Une nuit, il s'en alla seul aux environs de la ville briser et renverser les reposoirs et
les statues qu'on avait dressés pour une procession
qui devait avoir lieu le lendemain. Le coupable ne
fut pas difficile à trouver. Il avoua sans peine et
subit le martyre avec une merveilleuse sérénité. On
l'entendit chanter à travers les flammes :

> Leurs idoles sont or et argent,
> Ouvrage de main d'homme,

suivant la version du psaume CXV[e] de Clément
Marot[2].

Les protestants messins, ayant laissé brûler l'un
des leurs sous leurs yeux, sans rien dire, sans rien

---

[1] Dans une lettre de Guillaume Farel à Nicolas d'Esch à Metz, du 31 juillet 1526, on lit, en effet, cette recommandation : « Saluez de ma part ceux
de Meaux. » (Voir HERMINJARD, *Correspondance des réformateurs*, t. V,
p. 390.)

[2] HAAG, *la France protestante*, t. VI, p. 470-471. — J. CRESPIN, *Histoire
des martyrs*. Édition de 1597, p. 86. Cet auteur met par erreur ce martyre à
l'année 1524.

tenter, se sentirent vaincus. Les curés de Sainte-Croix et de Saint-Gorgon se sauvèrent en France. Seul Didier Abria reparut à Metz en 1531 et fut nommé chanoine; mais déjà, l'année d'après, le cardinal de Lorraine fit procéder contre lui comme mal sentant de la foi et le poussa à chercher encore une fois son salut dans la fuite.

Les de Heu, les d'Esch et tous les autres patriciens gagnés aux idées nouvelles tiennent tête à l'orage. Nicolas de Heu cache dans son hôtel le médecin astrologue Laurent Frison ou De Vries, qui s'était compromis par ses prédictions et sa correspondance avec Agrippa, alors refugié à Lyon[1]. Lui-même continue à mener de front la politique, la religion et l'étude des sciences occultes.

Il profite, en sa qualité de conseiller aulique du Saint-Empire, de la résignation du vieux cardinal Jean de Lorraine, comme évêque de Metz, en faveur de son neveu Nicolas, connu dans l'histoire sous le nom de comte de Vaudémont, pour rendre aux luthériens un peu de courage. Sa modération, son tact parfait et peut-être aussi sa vaste érudition lui avaient valu les sympathies du vieux chevalier André de Rheineck, qui lui légua, en 1527, son château de Ladonchamps, avec tous ses meubles, vaisselle et joyaux, et une rente de trente florins sur la ville de Metz. Il tirait déjà de son père une pension de quatre mille francs, ce qui le mit, à l'âge de trente-deux ans, en état de conclure un brillant mariage.

---

[1] CH. ABEL, *Rabelais, médecin stipendié de la cité de Metz.* Metz, 1870, p. 39.

Il épousa Anne de Failly, dame de Grand-Failly en Barrois. Ses terres, jointes à celles de sa femme, lui donnaient une rente de quatre-vingts chapons, de cent poules et de vingt-six oies[1]. Sa fille unique, Elisabeth, épousa un gentilhomme luxembourgeois, Godefroid, seigneur d'Elz et de Walmeringen. Nous ne tirons pas de ce mariage un argument en faveur de ses sentiments politiques, parce que les correspondances officielles de l'époque mettent ceux-ci suffisamment en évidence. Il s'était retiré, en terre luxembourgeoise, dans son château d'Ennery, dont il avait pris le nom en 1535. Là, il traita royalement, le 23 juillet 1544, le duc Guillaume de Clèves et de Juliers qui, après avoir séjourné à Bruxelles et à Nancy, s'en retournait dans ses États, avec une suite de douze chevaliers et de quarante serviteurs[2]. Là, encore, dans une aimable retraite, où les amis lui manquaient aussi peu que les livres et les sujets de méditation, il doit avoir composé son *Recueil d'histoire,* qui est perdu pour nous, mais que Richard de Wassebourg, dans la préface de ses *Antiquités de la Gaule belgique,* dit avoir consulté. Tout ce qui se passait à Metz lui était rapporté par le menu. Il prit une large part, en 1537, à la nomination de son ami, le célèbre anatomiste Gonthier d'Andernach,

---

[1] Bibl. royale de Bruxelles. Fonds Goethals, Ms. no 1327. Voir le chapitre intitulé : « Déclaracion des poulles, chappons et oyes de rentes appartenant « à messire Nicolas de Heu, chevalier, seigneur d'Ennery, cappittaine et « prévost de Briey, tant de par son domaine que de ses acquets et de par « dame Anne de Failly, sa femme. »

[2] Bibl. royale de Bruxelles. Fonds Goethals, Ms. no 1327.

comme médecin à gages de la cité. Ce savant ayant été accepté avec empressement, quoiqu'il s'avouât bon luthérien, il nous faut bien admettre qu'à ce moment-là la réaction catholique avait déjà perdu de sa première ardeur[1].

Gonthier demeura plus de six ans à Metz. Il s'y trouvait, en 1540, lors de la première visite de l'empereur Charles-Quint qui, ayant entendu parler de lui comme d'un mécréant, imposa à la cité impériale un troisième médecin à gages dans la personne d'André de Lacuna, de Ségovie, qu'il avait amené d'Espagne et dont il faut croire qu'il n'était pas fâché de se débarrasser sans bourse délier. Ce docteur, très infatué de son propre mérite, n'était, aux yeux de Rabelais, qu'un radoteur. Il osa se mesurer avec son illustre collègue et publia des traités pour prouver qu'il s'entendait mieux que lui à guérir la peste et les maladies vénériennes. Gonthier lui répondit, mais quand Lacuna en vint à mêler la dévotion aux prescriptions hygiéniques, il lui tourna le dos en haussant les épaules. S'étant plaint, à quelque temps de là, à son ami Sturmius des tracasseries dont, à Metz, il était l'objet, celui-ci lui proposa une chaire à Strasbourg, qu'il s'empressa d'accepter[2]. Sa clientèle aristocratique passa à Jean Bruno de Niedbruck, qui s'honorait d'être son ami et son disciple.

---

[1] M. Ch. Abel nous apprend que Gonthier d'Andernach, dont le véritable nom est Jean Winter ou Guinter, fut installé à Metz, le 24 juin 1537, comme médecin stipendié aux appointements de soixante livres par an. Voir son *Rabelais*, etc., p. 47.

[2] CH. ABEL, *Rabelais*, etc., p. 48-50.

André Lacuna eut, de cette façon, tout le loisir
nécessaire pour correspondre avec la cour de Bruxelles,
dont il était l'agent secret, et s'occuper activement
des affaires de la cité de Metz. Jusqu'au moment de
l'avènement du très catholique Richard de Raigecourt
comme maître échevin, au mois de mars 1543, il
avait été tenu en échec par les de Heu ; mais le premier soin du nouveau maître échevin fut de faire de
cet étranger son confident et son ambassadeur. Il
l'envoya notamment, à la fin de septembre 1543, à
Mons en Hainaut, auprès de Charles-Quint. La minute
non datée d'une lettre de l'Empereur au sénéchal
Pierre de Werchin rend compte de cette mission en
ces termes : « Ceulx de Metz ont envoyé icy en dilli-
« gence ung leurs conseillers, lequel est médecin
« hespaignol, et ma donné à entendre confidamment
« que lad. cité est en dangier de recepvoir les Fran-
« çois et de sabandonner du tout à la secte luthé-
« riane[1]. »

Charles-Quint avait déjà été mis au courant de ces
accusations par les deux membres du conseil des
Treize qui étaient venus le trouver à Bonn, plus d'un
mois auparavant ; il faut donc supposer que les bons
catholiques de Metz, ne voyant venir personne de la
cour pour faire une enquête en leur cité, craignaient
que l'Empereur n'eût perdu leur dénonciation de
vue. Nous savons qu'il n'en était rien, et qu'une
indisposition assez prolongée du conseiller Boisot
avait seule pu donner naissance à cette supposition.
Lacuna put rassurer ceux qui l'avaient envoyé en

[1] Arch. gén. de Belgique. Papiers d'État et de l'Audience, liasse n° 17.

Belgique. Moins de deux ans plus tard, quand les de Heu reprirent à Metz la direction des affaires, il quitta cette ville et alla servir la politique de Charles-Quint en Italie, où le pape Jules III, qu'il avait médicamenté avec succès, fit de lui un comte romain.

Nicolas de Heu ne se défendit jamais d'être luthérien, mais il n'entendait pas qu'on l'accusât, lui ou ses frères, de trahir l'Empereur au profit du roi de France.

A plusieurs reprises, il s'était rendu à Thionville auprès du gouverneur général du Luxembourg pour opposer ses affirmations et ses révélations à celles du Dr Lacuna et des autres agents secrets que la cour de Bruxelles entretenait à Metz. Un jour, — c'était le 13 septembre 1543, — il vint dire à Pierre de Werchin que les seigneurs du parti des Gournay, qui régentaient la cité de Metz, avaient promis aux ambassadeurs du roi de France de livrer audit roi les vivres dont il pourrait avoir besoin, soit qu'il restât à Luxembourg ou qu'il vînt mettre le siège devant Thionville[1]. Cette accusation, dont le conseiller Boisot se fit bientôt après une arme, était bien réelle, tandis que celles portées contre les de Heu et leurs partisans manquaient de base. Nicolas n'eut pas demandé mieux que de finir ses jours à Ennery, mais, en janvier 1545, ayant consenti, à la demande de Charles-Quint, à réunir dans son château une garnison espagnole, il le quitta pour aller résider

---

[1] Arch. gén. de Belgique. Papiers d'État et de l'Audience, liasse n° 16. Lettre de Pierre de Werchin à Charles-Quint, de Thionville, le 13 septembre 1543.

dans la petite ville de Briey, en Barrois, dont il était
capitaine et prévôt[1].

Il mourut trop tôt, en 1547, à la veille de la grande
et décisive bataille entre les deux factions aristocra-
tiques dont l'enjeu, du côté des de Heu, était l'autonomie messine et la liberté de conscience. Si les conseils de sa haute prudence devaient faire défaut à ses
frères, il leur laissa au moins, comme nerf de la
guerre, la plus large part de ses biens. Gaspard, le
plus jeune, mais le plus favorisé des trois, devint seigneur d'Ennery. Nous savons ce dont il était capable;
nous l'avons vu aux prises avec le conseiller Boisot, les
Gournay et les Baudoche. Son frère Martin, seigneur
de Crépy, compte à peine; il est son lieutenant, mais
Robert, seigneur de Malroy, le sénéchal héréditaire
de l'évêché de Metz est, en diplomatie, leur maître à
tous. Il marche seul et mérite, à tous égards, que
nous lui fassions, dans notre récit, une place à part.

---

[1] Arch. gén. de Belgique. Même collection, liasse n° 18. Voir la minute
d'une lettre de Charles-Quint au seigneur d'Ennery, datée de Spire, le (31)
janvier 1544. v. s.

II

Robert de Heu naquit à Metz le 22 mai 1497. Son frère aîné Nicolas veilla à son éducation, qui fut supérieure à celle que recevaient les gentilshommes de son temps. A l'âge de trente-cinq ans, le 15 janvier 1532, il épousa Philipotte de Chaverson, très riche héritière, fille de Michel de Chaverson, ancien maître échevin de Metz, et de Gertrude de Gournay[1]. Ce mariage fit de lui, dès 1533, un maître échevin de Metz. Il était protestant comme ses frères, tout en observant extérieurement les prescriptions de l'Église catholique et assistant à ses cérémonies. Cela ne nous suffit cependant pas pour expliquer le sens de certain passage des chroniques de Philippe de Vigneulle, où il est dit qu'à partir de son échevinat, Robert de Heu « ne voulut pas assister à des conférences pour la religion, pour ne donner occasion d'un concile national[2] ».

Le chroniqueur ne se doutait certainement pas que le seigneur de Malroy appartenait déjà alors à la ligue de Smalkalde.

La correspondance de l'électeur Jean-Frédéric

[1] HUGUENIN, *Chroniques messines*, p. 838. Comme sa femme lui apporta la terre de Montoy, on le désigna souvent sous ce dernier nom.

[2] HUGUENIN, *l. c.*, p. 838.

de Saxe avec le comte' Guillaume de Neuenahr
ne nous laisse pas à cet égard le moindre doute [1].
Mais elle nous apprend autre chose encore. C'est
en 1533 que Robert de Heu entre dans la maison
de l'électeur de Saxe, chef de la ligue protestante,
en qualité d'agent diplomatique, et c'est à raison de
cent florins par an qu'il s'engage à servir ce prince,
en tout temps et en tout lieu, à la seule réserve de ne
devoir rien faire de contraire aux intérêts de l'Empereur, dont il est le sujet fidèle, et du duc de Lorraine,
dont il est le vassal [2]. Nous aurions été obligé de nous
en tenir à ce seul renseignement, qu'il nous suffirait
pour déterminer l'attitude prise et conservée par ce
membre de la famille de Heu pendant les vingt années
qui précèdent la conquête de Metz par la France, et
pouvoir répondre aux accusations dont on l'accable.
Lui et ses frères ne pouvaient, en effet, concevoir le
salut de l'autonomie et de la neutralité messines et le
triomphe de leurs idées religieuses que par une union
de plus en plus étroite avec l'Allemagne, qui leur avait
donné tout cela et voulait leur en garantir la conservation.

Robert de Heu, qui était si riche qu'il faisait cadeau
au docteur Jean Bruno de Niedbruch de la seigneurie
de Mussy en Verdunois, pour reconnaître le dévouement avec lequel il avait soigné son beau-père en sa
dernière maladie, n'aurait évidemment pas aliéné sa
liberté à raison de cent florins par an, s'il n'avait pas
eu en vue d'aussi grands intérêts que le salut de sa

---

[1] *Zeitschrift des bergischen Geschichtsvereins*, t. XIV, p. 109-136.
[2] *Zeitschrift*, etc., t. XIV, p. 113.

patrie et le triomphe de sa foi. Et cependant, de quels
reproches, de quelles insinuations perfides la postérité
n'a-t-elle pas, jusqu'ici, poursuivi sa mémoire! Son
frère Gaspard est le principal traître, pour les chroniques de Metz en vers et en prose, qui traînent dans la
poussière des bibliothèques; mais lui, il est plus mal-
traité encore : on le traite de double fripon et de
double parjure pour avoir conspiré avec le cardinal de
Lenoncourt, évêque de Metz. Nous aurons à examiner,
l'une après l'autre, ces accusations. Que dit de Robert
de Heu, dans ses lettres à l'électeur de Saxe, le comte
de Neuenahr?

Il répond de lui sur sa tête ; il le qualifie d'homme
instruit, intelligent et actif, plein de dévouement et de
zèle. Là-dessus Robert de Heu est agréé et ne tarde
point à se mettre en campagne. Il s'agissait d'une
grande et d'une petite affaire, comme s'exprime le
comte de Neuenahr. La grande affaire, qui était celle
de la ligue de Smalkalde, est l'extension de la foi
luthérienne et son affermissement; la petite affaire,
qui regardait plus particulièrement la maison de Saxe,
dont le chef avait épousé Sybille, l'aînée des filles de
Jean III, duc de Clèves, est la succession de ce duché
et celle du duché de Gueldre, qui est fort disputée.
Comme dans ce temps-là les courriers étaient souvent
dévalisés en route, et que les lettres qu'on confiait à
la poste arrivaient rarement intactes à destination, les
communications verbales étaient encore les plus sûres.
C'est pourquoi les diplomates du xvie siècle perdaient
beaucoup de temps à courir les grands chemins, et
que leur correspondance ne nous apprend malheureu-

sement que les choses accessoires qu'ils n'ont pas jugé
à propos de traiter de vive voix.

Robert de Heu et le comte de Neuenahr se voient
parfois à Cologne, d'autres fois à Coblence, qui est à
peu près à mi-chemin de leurs résidences respectives.
Un jour, le rendez-vous ayant été donné à Bedbur,
notre gentilhomme messin se fait attendre, et le comte
écrit qu'il a toujours été un mauvais cavalier. De nombreuses qualités rachetaient ce défaut-là. Nous devons
croire qu'il donna tous ses soins à un rapport sur la
situation de la ville de Metz, que l'électeur de Saxe lui
avait commandé de faire. Le prince, ayant lu ce travail, en fit faire un résumé, l'envoya à Neuenahr et
lui demanda son sentiment. Le comte, qui connaissait
Metz depuis longtemps, répondit en ces termes à la
date du 26 décembre 1533: « Il ressort pour moi de la
« communication de Malroy que le parti évangélique,
« à Metz, a besoin d'être appuyé pour poursuivre son
« but avec quelque apparence de succès. Les grandes
« familles du pays ne se fient pas les unes aux autres
« et se diputent ardemment le pouvoir, ce qui donne
« lieu à craindre que leurs querelles n'entraînent la
« perte de la cité.

« Dans ces conditions, il est difficile que les conseils
« donnés de loin soient toujours les bons, si bien dis-
« posé qu'on puisse être à les suivre. Quoi qu'il en
« soit, je veux faire mon possible pour être exactement
« informé, afin de pouvoir conseiller Votre Altesse et
« cela d'autant plus que cette ville de (Metz) est de
« grande importance[1]. »

[1] *Zeitschrift*, etc., t. XIV, p. 116.

Robert de Heu était, en ce moment-là, maître échevin de Metz. Son mandat expirant en mars 1534, il accepta la mission de se rendre en Espagne avec Allendorf, le secrétaire de Neuenahr, pour y négocier le mariage de François de Lorraine, héritier du duc Antoine le Bon, avec une princesse de Clèves[1]. Un insuccès les attendait, parce que Charles-Quint ne pouvait ignorer que le contrat de mariage de Jean-Frédéric de Saxe stipulait qu'en cas d'extinction de descendance masculine dans la maison régnante de Clèves, les pays de Juliers, Clèves et Berg reviendraient en entier à la maison de Saxe, mais que ses droits sur la Gueldre et le comté de Zutphen seraient abandonnés aux filles.

Or, la Gueldre, qui avait si bien convenu au bis-aïeul de Charles-Quint, lui convenait également. Elle devait arrondir ses Pays-Bas, où il avait à la fois son berceau, son trône et le principal magasin de ses rentes; c'est pourquoi il considérait déjà cette province comme sa propriété et ne voulait voir, en son légitime seigneur et maître, le duc Charles, qu'un simple gouverneur, révocable à sa convenance; il défendit, en conséquence, qu'on fît aucun arrangement où la Gueldre serait pour quelque chose. Cette opposition de l'Empereur n'empêcha point qu'on poursuivît l'affaire du mariage lorrain. Robert de Heu fut à peine rentré d'Espagne, qu'il se rendit à la cour de Nancy, d'où il écrivit, dans les premiers jours de septembre 1534,

---

[1] *Zeitschrift*, etc., t. XIV, p. 118-119.— La lettre du comte de Neuenahr à l'Électeur de Saxe porte la date du 8 juin 1534. — Dom Calmet, dans son *Histoire ecclésiastique et profane de la Lorraine*, 2ᵉ édition, t. VI, p. 524, nous fournit la preuve que, dès 1527, François de Lorraine avait été fiancé à Anne de Clèves.

que le duc de Lorraine lui avait dit qu'il préférerait
avoir la plus jeune des princesses de Clèves pour son
fils, parce que, de cette façon, les époux se convien-
draient mieux sous le rapport de l'âge [1].

On se demanda, dans le premier moment, à Dusseldorf et à Weimar, ce qu'il pouvait bien y avoir là-
dessous. Espérait-on, en demandant la main d'Amélie
de Clèves, après avoir sollicité d'abord celle de sa sœur
Anne, qui n'avait que deux ans de plus qu'elle, donner
le change à l'Empereur et lui arracher un consentement? Ou bien les motifs du duc de Lorraine n'avaient-
ils rien de politique ? C'est ce que, à défaut de
renseignements certains, nous sommes assez porté à
admettre. Les contemporains nous disent qu'Amélie de
Clèves était plus jolie que sa sœur aînée, et nous pouvons croire que les princes lorrains, de tout temps
renommés pour leur beauté, ne devaient pas être
indifférents aux agréments extérieurs. On connaît
d'ailleurs la triste histoire d'Anne de Clèves. Un portrait de cette princesse, sur lequel ne se voyait pas la
large cicatrice qu'elle portait au front, fit d'elle, en
1539, une reine d'Angleterre, mais, en même temps,
il servit d'excuse à son volage et sanguinaire époux,
le gros Henri VIII, pour la répudier, sous le prétexte
que Holbein était un traître, qu'il avait indignement
flatté son modèle.

L'excuse était mauvaise. Le célèbre artiste, que la
cour de Londres avait tant choyé, rendait mieux et
plus fidèlement qu'aucun autre la nature; s'il a omis
une cicatrice, il a donné, par contre, à Anne de Clèves

---

[1] *Zeitschrift*, etc., t. XIV, p. 122.

un regard bête qui en disait assez pour faire hésiter
à temps le roi d'Angleterre et lui épargner une mauvaise action de plus. On ne pouvait faire, paraît-il, le
même reproche à sa sœur cadette, mais la folie était un
mal héréditaire dans la maison de Clèves. Cela donnait à réfléchir. On réfléchit même tant à Nancy, que
le mariage ne se fit point. Personne n'en eut sans doute
plus de regret que le seigneur de Malroy. Il avait
poursuivi cette affaire avec tout le zèle imaginable;
il voyait déjà la Lorraine arrachée à la double fascination de Rome et de la France et devenant pour Metz
un solide boulevard, quand la politique impériale vint
se jeter à la traverse et détruire toutes ses espérances
et celles de l'électeur de Saxe [1]. Celui-ci, ne pouvant
marier ni la princesse Anne, ni la princesse Amélie
en Lorraine, voulut au moins y chercher une femme
pour le prince héritier de Clèves et de Juliers, afin de
donner plus de poids aux prétentions de son beau-
frère sur la Gueldre [2].

Il venait trop tard cette fois encore. C'est à Bruxelles
qu'il prit sa revanche en contrecarrant la reine Marie
de Hongrie, sœur de Charles-Quint, qui, n'ayant pu
faire épouser par Henri VIII d'Angleterre sa nièce
Christine de Danemark, voulait la donner pour femme
au jeune duc de Clèves. Le comte Guillaume de Nassau
aida en cette affaire le comte de Neuenahr, car l'Allemagne entière était intéressée à ce que le futur chef
de l'une de ses maisons régnantes, dévouée au protes-

---

[1] *Zeitschrift*, etc., t. XIV, p. 125.

[2] La fille du dernier duc de Gueldre avait épousé le duc Antoine de Lorraine. (Voir F. CHAR, *Geschichte des Herzogthums Cleve*, etc., 1845, p. 153.)

9

tantisme, ne contractât point un mariage entraînant
sa rentrée et celle de ses sujets dans le giron de la
vieille Église. La conséquence fort inattendue de tout
ceci fut que la belle Christine de Danemark prit la
place d'Anne de Clèves, de la sœur du prince auquel
elle avait été d'abord promise, et devint duchesse
héréditaire de Lorraine.

Sa présence à la cour de Nancy ne tarda point à y
rendre l'influence allemande ou, pour mieux dire,
celle de la politique impériale prépondérante. Elle
dominait son mari, tenait tête à son beau-père et ren-
seignait fort exactement sa chère tante, la reine Marie
de Hongrie. Ce changement décida sans doute Robert
de Heu à quitter, comme agent diplomatique, le service de l'électeur de Saxe pour celui de l'Empereur,
qui, à Spire, venait de se réconcilier momentanément
avec les protestants d'Allemagne. Comme personne ne
connaît mieux que lui la Lorraine, qu'il faudra traverser pour marcher vers le cœur de la France, il est accueilli avec empressement. Il tient cependant à ce que
la chose ne soit pas divulguée : c'est sans doute pourquoi on lui donne la charge de commissaire des vivres
à Pont-à-Mousson. « Je supplie très humblement à
Votre Excellence, » écrit-il au vice-roi de Sicile, général en chef de l'armée impériale, « que la secretitude
de mon affaire soit en vostre recommandation, et j'en
auray tousjours meilleur moyen de faire service à Sa
Majesté[1]. » Il renseigne là-dessus le vice-roi sur ce
qui se passe à Commercy, à Ligny, à Saint-Michiel, et

---

[1] Arch. gén. de Belgique. Audience, liasse n° 21. Rapports de Robert de
Heu à Ferdinand de Gonzague, vice-roi de Sicile. S. d.

lui trace son itinéraire pour arriver sûrement sous les murs de Saint-Dizier. Ses conseils furent suivis pour la plupart. Mais il ne s'oubliait pas, ni Metz non plus. Ce fut, sans doute, en voyant de près le grand profit que l'Empereur tirait de ses sœurs et de ses nièces, qu'il eut l'idée d'essayer pour son compte d'un mariage politique.

On s'en est servi pour le calomnier. Le greffier de Plappeville, Jean Bauchez, va jusqu'à dire que « ce fut le cardinal de Lenoncourt qui lui bâilla la main de sa nièce [1] ». Or, le cardinal n'y est absolument pour rien ; il ne fut pas même présent au contrat de mariage signé à Metz le 21 septembre 1545 et que dom Calmet a publié tout au long dans les preuves de son *Histoire de la maison du Chastelet* [2]. Que nous dit cet acte ? Que Robert de Heu veut donner à la fois une seconde mère et un époux digne d'elle à sa fille unique Catherine, dame de Montoy, de Going et de Grimont rien que du chef maternel. Ce qu'il ne nous dit point, mais ce qui est facile à deviner, c'est que Claudine du Chastelet, veuve de Claude de Vienne, seigneur de Clervant, Ouvant et Chambley en Franche-Comté, et sœur de l'abbé de Saint-Clément, à Metz, l'attirait surtout parce qu'il avait besoin d'être bien en cour à Nancy, et que Claudine était apparentée à l'illustre maison de

[1] *Journal de Jean Bauchez*. Metz, 1858, p. 8.

[2] Dom CALMET, *Histoire généalogique de la maison du Chastelet*, etc., Nancy, 1741, p. cxlv des *Preuves*. Cet acte décide « pour entretenir et augmenter l'amitié des futurs conjoints » que le mariage se fera de Claude-Antoine de Vienne, fils de dame Claude, et de Catherine de Heu, à peine de dix mille écus au soleil à payer par la partie contrevenante.

Lorraine[1]. Elle avait deux fils, Claude-Antoine de Clervant, âgé alors de quinze ans, le futur époux de Catherine de Heu, et Nicolas de Vauvillers[2]. Qui sait si le seigneur de Malroy, dont le second mariage était avant tout une affaire, ne caressa point, à ce propos, l'espoir d'avoir un fils qui partagerait ses idées et poursuivrait, après lui, la querelle des de Heu? Dans ce cas, il dut se rejeter sur son futur gendre, car Claudine du Chastelet ne lui donna que trois filles[3]. Nous ne devons pas trop le plaindre. Son calcul lui réussit au delà de toute espérance. Son futur gendre, élevé à Dôle, en revint, au bout de quelques années, aussi huguenot que lui-même et très disposé à conspirer en faveur de l'indépendance de Metz, comme il avait conspiré déjà dans un but analogue en Franche-Comté comme confrère de Sainte-Barbe. C'est une chose incontestable et assez remarquable que le traité d'Augsbourg de 1548 touchant les États héréditaires de Charles-Quint porte dans tous ceux-ci, en Bour-

---

[1] Claudine du Chastelet appartenait à la branche des seigneurs de Sorcy et de Vauvillers. La présence à Metz de son frère Thiéri, qui était abbé commendataire de Saint-Clément, la décida sans doute à y venir résider. Après la mort de Robert de Heu, son second mari, elle se remaria, le 30 juillet 1554, avec Jean, seigneur de la Boulaye et du Perrier, au bailliage de Caux. Il s'ensuit qu'elle ne devint une *dame française* qu'après avoir perdu deux maris, et que les chroniqueurs en prose et en vers se sont trompés sur son compte.

[2] Bégin, dans sa *Biographie de la Moselle*, t. 1er, p. 275, fait naître notre Clervant en 1507. Il l'a confondu, sans aucun doute, avec son père, mort à la fleur de l'âge. Tout le reste de son article est à refaire. La *Gazette de Lorraine* s'en est déjà occupée en 1875. Voir ses Lettres d'un dénicheur.

[3] Elles sont citées dans le testament de leur père. Elles s'appelaient Marguerite, Bonne et Anne. (Voir DOM CALMET, *Histoire généalogique de la maison du Chastelet*, p. CXLVII des *Preuves*.)

gogne comme aux Pays-Bas, les mêmes fruits de
mécontentement et de révolte, et que, des deux côtés,
on arrive à la guerre ouverte contre le pouvoir absolu
et la religion catholique qui l'inspire, le sert et l'assiste de son mieux.

Les accusateurs de Robert de Heu n'ont pas fait
attention à tout cela. A leurs yeux, la conquête de
Metz par la France est surtout son œuvre, celle de
ses frères. Ils lui reprochent de s'être remarié avec
une dame française, quoique Claudine du Chastelet
fût Lorraine, et que son premier mari ait été également sujet de l'Empereur et l'ait servi comme conseiller de guerre. Ils lui font ensuite un crime de l'inti-
mité de ses rapports avec le cardinal de Lenoncourt
et son neveu Philippe, évêque de Châlons[1]. Mais ces
deux prélats étaient les proches parents de sa femme,
et s'ils descendirent, en juillet 1551, après la nomination du cardinal au siège de Metz, dans son hôtel de la
rue de la Fontaine, c'est sans doute que le palais épiscopal, depuis longtemps inhabité, n'était pas disposé
pour les recevoir. D'ailleurs, deux princes de l'Église,
en recevant l'hospitalité d'un hérétique notoire, malgré son titre de sénéchal héréditaire de l'évêché
de Metz, se compromettaient plus sûrement qu'ils ne
compromettaient celui-ci aux yeux de ses coreligion-

---

[1] *Histoire générale de Metz par les Bénédictins de Saint-Vanne.* Metz,
1775, t. III, p. 28, 29, 31. Dom Tabouillot cite, à l'appui de ses assertions,
la petite chronique rimée des Célestins qui, à partir de l'an 1525, paraît
n'être pas autre chose que l'œuvre de Jean Beauchez, greffier de Plappeville
lez-Metz, vers la fin de la guerre de Trente ans, et, par conséquent, postérieure de trois quarts de siècle à la conquête de Metz par la France. Il convient, par conséquent, de faire peu état d'une pareille source.

naires. Toute la question pour nous est de savoir si les de Heu ne se servirent pas plus du cardinal de Lenoncourt que celui-ci ne se servit d'eux.

Nous n'avons, sur ce point, que des indications parfois précieuses, mais rien de décisif. La soumission aveugle du cardinal de Lenoncourt à la politique de la maison de Guise, qui a été si souvent mise en avant, ne nous est rien moins que prouvée. Son ambition, dit-on, égalait celle des Guises; nous voulons bien en convenir; elle poursuivait toutefois un autre but, par d'autres voies et sur un théâtre différent[1]. Ce n'est pas un trône qu'il convoitait, mais une situation identique à celle de l'évêque Érasme de Strasbourg, qui, par sa tolérance, n'avait rien perdu de l'affection des catholiques, tout en gagnant celle des protestants. Ce qu'il visait encore, c'était la revision des institutions du pays messin, tant sous le rapport temporel que spirituel. Il était prêt à résider, à entretenir des troupes, à administrer la justice, à condition d'avoir les coudées franches, c'est-à-dire de soustraire les trois évêchés de Metz, Toul et Verdun à l'autorité de l'archevêque de Trèves et de les réunir sous la sienne.

C'était beaucoup demander, mais ce n'étaient point là des exigences déraisonnables. La situation topographique des trois évêchés, leur condition intérieure, tant politique qu'économique, les commandaient. Le

---

[1] Un document, que nous tenons pour inédit, est le mémoire de **1544**, qu'il fait remettre à la cour de Bruxelles et d'après lequel il s'offre, avec le connétable de **Montmorency**, de travailler contre les Guises, c'est-à-dire en faveur de la paix entre l'Empereur et la couronne de France. (Voir Arch. gén. de Belgique. Audience, liasse nᵒ 20.)

seul obstacle sérieux que pouvait rencontrer de la part
de l'Empereur le plan du cardinal de Lenoncourt,
c'était qu'il signait une trêve avec les protestants,
qu'il voulait faire de la neutralité religieuse comme on
avait fait jusqu'alors, sans grand succès, il est vrai, de
la neutralité politique. S'il avait réussi, la lutte entre
les paraiges messins se terminait au profit de la famille
des de Heu et de leurs alliés. C'est pourquoi nous
voyons, dès le moment où la trahison de l'électeur
Maurice de Saxe est connue, Robert et Gaspard de
Heu se donner tant de mal. On ne saurait, de bonne
foi, leur attribuer l'intention de se jeter dans les bras
de la France, parce que, dans ce cas, ils n'auraient pas
tant insisté pour avoir à Metz une garnison impériale.

Cette question était à l'étude depuis plusieurs
années. En 1544, la cité de Metz avait été autorisée à
lever trois enseignes de piétons pour sa défense; mais, à
peine ces mercenaires étaient-ils dans la ville que des
émissaires français cherchèrent à les enrôler ou les
poussèrent à déserter[1]. Comme l'Empereur s'en plai-
gnit, on chassa les embaucheurs et l'on resta sans
soldats. Il est vrai que le comte d'Isembourg et, après
sa mort, le colonel espagnol Alvaro de Sande mirent
des garnisons dans la plupart des châteaux de la frontière; mais cela ne garantissait pas la cité de Metz d'un
coup de main. Les magistrats firent donc de nouvelles
et inutiles instances pour avoir une garnison impériale. Le 3 mars 1552, les seigneurs de Moulins, de
Villers et l'aman François Kairchien allèrent trouver,

---

[1] Arch. gén. de Belgique. Papiers d'État et de l'Audience, liasse n° 20,
Lettre de Charles-Quint à ceux de Metz, de Spire le 31 mai 1544.

à ce propos, le comte Pierre de Mansfelt, gouverneur
général du Luxembourg, pour renouveler leurs do-
léances et lui représenter que le danger que courait la
ville de Metz était plus pressant que jamais[1]. Quelques
jours plus tard, Robert de Heu vint en personne trouver le comte de Mansfelt à Thionville. Il apportait la
nouvelle que le roi Henri II avait déclaré vouloir s'emparer de Metz et que, le 26 mars, il serait prêt à marcher sur cette ville. « Nous n'avons pas un seul homme
« de guerre ni espérance d'en avoir, » dit-il au comte ;
« mais, si vous nous donnez quatre enseignes de pié-
« tons seulement, nous pourrons nous défendre. Nous
« avons, en ce moment, cent cinquante pièces d'artil-
« lerie et une grande quantité de poudre, de salpêtre,
« de grains et de vin. »

Le comte ne se laissa ni toucher ni tenter.

— « Montrez votre grand zèle à servir l'Empe-
« reur, » lui répondit-il, « en faisant tout ce qui est
« en votre pouvoir pour repousser l'ennemi, et soyez
« certain que quand Sa Majesté Impériale verra votre
« bonne volonté, elle vous viendra en aide et vous
« sauvera du danger[2]. »

Cette démarche, d'un caractère tout personnel, avait
évidemment été concertée entre Robert de Heu et son
frère le seigneur de Blétange.

Ce dernier s'était rendu à Metz, quelques jours auparavant, pour inviter, au nom de l'Empereur, le maître

[1] Arch. gén. de Belgique. *Lettres des seigneurs*, t. IV, p. 10. — Déclaration des députez envoyez par la cité de Metz au comte de Mansfeld.

[2] Arch. gén. de Belgique. *Lettres des seigneurs*, t. IV, p. 109. — Le
comte Pierre de Mansfelt à la reine Marie, de Thionville le 19 mars 1551,
v. s.

échevin, Nicolas de Gournay, à faire arrêter les commissaires français qui étaient venus lui demander des vivres. Le maître échevin cependant, d'accord en cela avec ses collègues Richard d'Ancerville, Hubert de Serrières et maître Hugues des Louves, l'avocat de la cité, avait déclaré ne pouvoir mettre immédiatement à exécution le mandat impérial. Dès le lendemain, Jean de Heu, rentré à Thionville, rendit compte de sa mission au conseiller impérial, Gérard de Veltwyck, et lui proposa d'aller défendre Metz, à la tête de quatre enseignes de piétons et deux cornettes de cavalerie qu'il avait sous la main[1]. Ce rapport, qui opposait l'attitude correcte des de Heu à celle des Gournay, n'eut pas à la cour de Bruxelles le succès qu'il méritait. Il faut le regretter, car le seigneur de Blétange était assez connu comme bon soldat pour relever le courage des Messins et mettre fin aux querelles byzantines de leurs magistrats.

De quoi s'agissait-il? De régler un point de droit public. Les uns prétendaient que la neutralité messine devait être armée et défendue aux frais de la cité, pour n'être ni un danger ni un vain mot; les autres disaient que toute neutralité armée a le caractère d'une provocation et qu'elle attire le plus sûrement du monde l'agression qu'on a tout intérêt à écarter. Ces derniers eurent le dessus, malgré tout ce que put faire contre eux le cardinal de Lenoncourt. « Quelle « désolation, » dit-il, à propos de ce vote à Gaspard de

---

[1] Arch. gén. de Belgique. *Lettres des seigneurs*, t. IV, p. 93. — Lettre de Jean de Heu à Gérard, seigneur de Veltwyck, conseiller d'État de l'Empereur à Bruxelles, de Thionville le 17 mars 1551, v. s.

Heu, « que le magistrat ne soit pas tombé d'accord!
« Nous aurions pu prendre pour notre garde jusqu'à
« dix enseignes de gens de pied, et cela, sous ombre
« que nous sommes cité impériale qui se veut mettre
« à l'abri de tout danger sans pencher plus d'un côté
« que de l'autre. Le roi de France se serait bien laissé
« persuader que nous ne pouvions agir autrement,
« et il aurait d'autant mieux renoncé à toute entre-
« prise contre notre cité qu'il se nomme à présent le
« protecteur du Saint-Empire[1]. » Ces paroles, dont
nous n'avons aucun motif de mettre en doute l'authenticité, nous prouveraient que le cardinal était intéressé à voir la ville de Metz conserver son indépendance, quand même il aurait dû avoir recours à
des soudards luthériens. Il avait des griefs contre le
roi de France et contre le cardinal Charles de Lorraine. Son ressentiment nous donne peut-être l'explication de son alliance avec les de Heu et de l'offre
qu'il fit de supporter les frais d'entretien de cinq
enseignes de gens de pied si la ville consentait à en
lever cinq autres pour sa défense. Le roi Henri II
lui avait pris sans façon son abbaye de Saint-Remy de
Reims, parce que le cardinal de Lorraine, par grande
avarice, la désirait depuis longtemps. Il avait gémi,
il avait crié au voleur, et c'est sans doute pour le
faire taire qu'on lui avait donné le siège de Metz.
Cadeau dérisoire s'il en fut, puisque le cardinal de

---

[1] Arch. gén. de Belgique. *Lettres des seigneurs*, t. IX. Voir le document
intitulé : « Recoeuil en brief des longz propoz que Gaspard de Heu a tenu
à moy Corneille Scepperus Sg. d'Eecke le 6e jour de febvrier 1552 (styl de
court.) au château de Vilvorde. »

Lorraine s'était réservé le temporel de l'évêché [1]. Il s'ensuit que Lenoncourt, homme aussi vindicatif qu'orgueilleux, n'aura été qu'en apparence le complice de ceux qui se moquaient encore de lui après l'avoir dépouillé.

Dans ce cas, l'orthodoxie farouche qu'il montre à Verdun, où il n'y a pas un seul protestant, aurait servi à faire oublier qu'à Metz il a pactisé avec l'hérésie.

Robert de Heu, de son côté, a dû chercher aussi à donner le change. Sa qualité d'affilié à la ligue de Smalkalde le tenait au courant des entreprises des protestants d'Allemagne. Il savait, sans doute, que l'engagère contre écus des quatre cités impériales de langue française, à savoir : Cambrai, Metz, Toul et Verdun, avait eu surtout pour but de créer une diversion en obligeant Charles-Quint à jeter dans ces villes, pour les défendre contre le roi Henri II, une partie de son armée. Le roi de France échoua devant Cambrai, et l'on pouvait à bon droit espérer qu'il en serait de même ailleurs. Cependant, quand il devint évident que Metz, abandonnée à elle-même, ne pourrait pas se sauver, son nouvel évêque fit son possible pour regagner les bonnes grâces du roi de France. Après la surprise de cette ville, il rédigea un mémoire dans lequel il promit d'entretenir une garnison respectable et même de construire, à ses frais, une cita-

---

[1] Il est assez étrange que les historiens messins n'aient pas prêté plus d'attention à cet échange du plus riche bénéfice de France, car telle était l'abbaye de Saint-Remy de Reims s'il faut en croire Gaspard de Heu en ses *Confessions*, contre un évêché qui ne rapportait rien.

delle si le roi consentait au maintien absolu de tous
les droits et privilèges de la cité[1].

Personne n'étant plus intéressé à la réussite de
cette combinaison que Robert de Heu, nous ne saurions nous étonner de son empressement à l'appuyer,
à la faire valoir. N'est-il pas un ancien échevin de Metz?
N'est-il pas le sénéchal héréditaire de son évêché? Ne
sait-on pas à la cour de France qu'il a joui de la confiance de l'électeur de Saxe et du landgrave de Hesse,
les prisonniers de Charles-Quint depuis la bataille de
Mühlberg? Ce sont là assez de titres pour intervenir
la tête haute, pas assez, à ce qu'il paraît, pour écarter
les soupçons, pour triompher des Guises.

Quand, après cela, le cardinal de Lenoncourt le
propose comme maître échevin, en 1553, c'est encore
François de Guise et son frère Charles, que d'Aubigné,
dans ses *Tragiques*, qualifie à juste titre de cardinal
sanglant, tout cardinal d'argent qu'il était, qui font
échouer sa candidature[2]. On le traite d'hérétique et

---

[1] M. Bégin, qui rapporte ce fait en d'autres termes, va beaucoup trop loin
en disant que le seigneur de Malroy aurait appuyé de son crédit un mémoire
demandant pour Metz une *garnison française*. C'est, au contraire, pour se
débarrasser de celle-ci que le cardinal de Lenoncourt, de concert avec les
de Heu, voulait s'imposer les plus grands sacrifices. Le rappel de M. de
Gonnor et son remplacement, en qualité de gouverneur de Metz, par M. de
Vieilleville nous prouvent que le roi de France avait reconnu le bien-fondé
des griefs mis en avant par l'évêque de Metz.—Voir aussi, à la Bibliothèque
municipale de Metz, dans le *Recueil manuscrit de pièces historiques sur Metz*,
de M. de Lançon, à la page 381, le « Mémoire du cardinal de Lenoncourt,
« evesque de Metz, remis au sieur de Malleroy, son neveu, sénéchal héré-
« ditaire de l'evesché, pour le présenter au roy. 1553 ».

[2] *Histoire générale de Metz*, t. III, p. 60. — *Journal de Jean Beauchez*, p. 20, en note.

de vilain traître. Protestant, il l'était, mais traître, c'est autre chose.

Il n'avait rien renié, rien vendu, trompé personne. Charles-Quint avait abandonné Metz à elle-même; il lui avait tourné le dos, parce qu'elle ne voulait être sauvée que par des soldats impériaux, et la pauvre ville était tombée aux mains de son ennemi. Elle était menacée de perdre ce qui lui restait de ses antiques libertés et de son ancienne splendeur, et notre seigneur de Malroy veut la défendre encore, poursuivre jusqu'au bout une lutte inégale au possible. Si c'est là une folie, c'est à coup sûr une folie généreuse, de celles qu'on ne saurait blâmer. Et puis, qu'on y songe: on était à dix ans du massacre de Vassy, qui ouvrit l'ère des guerres civiles, et, des deux parts, parmi les honnêtes gens qui allaient à la messe ou qui chantaient des psaumes, les illusions étaient à l'ordre du jour. On espérait un accord, une entente, on en cherchait les bases. La tolérance du cardinal de Lenoncourt eût été probablement admise par la plupart des prélats de France, ennemis des Guises.

A Metz, plus qu'ailleurs peut-être, elle était un élément de succès, et les Guises furent certes des maladroits en ne voulant pas qu'elle servît, même passagèrement, de masque à la politique de leur roi se disant protecteur de l'Empire et défenseur de ses libertés.

On garda Metz, il est vrai, mais il fallut la garder le couteau sur la gorge; il fallut aussi falsifier l'histoire de son annexion pour n'avoir point à en rougir, faire passer le cardinal de Lenoncourt, Robert de

Heu, ses frères et tous les autres membres de l'aristocratie messine « pour des changeurs et des ven-
deurs ». Il y en avait dans le nombre; ce qu'il y a de
certain, toutefois, c'est que les plus coupables ne sont
pas ceux qu'on accuse, qu'on accable de reproches et
d'insultes. Leur commun châtiment fut de gémir sous
le poids du nouveau régime qui leur était imposé,
d'avoir perdu, en même temps que leur autorité et
leurs privilèges, l'estime et la confiance de leurs concitoyens. Si certains d'entre eux ne conspirèrent point
ouvertement, il est presque impossible de croire
qu'ils ne firent point de vœux en faveur des de Heu,
qui seuls restaient sur la brèche et luttaient encore, le
cœur ulcéré de se voir ainsi calomniés et méconnus.
Robert de Heu succombe dans les premiers jours
d'avril 1553[1]. Lui mort, le cardinal de Lenoncourt
abandonne la partie.

On le traduit devant le conseil d'État, tout dévoué
aux Guises, comme impérialiste et comme faux monnayeur. Il dédaigne de comparaître et va s'enfermer
dans son prieuré de la Charité-sur-Loire, où il termine ses jours. Les chefs d'accusation mis en avant
contre lui sont ineptes[2]. Il est impérialiste parce

---

[1] DOM CALMET, *Histoire généalogique de la maison du Chastelet,* p. CXVII
des *Preuves.* L'ouverture de son testament se fit le 6 avril 1553 et sa veuve
déclara l'accepter le 11 du même mois.

[2] Le maréchal de Vielleville, qui accuse le cardinal de Lenoncourt, parce
que, comme évêque de Metz, il le gêne et l'inquiète, doit avoir ignoré sa
proposition au maître échevin Jacques de Gournay et au conseil des Treize
de livrer à frais communs cinq enseignes de piétons pour empêcher le roi
de France d'entrer à Metz, car c'eût été l'occasion de mettre en avant un acte
de haute trahison, le dispensant de produire d'autres griefs, de parler de
fausse monnaie, d'armoiries et de tableaux mis en évidence, de chartes et
vieux papiers mis de côté.

qu'il n'a pas voulu, comme évêque de Metz, abandonner au roi de France ses prérogatives et ses droits
de juridiction, de monnaie et de voirie, et que, dans
son palais épiscopal, qu'il a fait restaurer, on voit partout les armes impériales, les bustes ou les portraits
des empereurs d'Allemagne; il est faux monnayeur
uniquement parce que, d'après ses ordres, Robert de
Heu a fait frapper monnaie avec les anciens coins de
la cité qui portent l'aigle à deux têtes et non pas avec
des coins nouveaux portant des fleurs de lis. Comment, en effet, répondre à tout cela sans accuser de
mauvaise foi le roi Henri II et ses ministres, et se
sacrifier inutilement? Le cardinal se sauva. Si ce
n'était pas le parti le plus héroïque, c'était encore le
plus sage.

III

Tant que Gaspard de Heu, le dernier lutteur de sa race, restera debout, Metz aura encore un patricien incapable de courber le front, d'accepter sa défaite. Ses terres de Lorraine ont toutes été dévastées et ruinées; le château d'Ennery est son dernier refuge. C'est de là qu'il assiste, en frémissant, aux péripéties du siège de Metz; c'est là qu'après avoir abandonné son entreprise, Charles-Quint passe la nuit du 31 décembre 1552 au 1er janvier 1553, et laisse à son hôte, pour ses étrennes, des monceaux de ruines fumantes[1].

Gaspard de Heu ne s'émeut pas plus que de raison de ce nouveau désastre. Il met sa famille en sûreté et revient à la charge pour réparer, autant qu'il est en son pouvoir, l'échec éprouvé par les armes impériales. Malheureusement pour lui, son frère Jean, sire de Blétange, n'était plus à Thionville. Il avait été fait prisonnnier le 24 juin 1552, à Ivoix, par les Français, qui ne montraient aucun empressement à fixer le prix de sa rançon.

En allant et en venant, Gaspard fut enlevé, aux portes de Thionville, par une patrouille espagnole,

---

[1] Le Ms. Goethals n° 1327 de la Bibl. royale de Bruxelles intitulé : Généalogie de la famille de Heu, dit que des soldats espagnols de l'escorte de l'empereur Charles-Quint mirent volontairement le feu au château d'Ennery, dont, après l'incendie, il ne resta debout que le donjon et les quatre tours.

et, quoiqu'il eût obtenu un congé en bonne forme du roi de France, Henri II, et qu'il en eût profité pour demeurer paisiblement à Ennery, en terre luxembourgeoise, pendant le siège de Metz, il n'en fut pas moins traité en prisonnier de guerre d'importance et dirigé sur Bruxelles. Là, ne sachant trop que faire de lui, on l'envoya au château de Vilvorde, qui déjà, dans ce temps-là, était une prison d'État. Il paraît qu'on l'y oublia, car, à la fin de janvier 1554, « ne pouvant supporter plus longtemps l'ennui de sa solitude », il s'adressa à Viglius, le président du conseil d'État, pour savoir de quoi on l'accusait et pouvoir communiquer avec l'un ou l'autre des conseillers de l'Empereur de sa connaissance. On lui envoya Me Corneille Scepperus, sire d'Eecke, le même qui avait résidé, en 1543 et 1544, comme commissaire impérial à Thionville et n'ignorait rien des affaires de Metz et de Lorraine.

L'entrevue eut lieu le 6 février 1553. On commença par s'expliquer sur le fait de l'arrestation, puis vinrent les confidences. Notre ancien maître échevin de Metz ne pouvait pas, paraît-il, qualifier son emprisonnement d'arbitraire. L'ordre avait été donné à tous les gouverneurs et commandants des places frontières des Pays-Bas de considérer comme suspecte de connivence avec l'ennemi toute personne venant de France. C'est pourquoi le cousin de Gaspard de Heu, le colonel Bernard de Schauenbourg, gouverneur de Thionville, n'avait pu rien faire pour lui, et qu'il devait à sa notoriété d'avoir accompli, malgré lui, le voyage de Bruxelles, où il se proposait de venir libre-

ment pour entretenir l'Empereur et sa sœur, la reine
Marie, d'un plan qu'il avait conçu pour rendre à
l'Empire et à la liberté la malheureuse cité de Metz.

Le conseiller Scepperus, qui avait conféré, la veille,
avec la reine Marie et assisté à la rentrée de Charles-
Quint dans sa capitale, savait que Gaspard de Heu
n'obtiendrait pas une audience de l'Empereur, qui
était souffrant.

Il l'invita, en conséquence, à s'expliquer franchement vis-à-vis de lui et à ne point douter qu'il ferait
de tout ce qu'il lui dirait bon et fidèle rapport. Notre
prisonnier y consentit. Il prit la parole et, s'échauf-
fant comme un inventeur qui caresse sa chimère, il
en dit peut-être trop, car son auditeur peu bienveil-
lant mit, trois jours plus tard, en tête de son rapport
à la reine Marie, l'intitulé suivant: « Recoeuil en brief
« des longz propoz que Gaspard de Heu a tenu à moy
« Cornille Scepperus, seigneur d'Eecke, le vi^e jour de
« febvrier 1552 (styl de court) au chasteau de Vil-
« vorde. » Et, non content d'avoir abrégé ainsi ce
qu'il avait promis de rendre fidèlement, il ajouta
méchamment : « C'est tout ce que j'ai pu comprendre
« et retenir des longues devises que le prisonnier me
« tint. Votre Majesté pourra juger par mon recoeuil
« l'intention dudit de Heu tendant à la ruine générale
« de la foi chrestienne ès parties d'Europe encore
« catholiques, et à la confusion de toute hauteur et
« destruction totale des monarchies[1]. »

Quelle espèce d'homme était donc ce Corneille

---

[1] Arch. gén. de Belgique. *Lettres des seigneurs*, t. IX, p. 200. Lettre de
Corneille Scepperus à la reine Marie, d'Armuyden le 9 février 1552, v. s.

Scepperus pour porter un jugement si tranchant et si sévère?

C'était un fonctionnaire de l'école de Viglius, qui avait eu autrefois la chance de réussir dans une mission auprès du Grand Turc. Il croyait, depuis lors, à son infaillibilité; nous la nions et, tout en rendant hommage à sa profonde érudition, nous lui reprochons d'avoir été, comme un vrai Turc, trop servile et trop fanatique, et, à l'exemple de Viglius, d'avoir malheureusement méconnu les besoins de son époque, les plus légitimes aspirations de ses contemporains. La meilleure forme de gouvernement était pour lui le despotisme non mitigé que Charles-Quint avait rapporté d'Espagne dans ses bagages. Ce sont des conseillers et des courtisans de son espèce qui font perdre Metz à leur maître et les Pays-Bas à son fils Philippe II. En s'adressant à lui, à tout hasard, Gaspard de Heu avait eu la main malheureuse. Son tort fut plus grand encore de prendre sa réserve pour de la dignité, de lui parler à cœur ouvert. Ici, le diplomate amateur est décidément inférieur au négociateur de profession. Sa franchise se retourne contre lui quand il se montre calviniste zélé et calviniste capable de renverser les Valois et les Guises qui faisaient obstacle à Charles-Quint, avec l'aide seule de ses coreligionnaires de France et des luthériens d'Allemagne. Au lieu de convaincre, il fait peur.

Mais, de son côté, Scepperus va trop loin aussi ; il calomnie notre prisonnier de Vilvorde quand il l'accuse de vouloir et de chercher la confusion de toute hauteur et la destruction totale des monarchies.

Certes, à ce moment-là, après la fuite d'Insprück et l'abandon de Metz, les hommes d'Etat de Bruxelles devaient avouer l'insuccès de leur politique, se dire que, du côté de l'Allemagne comme du côté de la France, tout était à recommencer. Leur esprit de routine les a trahis; cependant, l'ornière tradition- nelle dans laquelle ils se traînent leur est si chère qu'on est mal venu à leur crier casse-cou, et qu'on risque fort d'être traité d'hérétique et de révolution- naire, si l'on tente de leur prouver qu'en suivant une voie nouvelle, on pourrait tout réparer en peu de temps et à peu de frais. Gaspard de Heu l'éprouva. Les mauvais traitements, les dédains, la plus noire ingratitude sont la seule récompense de son dévoue- ment à la cause impériale.

Que n'a-t-il pas fait déjà comme maître échevin de Metz et fidèle Lorrain! On le voit, en 1542, d'accord avec ses frères de Montoy et de Blétange, se servir du comte de Furstenberg contre le parti des Gournay, des Raigecourt et des Baudoche et le faire rentrer au service de Charles-Quint; on le voit, dix ans plus tard, dans des circonstances plus graves encore pour Metz et pour l'Empereur, courir au-devant du margrave Albert de Brandebourg, lui prouver que le duc de Guise le jalouse, le trahit, et le décider à tourner ses armes contre le roi de France. Ces services et d'au- tres moins signalés auraient bien dû lui mériter quel- ques égards. Mais, loin de là, le conseiller Scepperus trouve moyen d'incriminer le moindre de ses actes. Il se défend avec énergie, avec bonheur. Comme pro- testant, il est logique en tenant le parti de l'Alle-

magne, parce que le traité de Passau lui permet
d'obéir à la voix de sa conscience et que le récent
traité de Fontainebleau, s'il était Français, le lui
défendrait, au contraire, sous peine de mort.

Comme Messin, il n'est pas moins logique, les lois,
libertés et privilèges de sa cité natale étant tous d'origine germanique et ne pouvant être maintenus et
respectés, comme il convient, que par les pouvoirs
qui les ont octroyés.

Quant à son attitude au moment de la surprise de
Metz par le roi Henri II, il la tient également pour
correcte. Il a adressé à ce sujet un mémoire justificatif
à Antoine de Granvelle, évêque d'Arras[1]. Il en a parlé
récemment, en passant par Nancy, au comte de Vaudémont, au baron d'Haussonville, gouverneur de la
ville, et à François de Bassompierre, le capitaine des
gardes allemandes de l'Empereur et son résident
auprès de sa nièce, la duchesse douairière de Lorraine; il leur a dit à tous qu'il se rendait à la cour de
Bruxelles « pour faire ses excuses de la reddition de
Metz ».

« Il me semble, Madame, « écrit-il encore le 15 mars
1553 du fond de sa prison à la reine de Hongrie, « que
« ce sont là preuves suffisantes pour oster l'opinion
« que l'on pourroit avoir que malgré mon aveu j'ay
« été mené à Thionville[2]. »

---

[1] Ce mémoire, dont l'importance historique était sans doute capitale,
n'existe pas aux Archives générales de Belgique, et il est plus que probable
que, s'il s'était retrouvé à Besançon, M. Weiss l'aurait publié ou, tout au
moins, signalé.

[2] Arch. gén. de Belgique. *Correspondance générale*, t. IV, p. 333-336.
Lettre de Gaspard de Heu à la reine Marie, de Villefort ce 15 mars 1552,
v. s.

Il supplie la reine de prendre la peine de s'informer. « Je vous envoie, Madame, » écrit-il encore, « un mémoire[1] (contenant le moyen de remettre la « ville de Metz en son premier état) pour, s'il vous « plaît, vous en informer, afin que Vostre Majesté « connaisse ma bonne volonté. Je n'ai rien inventé « pour sortir d'ici, et après, Madame, je déclarerai à « Vostre Majesté, s'il vous plaît, plus amplement le « contenu dudit mémoire. Et certes, Madame, je ne « me fonde pas sur mes dits moyens à sortir d'ici, « sinon sur mon bon droit, parce que jamais n'ai rien « fait contre Vos Majestés qui mérite, Madame, le « traitement que l'on me fait présentement : que, s'il « est trouvé que j'ai jamais porté armes ni que j'ai fait « serment contre Vos Majestés, mesmement s'il est « trouvé que jamais j'ai eu serment ni estat des rois « de France, ni que j'ai sceu de l'entreprise de Metz « autrement que ce que j'ai donné par escrit à « Mgr. d'Arras pour le monstrer à Sa Majesté, je

---

[1] Le mémoire touchant le moyen de reprendre la ville de Metz ne se retrouve pas. Le conseiller Scepperus nous en donne le résumé en ces termes : « Ledict Gaspard disoit scavoir bien moyen de recouvrer lad. ville de « Metz moyennant quelque siège, et en temps opportun à faire guerre, car « il gaigneroit bien tout le peuple et grande partye des gentilshommes « françois qui y seroient mis en garnison à remettre icelle ville en sa liberté « ancienne et dessoubz l'empire et non autrement. »

Dans sa lettre du 15 mars 1553 à la reine Marie, Gaspard de Heu ajoute lui-même les renseignements suivants : « Et n'eust esté l'arrivée de Mgr de « Guise aud. Metz, certes, Madame, il y a longtemps que cela serait exé- « cuté, et avecq bien peu d'aide de V. M. que craindimes (sic) à l'exécu- « tion d'icelle plus que ne feismes les ennemis. » Plus tard, il modifia, paraît-il, son plan et donna un rôle à jouer à la garnison de Thionville, qui serait entrée à Metz « par une large brèche faite à son intention ».(Voir Arch. gén. de Belgique. *Correspondance générale*, t. IV, p. 333 à 336.)

« veux que Vostre Majesté me fasse mourir de la plus
« honteuse et cruelle mort dont on fit jamais mourir
« traistre. »

Nous avons fait cette citation, parce que nous
croyons qu'elle répond victorieusement aux impu-
tations principales du conseiller Scepperus. Les autres
méritent bien qu'on s'y arrête aussi. Elles concernent
les rapports de Gaspard de Heu avec le cardinal de
Lenoncourt, son alliance avec une dame française et
son récent voyage en France. « Certes, » dit-il, « le
« cardinal de Lenoncourt tenait le parti de France,
« quoiqu'il ait, comme évêque et comme Lorrain, assez
« clairement démontré qu'il eût mieux aimé que la
« cité de Metz fût demeurée en sa liberté. Il me dit
« même un jour que, quelque lettre et promesse que
« le roi de France ferait à ceux de Metz de les garder
« en leurs libertés, jamais il n'en tiendrait rien. Et,
« à cette cause, il mit en avant au magistrat de lever
« à leurs dépens cinq enseignes de gens de pied pour
« la garde et sûreté de la ville. La proposition fut
« modifiée par le magistrat dans ce sens qu'il était bien
« content de lever cinq enseignes à la condition que
« le cardinal en prendrait cinq autres à sa charge. On
« discuta sur ce point jusqu'au moment où, l'armée du
« roi de France s'étant rapprochée, le connétable de
« Montmorency envoya les Piémontais jusqu'aux
« portes de la ville pour en demander l'ouverture.
« Le magistrat s'assembla en conseil, fort étonné et
« ne sachant que faire. Voyant cela, je leur dis, en
« substance, que, puisque la chose était venue si
« avant, et qu'il n'y avait moyen de résister, il valait

« mieux faire bon semblant et les recevoir joyeuse-
« ment, que démontrer avoir regret de leur venue.
« Mon avis ayant prévalu, je fus chargé de me rendre
« au-devant des Piémontais. Je le fis contre ma
« volonté, en tant que je n'avais cause d'être bon
« Français, parce que feu mon beau-père, le seigneur
« de Roignac, avait été en France exécuté par effigie
« et ses biens confisqués et attribués à la sénéchale
« duchesse de Valentinois et à ses favoris, sans que
« jamais il m'ait été possible de parvenir à aucune
« raison à cause de ces biens[1]. »

Que Gaspard de Heu n'était pas « bon Français »,
c'est-à-dire partisan des Valois et des Guises, cela devait
être bien connu à la cour de Bruxelles et à la chancellerie impériale, où les de Heu avaient leur dossier.
Scepperus lui-même ne pouvait avoir de doute à cet
égard. Il crut probablement qu'il appartenait à son
rôle de suspecter les sentiments de son prisonnier
pour le pousser à des confidences nouvelles, et il l'in-
terrogea sur son voyage en France. Si les termes de
la question ne sont pas sous nos yeux, nous pouvons
nous les figurer à l'animation de la réponse. Gaspard
de Heu ne cache point que, depuis longtemps, il avait

---

[1] Jean de Louvain ou de Louvaines, seigneur de Roignac, avait été ajourné
une première fois comme luthérien par le Parlement de Paris, en novembre
1534. L'une de ses filles épousa Gaspard de Heu, seigneur de Buy et d'Ennery, et l'autre Godefroy de Barri, seigneur de la Renaudie, dit parfois le
capitaine La Forêt, qui passe pour avoir été le véritable auteur de la conspiration d'Amboise. Un seigneur de Roignac, probablement leur frère, fut tué
en Lorraine, sous le règne de Henri II, étant colonel d'un régiment de piétons allemands. Il est cité par le conseiller Scepperus, dans une lettre à
Charles-Quint, datée de Thionville le 6 janvier 1544, v. s. (Arch. gén. de
Belgique. Audience, liasse n° 18.)

prévu qu'un jour ou l'autre la ville de Metz tomberait
au pouvoir des Français, et c'est en vue de réparer
le mal, quand il aurait été impuissant à le prévenir,
qu'il avait cherché à nouer des relations en France,
à y grouper les mécontents. Ses démarches n'avaient
pas été stériles. Il avait même fait le voyage d'Inspruck pour entretenir l'évêque d'Arras qui s'y trouvait avec l'Empereur.

C'était au cœur de l'hiver, — en janvier ou en
février 1552, — au moment où le tambour battait en
France pour la levée des futurs conquérants de Metz,
où Granvelle, l'évêque paperassier, tout en étant sur
les lieux, ne voyait pas et ne comprenait pas que la
moitié de l'Allemagne armait contre l'Empereur;
aussi nous paraît-il probable que notre prisonnier de
Vilvorde ne se trompait pas en disant que l'évêque
d'Arras, effrayé de sa proposition de soulever la
France au moyen des huguenots, n'en aura pas même
parlé à l'Empereur, pour ne point lui conseiller de
faire chose tendant au préjudice de l'état ecclésiastique. Dans ce cas, l'Empire, une fois de plus, et non
la dernière, aurait été trahi par l'Église. Si Gaspard
de Heu, par prudence, ne le dit pas, il le donne à
entendre en rappelant que François Ier, feu le dau-
phin et le duc d'Orléans ont favorisé hors de France
ceux de la secte.

Comme on n'a pas voulu lui prêter les mains pour
sauver la cité de Metz, il espère qu'on l'aidera au
moins à la reprendre, à rentrer dans sa maison dont
il a été chassé. Mais, comme il l'a dit à Inspruck :
« Sans les huguenots de France, il n'y a rien à faire.

« Et il faut se presser d'agir; les moments sont pré-
« cieux. Ils sont là quatre cents gentilshommes avec
« leurs clients et amis qui ne voient d'autre remède
« à la situation aussi honteuse que pénible qui leur
« est faite que de s'armer contre leur roi et ceux qui
« le gouvernent et prétendent les gouverner. Si l'on
« tarde à venir à leur aide, ils se décourageront et se
« retireront tous en Suisse, en Angleterre et en Alle-
« magne. »

« Mon dernier voyage en France, » ajoute ici Gaspard de Heu, « m'a donné occasion d'avoir avec ces
« gentilshommes bonne connaissance et amitié. Ceux
« dont les noms se trouvent en ce billet m'ont invité à
« me rendre vers l'Empereur pour exposer leur plan[1].

« Ils demandent à Sa Majesté Impériale, si elle veut
« l'emporter sur leur roi, de s'entendre avec les États
« de l'Empire, afin que ceux-ci mettent à leur tête, en
« qualité de capitaine général contre le roi de France,
« Jean-Frédéric, ci-devant électeur de Saxe, et décla-
« rent qu'ils font leur expédition sur deux points :

---

[1] L'original du billet en question existe aux Archives générales de Belgique. Voir *Lettres des seigneurs*, t. IX. Il porte l'intitulé suivant : « Billet
exhibé par Jaspar de Hu, seigneur Danhery, à Corneille Scepperus le vi⁰ de
febvrier 1552, styl de court, au chasteau de Vilvorde. » L'écriture est mauvaise et l'orthographe des noms laisse à désirer. Gaspard de Heu nomme : la
maison de Mgr de Poccaix; la maison des seigneurs de Cousines; la maison de Mgr de Marolle; le seigneur de Berkwiller; le seigneur de Dennon-
ville; la maison du seigneur de Chermaing; la maison du seigneur de
Chantinonville; la maison du seigneur des Garennes, toute la maison du
seigneur des Chennes; Mgrs de Saint-Martin; de Fontperthuy; de Rou-
chevert; de la Motte; de Crepieunil; de Montigny; de Chappes; le baron
de Fléry; de Roberval; le baron de Carduillac; de la Bourgonnez; de Cau-
dalle; de Cany; de Fertin; le cappitaine André; Deredie; de Quatrechant; le
seigneur Géronimo, prisonnier à la Consergerie.

« l'un de contraindre le roi de France de se retirer
« de l'alliance des Turcs, l'autre de l'empêcher de
« troubler davantage le repos des États de la chré-
« tienté par des intrigues. Ceci étant convenu, Jean-
« Frédéric de Saxe entrerait en France, à la tête
« d'une bonne armée, et l'on se soulèverait sur son
« passage, ce qu'on ne ferait ni pour une écharpe
« rouge ou blanche, ni pour un autre prince.

« — Tout est prévu, à ce qu'il paraît ; l'itinéraire à
« suivre est sans doute tracé[2], dit ici Scepperus.

« — Certainement, » répondit notre ancien maître
échevin de Metz. « Le duc de Saxe entrera en France
« par le pays de Bresse, se dirigera sur Lyon, où la
« faveur des gentilshommes et d'un grand nombre
« d'habitants lui ouvrira bien facilement les portes.
« De là il pourrait tourner et prendre son chemin le
« long de la Loire jusqu'à Orléans sans rencontrer
« résistance quelconque. Les gentilshommes qui sont
« notés en tête de mon billet se jetteraient dans cette
« ville pour l'y attendre. Ce sont tous naturels de la
« Beauce, riches et puissants chacun de huit, dix et
« même douze mille livres de rente et ayant à leur
« cordelle les uns dix, douze ou vingt gentilshommes,
« les autres davantage. Et quand ils seront dans
« Orléans, ils gagneront facilement toute la commune
« pour être tous favorables à la secte protestante, et
« ainsi feront-ils au duc de Saxe ouverture de la
« ville[1]. Si, en même temps, l'Empereur voulait
« dresser une bonne armée et l'envoyer en France

---

[1] Ce plan, malgré son audace singulière, était parfaitement réalisable. Ce
qui le prouve, c'est qu'en 1569, dans des conditions à tous égards moins

« par la Basse-Normandie, cette armée servirait mer-
« veilleusement pour détourner les forces du roi de
« France si, par aventure, il voulait se jeter au-
« devant du duc de Saxe pour le combattre. »

« Il serait bon aussi que l'Empereur fît une autre
« armée du côté d'Espagne pour entrer en Guienne et
« en Gascogne, d'autant que tout ce pays se révolte-
« rait volontiers contre le roi de France à cause des
« cruautés par lui perpétrées à Bordeaux et ailleurs
« à l'encontre de ses promesses faites au seigneur de
« Candale qui fut moyenneur entre ledit roi et ceux
« de Bordeaux[1]. C'est là le motif pour lequel M. de
« Candale s'est retiré en sa maison mal content ainsi
« que le sont plusieurs autres gentilshommes qui, à
« présent, n'osent parler. Mais en temps et heure ils
« découvriront leur courage et leur intention. »

Ces détails agaçaient de plus en plus le conseiller
Scepperus, car il se trouvait là en présence d'une
vaste conspiration, très profitable peut-être à son
maître, mais qui avait, à ses yeux, le défaut capital
d'avoir été ourdie par des hérétiques, par des mau-
dits qui voulaient mettre un des leurs à sa tête.

Ces sentiments le poussèrent à dire qu'il ne comprenait pas pourquoi des gentilshommes favorables aux
protestants aimaient mieux se joindre à Jean-Frédéric
de Saxe qu'à un duc Maurice, à un marquis Albert

favorables, le comte palatin Casimir, appelé par les huguenots, entra en
France, à la tête de 12,000 Allemands, et suivit le même itinéraire jusqu'en
Touraine sans rencontrer sur sa route d'obstacles sérieux.

[1] Il ne peut être question ici que de Henri de Foix, comte de Candale, qui
fut tué au siège de Sommières, en Languedoc. Gaspard de Heu le porte sur
sa liste des conspirateurs de 1553.

de Brandebourg ou à tout autre prince de l'Empire.

« — La raison en est toute simple, » répondit Gaspard de Heu. « Le duc Jean-Frédéric est très popu-
« laire en France, grâce à sa réputation d'homme
« constant et gardant sa parole trop mieux que les
« autres. Aussi ont-ils de lui cette opinion qu'il tien-
« dra tout ce qu'il leur promettra[1]. »

L'appel à l'étranger aurait donc été pour la France le lendemain de sa glorieuse défense de Metz !

Il n'y a point à le nier, quoique l'histoire s'en taise; il n'y a point non plus à trop se récrier, à accuser les réformés français de trahison et d'infamie. Les mœurs et les idées du xvie siècle diffèrent essentiellement des nôtres, et il convient de ne point le perdre de vue si l'on veut juger sans passion les hommes de cette époque et leurs actions.

C'est ce que nous voulons nous efforcer de faire.

Les protestants d'Allemagne avaient appelé à leur aide Henri II contre Charles-Quint : pourquoi donc les protestants de France auraient-ils hésité à appeler l'Empereur contre leur roi? C'était mettre deux tyrans aux prises, les amoindrir l'un par l'autre. D'ailleurs, scrupule de moins, les armées, dans ce

---

[1] Cette réponse correcte fit cependant réfléchir Scepperus, qui écrivit à la reine de Hongrie que le prisonnier connaissait sans aucun doute des secrets qu'il ne voulait pas dire. Est-ce que, par hasard, Gaspard de Heu aurait su que Maurice, pour ne point perdre son électorat, aurait comploté avec le roi de France, Henri II, la conquête des Pays-Bas, qui eussent servi de rançon aux trois villes impériales de Metz, Toul et Verdun, et écarté l'Espagne pour tout de bon du nord de l'Europe? Ce n'est pas impossible, car Charles-Quint lui-même, généralement mal informé, n'était pas sans en savoir quelque chose. (MAURENBRECHER, *Karl V und die Protestanten*. Dusseldorf, 1865, p. 323. — L. RANKE, *loc. cit.*, t. V, p. 322-23.)

temps-là, n'étaient pas des nations tout entières sous
les armes, mais de simples ramassis d'aventuriers
et de mercenaires, et, transporter le théâtre de la
guerre de Lorraine en France, c'était rendre celle-ci
plus attentive, la pousser à sortir des contradictions,
à échapper au mensonge, à la ruine, à la honte, car
Henri II, les Guises et l'entourage de la belle et âpre
Diane représentaient tout cela.

Comment se fit-il que Scepperus, en bon diplomate, ne consentit même pas à discuter une alliance
qui allait permettre à son auguste maître de réparer,
sans courir de grands risques, l'échec le plus cruel
qu'il eut éprouvé de sa vie?

C'est peut-être qu'il se dit que Charles-Quint se
trouvait, vis-à-vis de ses Espagnols et de ses Flamands,
absolument dans le même cas que Henri II vis-à-vis
de ses sujets huguenots, qui lui reprochaient de protéger l'Évangile selon Martin Luther en Allemagne
et de le proscrire en France, et qu'il eut peur de
cette contradiction, des conséquences qu'elle pourrait
entraîner. Combien une telle crainte était naturelle
nous est prouvé par ce cri de Juan Perez s'adressant
au vaincu de Metz, qui est aussi roi de Castille :
« Valons-nous moins que les Allemands auxquels tu
as rendu la liberté de conscience par le traité de
Passau? Et ce que tu leur accordes ne nous revient-il
pas au même titre, à nous qui sommes aussi tes sujets
fidèles[1]? »

---

[1] Nous citons ici, de mémoire, un passage des *Dos Informaciones muy
utiles*, de Juan Perez, publiées à Venise, en 1559, et réimprimées vers 1846,
à Londres, par feu M. Wiffen.

Quoi qu'en dise Scepperus, dans la conjuration des huguenots, exposée par Gaspard de Heu, il n'est nullement question de s'attaquer à la royauté, de mettre son principe en question; c'est tout au plus si l'on peut prétendre qu'un changement de dynastie aurait été la conséquence du refus de Henri II de se soumettre.

Nous n'y trouvons non plus, comme il le prétend dans sa lettre à la reine Marie, rien qui tend à la ruine générale de la foi chrétienne dans une partie de l'Europe encore catholique ; tout ce qu'on demande, c'est l'établissement de la tolérance en faveur des chrétiens non orthodoxes, ce qui est bien différent. Or, cette confusion était chose voulue, elle était le fondement même de la politique impériale et, en bon serviteur, pour la défendre, Scepperus ne devait pas reculer devant une contre-vérité. D'ailleurs, en politique, on n'y regarde pas de si près, et l'ex-électeur de Saxe, tant réputé pour avoir toujours mis ses actes d'accord avec ses paroles, était une exception pour son siècle, et il le serait bien encore pour le nôtre. Or, des exceptions ont toujours tort, et le conseiller de Charles-Quint devait trouver Gaspard de Heu bien naïf dans sa confiance et son admiration. L'important pour lui est la question de Metz; il y revient à plusieurs reprises, et notre prisonnier lui répond si franchement qu'il ne peut se faire aucune illusion sur ses sentiments.

« J'ai su comprendre, » dit-il dans le résumé de l'entretien qu'il adresse à la gouvernante des Pays-Bas, « que ledit de Heu ne portait nulle affection à

« mettre la cité de Metz en la dévotion de l'Empe-
« reur, comme seigneur des Pays-Bas, quand même
« il serait maître de le faire. » Cette déclaration nous
suffit. Gaspard de Heu aime mieux rester au fond
d'un cachot que de trahir sa ville natale, lui enlever
les nombreux avantages attachés à sa qualité de ville
impériale pour en faire une cité bourguignonne tombant sous l'application du traité d'Augsbourg de
1548. Voilà comme quoi il était « un principal traître », pour nous servir des expressions de la petite
chronique des Célestins. Sa femme, ses enfants, ceux
de feu le sire de Roignac, dont il s'est chargé par pitié
depuis que tous leurs biens ont été confisqués, sont à
Neufchâtel, en Suisse, où, dit-il, ils n'ont de quoi
vivre et ne savent que devenir, et il ne s'empresse pas
d'acheter sa liberté à tout prix.

C'est là de l'héroïsme, ou nous déclarons n'y rien
comprendre. Il y a donc eu, en février 1553, au château de Vilvorde, une tentative d'embauchage conforme à tout ce que nous avons dit jusqu'ici de la
politique de Charles-Quint vis-à-vis des Pays-Bas et
de la Lorraine. L'Empereur travaillait pour soi, pour
les siens et nullement au profit de ses sujets. Si Gaspard de Heu s'en aperçoit trop tard, d'autres n'avaient
pas été dupes. C'est ainsi que nous lisons dans la
relation du siège de Metz de Bertrand de Salignac que
l'Empereur se souciait peu de l'Allemagne et ne tenait
à ravoir Metz que pour mieux couvrir son duché de
Luxembourg[1]. La remarque est si juste que, pendant

_____

[1] _Mémoires relatifs à l'histoire de France._ Collection Petitot, t. XXXII,
p. 256.

tout son règne, son fils Philippe II ne voudra pas autre chose[1]. Il aurait fallu être bien hostile au régime français pour l'aider à atteindre ce but. Il n'y arriva pas, parce que les agents messins qu'il put gagner à sa cause n'avaient ni autorité ni influence.

Comme le temps ne pouvait rien sur un caractère aussi solidement trempé que celui de Gaspard de Heu, et que ses lettres à la reine Marie, tout en étant humbles et dévouées, disaient clairement qu'il n'y avait pas en lui l'étoffe d'un collaborateur pour une œuvre que sa conscience et son patriotisme messin réprouvaient, on le laissa aller. Il tira droit sur Paris, où il eut sans doute l'occasion de terminer son marché avec Jacques de Savoie, duc de Nemours, qui lui prenait ses terres de France en échange d'une seigneurie située dans l'ancien comté de Neuchâtel. C'est là qu'il alla retrouver sa famille. Des amis fidèles avaient veillé sur elle et pourvu à ses plus pressants besoins. Avec lui revenaient pour les siens le bien-être et la gaîté.

Nous ne savons presque rien de sa femme, mais, si elle valait sa sœur Guillemette de Louvain, sa haute intelligence et son bon cœur devaient rendre sa société des plus attrayantes. Quelques lettres de Guillemette à Mme de Soubize ont été conservées[2]. On comprend, en les lisant, que des femmes comme elle ont dû

---

[1] Il n'est pas hors de propos de rappeler ici que, six ans avant son abdication et trois ans avant la perte de Metz, Charles-Quint avait abandonné à son fils Philippe II ses droits souverains sur le Luxembourg. (Voir R.-P. BERTHOLET, *Histoire ecclésiastique et civile*, t. VIII, p. 24.)

[2] *Bulletin de la Société de l'histoire du protestantisme français*. Paris, 1855, t. III, p. 268 à 273.

largement contribuer à donner à leur siècle sa mar-
que tout à fait exceptionnelle de grandeur et d'héroïsme. Guillemette attira aussi à elle un héros.
Le fameux capitaine huguenot Godefroid de la Renaudie, qui aurait été l'un des meilleurs et des plus
utiles lieutenants de l'ex-électeur de Saxe si Charles-
Quint avait approuvé la conspiration dont Gaspard de
Heu avait été soumettre le plan à la cour de Bruxelles, demanda sa main et fut agréé. Les Guises, qui
se connaissaient en hommes, tout en les méprisant
souverainement, voulurent s'attacher la Renaudie
par la reconnaissance et se servir de sa bonne épée.
Ils lui firent des offres étonnantes : la restitution de
ses biens et la liberté de conscience pour lui et les
siens, à la stricte exclusion près de toute polémique et
de toute propagande. Grâce à sa femme, sans doute, il
échappa au piège qu'on lui tendait et resta pur et sans
reproche. Ce fut un bonheur pour lui, car cela lui
permit de se poser plus tard en vengeur de Gaspard
de Heu, qu'il aimait tendrement. Il le vengea en soldat,
mais moins complètement peut-être que le célèbre
jurisconsulte François Hotman, également réfugié en
Suisse pour la religion. Car c'est là un fait que nous
nous plaisons à constater : tous les hommes de mérite
qui se sont trouvés en contact avec notre ancien échevin de Metz lui ont donné des preuves non équivoques
d'affection et de dévouement. Hotman fit-il, vers 1555,
de Gaspard de Heu, à qui le repos ne pouvait convenir, l'agent secret de la maison de Navarre, ou bien
Gaspard avait-il déjà des rapports avec la maison
royale de Bourbon? Nous l'ignorons absolument. Il est

certain, toutefois, qu'il le remplaça auprès des princes allemands, après sa mort. De celle-ci il nous faut parler. Elle fut un crime des Guises, et, qui plus est, un crime atroce. Au commencement de l'automne de 1558, Gaspard de Heu, revenant d'Allemagne, se rendait à la cour de Nérac, quand, sans motif apparent, il fut arrêté en chemin et conduit au château de Vincennes. C'était pis que Vilvorde, dont une reine lui fit ouvrir les portes. Il n'eut pas affaire à des diplomates, mais à des bourreaux. Le 1er septembre, on lui fit subir la torture. Comme la douleur ne lui avait pas arraché une seule parole, il fut, sans plus de façons, étranglé par ordre du roi et enterré clandestinement dans les fossés du château[1]. C'était bel et bien un assassinat. Après tout, les Guises n'y regardaient pas de si près, et ils eussent volontiers traité de même tous les Messins qui conspiraient pour rentrer, un jour, librement chez eux.

A la nouvelle de la fin tragique de son beau-frère,

---

[1] *Bulletin de la Société de l'histoire du protestantisme français.* Paris, 1876, t. XXV, p. 165-69. Le *procès-verbal de l'exécution de Caspar de Heu, seigneur de Buy,* est tiré de la Bibl. nationale de Paris, Ms. n° 22562. Ce document, d'une autorité irréfutable, vient fort à propos corriger les versions, également contemporaines, qui avaient cours jusqu'ici, et que nous trouvons résumées dans une lettre de Thomas Randolph, agent secret de la reine d'Angleterre en Allemagne, adressée à lord Clinton, en 1558 : « Ce « Richenbrege (sans doute Reichenperger), dit-il, est supposé être le dénon- « ciateur du sire de Brye (pour Buy), qui a été récemment empoisonné, s'il « ne s'est point pendu lui-même, étant prisonnier au bois de Vincennes. » Comme ce Reichenperger, que l'agent anglais appelle aussi Ferenberg, était chargé par la cour de France d'enrôler des soldats en Allemagne, il est probable qu'il aura voulu se défaire de Gaspard de Heu, qui le contrecarrait et avait en Allemagne plus de crédit que lui. (Voir *The Calendars of State Papers. Foreign Series. Elisabeth,* 1558-1559. London, 1863, p. 5.)

le capitaine de la Renaudie se déclara libre de toute reconnaissance envers les Guises, leur reprocha leur lâche et inutile cruauté et, l'épée à la main, plus terrible que jamais, il leur donna, sinon des remords, du moins de graves soucis.

François Hotman fit mieux encore. Dans son *Épistre envoyée au tigre de France*, il piqua au vif le cardinal Charles de Lorraine, le fit bondir, le rendit furieux de son impuissance à se venger. Nous retrouvons le magistrat austère faisant cause commune avec l'ami intime, dans ces vers qui peuvent passer pour l'épitaphe d'un martyr :

> S'il était éprouvé coulpable aucunement,
> Que ne le faisais-tu mourir publiquement?
> Si les loix condamnoient à la mort son offense,
> Que n'as-tu par les loix prononcé sa sentence?
> Misérable tyran, ennemi d'équité,
> Combien en as-tu fait mourir par cruauté?

Hotman disait vrai. Mais, dans le présent cas, ce n'était pas seulement le droit des gens qui avait été audacieusement violé, c'était la vengeance exercée qui tombait à faux. De quoi accusait-on Gaspard de Heu? D'être l'auteur d'une récente protestation de la ville de Metz contre la domination française. Il nia, et au moment de mourir, la corde au cou, ses dernières paroles consignées dans le procès-verbal de son exécution furent celles-ci : « Le roi me fait mourir, mais « il s'en repentira avant qu'il soit trois semaines, et « il reconnaîtra et saura alors qui sont ceux qui ont « écrit, fabriqué et composé la lettre envoyée aux « princes électeurs de l'Empire[1]. »

[1] *Bulletin de la Société de l'histoire du protestantisme français*, t. XXV,

Nous savons, en effet, qu'en 1558, tandis que Nicolas de Polweiler, le bailli de Haguenau, et Gaspard Gamaut, un Messin réfugié à Strasbourg, travaillent avec zèle à faire tomber la ville de Metz au pouvoir du roi d'Espagne, le sire de Clervant espère d'y faire triompher légalement la foi de Calvin. Mais notre ancien maître échevin n'était pas avec eux.

Tel nous l'avons vu au château de Vilvorde, tel nous le retrouvons au donjon de Vincennes. Que veut-il pour Metz ? L'autonomie politique et le maintien de ses anciens privilèges sous la protection de l'Empire. Lui parler d'autre chose serait aussi inutile que de lui offrir de l'or pour changer d'opinion. Philippe II signifie pour lui : Espagne et inquisition, c'est-à-dire l'étranger venant s'asseoir à son foyer, l'insultant par sa morgue et son besoin de domination, le faisant souffrir par son fanatisme étroit et persécuteur. Il avait refusé de travailler à rendre Metz à Charles-Quint pour la joindre à ses Pays-Bas, et Charles-Quint était pourtant empereur d'Allemagne, il est donc tout à fait impossible qu'il ait fait quoi que ce soit en

---

p. 169. Cette déclaration de Gaspard de Heu a d'autant mieux le cachet de la sincérité qu'allant trouver, quand il en était besoin, les Électeurs du Saint-Empire, il n'avait nul besoin de leur écrire, soit en son nom, soit au nom des autres. Le roi de France sut-il, trois semaines après la mort de notre personnage, quels étaient les auteurs de la requête remise aux princes électeurs du Saint-Empire au nom de la cité de Metz? Nous l'ignorons; mais le gouvernement anglais en fut probablement informé. L'agent Thomas Randolf est à Metz, en 1558, d'où il écrit à lord Clinton qu'un M. Shambraye (il veut dire Clervant, seigneur de Chambley) est à la tête des protestants et compte fort sur la protection des Électeurs de Saxe, de Hesse et du Palatinat, pour obtenir du roi de France un édit de tolérance. (*State Papers. Foreign Series. Elisabeth*, 1558-1559.)

faveur de Philippe II, dont les droits sur le pays
messin et la Lorraine étaient absolument nuls. Les
Guises devaient s'en douter; s'ils le font mourir cependant, c'est qu'ils savent avoir en lui un ennemi aussi
implacable que redoutable. Et, en cela au moins, ils
ne se trompaient pas.

LE SIÈGE DE METZ.

LE SIÈGE DE METZ.

I

Une étude attentive de la politique suivie par
Charles-Quint, pendant les neuf années qui séparent
la mission du conseiller Boisot à Metz, en 1543, de
l'entrée dans cette ville impériale de Henri II, roi de
France, en qualité de « protecteur de l'Empire »,
nous révèle, du côté de la cour de Bruxelles, toute
une série de faux calculs, de fausses mesures aboutis-
sant à une abdication qui est moins un trait de grandeur et de rare générosité qu'un aveu d'impuissance.
On ne caresse pas impunément, a-t-on dit, un rêve
aussi dangereux que celui de l'établissement de la
monarchie universelle. C'est exact, et cependant, si
Charles-Quint avait été l'homme de génie qu'on s'est
plu à voir en lui, il nous semble évident qu'une véritable folie n'eût pu hanter son cerveau au point de
devenir l'invariable pivot de sa politique. On l'aurait
vu Allemand en Allemagne, Flamand en Flandre et
Espagnol seulement de l'autre côté des Pyrénées; on

l'aurait vu encore s'entendre avec les Turcs et les
protestants, et dominer la papauté, l'écraser, au besoin, plutôt que de marcher à sa remorque, de devenir l'exécuteur de ses vengeances. De cette façon,
l'antipathie des races aurait pu continuer, en Europe,
à sommeiller pendant longtemps encore, et les Valois
de France eussent été, à partir de la bataille de Pavie,
condamnés à l'impuissance. Le rôle que nous aurions
voulu voir jouer par Charles-Quint n'eût pas été si
difficile à remplir. Un prince auquel le succès sourit,
que la gloire environne, est toujours populaire à bon
marché. Il n'a qu'à ne point heurter de front des
susceptibilités nationales, le plus souvent légitimes,
à ne point fouler aux pieds ce que la morale ne condamne pas, ce que la raison d'État n'a aucun motif de
redouter, pour pouvoir compter, en toute rencontre,
sur l'affection et le dévouement de ses peuples. Cela
nous semble élémentaire, et l'on ne comprend vraiment pas comment, ayant l'espoir de donner l'Empire
à son fils Philippe, Charles-Quint ait pu se laisser
aller à se servir du duc d'Albe et de ses soldats espagnols pour écraser la ligue de Smalkalde. Sa victoire
fut l'équivalent d'une défaite, dans ce sens qu'elle fit,
en Allemagne et aux Pays-Bas, du parti protestant,
momentanément réduit à l'impuissance, le parti national par excellence. Le mot d'ordre de l'avenir est,
dès lors, dans ce cri : « Nous avons eu bien assez d'un
« Espagnol comme cela; nous n'en voulons à aucun
« prix un second. »

Le roi des Romains, Ferdinand, et l'électeur Maurice
de Saxe — cela a été prouvé par Ranke et Mauren-

brecher — s'emparent de ce mot d'ordre et s'en servent si bien, qu'on crut, un moment, qu'ils allaient
détrôner Charles-Quint et rompre à tout jamais l'alliance des deux branches de la maison d'Autriche.
Ce fut peut-être un malheur pour l'Europe, et plus
particulièrement pour l'Allemagne, que les choses n'en
vinrent pas à ce point. Les Pays-Bas aussi auraient
trouvé leur compte à ce changement. Cela nous amène
naturellement à parler d'une autre erreur de Charles-
Quint, celle d'avoir séparé politiquement les Pays-Bas
de l'Allemagne. Il voulait être davantage maître chez
lui, *dans ses États héréditaires*, comme il dit dans ses
dépêches, pour pouvoir y écraser l'hérésie et celles
des libertés publiques qui le gêneraient, sans avoir à
craindre ni contrôle, ni intervention extérieure. Il
atteignit son but, cette fois, et le résultat fut la ruine
morale et matérielle des XVII provinces, qui tenaient
dans leurs mains le commerce du monde. Nous avons
étudié depuis longtemps, même de fort près, le funeste
traité d'Augsbourg du 26 juin 1548, et le temps n'a
en rien diminué le jugement sévère qu'il nous a
inspiré.

Nous le tenons toujours pour aussi imprudent qu'illégal. Deux faits de haute importance, l'abdication de
Charles-Quint et la déchéance de Philippe II comme
souverain des Pays-Bas, y sont contenus en germe
avec le cortège de malheurs qui les accompagne et
les suit. Ce fut grâce surtout au zèle maladroit des
deux Franc-Comtois, le chancelier impérial Nicolas
Perrenot de Granvelle et son fils, l'évêque d'Arras, que
les provinces des Pays-Bas se virent, en 1548, retran-

chées d'un trait de plume du vieil empire d'Allemagne [1]. On se tait assez volontiers, par ignorance
sans doute, sur cette opération césarienne qui livra
tout un peuple, pieds et poings liés, aux suppôts de
l'Inquisition, tandis qu'on jette les hauts cris à propos
de l'abandon au roi de France des trois villes impériales de Metz, Toul et Verdun. Est-ce là de la logique,
de la loyauté? Il y a une assez grande analogie entre
ce qui se passe en 1548 et ce qui arrive en 1552, et
cependant le dernier de ces marchés, où il est question de trois villes seulement, n'est qu'une vraie bagatelle en comparaison de l'autre.

On n'en a pas moins voué l'électeur de Saxe aux
gémonies de l'histoire en le traitant d'ingrat, de per-
vers, de fourbe et de traître. Maurice de Saxe, cependant, peut fort bien avoir trahi l'empereur Charles-
Quint sans avoir trahi l'Allemagne. S'il avait vécu
plus longtemps et si ses contemporains l'avaient
jugé avec autant de rigueur que la postérité, il n'aurait pas manqué de bons arguments pour se défendre.
Il ne court pas au-devant de l'alliance de la France;
celle-ci existait depuis longtemps. Seulement, si le roi

---

[1] Le président Viglius, dans une lettre à la reine Marie de Hongrie, datée
d'Augsbourg, le 3 juillet 1548, dit qu'il conviendrait qu'elle remerciât
MM. de Granvelle et d'Arras, qui ont tenu la main à ce traité, « comme
certes ils ont fait plus qu'il a été possible ». Ces deux ministres complétè-
rent leur œuvre, l'année suivante, en élaborant la sanction pragmatique, par
laquelle les XVII provinces belgiques formèrent désormais un corps indis-
soluble, avec une loi fondamentale nouvelle pour la succession des souverains.
Tout cela serait mieux connu si, comme l'a dit M. Charles Faider dans une
note publiée dans les *Bullètins de l'Académie royale de Belgique* (1re série,
t. XVI, p. 91), les gouvernements étrangers qui se sont succédé en Belgique avaient sérieusement organisé à Louvain des cours de droit public.

Henri II valait moins que son père et se montrait plus
exigeant que lui, Maurice pouvait se croire supérieur
à son cousin, l'honnête Jean-Frédéric de Saxe, qu'il
avait remplacé dans son électorat, et plus capable que
lui de sauver la foi protestante d'une ruine à peu près
certaine. L'or français avait joué un grand rôle en
Allemagne depuis un quart de siècle; on était habitué
à le palper, à compter dessus. Cette fois encore, c'est
vers la France, qui vient à lui les mains pleines, que
se tourne l'électeur de Saxe. On finit par s'entendre,
et le fameux traité secret de Chambord nous dit à
quel taux usuraire Henri II avança son argent. Non
content du titre de vicaire du Saint-Empire et de la
garantie que lui donnaient les signatures des princes
confédérés, il voulut, en attendant mieux, avoir la
garde et le gouvernement de quatre villes impériales
de langue française. C'était beaucoup trop exiger,
mais, comme le danger était grand, qu'il fallait sauver la foi de Luther et écarter du trône impérial le
fils de Charles V, le sombre Philippe II, dont personne
ne voulait, ni en Allemagne, ni en Flandre, on finit
par céder. Les quatre villes impériales ouvertes à la
France, *avec réserve expresse des droits de l'Empire,*
furent Metz, Toul, Verdun et Cambrai [1].

---

[1] Cette réserve, formellement stipulée, n'avait été, dans le principe, prise
au sérieux que par les Allemands. Munt, un agent anglais, s'en explique
dans une lettre qu'il adresse de Strasbourg, le 14 février 1559, à William
Cecil, ministre de la reine Élisabeth : « Le 4 de ce mois, » écrit-il, « l'am-
« bassadeur de France a quitté cette ville de Strasbourg, se rendant à la
« diète. On suppose ici qu'il a pour mission de justifier l'occupation de
« Metz et de la Lorraine, qui sont terres de l'Empire, avec des promesses
« de restitution aussi retentissantes que peu sincères. » (*Calendars of*

L'affaire conclue, le roi de France fut moins heureux que Maurice de Saxe qui, en forçant l'auguste
vainqueur de Pavie et de Tunis à fuir devant ses
soldats à travers les précipices et les neiges du Tyrol,
gagna à la pointe de son épée le traité de Passau qui
assurait à l'Allemagne le repos et la liberté de conscience. N'est-ce rien cela, et ne peut-on se demander
si ce traité-là ne suffit pas à effacer en partie la tache
imprimée sur la mémoire du prince saxon par le
traité secret de Chambord? Il nous semble qu'il faudrait être bien rigoriste pour ne point lui accorder le
bénéfice des circonstances atténuantes.

D'ailleurs, l'Allemagne avait gagné autre chose encore à cette promenade militaire dans les gorges du
Tyrol. Le prestige, qui avait entouré jusque-là la personne de l'Empereur, était effacé et de la candidature
tant redoutée de son fils, le prince d'Espagne, il ne
pouvait plus être sérieusement question. Restait la
délivrance des deux électeurs de Saxe et de Hesse,
faits prisonniers à Mühlberg et que, depuis cinq ans,
Charles-Quint, presque aussi cruel en cela que l'avait
été Louis XI, s'obstinait à traîner partout à sa suite
comme des bêtes curieuses. Elle fut obtenue sans
peine. Cette nouvelle victoire était nécessaire. On
avait fait de la délivrance de ces deux princes, dont
l'un était le cousin et l'autre le beau-père de Maurice
de Saxe, le principal objectif du traité secret avec
Henri II, et, ce but une fois atteint, le roi de France
qui, sans bouger de la Lorraine, s'était mis en frais

State Papers of queen Elisabeth. Foreign Series, 1558-1559. London,
1863. (Voir lettre n° 327.)

d'un bruyant manifeste à la nation germanique, avait assez l'air d'avoir été pris pour dupe. Il l'était, en effet. Il tenait déjà Metz, Toul et Verdun, tandis que Cambrai, mieux gardée, lui avait échappé [1].

Il lui fallait sa quatrième ville impériale de langue française. Son irritation contre ses alliés le conseilla mal. Au lieu de se jeter sur Thionville, Trèves ou Luxembourg, comme on s'y attendait, il tenta de s'emparer de Strasbourg [2]. On sait qu'il échoua. Si ce furent les Guises, déjà alors ses conseillers les plus écoutés, qui le poussèrent à cette entreprise, il faut convenir que c'étaient de grands maladroits. Strasbourg n'était pas, comme Metz ou Cambrai, une ville impériale, française de langage et de mœurs; elle tenait, au contraire, par d'innombrables liens au cœur

---

[1] La ville impériale de Cambrai ayant refusé, en 1543, de recevoir une garnison, elle lui fut imposée par Charles-Quint en personne, qui décida, en outre, qu'une citadelle serait construite aux frais du pays. L'Empereur emploie donc, pour garder Cambrai, les moyens auxquels, dix ans plus tard, le roi Henri II aura recours pour s'assurer la possession de Metz contre ses habitants. Il ressort aussi de là que, pour être gardé et défendu par Charles-Quint, il ne fallait point, comme le firent les Messins, lui adresser d'humbles suppliques, mais lui tenir tête et braver sa puissance. Nous croyons donc avoir bien fait de dire que, dans les plus graves affaires, Charles-Quint avait été souvent mal servi et plus mal conseillé encore.

[2] Arch. gén. de Belgique. *Correspondance de la reine Marie avec Charles-Quint*, t. XI, p. 71. La reine connaît le dessein du roi de France de dominer jusqu'au Rhin. Elle est d'avis qu'il « ne pourra aysément le faire sans « tenir ladite ville de Trèves, par laquelle il pourra dominer la Mauzelle « jusques à Confluence (Coblence) et serrer le passaige, l'entrée et lissue « du trafficque des marchandises de ces pays cy et tenir les villes de Luxem- « bourg et Thionville comme assiégez ». Ce raisonnement est excellent et prouve qu'une fois maître de Metz, Henri II n'avait rien de mieux à faire que de marcher sur Trèves, dont la conquête était facile et pouvait amener sans plus grand effort la reddition de Thionville.

même de l'Allemagne; elle était, en outre, assise sur
les bords du vieux Rhin, — le *Vater Rhein*, — fleuve
aussi sacré, aux yeux des Germains de tous les temps,
que l'est le Gange pour les Indous.

S'attaquer à elle, c'était s'attaquer à la ligue de
Smalkalde, c'était avouer que le titre de défenseur des
libertés germaniques n'avait été pour le roi de France
qu'un masque, qu'un moyen plus commode qu'un
autre de reculer jusqu'au Rhin les frontières de son
royaume. Cela venait fort à propos pour les princes
confédérés qui avaient engagé leur parole par le traité
de Chambord. Ils dirent tout haut qu'ils se tenaient
maintenant pour déliés, et plus d'un d'entre eux se
disposa à aller rejoindre l'armée que Charles-Quint
rassemblait alors pour rejeter les Français hors de la
Lorraine. On peut même croire qu'ils y seraient tous
venus si l'Empereur n'avait point agi comme s'il
voulait donner à l'expédition de Metz le caractère
d'une entreprise plutôt personnelle que nationale.
Dès le 22 avril, c'est-à-dire douze jours seulement
après la surprise de Metz par les Français, le comte
Pierre de Mansfeld, son gouverneur du Luxembourg,
propose à la reine Marie de reprendre cette ville.
L'ennemi n'y a laissé qu'une faible garnison de huit
enseignes de gens de pied; il n'a pas eu le temps
d'armer et de réparer les murailles, les bourgeois n'ont
pas encore été désarmés et ne demandent qu'à être
soutenus pour reconquérir leur liberté. Que la Reine
dise un mot, et il tente l'aventure de grand cœur et
avec bonne espérance de succès [1]. L'autorisation de-

---

[1] Arch. gén. de Belgique. *Lettres des seigneurs*, t. IV, p. 371.

mandée ne vint pas. Craignait-on en haut lieu d'avoir
à un général allemand une obligation si grande dont
les princes électeurs et les diètes de l'Empire auraient
pu ensuite se prévaloir? Craignait-on autre chose encore? Nous n'avons pu le savoir. Les archives secrètes,
les mémoires et les correspondances de l'époque son
muets sur ce point. Et c'est dommage, car le moindre
indice eût pu devenir le point de départ de toute une
révélation. Nous pouvons dire aujourd'hui ce que
Charles-Quint perdit en n'acceptant pas l'offre généreuse du comte de Mansfeld, mais nous ignorons
encore par quelle fatalité il accorda plus de confiance
au duc d'Albe qu'à ses autres généraux allemands,
belges ou hollandais.

Pour bien comprendre ce que les Allemands éprou-
vèrent à ce moment-là, il convient de comparer ce
que nous savons de la guerre de Smalkalde avec ce
que don Louis d'Avila en rapporte dans ses *Comenta-
rios*, traduits, en 1550, en latin par Guillaume van
Male, secrétaire de Charles-Quint, et, deux ans plus
tard en allemand par le duc Philippe de Brunswick [1].
Tout le monde les avait lus en frémissant, et l'on par-
tageait l'avis de Sleidan disant : « Louis d'Avila,
« homme meschant et menteur, parle si froidement,
« si estrangement et en tel mespris de toute l'Allema-

---

[1] *Clarissimi viri D. Ludovici ab Avila et Zunniga, militiæ alcantarensis
præfecti, Commentariorum de Bello Germanico, à Carolo V, Cæsare
Maximo gesto, libri duo à Gulielmo Malinæo Brugensi latinè redditi, et
iconibus ad historiam accommodis illustrati.* Antverpiæ ap. Joan. Steel-
sium. M. D. L. 1 vol. in-8° Cum privilegio. La dernière page du livre porte
au verso les armes impériales.

« gne, comme si c'estoit un peuple barbare et in-
« cogneu [1]. »

Charles-Quint ne devait pas être très éloigné de partager la manière de voir d'Avila pour avoir fait traduire, à deux reprises, son livre et lui avoir, en quelque
sorte, accordé l'estampille officielle. Il alla malheureusement plus loin encore ; il montra qu'il tenait les
Allemands pour incapables de reprendre eux-mêmes
leur bien, c'est-à-dire les trois villes impériales de
Metz, Toul et Verdun, en chargeant de la commission
Ferdinand Alvarez de Tolède, duc d'Albe, le héros
de Mühlberg, un étranger auquel les lois de l'Empire
défendaient d'y porter les armes et, à plus forte
raison, d'y exercer un commandement en chef. On
aurait pu sans peine trouver aussi bien, sinon mieux.
Mais on avait jugé à propos d'éloigner Maurice de
Saxe et quelques autres généraux confédérés, de les
envoyer en Hongrie contre les Turcs. On n'avait pas
voulu non plus des généraux belges, qui en murmuraient. Le marquis Albert de Brandenbourg-Culm-
bach, le même qui, quelques mois auparavant, avait
accompagné en France le colonel Schaertlin et prêté
les mains au traité secret de Chambord, puis s'était
brouillé avec les confédérés et avait rejeté le traité de
Passau comme trop favorable à la gent sacerdotale,
choisit ce moment pour reparaître sur la scène [2].

Il sera, sans trop le vouloir et sans trop le mériter,

---

[1] *Œuvres*. Ed. Crespin. Genève, 1584, p. 312.
[2] *Sebastian Schertlin von Burtenbach's Lebensbeschreibung.* München,
1858, p. 194 et 201. — Joh. Voigt, *Markgraf Albrecht Alcibiades von
Brandenburg.* Kulmbach, t. 1er, p. 341.

le vengeur des Allemands dédaignés par leur Empereur, forçant celui-ci à s'humilier devant lui, comme il s'est humilié déjà devant le comte Guillaume de Fürstenberg et l'électeur Maurice de Saxe, deux autres luthériens qui le tiennent à leur merci et le forcent à des concessions indignes de son rang et de son caractère.

Le siège de Metz nous servira à juger en dernier ressort la politique impériale. Nous le savons, elle a été vantée outre mesure : on a dit et répété à satiété que Charles-Quint, d'accord avec les deux Granvelle, n'avait jamais dévié de son plan, abandonné une seule de ses idées, renoncé à aucune de ses espérances. C'est aussi inexact que possible. Tous ceux qui, à son exemple, ont lutté contre l'esprit de leur siècle, qui en ont soupçonné la puissance irrésistible, ont eu leurs moments d'hésitation, de faiblesse, ont cru tout au moins qu'il était possible de le désarmer par des demi-mesures et des compromis. Dans cette voie, le césarisme ne devait pas être plus heureux que la papauté. Il est même tombé plus bas en se laissant aller, dans des moments de crise aiguë, à d'inavouables alliances. Celle de Charles-Quint et du marquis Albert a surtout ce caractère. Mais elle est le seul moyen d'amener sous ses drapeaux des Allemands tout disposés à se tourner contre lui s'ils y trouvent leur profit.

Le margrave est à la tête d'une armée de douze mille hommes, avec laquelle il traverse les évêchés de Spire, de Mayence et de Trèves, pillant et saccageant en conscience les monastères et les églises, rançonnant aussi les banquiers et détroussant les marchands quand l'occasion s'en présente. On ne saurait cependant lui refuser de grandes qualités militaires, et l'issue du siège de Metz peut dépendre de son attitude. Au commencement du mois de septembre 1552, on ignore encore quelles sont ses intentions. Le comte Lamoral d'Egmont, qui a remplacé Mansfeld, prisonnier des Français, comme gouverneur général du Luxembourg, suppose que le margrave Albert tentera quelque chose contre Thionville[1].

Il ne se trompait pas. Cette ville cependant échappe au margrave comme elle a échappé au duc Philippe le Bon de Bourgogne, au duc d'Orléans et, tout récemment, au roi Henri II. Ce n'est pas qu'elle soit mieux disposée à faire résistance, mais uniquement parce qu'Albert de Brandebourg, pour éviter toute rencontre avec les troupes du comte d'Egmont et ne point se trouver dans le cas de faire, sans nécessité absolue, acte d'hostilité contre Charles-Quint, a pris, en sortant de Trèves, la rive droite de la Moselle qu'il savait être dégarnie de troupes impériales. On a dit aussi que des pluies continuelles ayant détrempé le sol et grossi la rivière, le siège de Thionville eût été une impossibilité en septembre 1552. C'eût été exact sans le concours de la garnison de Metz, que le margrave voulait s'assurer. C'est pourquoi il négocie avec François de Lorraine, alors à Metz, avant de rien entreprendre contre Thionville, et s'obstine à ne vouloir rien

---

[1] Arch. gén. de Belgique. *Lettres des seigneurs*, résumées par |Wynants. Juillet 1552 à janvier 1553. — Voir lettres du comte d'Egmont à la reine Marie de Hongrie, des 25, 30 août et du 1er septembre 1552.

faire sans lui. Son parc de siège, qu'il a laissé à Trèves, est formidable, et ses forces assez considérables pour que le comte d'Egmont ne puisse songer sérieusement à mettre obstacle à ses projets. Tout dépend donc du gouverneur de Metz, dont il nous reste à raconter les hésitations et finalement le refus. Guise envoie de Metz, le 30 août, au margrave le Rhingrave et le baron de Fontenay pour recevoir son serment et celui de ses troupes [1]. Celles-ci n'y veulent pas entendre, parce qu'elles sont gorgées de butin, et qu'avant de courir de nouveaux hasards, elles voudraient bien avoir le loisir d'aller le déposer en lieu sûr. Le comte d'Egmont rapporte ce motif de refus dans sa correspondance avec la gouvernante des Pays-Bas, mais, quelques jours plus tard, mieux renseigné sans doute, il ajoute : « Le marquis a trouvé cette résistance parce que le « terme de service de ses gens était expiré. Il est « probable aussi que la délivrance du landgrave « Philippe de Hesse y soit pour quelque chose, car « c'est pour cette raison que Reckerodt a voulu se « retirer avec son régiment, chacun en son quar- « tier [2]. »

C'est de Remich que le margrave mande à François de Guise son intention d'aller le rejoindre à Metz, à la tête de ses troupes. Le duc lui répond aussitôt qu'il ne le recevra dans la ville qu'à la tête des gens de sa maison, et que, quant à ses troupes, il consent volon-

---

[1] Même collection. Lettre du comte d'Egmont à la reine, du 1er septembre 1552.

[2] Même collection. Lettre du comte d'Egmont à la reine, du 2 septembre 1552.

tiers à leur fournir des vivres partout où il voudra[1].

Là-dessus le margrave lui répond en insistant. Il reste deux jours à Sierck ; le 13 septembre, il en part et va loger à Machern[2], à une lieue de Thionville, d'où l'on mande au comte d'Egmont « qu'on voyait « facilement, du haut des remparts, les feux de son « camp ». A chaque étape, sa mauvaise humeur augmente ; ici, il incendie un château appartenant au docteur Keck, de Luxembourg ; là, une ferme ; enfin, avant d'arriver à Ennery, le 19 septembre, il a brûlé cinq ou six villages où ses soldats n'ont point trouvé de quoi assouvir leur faim. Son but évident, en piétinant ainsi sur place, est de donner au duc de Guise le temps de la réflexion. Il a laissé à Trèves onze enseignes de piétons et deux cents cavaliers pour empêcher les Impériaux du colonel van Holl d'y entrer ; il a mis une garnison à Sierck, et il ne demande pas mieux que d'aider les Français à entrer à Thionville, c'est-à-dire à fermer le chemin des Pays-Bas, comme il a déjà fermé en partie celui de l'Allemagne. Que décide le duc de Guise ? Il fait semblant de tenir Thionville pour inexpugnable, car il refuse au margrave de l'argent et des vivres, et cherche à l'éloigner de Metz comme s'il eût craint d'avoir à partager avec lui la gloire de repousser de ses murs Charles-Quint et son duc d'Albe.

Ce que nous savons du caractère de François de

---

[1] Même collection. Lettre du comte d'Egmont à la reine, du 8 septembre 1552.

[2] C'est-à-dire Kœnigsmacker, petite ville située au confluent de la Moselle et de la Canner. On écrivait parfois, au xvie et au xviie siècle, Macre-le-Roy ou simplement Macre.

Lorraine, dont la générosité n'est célébrée que par les écrivains de son parti, nous permet de croire que notre supposition est bien près de la vérité [1]. Dans ce cas, le duc aurait sur la conscience d'avoir sacrifié les intérêts de la France à ceux de sa propre fortune, d'avoir négligé l'occasion unique qui s'offrait à lui d'éviter à la ville de Metz les horreurs d'un siège, et peut-être même d'obliger Charles-Quint à conclure une paix assurant au roi Henri II la paisible possession des Trois Évêchés. On a prétendu à tort que le roi de France aurait négocié directement, dès les premiers jours de septembre, avec le margrave Albert par le moyen de Jean de Fresse, évêque de Bayonne, le même qui, devant Magdebourg, s'était si bien entendu avec l'électeur Maurice de Saxe. Il avait, au contraire, donné à Guise de pleins pouvoirs pour conduire au mieux cette négociation. Le duc, nous disent en outre les documents inédits que nous avons à notre disposition, envoya au margrave un gros personnage qui le joignit le 17 septembre à Wolsdorf, et, le 22 du même mois, des commis du roi de France avec lesquels il conféra aux environs d'Ennery [2].

[1] En 1558, et toujours à propos de Thionville, le duc de Guise, devenu lieutenant général des armées du roi, traite le maréchal de Vieilleville avec aussi peu de façons qu'il a traité, en 1552, le margrave de Brandebourg. (Voir *Mémoires sur Vieilleville*, liv. VII, chap. VIII.)

[2] Le gros personnage en question pourrait bien être M. de Lansac ou le général Pierre Strozzi, mais non pas l'évêque de Bayonne, qui, d'après Voigt, est censé avoir conféré avec le marquis à Thionville, tandis qu'il n'a affaire à lui qu'à Toul ou dans les environs, un mois plus tard. (Voir lettre du margrave Albert au connétable de Montmorency, du 14 octobre 1552, citée par Voigt, *loco cit.*, t. Ier, p. 353-54. — J.-A. DE THOU, *Histoire universelle*. Édit. de Bâle, 1742, t. II, p. 121 et 123.)

A ce propos, Jean de Hinckart, prévôt à Thionville, mande ce qui suit au comte d'Egmont : « Mademoi-. « selle de Warnéville, belle sœur du lieutenant du « seigneur de Blétange, partist hier (le 23 septembre), « à l'après midi, de Metz et vint coucher à Ennery, « laquelle dict comment à Metz et aussy là avait en- « tendu des deux frères dud. de Blétange que le « marquis[1], depuis peu de jours, a dict à certains « commis du roy de France quil vouloit que le roy lui « assurasse trois cent mil escus pour deux mois ou « qu'autrement il regarderait encore quel train et quel « chemin il prendrait. Surquoy les commis avoient « prins jour pour en advertir le roy qui sera ce jour « là à Reims et le lendemain à Nancy[2]. »

Comment les deux frères de Blétange, que nous savons être Robert et Gaspard de Heu, tous deux anciens maîtres échevins de Metz, auraient-ils été si bien informés de la négociation avec le margrave de Brandebourg s'ils n'y avaient pas été mêlés? Gaspard de Heu, prisonnier au château de Vilvorde, en février 1553, s'en explique, pour sa part, avec le conseiller impérial Corneille Scepperus. Celui-ci couche sa décla- ration par écrit en ces termes :

« ... Dict que les François ont perdu crédit envers « le marquis Albert, parcequ'ilz lont cuidé ruyner « et ont cremeu, sil eust entré plus avant dedens le « royaulme, qu'il eust trouvé grosse suyte et adhé- « rence, comme aussy led. Gaspar le tenoit pour

---

[1] Albert de Brandebourg.
[2] Arch. gén. de Belgique. *Lettres des seigneurs*, t. VIII, p. 208. — Lettre de Jean de Hinckart au comte d'Egmont, de Thionville, le 24 septembre 1552.

« chose seure. Et ainsy sadvancha de se mettre en
« compaignie dud. marquis et de luy conseiller son
« mieulx, et mesmes, sil ne voloit entrer en France
« quil deussist entrer en leveschie de Liége, et avoit
« moyen de le mettre dedens Mazières, et, par ainsy,
« se fussent rangez de son costé plusieurs gentils-
« hommes de France. Et, à ceste cause, cognoissant
« led. Gaspar que les François vouloient le faire cam-
« per en certain lieu estant de telle nature que, sil eust
« pleu par ung jour, led. marquis eust esté contrainct
« dabandonner son artillerie, len destourna. Dont
« adverti le ducq de Guyse s'altéra contre luy Gas-
« par, et le tenait pour suspect. Que fust la cause
« quil prit son excuse envers le roy de France de
« ce qu'il ne se voloit trouver dedens Metz durant le
« siège [1]. »

Comme Gaspard de Heu ne revient pas sur ces faits
dans les lettres qu'il adresse du château de Vilvorde
à Marie de Hongrie, gouvernante des Pays-Bas, nous
en avons cherché ailleurs la confirmation, et nous
l'avons trouvée.

Le château d'Ennery avait été épargné par les
mercenaires du terrible margrave. Cela suffit, sans
doute, pour décider le duc de Guise à charger son
propriétaire d'une fâcheuse commission rapportée par
François de Bussy, sire de Rabutin, dans les *Commentaires sur le fait des guerres en la Gaule belgique entre*

---

[1] Arch. gén. de Belgique. *Lettres des seigneurs*, t. IX. — Voir Recœuil
en brief des longs propoz que Gaspar de Heu a tenu à moy Corneille Scepperus, seigneur d'Eecke, le 6e jour de febvrier 1552 (styl de court) au
chasteau de Vilvorde.

Henri II et Charles-Quint [1]. Il fit venir Gaspard de Heu, le félicita d'être en si bons termes avec le margrave Albert et l'invita à aller le retrouver, de la part du roi de France et de la sienne, et de le décider à tirer le plus tôt possible avec ses gens du côté de Château-Salins. « Je vous confie cette mission, » lui aurait-il dit encore, « parce que je ne sais personne « qui connaisse mieux que vous le chemin qui con- « duit aux Salines. » Gaspard de Heu comprit qu'on voulait se débarrasser de lui; s'il en frémit de colère, il n'en laissa rien paraître, pour mieux assurer sa ven- geance. Nous savons par lui-même les discours qu'il tint à Albert de Brandebourg. Celui-ci, sans entrer tout d'abord dans ses vues, n'en demanda pas davan- tage. Il rompit la négociation avec le gouverneur de Metz et fit savoir au duc d'Albe qu'il se mettait à la disposition de l'Empereur [2].

Ce fut le 30 septembre ou le 1er octobre que le comte Philippe de Nassau-Sarrebrück se rendit à Kaiserslautern auprès du généralissime espagnol, pour lui faire savoir que son ami le margrave de Brandebourg-Culmbach « estoit mal content des « maulvais traitemens quil auroit reçuz de la France,

---

[1] *Mémoires pour servir à l'histoire de France.* Collection Michaud et Pou- joulat, t. VII, p. 431.

[2] Déjà, vers la mi-juillet, le marquis Albert avait envoyé le landgrave Georges de Leuchtenberg à Passau pour déclarer au vice-chancelier Seld et au chambellan impérial Joachim de Rye « *qu'il avait grande envie de s'ap- pointer avec S. M. I.* ». Ces deux personnages en rendirent compte à l'Em- pereur dans des termes peu flatteurs pour le pétitionnaire. Il déclara alors qu'il reviendrait à la charge et, chose bizarre, ce fut le duc de Guise qui le poussa à se tenir parole. (Voir LANZ, *Correspondenz Karl des V*ten, t. III, p. 184, 384 et 494-96.)

« et de ce quon navoit pas voulu le recepvoir ny
« admettre avec son monde dedans Metz [1] ». Le duc
d'Albe reçut ces ouvertures avec une évidente satisfaction. Que lui importaient, en effet, les préventions
de l'Empereur et de ses ministres, les sentiments de
l'Allemagne entière? Il avait accepté une mission difficile, et il voulait s'en tirer à son honneur. Avoir le
margrave de son côté lui parut être, en ce moment,
la meilleure garantie de succès. Il promit de plaider
sa cause. Cette réponse dut être connue du marquis
deux ou trois jours plus tard, quand il se trouvait
entre Sarreguemines et Pont-à-Mousson, et ce fut sur
elle qu'il régla, dès ce moment, sa conduite. Son changement de front n'est donc qu'une réponse aux défian-
ces du duc de Guise. Si, au lieu de l'envoyer aux
Salines, le gouverneur de Metz lui avait ordonné
d'entrer à Thionville, c'eût été probablement une
affaire faite : mais, après cela, il aurait dû lui ouvrir
les portes de Metz, et compter avec lui.

Guise pouvait-il donner cet ordre? Evidemment, et
il l'eût fait s'il ne s'était pas trouvé en présence d'un
rival en gloire, très capable de vouloir devenir son
maître et très disposé à faire sonner haut le service
qu'il aurait rendu, si encore, en bon courtisan, il ne

---

[1] LANZ, *Correspondenz Karl des V^ten*, t. III, p. 384 et 494-96. C'est Lanz
qui nous dit que le duc d'Albe était, le 1er octobre 1552, à Kaiserslautern.
Il a emprunté cette note aux Mss. du comte de Wynants reposant aux Archives générales de Belgique, qu'il a eus à sa disposition et que nous avons
également consultés. La date du 1er octobre est celle qu'il convient d'adopter,
puisque, dans une lettre en espagnol que le duc d'Albe adresse au comte
d'Egmont, de Kaiserslautern le 1er octobre, il dit : « Je viens d'arriver ici
avec l'avant-garde de l'Empereur. » (*Lettres des seigneurs*, t. VII, p. 287.)

devait pas craindre de conseiller une entreprise devant laquelle le duc d'Orléans et le roi Henri II lui-même avaient reculé. La meilleure preuve que le margrave et le duc, en se jalousant, manquèrent l'occasion de s'illustrer ensemble et de finir la guerre d'un coup, c'est que l'un et l'autre sont très convaincus que, pour garder Metz, il faut avoir Thionville. Si le margrave était entré dans cette dernière ville sans coup férir, le 14 septembre 1552, comme le dit par inadvertance son biographe, M. Voigt, il n'eût pas erré sur la rive droite de la Moselle, attendant qu'il plût à Guise de lui envoyer des vivres et des pontonniers, et se fût donné le plaisir de dicter ses conditions[1].

M. Voigt est tombé ici dans la même erreur que ses devanciers. Aucun d'eux n'a remarqué la contradiction qui existe dans le récit du président De Thou disant que le margrave reçoit de Metz des vivres, qu'il y envoie une partie de son artillerie et de ses bagages, et que cependant il ne peut traverser la rivière, enflée par les pluies d'automne[2]. Or, il nous semble que là où il n'y avait pas eu d'obstacles insurmontables pour les canons et les chariots, l'infanterie et la cavalerie pouvaient passer sans peine. On pourrait donc en conclure que le marquis n'avait pas voulu s'attaquer à Thionville sans avoir touché l'argent qu'il réclamait du roi de France, ni rien tenter contre Metz sans s'être réconcilié avec Charles-Quint. Que tel était

---

[1] JOH. VOIGT, *Markgraf Albrecht*, etc., t. Iᵉʳ, p. 342. Cet auteur s'est appuyé sur Haeberlin (t. II, p. 302) et sur Buchholz (t. VII, p. 107). C'est, au moins, se tromper en bonne compagnie.

[2] De Thou, édit. citée, t. II, p. 124.

le plan dont il ne voulait pas se départir ressort pour nous de la conduite qu'il tient. Le 17 septembre, un gros détachement de ses gens, commandé par un land-grave, étant allé reconnaître la place de Thionville, en fut chassé à coups de canon et poursuivi assez loin par les Marengeois de la garnison et la bande de che-vaux de Blétange[1].

Le landgrave, peut-être un Leuchtenberg, fut tué, et Albert de Brandebourg, qui était encore campé à Wolsdorff, à deux lieues de là, qui ne laissait jamais une provocation sans réponse ni une insulte impunie, ne bougea pas. Ce qui était plus significatif encore, il retira la garnison qu'il avait mise à Sierck, et, moins de huit jours plus tard, il rappela également les troupes qu'il avait laissées à Trèves, leur donnant rendez-vous à Walferdange, gros village voisin de Sarregue-mines[2]. Cette dernière jonction opérée, qui laissait la voie libre aux armées impériales venant du nord, le marquis se rapprocha encore une fois de Metz. Le 5 et le 6 octobre, il était à Pont-à-Mousson, d'où, les subsistances lui faisant défaut, il se dirigea sur Toul, l'une des trois cités épiscopales annexées par Henri II[3]. Ce bizarre itinéraire déconcerte tout le monde. Le duc

[1] Mss. Wynants, *Lettres des seigneurs*. Lettre du comte d'Egmont à la reine Marie, de Luxembourg, le 19 septembre 1552. Il s'agit là, évidem-ment, d'un détachement de l'armée du marquis Albert qui avait passé sur la rive gauche de la Moselle, tandis qu'il était retenu sur l'autre rive avec le gros de ses forces.

[2] Arch. gén. de Belgique. *Lettres des seigneurs*, résumées par Wynants. Voir lettres du comte d'Egmont à la reine Marie, du 21 et du 28 septembre 1552.

[3] Même collection. Lettre du duc d'Albe au comte de Boussu, de Sarre-brück le 6 octobre 1552. — Lanz, *loco cit.*, t. III, p. 495.

de Guise en est troublé. Il lui faudra renoncer à ses conquêtes dans le Luxembourg, et, tout d'abord, retirer de Rodemack la garnison française, à la veille de se trouver prise entre l'armée belge du comte de Boussu et l'armée espagnole, déjà assez rapprochées l'une de l'autre pour se donner la main[1].

Il expédia des ordres en conséquence, et il fut si promptement obéi, que l'évacuation de Rodemack était déjà un fait accompli quand le duc d'Albe songea aux moyens d'y surprendre l'ennemi. Premier insuccès de la campagne pour le généralissime espagnol, qui se flattait de faire là « chose de grande réputation et très importante pour le service de l'Empereur ». Il a bientôt d'autres ennuis. Les officiers supérieurs de l'armée des Pays-Bas le jalousent et lui font une sourde opposition. Jean de Hennin, comte de Boussu, qui avait, comme lui, le grade de capitaine général des armées de l'Empereur et le collier de l'Ordre, hésite au moment de se joindre à lui et de servir sous ses ordres. « Madame, » mande-t-il à la reine de Hongrie, de Schweich le 9 octobre 1552, « je viens descripre à l'evesque d'Arras que, puisque « je suis tout proche du camp de l'Empereur où il ne « faut point d'autre capitaine général que le ducq « d'Alve, on pourroit bien économiser une foule de

---

[1] Lettre du comte d'Egmont à la reine Marie, du 8 octobre 1552. « ...Les « Français ont abandonné Rodemacher la nuit précédente et y ont mis le « feu. Le dommage n'est pas grand, et y reste-t-il six pièces d'artillerie de « fonte, dont deux rompues, et quatre pièces de fer avec quelque pouldre « et salpêtre. » Rabutin s'est donc trompé en disant que « la meilleure part de l'artillerie fut retirée et mise à sauveté ». (*Mémoires.* Édit. Buchon. Paris, 1836, p. 569.)

« hauts officiers de par deçà, et que je suis du nombre
« de ceulx qui ne tiennent point à dépenser *inutile-*
« *ment* leur argent[1]. »

Le comte d'Egmont n'avait pas meilleure opinion
du futur siège de Metz, et bien d'autres, qui ne pouvaient imiter son franc parler, pensaient comme lui[2].
La reine Marie cependant, qui était une maîtresse
femme, parvint à arranger au mieux les choses. Elle
étouffa les murmures de nos gentilshommes sous les
plus délicates flatteries. Comment saurait-elle au juste
ce qui allait se passer devant Metz, si eux, en qui elle
avait la plus entière confiance, n'étaient pas là pour
la renseigner? Le comte de Boussu n'exerçait pas, il
est vrai, le commandement en chef, mais il était le

---

[1] Arch. gén. de Belgique. *Lettres des seigneurs*, résumées par Wynants.
Le ton que prend ici le comte de Boussu s'explique par ce fait qu'au
XVIe siècle les hautes charges militaires étaient si mal et si inexactement
rétribuées, que le prince d'Orange dit, dans son *Apologie*, que, comme lieutenant général de l'armée sous Charles-Quint, il ne recevait que 300 florins
par mois, ce qui ne suffisait pas pour payer les serviteurs qui dressaient ses
tentes. Quant au mot inutilement, que nous avons souligné, il faisait allusion
à l'incapacité du duc d'Albe, que les seigneurs allemands et belges se plai-
saient à exagérer, surtout depuis qu'ils savaient que, devant Metz, Jacques
de Médicis, marquis de Marignan, allait avoir la charge générale des gens de
pied, et don Luis d'Avila, l'auteur des *Commentaires*, celle de la cavalerie.
C'est bien ce même marquis de Marignan, cité par Scherer (*Hist. Taschen-
bach für* 1842, p. 325), qui fit, pendant tout le siège, de l'opposition au
duc d'Albe, et non pas Jean de Ligne-Barbançon, comte d'Aremberg, qui,
devant Metz, remplit plutôt les fonctions de chambellan que celles de
général.

[2] Arch. gén. de Belgique. *Correspondance de la reine Marie avec Charles-
Quint*, t. XI. Lettre de la reine, du 18 octobre 1552 « ... Le comte d'Eg-
« mont vouldoit aussy s'en retourner après avoir menez au camp ses gens
« de pied et de cheval et demande à qui ils auront à obéyr. » Voir aussi
les lettres de devant Metz du comte d'Egmont à la reine Marie dans les
résumés de Wynants.

grand écuyer de la cour et sa place était auprès de l'Empereur, qui ne pourrait manquer, à l'occasion, d'avoir recours à ses lumières. Quant au comte d'Egmont, la conduite de la cavalerie des Pays-Bas, appelée sans doute à rendre de grands services, ne pouvait être confiée à de meilleures mains. Tous devaient lui écrire le plus souvent possible et à cœur ouvert. La reine fit la même recommandation au conseiller Charles de Tisnacq et à Corneille van Baersdorp, le médecin particulier de Charles-Quint. Si ces deux derniers firent du zèle, les grands seigneurs, qui aimaient moins à manier la plume, montrèrent de la bonne volonté.

C'est ainsi que nous possédons les éléments d'une histoire du siège de Metz différant essentiellement des versions allemandes ou françaises du xvie siècle, qui, faute de mieux, ont eu cours jusqu'à présent.

II

On s'est toujours étonné, et à bon droit, que Charles-Quint, après avoir, par mandat impérial signé à Ettlingen, le 12 septembre 1552, cassé et annulé tout traité ou contrat quelconque conclu entre les seigneurs ecclésiastiques du cercle de Franconie et le marquis Albert de Brandebourg, et déclaré celui-ci perturbateur du repos public et ennemi du Saint-Empire, ce qu'il était réellement, ait pu, quelques semaines plus tard, entrer en pourparlers avec lui, et finir par le prendre à son service. Nous savons déjà que, si l'Empereur ne s'était point aliéné les sympathies des Allemands et des Belges en mettant à la tête de son armée le duc d'Albe, il est plus que probable qu'il n'eût pas été amené à amnistier un traître qu'il venait seulement de condamner, à s'humilier et à s'amoindrir par là beaucoup plus qu'il ne l'avait fait en signant le traité de Passau. Il nous reste maintenant à montrer le duc d'Albe à l'œuvre, à faire ressortir son profond égoïsme, son absence de tout sens moral et son extrême présomption.

Ils se sent parfaitement isolé dans l'armée impériale. Il lui faudrait un lieutenant qui lui fût attaché par les liens de la reconnaissance ; or, ce lieutenant est tout trouvé s'il parvient à réconcilier le margrave Albert avec l'Empereur, et le voilà, en présence de Charles-Quint et de l'évêque d'Arras, plaidant de son mieux une mauvaise cause, entassant à son profit les bas calculs sur les sophismes.

Le marquis, à part son indiscutable mérite comme soldat, représente dix mille fantassins, trois mille cavaliers et quarante canons à peu près. C'est donc un formidable appoint qu'il serait bon à avoir pour soi; c'est aussi un foudre de guerre de première classe dont on pourrait se servir comme d'un épouvantail pour s'accorder avec le roi de France,« parce qu'une paix faite de sa main sera toujours une paix ». Plus tard, quand on n'aura plus besoin de lui, il sera facile de s'en débarrasser, et même de s'arranger de façon « à lui faire payer les pots cassés ». Enfin, et c'est ici le dernier argument du duc d'Albe: « Tout bien considéré, le margrave, tel qu'il est, vaut plus que son pesant d'or[1]. »

Malheureusement pour eux, Charles-Quint et Granvelle se laissèrent convaincre. Ils avaient voulu reprendre Metz sans l'Allemagne et sans les Allemands, et maintenant, pour rester conséquents avec euxmêmes, ils devaient surtout éviter la honte d'acheter le concours d'un margrave allemand, mis par eux-mêmes, avec tous ses officiers, serviteurs et soudards, hors la loi. La lettre de Charles-Quint, écrite de Thionville le 13 novembre, à sa sœur, la reine de Hongrie, où il lui parle, pour la première fois au bout

---

[1] LANZ, *Correspondenz*, etc., t. III, p. 496-502. Les deux lettres du duc d'Albe, citées par cet auteur, ont été copiées aux Archives générales de Belgique, dans le tome IX de la collection des *Documents historiques*. — Voir aussi Vogt, *loco cit.*, t. II, p. 3, qui s'appuie sur une relation de Melchior Raup, l'un des officiers du margrave.

de trois semaines, de ce triste marché, plaide à peine les circonstances atténuantes[1]. Il a subi la loi de la nécessité, et il ne s'en plaint pas, parce que, à ce moment-là, il savait déjà que le margrave Albert, aussitôt après avoir déposé l'écharpe blanche des Valois pour prendre l'écharpe rouge de la maison de Bourgogne, lui avait rendu un service signalé. C'est aussi à cause de ce service, sur lequel nous aurons à revenir, que le roi des Romains, Ferdinand, dit qu'il avait « volontiers entendu le traité avec le marquis Albert[2]. » La reine Marie est plus difficile à satisfaire. C'est qu'elle était autrement dévouée à l'Empereur et autrement jalouse de sa gloire et de sa réputation. C'est encore qu'elle avait passé sa vie au milieu des Allemands et des Flamands, qu'elle savait mieux que personne qu'on ne se joue pas d'eux impunément, que leur mépris va toujours à celui qui manque à ses serments, si haut placé qu'il soit. Aussi, n'en déplaise au Dr Charles Lanz, qui n'a probablement pas su déchiffrer la minute de sa lettre à Charles-Quint, du 28 septembre 1552, cette femme remarquable n'a point donné son approbation au siège de Metz[3]. Elle ne veut pas examiner si l'Empereur a bien fait d'écouter ceux qui l'entourent et de compter si fermement sur le succès de tant de bons chefs et gentilshommes qu'il a tirés d'Espagne et d'Italie, parce qu'elle n'entend que trop que sa résolution d'aller en avant est

---

[1] Lanz, *Correspondenz Karl des V*^{ten}, t. III, p. 512-513.

[2] Lanz, même ouvrage, t. III, p. 522. Lettre datée de Gratz, 10 décembre 1552.

[3] *Correspondenz Karl des V*^{ten}, t. III, p. 493.

bien prise ; mais il lui ordonne de dire ce qu'elle
pense de l'entreprise, et c'est pourquoi elle en a longuement conféré avec ses conseillers. Leur avis, qui est
aussi le sien, est qu'il ne faudrait rien entreprendre
avant le printemps prochain, et loger les troupes
espagnoles et italiennes dans l'électorat de Trèves et
la Lorraine pendant l'hiver, pour punir ces pays de
leur manque de loyauté et de leurs vives sympathies
pour la France[1].

Les raisons mises en avant sont excellentes; il est
même probable qu'elles eussent été goûtées en haut
lieu si, dans le même moment, le duc d'Albe n'avait
pas caressé l'espoir de détacher le marquis Albert
du service de France. Ce résultat à peu près certain
à partir des premiers jours d'octobre, il ne pouvait
plus être question de remettre le siège de Metz au
printemps et, l'eût-on voulu, de ravoir, cinq mois
plus tard, aussi bonne et aussi nombreuse l'armée
qu'on avait sous la main[2]. Charles-Quint, d'ailleurs,

---

[1] Arch. gén. de Belgique. *Correspondance de la reine Marie avec
Charles-Quint*, t. XI, p. 48-61. C'est bien la même minute que celle indi-
quée par M. le Dr Lanz, mais elle a changé de collection, tous les documents tirés des Papiers de l'Audience pour enrichir la secrétairerie allemande leur ayant été restitués.

[2] Arch. gén. de Belgique. *Correspondance de la reine Marie avec Charles-
Quint*, t. IV, p. 109 et suiv. Minute de la lettre de l'Empereur à la reine
Marie, du 18 septembre 1552. On y lit ces tristes aveux qui, sans doute, le
poussèrent à ne pas différer le siège : « Il me fault de suite deux cent mil
« excuz, parce que, oultre la crainte de mes frais perduz, je me trouve en
« évident hazard et dangier de mes propres gens, lesquelz faulte de paie se
« polroient saisir de ma personne, selon quilz sont insolents et des:réglez
« aujourdhuiy, ne tenant aultre fin que leur proufit. Oultre ceste honte et
« ceste confusion, je considère le dangier auquel mes païs seroient exposez,
« et que, si daultre part je quittoy le camp, les soldatz sen retireroient pour
« aller joindre lennemy. »

était à court d'argent, et la perspective d'avoir à
entretenir, tout l'hiver, à ne rien faire, ses Espagnols
et ses Italiens, l'effrayait non moins que celle d'avoir
contre lui l'armée du margrave de Brandebourg. Il y
a de l'ensemble de ces faits qui s'enchaînent et s'en-
tremêlent une haute leçon à dégager : c'est que toutes
les ressources de la politique la plus déliée, la plus
dénuée de scrupules, luttent en vain contre la désaffection des peuples engendrée par le mépris de la foi
jurée, et que cette désaffection suffit pour frapper
d'impuissance la plus belle armée du monde.

François de Bassompierre de Bechstein, qui était,
depuis 1546, ministre résident de Charles-Quint à
la cour de Nancy, écrit, dans le même temps, à la
duchesse de Lorraine, des lettres d'autant plus déso-
lées, que c'est justement dans son bailliage des Vosges
que le marquis Albert est allé se loger. « Il y fait
pis que ne saurait faire le diable, » mande-t-il, le
22 octobre 1552, à la duchesse Christine[1]. C'était vrai;
mais ses troupes n'étant payées ni par le roi Henri II,
ni par l'Empereur, et lui-même étant sans argent, il
n'en pouvait être autrement. Ce fut dans ces conditions que, le 14 ou le 15 octobre, aux portes de Toul,
il reçut la visite de l'évêque de Bayonne, du fils ou du
neveu du connétable de Montmorency[2] et du comte

[1] Arch. gén. de Belgique. Documents du xvie siècle, reg. no 163, p. 123.
[2] Si Voigt ne se trompe pas, il s'agirait ici de François de Montmorency,
capitaine d'une compagnie de cinquante lances, qui n'avait alors que vingt-
deux ans. Il est donc beaucoup plus probable qu'il faut lire non *fils*, mais
neveu du connétable, et que le personnage qui accompagna comme négociateur auprès du margrave l'évêque Jean de Fresse, et le comte de Roggendorf était le célèbre Gaspard de Coligny, alors en Lorraine en qualité de

de Roggendorf, un aventurier allemand très utile au
roi de France, qu'il servait aussi bien dans ses négociations que sur les champs de bataille. On venait pro-
poser au margrave deux cent mille couronnes pour la
solde de ses troupes, mais on ne lui offrait aucune
excuse pour l'insulte que le duc de Guise lui avait
faite en lui refusant l'entrée de Metz, à la tête de ses
gens. Il tint, en conséquence, aux négociateurs la
dragée haute.

« — Que le Roi, demanda-t-il, ajoute encore cent
« mille écus à la somme que vous m'offrez pour satis-
« faire mes troupes, et c'est à peine si alors je ne
« serai pas en perte.

« — Et quand vous aurez cet argent, questionna
« le fils ou le neveu de Montmorency, que comptez-
« vous faire ?

« — Gagner les Pays-Bas ou entrer dans la princi-
« pauté de Liège, où je suis sûr de réussir[1]. »

Cette réponse du margrave nous prouve quelle
vive et durable impression avaient faite sur lui les
confidences et les conseils de Gaspard de Heu. Seulement, comme il tenait à rompre la négociation, il
ajouta : « Mais, avant de bouger d'ici, je veux l'ar-
« gent que je demande, des fourriers et commissaires
« du Roi pour assurer la marche de mon camp et le
« service de mes vivres, et, enfin, la promesse du
« Roi de me venir en aide si, par hasard, j'avais
« affaire à trop forte partie.

colonel général de l'infanterie française et de chef d'un camp volant.
(Voir SANDRAS DE COURTILZ, la *Vie de Gaspard de Coligny*. Cologne, 1686,
p. 126. — Cᵗᵉ DE LA BORDE, *Vie de Coligny*, t. Iᵉʳ, p. 108-12.)
  [1] Dʳ J. VOIGT, *Marggraf Albrecht Alc. von Brandenburg*, t. II, p. 351.

« — Ce que vous nous demandez là dépasse nos
« pouvoirs! » s'écrièrent d'une voix les députés du roi
de France.

« — Ah, je le vois bien, » leur répondit le marquis en affectant une certaine irritation, « on ne
« veut plus de moi. Après tout, cela m'est égal; je suis
« aussi peu disposé à m'imposer qu'à me laisser mar-
« chander. Je sais ce que je me dois, et, s'il me faut
« perdre mes terres et seigneuries, je saurai bien en
« conquérir d'autres à la pointe de l'épée. Adieu, mes-
« seigneurs. »

L'évêque de Bayonne n'était point sa dupe. Dès le
lendemain, il adressa de Toul un appel aux officiers
du margrave, l'accusant de trahir ses serments et
d'être vendu à l'Empereur, quoiqu'il s'en défendît
encore. Un seul régiment, celui du colonel de Reifen-
berg, composé en partie d'officiers et de soldats
catholiques recrutés dans l'électorat de Trèves, prêta
l'oreille à ces accusations. Le margrave, qui n'y tenait
guère, s'empressa de le céder au roi de France[1].
Quelques jours plus tard, il envoya le colonel de Stein
et son munitionnaire général, Silvestre Raid, à Thionville, pour y traiter de sa soumission avec les conseillers de l'Empereur. Le 24 octobre, un traité lui
assurant tous les avantages qu'il pouvait espérer fut
signé, et expédié seulement le 31 octobre, avec le
colonel Lazare Schwendy, à Saint-Nicolas du Port,
près Nancy, où il se trouvait alors[2].

[1] Voigt, *loc. cit.*, t. II, p. 6 et 344.
[2] Arch. gén. de Belgique. Lettre du duc d'Albe à la reine Marie, du
camp au-dessus de Metz, le 31 octobre 1552.— *Documents hist. du XVIe siècle*,
t. IX, p. 135. — Lanz, *loc. cit.*, t. III, p. 497.

Pourquoi ce retard, pourquoi perdre sept jours quand, à l'approche de la mauvaise saison, on a entrepris le siège d'une ville défendue par toute une armée? Les correspondances officielles s'en taisent, tout aussi bien que les mémoires du temps. Charles-Quint, Granvelle et le duc d'Albe agissent comme s'ils tenaient déjà la victoire en leurs mains. L'Empereur, pris d'une attaque de goutte, s'est fait transporter à Thionville, et, quand son mal lui laisse un instant de répit, au lieu d'aller voir ce qui se passe à Metz et animer ses soldats par sa présence, il s'en va chasser dans les bois [1]. Le duc d'Albe répond aux officiers belges, qui voudraient bien, les uns n'obéir qu'à un chef de leur nation, les autres rentrer chez eux, qu'ils doivent attendre l'arrivée de l'Empereur. Comme ils deviennent pressants, le comte de Boussu s'adresse, en leur nom, à l'évêque d'Arras, qui est d'avis « qu'ayant « tant perdu de temps, on peut bien patienter encore « quelques jours ». L'armée belge s'est arrêtée à une lieue de Metz; elle y demeure, privée de vivres, l'arme au bras [2]. La présence du duc d'Albe à la tête des forces impériales permettait de prévoir des froissements et des conflits que le peu de succès des assiégeants ne tardé pas à envenimer. Charles-Quint donne pour gé-

---

[1] Arch. gén. de Belgique. *Documents hist.*, t. IX. Lettre de Corneille van Baersdorp à la reine Marie, de Thionville, le 5 novembre 1552. — Voir aussi lettre de Tisnacq à la même, de Thionville, le 4 novembre 1552. *Lettres des seigneurs*, t. VIII, p. 27.

[2] Arch. gén. de Belgique. *Documents hist.*, t. IX, p. 125. Lettre du comte de Boussu à la reine Marie, du camp près de Metz, le 23 octobre 1552. « ...Nous avons bien à faire pour recouvrer pain, et la pluspart nont depuis six jours mangé leur saoul de pain. »

néral au contingent des Pays-Bas Emmanuel-Phili-
bert, duc de Savoie et prince de Piémont, ce qui ne
satisfait personne [1]. La preuve en est pour nous dans
la vivacité des critiques des officiers supérieurs belges
qui correspondent directement, pendant le siège, avec
la reine de Hongrie, et dans ce fait, qu'après la rentrée de Charles-Quint à Bruxelles, le prince Guillaume
d'Orange , malgré sa grande jeunesse , est nommé
chef d'armée, de préférence aux comtes de Boussu,
d'Egmont, de Ligne-Aremberg , de Lalaing et de
Meghem, tous ses aînés et tous plus anciens en grade
que lui [1]. L'Empereur punissait ainsi les raisonneurs.

Dieu sait cependant qu'ils avaient eu raison de critiquer la conduite du duc d'Albe [2] et auraient été,
pour la plupart, plus capables que lui de conduire à
bien le siège de Metz ! On a dit aussi que tous les
grands capitaines de Charles-Quint étaient morts et
que, parmi les généraux qui lui restaient, les ducs
d'Albe et de Gonzague étaient les meilleurs. C'est là
une assertion que nous ne pouvons admettre, contre
laquelle protestaient, en l'absence des princes allemands envoyés contre les Turcs, la crainte des uns
et l'admiration des autres pour le vieux Martin van

[1] Arch. gén. de Belgique. *Lettres des seigneurs*, résumées par Wynants.
Lettre du comte de Boussu à la reine Marie, de Thionville, le 4 novembre 1552. Le titre du duc de Savoie était celui de « chef de bataille
pour commander les gens des Pays-Bas ». Ailleurs, nous rencontrons la
qualification de « général du camp de la reine de Hongrie », qui n'en dif-
fère guère, puisque la sœur de Charles-Quint était gouvernante générale des
Pays-Bas. Le duc ne fit rien ou, tout au moins, peu de chose durant le siège,
ses actions n'étant rapportées nulle part.

[2] ALB. LACROIX, *Apologie de Guillaume de Nassau.* Bruxelles, 1858,
p. 69.

Rossem, connu dans l'histoire sous le nom de maréchal de Gueldre, et qui montra bien, par la prise
d'Hesdin, ce dont il était encore capable. On peut
croire que, si Charles-Quint avait songé à lui, il
aurait pu se passer du duc d'Albe, de ses Espagnols
et de ses Italiens, amener en foule les mercenaires
hauts et bas-allemands sous ses drapeaux et voir la
noblesse des Pays-Bas rivaliser de zèle, d'ardeur et
de sacrifices pour assurer le succès de ses armes. Le
siège de Metz, qui était une affaire de famille, eût
alors été traité en famille. On y serait venu des
quatre coins du monde germanique comme à une fête,
et la certitude du succès final eût fait, sans doute,
qu'on eût choisi avec plus de discernement le moment
de l'attaque. Mais, comme nous l'avons dit, Martin
van Rossem était vieux, pas intrigant; puis, aux yeux
des courtisans, surtout de Granvelle, l'évêque d'Arras,
ses services récents ne faisaient pas oublier qu'il avait
porté, comme le marquis Albert, l'écharpe blanche
des Valois et que les paysans des Pays-Bas, s'en sou-
venant, chantaient encore :

> Deux Martins à eux seuls ont tout mis en bataille;
> L'un en frappant le peuple, et l'autre la prêtraille[1].

On le laissa donc de côté, quand il eût été si beau
de voir deux convertis, lui et le margrave de Brandebourg, se mesurer contre les Guises et leur fortune
naissante.

Tout, dans le siège de Metz, se résume, du côté des

---

[1] Nous croyons presque inutile d'observer que l'autre Martin auquel il
est fait allusion est Martin Luther et que le mot « prêtraille » ne figure ici
que pour la rime.

Espagnols, en occasions, en coups manqués. Le comte de Boussu, qui les connaît, ne s'en étonne pas. Il constate que les soldats ont, en général, aussi peu d'ardeur et de zèle que leurs officiers. « On croirait vraiment, » ajoute-t-il, « qu'ils n'ont pas grande envie « d'en manger [1]. » Quand la pluie cesse, vers la Toussaint, c'est le froid qui commence. Le marquis Albert, qui voit mourir les uns et déserter les autres, voudrait en finir. Il propose, vers le 20 novembre, de donner l'assaut; par malheur, on a oublié de se munir de fascines pour combler les fossés et les échelles ne sont pas assez longues. C'est encore Boussu qui rapporte le fait; il ajoute, qu'à son avis, l'assaut eût été ce qu'il y avait de mieux à faire, « pour « donner empêchement à ceux du dedans [2] ». Le conseiller Tisnacq avoue à la reine Marie qu'une partie de l'artillerie n'a point été mise en batterie parce que les boulets manquent. « Chacun, » dit-il, « fait là-dessus ses réflexions, mais nul ne s'avance « d'en parler plus avant [3]. » Quelques jours plus tard, il raconte que le camp est si mal gardé la nuit que les Français s'amusent à enlever des mulets, à piller des chariots de bagage et à donner l'alarme quand ils sont en nombre [4].

[1] Arch. gén. de Belgique. *Lettres des seigneurs* de juillet 1552 à janvier 1553, résumées par Wynants. — Voir lettre du comte de Boussu à la reine Marie, de Thionville, le 4 novembre 1552.

[2] Arch. gén. de Belgique. *Idem.* Voir lettre du même à la même, du camp devant Metz, le 20 novembre 1552.

[3] Arch. gén. de Belgique. *Idem.* Voir lettre de Tisnacq à la reine, du 30 novembre 1552.

[4] Arch. gén. de Belgique. *Idem.* Voir lettre du même à la même, du 7 décembre 1552.

Enfin, le 22 décembre, il ne cache plus à la reine que tout espoir de venir à bout de l'entreprise est perdu. La mine sur laquelle on comptait le plus a été découverte par l'ennemi et ne peut servir. « La mor-« talité est si grande, ajoute-t-il, qu'on sera bien forcé « de cesser les exploits, de côté et d'autre, d'ici à huit « ou dix jours [1]. » Ses prévisions se réalisent de point en point. Il ne nous reste plus maintenant qu'à savoir si les correspondants de la reine de Hongrie, dont nous avons rapporté les critiques, ont été de bons juges. Cela ne nous coûtera pas grand mal, puis-qu'il suffit, pour s'en assurer, de confronter leurs récits avec ceux de leurs contemporains auxquels les historiens français ont eu le plus volontiers recours.

Le célèbre chirurgien Ambroise Paré, Bertrand de Salignac, marquis de la Mothe-Fénelon et quelques autres encore ne racontent que ce qu'ils ont vu, tandis que Vincent Carloix, avec la naïveté d'un hagiographe, accueille la légende avec joie quand elle cadre avec ses convictions personnelles. Il ne prend presque jamais la peine de s'assurer de l'authenticité des docu-ments qui lui tombent sous la main : c'est à lui surtout que nous aurons affaire. Ce que, dès à présent, nous tenons à constater, c'est que personne plus que lui n'a contribué à égarer le jugement de la postérité sur le fameux siège de Metz de 1552. Il s'est procuré et il transcrit tout au long une lettre interceptée du duc d'Albe à don Alphonse de Arbolanga dont nous se-rions bien désireux d'avoir l'original sous les yeux. Il est dit dans cette lettre que, si l'Empereur a été mal servi devant Metz, il faut surtout s'en prendre à *Brabançon* (sic), le lieutenant de la reine de Hongrie, qui a eu le principal commandement durant le siège [1]. Est-ce que, par hasard, le duc d'Albe eût été capable de se tromper sur le nom du lieutenant de la reine de Hongrie, avec lequel il avait dû se trouver en rapports journaliers? C'est aussi inadmissible que de lui supposer l'intention d'incriminer la sœur de Charles-Quint [2]. Donc, de deux choses l'une : ou cette lettre, qu'on lui attribue, est apocryphe, ou bien elle a été mal lue et plus mal traduite encore. C'était le comte de Boussu qui avait amené au camp de Boulay l'armée belge qu'on appelait le camp de la reine de Hongrie, et qui, sur l'ordre de l'Empereur, en avait presque aussitôt remis le commandement au prince de Savoie, qui s'illustra, plus tard, devant Hesdin et ailleurs [3]. Quant au *Brabançon* de la soi-disante lettre interceptée, dont on a fait depuis, par ignorance, un duc de Brabant, ce ne pouvait être que Jean de Ligne, baron de Barbançon, qu'on qualifiait, de préférence, de comte d'Aremberg, depuis son mariage avec Marguerite de la Marck, conclu en 1547. Or, ce gentil-

---

[1] *Mémoires de Vieilleville*, t. V, chap. XIII. ED. DE BUCHON, Paris, 1836, p. 587.

[2] Nous nous serions servi très volontiers des lettres espagnoles du duc d'Albe à la reine de Hongrie, mais elles sont, en général, très courtes et très insignifiantes. En voici la raison, qu'il en donne lui-même, dès le 31 octobre 1552 : « Comme j'ai entendu que lon escript à V. M^té tout ce qui se « passe au camp ainsi que lestat de la négociation avec le marquis Albert, « je ne diray ici rien de plus particulier. » (Voir aux Arch. gén. de Belgique, *Collection des documents historiques*, t. IX, p. 135.)

[3] *Lettres des seigneurs*, résumées par Wynants. Voir lettre du comte de Boussu à la reine de Hongrie, de Thionville, le 4 novembre 1552.

homme ne vint devant Metz qu'à son corps défendant, et les lettres qu'il adressa, pendant le siège, à la reine de Hongrie nous prouvent qu'il était bien loin d'avoir le moindre mot à dire.

Comme le comte de Boussu, il regrette qu'on n'ait pas laissé le margrave Albert tenter l'escalade. « A mon avis, » dit-il, « on a trop retardé la batterie « générale qui defvoit surprendre ceulx de la ville « qui ne sont pour attendre l'assaut[1]. »

Ce langage est bien celui d'un simple spectateur. Il ressemble à celui du comte de Boussu. Nous avons cité sa lettre à la reine du 4 novembre 1552. En la relisant, nous trouvons qu'elle se termine par ces mots suffisamment significatifs : « Madame, jescrips « tout cela à V. M^{té} en confidence puisqu'il luy a pleu « me commander d'escripre tout ce qui me samble, « la suppliant que rien de cecy ne viengne aux « aurcilles des aultres seigneurs, car aultrement je « me feray des ennemis et surtout du maistre qu'on « a mis là[2]. » Ce *maistre qu'on a mis là* n'est évidemment nul autre que le duc d'Albe, qu'on détestait, dans ce temps-là déjà, plus qu'on ne le craignait. Le comte de Boussu n'évite des conflits avec lui qu'en se renfermant strictement, et fort à regret, dans l'exercice de sa charge de grand maréchal des logis de la cour. Jean de Ligne-Aremberg ne s'était pas soucié davantage de servir sous les ordres du duc d'Albe.

---

[1] Arch. gén. de Belgique. *Lettres des seigneurs*, résumées par Wynants. Lettre de Jean de Ligne à la reine Marie, du 23 novembre 1552.

[2] Arch. gén. de Belgique. *Idem.* Lettre du comte de Boussu à la reine Marie, du 4 novembre 1552, citée ci-dessus.

Ce point n'est guère douteux, parce que, ayant levé un régiment de cavalerie allemande destiné à l'armée de Metz, il demanda à en abandonner le commandement et à être employé ailleurs. La reine, de qui il réclama cette faveur, n'y consentit pas [1]. Le comte Lamoral d'Egmont, capitaine général du duché de Luxembourg, ne montra pas plus d'empressement à quitter son gouvernement. Le 15 octobre, il écrit à la reine, de Luxembourg, que la veille les Français avaient brûlé Virton et se proposaient de faire subir un sort pareil à Villemont, à Sainte-Marie, à Neufchâteau, à Bastogne et à Marche, en Famène. Il voudrait, avant d'entrer en Lorraine, envoyer au moins des détachements de cavalerie à Arlon et à Bastogne. On ne l'y autorisa pas. Quand il arriva enfin sous les murs de Metz, il se mit, comme les comtes de Boussu et d'Aremberg, à critiquer ce qu'il voyait faire. « Nous « avons perdu sept à huit jours de bon temps, écrit-« il le 25 novembre, faisant nos trenchées dung aultre « costé, et depuis lon a encoires changé d'opinion, ce « qui a donné grant loisir à ceulx du dedans de sy « remparer et fortifier [2]. »

Peut-être alla-t-il plus loin encore et se mit-il à parler aussi franchement que cela au quartier général de l'Empereur, car il fut, bientôt après, désigné, avec le margrave Hans de Brandebourg, pour aller tenir

---

[1] Arch. gén. de Belgique. *Correspondance de la reine Marie avec Charles-Qunit*, t. XI. — Lettre de la reine, de Bruxelles, le 28 septembre 1552.

[2] *Lettres des seigneurs*, t. VIII, p. 214. Lettre du comte d'Egmont à la reine Marie, du 25 novembre 1552.

garnison à Pont-à-Mousson et assurer ainsi le passage des vivres qu'on tirait de Lorraine[1].

C'était une sorte de disgrâce, mais elle devait peu toucher de grands seigneurs qui entendaient s'abstenir partout où la première place n'était pas pour eux, qui, dès les premiers jours du siège, avaient dit, à qui voulait l'entendre: « Ce sera merveille si nous avons le dessus. »

On comprend qu'en présence de cette hostilité générale, le duc d'Albe fit le plus chaud accueil au marquis Albert, qui arriva au camp, le 12 novembre, avec une armée plus nombreuse qu'on ne s'y attendait[2]. Il traînait avec lui Claude de Lorraine, duc d'Aumale, propre frère de l'illustre défenseur de Metz, qu'il avait fait prisonnier au combat de Saint-Nicolas-de-Port, huit jours auparavant. « Cette défaite peut « estre estimée grande, écrit la reine de Hongrie à son « neveu le prince d'Espagne pour avoir les François « perdu avec plus grand nombre de gens, contre le « plus petit, avec ce que, selon la réputation que la « gendarmerie françoise a longtemps eue, ils se sont

[1] Arch. gén. de Belgique. *Lettres des seigneurs*, résumées par Wynants. Lettre du conseiller Charles de Tisnacq à la reine Marie, du camp devant Metz, le 17 décembre 1552. « ... Lempereur a envoyé mardi le conte dEg- « mond avec sa bende, celles du prince dOrenges et du seig. de Noyelles « et toute la compaignie du marquis Hans avec deux enseignes de gens de « piet à Pont à Mousson pour y tenir garnison et asseurer la conduite des « vivres. »

[2] Arch. gén. de Belgique. Papiers d'État. *Lettres des seigneurs*, t. VIII, p. 27. —Lettre à la reine Marie, de Thionville, le 4 novembre 1552. Dans une lettre du 20 novembre à la reine, Boussu trouve, cependant, que « la « troupe du marquis n'est pas grande » et ne l'évalue pas à plus de 7,000 à 8,000 hommes.

« bien petitement défenduz contre les gens du mar-
« quis[1]. »

Le combat de Saint-Nicolas eut encore un autre
effet. Il surexcita à tel point le désir de bien faire des
assiégés, que le camp du margrave Albert devint le
point de mire de presque toutes leurs sorties. Il était
évident qu'ils voulaient délivrer le duc d'Aumale.
Celui-ci avait offert à son heureux vainqueur quarante mille écus de rançon et la mise en liberté, sans
condition, du comte Pierre-Ernest de Mansfeld et de
don Antonio de Leyva. Le margrave demanda cent
mille écus, et, comme il ne put les obtenir, il refusa
au duc de Guise la faveur de voir son frère et l'envoya, le 25 novembre, sous bonne garde, dans l'un de
ses châteaux d'Allemagne[2]. L'Empereur s'était mêlé
de cette négociation et l'avait approuvée. Il avait
pris sur lui de faire bonne mine au margrave Albert.
Leur première entrevue, qui eut lieu le 20 novembre,
est racontée en ces termes par le comte de Boussu :
« L'Empereur est arrivé au camp et a diné chez le
« ducq d'Albe. Le ducq est allé à sa rencontre jusqu'à
« un pont à un quart d'heure de la ville, accompagné
« du margrave Albrecht, qui, sa révérence faicte,
« adressa à l'Empereur une longue harangue. Sa

---

[1] Arch. gén. de Belgique. *Lettres des seigneurs*, résumées par Wynants.
Lettre de la reine Marie à Philippe II, alors prince d'Espagne, du 27 novembre 1552.

[2] Arch. gén. de Belgique. *Lettres des seigneurs*, résumées par Wynants.
Voir Lettres du conseiller Tisnacq à la reine Marie, du 24 et du 25 novembre 1552, et lettre du comte d'Egmont à la même, du 25 novembre 1552.
L'original de cette dernière lettre se trouve dans la collection des papiers
d'État. (V. *Lettres des seigneurs*, t. VIII, p. 213.)

« Majesté chargea le seigneur d'Arenberg de res-
« pondre pour luy. Je ne scay ce qui a esté dict, mais
« l'Empereur a fait au margrave bon et riant visaige,
« de quoy led. margrave demoura fort content. Led.
« margrave fust delà diner chez le conte d'Egmont
« et se montra à table fort triste et mélancholicque,
« comme homme honteux de ce qu'il a faict[1]. »

Le marquis était plutôt soucieux. Les affaires de
l'Empereur prenaient de jour en jour une plus mauvaise tournure. Le froid augmentait. Les Espagnols
et les Italiens mouraient fort; ils étaient presque
réduits de moitié, et le marquis lui-même avouait
qu'il perdait cinquante hommes par jour. Quant aux
indispensables pionniers, ils désertaient à tel point
que, dit Boussu, « de deux mille Bohémiens, quinze
« cents se sont retirés ou perdus. Il n'y avait les
« moyen de les retenir; ils s'en sont allés à tous en
« diables. De même, des deux mille pionniers namu-
« rois qu'on avoit, il y en a bien mille tant morts
« que fondus et l'on ne scayt davantaige ce quilz
« sont devenus. De telle sorte qu'il n'y a plus que
« cinq cents pionniers qui besoignent aux tranchées,
« et quon est forcé d'y faire travailler des soldatz,
« auxquelz on donne à chascun deux bats par jour,
« plus pain et vin en oultre de leur solde. Malgré cela,
« ils font des difficultez, et l'on ne se peult esbahir
« que les choses vont avec si grande longueur[2]. »

[1] Arch. gén. de Belgique. *Lettres des seigneurs*, résumées par Wynants.
Voir lettre de Boussu à la reine Marie. Du camp, du 20 novembre 1552.
[2] Voir lettre ci-dessus et lettre du conseiller Tisnacq à la reine Marie, du
30 novembre 1552.

On le voit, la reine Marie était renseignée jour par jour et avec beaucoup de franchise sur ce qui se passait devant Metz, et c'est à bon droit que nous élevons des doutes sur la véracité de tout fait rapporté dans les mémoires du temps, dont les nombreux correspondants de la reine de Hongrie ne disent rien, eux que leur rancune excite à ne lui rien cacher. Que faut-il donc penser de cette fameuse boucherie de Rozérieles des premiers jours de décembre à laquelle Carloix consacre tout entier le 8e chapitre du Ve livre de ses mémoires sur Vieilleville? Certes, les soldats du duc de Guise ne sont pas des adversaires à dédaigner, et le comte de Boussu, comme les autres, leur rend pleine et entière justice, disant : « Ceux de la « garnison de Metz font chaque jour des saillies fort « galamment, comme gens qui entendent le métier. » Ils suffisaient donc à la besogne, et l'on a peine à croire que les troupes, cantonnées à Toul, à Verdun et dans d'autres villes lorraines occupées par les Français se soient hasardées à inquiéter le camp de l'Empereur.

Le conseiller Tisnacq convient cependant que l'on a eu, dans la nuit du 1er au 2 décembre, une vilaine surprise. Cent cinquante chevaux, sortis de la ville, dit-il, ont pu aller jusque dans le camp du marquis Albert, parce qu'il n'y avait ni garde ni guet. M. de Barbançon-Aremberg a été blessé, quatorze ou quinze piétons tués et quelques chariots pillés, — ce qui est bien loin des 820 Allemands massacrés tant dans les maisons que dans les rues, les jardins et les champs. **Toutes les autres surprises ou sorties des Français** sont renseignées, et chaque fois avec le nombre des tués et des prisonniers faits des deux côtés. Un jour, il y a cinq ou six morts ou blessés, un autre jour, une dizaine au plus, mais jamais, au grand jamais, on n'arrive à la centaine. Ce qui tue, ce qui décime l'armée assiégeante, c'est le froid, c'est la peste. A partir du 1er décembre, le canon se tait, la poudre manque et le courage tombe. On dit l'Empereur malade. Le chagrin, la honte et l'inquiétude lui ont pris l'appétit.

Or, quand Charles-Quint ne peut point manger comme quatre et arroser largement de bière flamande son repas, il est maussade, découragé. Son maître d'hôtel, Longueval, le constate dans la lettre qu'il adresse, le 3 décembre 1552, à la reine de Hongrie :

« Madame, je ne puis garder dadvertir V. M^{té} comme
« quoy depuis quatre à cinq jours l'Empereur a perdu
« tout appétit pour la chair ou le poisson, et ne
« mange par jour que deux à trois œufs. Il me dict
« souvent : La reine me traicte fort bien, et je luy
« ai escript que ne scays doù provient le dégoust que
« jesprouve. Lempereur na point la goutte, mais il
« abhorre toute chose, et déclare quil ne peut riens
« avaler, si ce n'est de la boisson, aussy boit il autant
« que sil mangeoit beaucoup. Il ne veult point délaisser
« sa cervoise qui, à son propre jugement, cause la plus
« grande partie de son mal [1]. »

[1] Arch. gén. de Belgique. Mss. Wynants. Lettre du camp devant Metz le 3 décembre 1552. Les renseignements donnés par cette lettre sont confirmés, à plusieurs reprises, par Corneille van Baersdorp. (Voir *Lettres des seigneurs*, t. VIII.)

Tant de faiblesse de caractère unie à tant de grandeur et de puissance déroute et surprend.

On n'a plus le courage d'en vouloir à Michelet d'avoir dit de Charles-Quint qu'il était tout mâchoire, et à Rabelais de l'avoir persiflé dans son *Gargantua*. Si le cardinal de Granvelle, qui, dans les dernières années de son règne, a été, sinon l'auteur, du moins le complice de sa politique mauvaise, ne s'est pas moqué du duc de Parme en lui écrivant en 1579, vingt-sept ans après les événements qui nous occupent, que devant Metz il se serait mis avec le marquis de Marignan pour obliger Charles-Quint à lever le siège[1], il ne ferait que nous donner un très plaisant et très plausible commentaire à une scène que l'illustre curé de Meudon a racontée à l'avance et que voici :

Les courtisans de Picrochole veulent mettre le monde entier à ses pieds. Il ne fait que de sottes ou de timides objections. « Un vieux gentilhomme, cependant, éprouvé en divers hasards et vrai routier de guerre, » — ce qui est bien le portrait du marquis de Marignan, — est d'avis que toute cette entreprise sera semblable à la farce du pot au lait.

On se récrie. Le comte spadassin, qui joue ici le rôle du duc d'Albe, est d'avis qu'il faut aller de l'avant, car qui ne s'aventure n'a ni cheval ni mule ! — Oui, répond le vieux gentilhomme, mais qui trop s'aventure ? — Perd cheval et mule, ajoute ici un nouvel interlocuteur en qui nous pouvons reconnaître, si nous voulons, le futur cardinal de Granvelle.

---

[1] *Biographie nationale de Belgique*, t. III, p. 860. La lettre de Granvelle a été publiée dans les *Bulletins de la Commission royale d'histoire*, 3e série, t. XI, p. 483.

C'est maintenant au prince à résumer les avis et à donner sa souveraine décision. « Baste, » dit Picrochole, « passons outre[1]. »

Ces derniers mots sont une allusion si claire à la devise bien connue de Charles-Quint, que le doute n'est pas permis. Mais, pour passer outre, il fallait des soldats résolus, et ceux, que la maladie ou les rigueurs de la saison avaient épargnés jusque-là, n'avaient plus foi en leurs chefs, manquaient d'entrain ; il fallait aussi des munitions, des vivres, de l'argent, de l'argent surtout, et l'on manquait de tout cela à la fois. C'est pourquoi Charles-Quint revint de son expédition de Metz comme il était revenu de son expédition d'Alger, également entreprise fort à la légère.

Seulement, cette fois, pauvre César fourbu et découragé, il n'a pas même la ressource de se dire qu'il prendra sa revanche. Son fidèle médecin, qui n'entend rien aux choses de la guerre, est peut-être seul à y croire. « J'espère, » écrit-il, le 31 décembre 1552, à la reine Marie, le jour même où Charles-Quint quitte son camp devant Metz, « que en brief Vostre Majesté verra l'Em-« pereur au pays par delà, avec la grace de Dieu, si « soit en moindre prospérité que l'expectation n'estoit, « besoing est de prendre patience, espérant que, par « plus heureuse conduyte, Dieu donnera pour ladve-« nir fortune meilleure[2]. » Il y a là cependant, comme dans les lettres des comtes de Boussu, d'Egmont et d'Aremberg, quoique exprimé avec beaucoup de re-

---

[1] *Gargantua,* liv. Iᵉʳ, chap. xxxiii.

[2] Arch. gén. de Belgique. *Lettres des seigneurs,* t. VIII. Lettre de Corneille van Baersdorp à la reine Marie.

tenue, un blâme à l'adresse du duc d'Albe. Le blâme grandit avec le temps chez les Messins, les Belges et les Allemands. Jean Bauchez, le greffier de Plappeville lez-Metz est encore, au bout d'un siècle, l'écho du ressentiment populaire, quand il dit, parlant du duc d'Albe, en sa chronique rimée :

> Le duc, lieutenant général,
> Traistre il estoit à la majesté impériale.

Il le qualifie aussi d'homme ignorant son métier[1]. C'en est trop pour des éditeurs, MM. Abel et de Bouteiller, qui, voyant sans doute dans le duc d'Albe le vainqueur de Muhlberg et des gueux des Pays-Bas et le protégé du pape Pie V, sont d'avis « que ce général « ne méritait pas d'être si mal jugé pour son échec « devant Metz, car c'était contre son avis que le siège « avait été entrepris dans de semblables conditions ».

Nous avons prouvé le contraire. Michelet et Ranke, de leur côté, ont trouvé ailleurs, dans les dépêches florentines et vénitiennes, des accusations analogues à celles des généraux belges et du greffier de Plappeville. Ranke conclut de ces témoignages que, dans la guerre d'Allemagne, où l'Empereur dirigeait tout, le duc d'Albe a pu être, à bon marché, un grand homme, mais que, devant Metz, où il avait les mains libres, il a prouvé que les talents militaires lui faisaient complètement défaut[2].

---

[1] *Journal de Jean Bauchez*, publié par MM. Abel et de Bouteiller. Metz, 1868, p. 12 et 13.

[2] MICHELET, *Réforme*. Paris, 1855, p. 472. — LÉOP. RANKE, *Deutsche Geschichte im Zeitalter der Reformation*. Berlin, 1843, t. V, p. 289-290.

Ce jugement sera, un jour ou l'autre, définitivement accepté. La critique historique le veut, et ce qu'elle veut arrive, parce que sa marche est sûre, infaillible, qu'elle ne précipite rien, ne se passionne que pour la vérité et, toujours à bon escient, fait ou défait les réputations du passé. En ce moment, elle en est encore à se demander si l'Allemagne, en 1552, avait un intérêt réel à rentrer en possession de Metz; si, la question d'amour-propre mise de côté, elle ne devait pas craindre, maintenant qu'elle tenait dans son traité de Passau une promesse formelle de liberté de conscience, de trop grandir par le succès l'Empereur au détriment du roi de France et de perdre peut-être, en un jour, tout le profit de l'ingratitude de l'électeur Maurice de Saxe? On était payé pour se montrer défiant, et les tentatives récentes si ostensiblement faites pour donner l'Empire au prince d'Espagne, Philippe II, ne pouvaient que renforcer ce sentiment. Ce qui nous le prouve à la dernière évidence, c'est qu'une épigramme bientôt populaire rapprocha avec une évidente satisfaction l'insuccès du siège de Metz de l'échec de l'Empereur devant les murs de Magdebourg.

Le fait est que les deux événements se touchent, se ressemblent fort. Ils ne diffèrent que sur un seul point : c'est que, si Charles-Quint était rentré à Metz, il est plus que probable qu'il n'eût point rendu cette ville à l'Allemagne, mais qu'il se serait empressé de l'annexer, avec son territoire, au duché de Luxembourg, c'est-à-dire à ses États héréditaires. On dirait ici que la voix du sang le poussait irrésistiblement dans les mêmes voies que le duc Charles le Téméraire, son

bisaïeul, qui voulut aussi relier la Belgique à la Bourgogne en prenant la Lorraine et l'Alsace, et réduire
ainsi le royaume de France à sa moindre expression.
Ce projet existait, sans aucun doute, dans l'esprit de
Charles-Quint. Nous en avons déjà fourni la preuve
en racontant l'histoire de la famille de Heu. En présence d'une intention aussi formellement avouée par
ses ministres, on ne saurait douter que l'Empereur
détestât sincèrement les Allemands et que, ne pouvant leur donner son fils pour maître, il eût voulu le
leur donner pour voisin et le rendre aussi redoutable
que possible.

L'incapacité du duc d'Albe dérangea en partie ce
beau plan. L'Allemagne ne renonça point à ravoir
Metz, Toul et Verdun, à chasser les Français de la Lorraine, mais elle courut au plus pressé, au couronnement de son édifice religieux promis par le traité de
Passau. Elle l'obtint à Augsbourg en 1555. L'eût-elle
aussi facilement obtenu de Charles-Quint vainqueur
devant Metz? Il nous est permis d'en douter.

LES ADVERSAIRES

DU MARÉCHAL DE VIEILLEVILLE

LES ADVERSAIRES

DU MARÉCHAL DE VIEILLEVILLE.

I

L'histoire de l'ancien duché de Luxembourg, que nous avons vue si intimement liée à celle de la Lorraine avant le siège de Metz de 1552, ne l'est pas moins après. La différence est toutefois essentielle entre ces deux époques, puisque la dernière fait succéder une hostilité forcée et permanente à des intérêts jusqu'alors communs. La conquête par la France des villes de Metz, Toul et Verdun est le point de départ de ce changement sans en être la seule cause. Nous avons été, jusqu'ici, souvent dans le cas de blâmer la politique de Charles-Quint, et nous regrettons, tant nous craignons d'être accusé de parti pris par un juge superficiel, de devoir une fois de plus revenir à la charge. Ce qu'il fallait dire du néfaste traité d'Augsbourg de 1548 a été dit. Nous n'y changeons rien, car les fruits que ce traité porte ne font que justifier notre manière

de voir. L'abdication de Charles-Quint le complète et
l'aggrave de beaucoup.

Cet acte important nous montre, plus clairement
encore que par l'histoire refaite du siège de Metz,
jusqu'où un Empereur d'Allemagne a poussé sa haine
des Allemands qui, de son temps, s'obstinaient à être
luthériens du Rhin à la Vistule, de la Baltique au
Danube. Tout autant à plaindre que les trois évêchés
lorrains, les Pays-Bas changent brusquement de nationalité et de maîtres sans compensation, sans avantage
quelconque. On voit Thionville, pour nous en tenir
à un seul fait dont l'éloquence nous suffit, cesser d'être
une forteresse impériale pour devenir un poste avancé
espagnol empêchant tout trafic sur la Moselle et cou-
pant aux Français le chemin de Trèves, comme il
coupe aux Allemands le chemin de Metz qu'ils voudraient ravoir. C'est aussi, le plus souvent, de Thionville que partent ces expéditions qui tiennent, de 1553
à 1558, sur le qui-vive la garnison de Metz pour le roi
de France et font souvent le désespoir du maréchal de
Vieilleville.

S'il fallait en croire Vincent Carloix, l'auteur des
Mémoires du sire de Vieilleville[1], ces entreprises auraient constamment été malheureuses. On tourmenta
tant, nous dit-il, les Impériaux ou Bourguignons des
garnisons du duché de Luxembourg « qu'ils n'osaient
plus sortir de leurs tanières et enduraient qu'on em-

---

[1] Ce titre est celui de la première édition de 1757 en 5 vol. in-12. Nous
la citons quelquefois, mais, le plus souvent, nous avons eu recours aux
éditions de Michaux et de Buchon, qui ont été revues sur les manuscrits
originaux.

menât leurs bestiaux sans prendre leur revanche, car
ils étaient toujours battus [1] ». Rien de plus inexact.
Tout le livre sixième des *Mémoires* de Vieilleville,
racontant, jour par jour, les faits de guerre dont le
Luxembourg, les Trois Évêchés et plus particulièrement le pays messin sont le théâtre, fourmille ainsi
d'assertions téméraires, d'erreurs manifestes et —
disons le mot — de grossiers mensonges. L'auteur
lui-même, tout en se défendant d'être un romancier,
ne veut pas qu'on le prenne pour un historien ordinaire. « Ce que présentement je produis, » dit-il, « ne
« s'appelle ni chronique, ni annales, mais une simple
« histoire vernie de sa vérité [2]. » Il nous prévient aussi
qu'il n'a pas voulu s'astreindre à suivre dans son récit
l'ordre chronologique et qu'il « rapporte les faits suivant qu'ils lui viennent en mémoire ».

C'est bon à savoir, et cela nous explique bien des
choses. Nous ne voulons pas être pour Carloix plus
sévère que de raison. Si son défaut se bornait à grandir outre mesure son héros, nous nous garderions
bien de lui faire un crime d'une faiblesse assez commune aux biographes, mais il ne veut rien de grand,
de noble, de généreux à côté de son cher maréchal,
et il sème à pleines mains la calomnie sur ses rivaux
en gloire. Ici nous l'arrêtons. Oubliant, pour commencer, que le comte Pierre-Ernest de Mansfeld, gouverneur du Luxembourg, avait été fait prisonnier à
Ivoix en juin 1552, tout juste un an avant que Vieilleville ne fût pourvu du gouvernement de Metz, il pré-

---

[1] Édition Michaud et Poujoulat. Paris, 1838, p. 206.
[2] Même édition, p. 192.

tend que l'illustre général de Charles-Quint, ne sachant
comment se défendre contre la garnison française de
Metz, si bien servie par ses espions qu'elle faisait à
loisir et impunément des incursions très avant dans sa
province, prétexta une maladie pour s'en aller et laisser au comte de Meghem un poste aussi fâcheux [1]. Or,
le comte de Mansfeld ne fut pas seulement fait prisonnier en 1552, mais retenu cinq ans en France, jusqu'après la bataille de Saint-Quentin, gagnée par les
Hispano-Belges[2]. Ce que Carloix dit du comte de
Meghem n'est pas plus exact. Il ne fut point le successeur immédiat de Mansfeld remplacé le 25 juillet
1552 par le comte Lamoral d'Egmont, qui eut lui-
même, le 26 mars 1553, un successeur en la personne
de Martin Van Rossem, le fameux maréchal de Gueldre.
Ce dernier étant mort de la peste, dans les premiers
jours de juin 1555, le comte de Meghem, qui était
alors l'un des généraux du camp de Givet, reçut
seulement, par lettres patentes du 25 juin 1555, le
titre de gouverneur et de capitaine général du duché
de Luxembourg et du comté de Chiny. Certes, celui
qui devint plus tard l'espion avoué de Marguerite de
Parme auprès des gentilshommes confédérés de 1566
ne doit inspirer à personne une bien vive sympathie.
Mais ce ne saurait être une raison pour permettre
qu'on l'accuse injustement, qu'on dise, par exemple,
qu'au moment même où son souverain était aux prises
avec le roi de France sous les murs de Valenciennes,

---

[1] Même ouvrage et même édition, p. 200.

[2] (SCHANNAT), *Histoire du comte de Mansfeld*. Luxembourg, 1707, petit
in-12, p. 6.

c'est-à-dire dans les premiers jours de juillet 1554, il se serait abaissé jusqu'à mendier une suspension d'armes et, qu'à ce propos, le gouverneur de Metz lui aurait témoigné de la manière la moins équivoque sa pitié et son mépris[1]. On était, dans le camp bourguignon, tout aussi scrupuleux sur le point d'honneur que dans le camp français; il est absolument certain qu'un gentilhomme belge qui aurait racheté ou tenté de racheter d'un chef ennemi une lettre compromettante passait devant un conseil de guerre et que, si on lui faisait grâce de la vie, il était à tout jamais perdu de réputation.

Carloix, trompé par ses souvenirs, emporté par son désir de bien dire, d'être intéressant, de faire valoir son héros, n'aura pas songé à cela, non plus qu'à la distance qui sépare Anvers de Metz, à l'impossibilité matérielle, au xvie siècle, et surtout en plein été, de transporter des bouches de l'Escaut aux bords de la Moselle une bourriche de maquereaux et de se mettre ensuite à manger, avec grande risée, cette marée offerte par le comte de Meghem en expiation de sa faute. La grande risée est ici pour le chroniqueur, qui n'a pas rencontré mieux[2]. Quand on nomme les gens tout au

---

[1] *Mémoires du maréchal de Vieilleville.* Édit. Michaux et Poujoulat, p. 206.

[2] Même ouvrage, p. 206. Carloix prétend aussi (p. 204) qu'en mai 1554, à l'occasion de l'arrivée de la maréchale de Vieilleville à Metz, le grand sénéchal de Lorraine aurait prêté sa livrée pour faire chercher deux charges de marée à Anvers. Le mois de mai est certainement plus favorable que le mois de juillet au transport du poisson, et cependant nous doutons de la réalité du fait; car, en faisant des étapes de dix lieues, ce qui est déjà énorme, il aurait fallu six à sept jours pour aller d'Anvers à Metz, sans compter qu'on était en temps de guerre, qu'il fallait à tout moment exhiber ses passeports et

long, qu'on met à leur charge des faits d'une gravité exceptionnelle, c'est bien le moins qu'on s'assure de la réalité des circonstances que l'on rapporte. Or, Carloix a absolument négligé ce devoir élémentaire. Il se trompe sur le compte de Meghem, comme il s'est trompé sur le compte de Mansfelt. C'était le vieux Martin van Rossem, que Brantôme qualifie de brave et très bon capitaine, qui était, en juillet 1554, gouverneur du Luxembourg, et un soupçon de lâcheté ne saurait l'atteindre.

Quant à Meghem, il se trouvait, à la même époque, en Brabant ou en Hollande, fort occupé à lever des troupes pour le camp de Givet. Sa correspondance avec la sœur de Charles-Quint, qui est très active, ne nous laisse pas le moindre doute à cet égard[1].

Disons maintenant un mot des adversaires que le maréchal de Vieilleville trouve à Thionville. Celui de la première heure est le colonel Bernard de Schauenbourg, un bon gentilhomme luxembourgeois apparenté aux de Heu. D'anciennes blessures, les fatigues qu'il a dû supporter pendant le siège de Metz précipitent pour lui l'heure de la retraite. Il obtient un congé en mars 1554[2]. C'est le comte de Meghem qui le remplace momentanément.

---

licences. Une lettre, dans ce temps-là, restait dix jours en route entre Tournai et Strasbourg, distance à peu près équivalente à celle d'Anvers à Metz, et nous croyons nous montrer très généreux envers Carloix en admettant que ses deux chevaux, chargés de marée, aient pu marcher plus vite que d'ordinaire.

[1] Arch. gén. de Belgique. *Correspondance générale*, t. Ier. Audience, liasses 68 à 70.

[2] Voir, pour plus amples détails, les *Sièges de Thionville*.

Il se rend sur les lieux, qu'il ne connaissait qu'im-
parfaitement, et revient bientôt à Bruxelles pour déclarer à la sœur de Charles-Quint qu'il ne peut se
résoudre à se laisser enfermer dans Thionville qu'à la
condition d'y avoir d'autres soldats et de meilleures
murailles. En courtisan bien stylé, il déguise ainsi son
refus sous des prétentions légitimes sans doute, mais
qu'il savait être inacceptables. Il s'ensuit que, sans
nuire à sa carrière, il se fait donner un autre emploi.
On songe alors à Jean de Heu, seigneur de Blétange,
parce que sa compagnie de cavalerie, toujours à
Thionville, n'a point d'officiers et qu'il connaît la place
et ses environs mieux que personne. Aussi, dès qu'il
sort de captivité, l'envoie-t-on à Thionville aux mêmes
conditions que le comte de Meghem, à savoir qu'il ait à
garder et à défendre cette ville jusqu'au moment où
Schauenbourg, qui est en congé de convalescence,
pourra y reprendre son service. Ce choix était heureux, car Jean de Heu, nous le savons, ne désirait
rien tant au monde que d'arracher aux Français sa
bonne ville de Metz. C'est avec lui que le maréchal de
Vieilleville et ses lieutenants vont avoir à compter. Il
est toujours fort bien renseigné sur ce qui se passe à
Metz, sans qu'il lui en coûte grand'chose, à cause des
nombreux amis qu'il a dans cette ville et qui ont lieu
de regretter l'ancien régime. Sa correspondance nous
prouve qu'il entretenait, à ses frais, des espions qui
parcouraient la Lorraine et la Champagne [1]. Ce n'était

---

[1] Arch. gén. de Belgique Audience, liasse n° 69. Lettres de Jean de Heu
à Philippe d'Orley, bailli du Brabant wallon et gouverneur du Luxembourg
en l'absence du maréchal de Gueldre, de Thionville le 2 et le 4 juil-
et 1554.

point là un soin inutile. Au moment d'accepter les
fonctions peu enviables de capitaine de Thionville, il
savait déjà que le fameux marquis Albert de Brandebourg, mis de nouveau au ban de l'Empire en sa
qualité de vassal incorrigible, avait proposé au roi de
France de prendre Thionville si l'on mettait à sa disposition un corps de quinze mille hommes. Comme
Henri II avait compris, à la fin, que c'était ce qu'il y
avait de mieux à faire pour lui assurer la possession
de Metz, il se laissa tenter et ordonna des concentra-
tions de troupes en Champagne et aux environs de
Metz.

Mais, comme d'habitude en pareille circonstance, le
secret fut si mal gardé qu'on ne tarda point à savoir
à Luxembourg que le plan du marquis de Brandebourg
consistait à assaillir Thionville à la fois par terre et
par eau [1]. Il est évident que l'emploi des bateaux plats
et des radeaux allait de beaucoup simplifier le transport de l'artillerie et en permettre l'emploi tantôt sur
une rive de la Moselle et tantôt sur l'autre. Le sort de
Thionville eût probablement été décidé quatre ans
plus tôt si les Guises, pour empêcher sans doute
qu'une victoire essentielle fût remportée sans leur
concours ou leur direction, ne s'étaient décidés à
compter au margrave Albert les soixante mille écus
d'or de la rançon du duc d'Aumale. Quand le margrave eut son argent, il ne s'occupa plus de Thionville
et courut en Allemagne recommencer sa lutte de titan

---

[1] Arch. gén. de Belgique. *Lettres des seigneurs*, t. XIV, p. 39. — Lettre
de Martin van Rossem à la reine Marie, de Luxembourg le 23 janvier 1553
(1554 n. s.).

révolté. L'Empire tout entier s'étant soulevé contre
lui, il ne tarda point à être accablé sous le nombre [1].
Suivi de quelques fidèles, et plus pauvre que jamais,
il rentra en France vers la fin de l'été. Son rôle était
fini ou près de l'être. A mesure que son étoile pâlissait,
il sentait la dévotion l'envahir; il s'était remis à lire
la Bible et à chanter des psaumes. Voigt dit même
qu'il composa à son usage une chanson spirituelle
qui devint plus tard populaire dans l'Allemagne protestante. Ses rudes compagnons étaient, sans doute,
aussi peu édifiés de sa conversion que les Guises. Toutefois, son plan contre Thionville est remis à l'étude.
Les espions du sire de Blétange l'affirment, mais le
vieux maréchal de Gueldre ne veut point y croire.
« Le lieutenant du Sr de Blétange, » écrit-il le 2 février
1555 à la reine Marie, « est accouru icy vers moy,
« lequel ma dict quilz (les Français) sont entrez à
« Metz bon nombre de gens de cheval et y entrent
« encores quatre cens hommes de pied par rottes sans
« enseignes, et quilz ont appresté xiiii pièces d'artil-
« lerie et trois charriots d'eschelles prests pour atteler
« et mectre en œuvre. Je crains plustost que le mar-
« quis Albrecht pratiquera quelque chose contre Tref-
« fes (Trèves) ou quelque aultre chose pour demourer
« en réputation vers les Françoys, parquoy il ne
« seroit point maulvais d'y avoir regard, et, pour
« commencer, oster la haine et mescontentement entre
« les bourgeois dudit Treffes (Trèves) et les soul-
« dards [2]. »

[1] DE THOU, *Histoire universelle*. Édit. de Bâle de 1742, t. II, p. 225-
226.

[2] Arch. gén. de Belgique. Audience, liasse n° 67. Lettre de Martin van
Rossem à la reine Marie, de Luxembourg le 2 février 1554 (1555 n. s.).

Van Rossem se trompait en supposant le marquis Albert capable de passer une seconde fois devant Thionville sans s'arrêter, il se trompait aussi en s'imaginant qu'il serait possible de réconcilier les bourgeois de Trèves avec la garnison qui leur était imposée. Ce que le marquis de Brandebourg voulait, avant de se mettre en campagne, c'était de tenir ses quinze mille hommes. Or, faute d'avoir pu atteindre ce chiffre, il n'avait rien tenté en septembre, et au printemps 1555 il n'était pas plus avancé [1]. On crut, sans doute, au Luxembourg qu'on n'avait plus à le redouter, car rien ne fut fait, rien changé. L'électeur de Trèves, Jean d'Isenbourg, continuait à réclamer contre l'occupation de sa capitale, et non sans raison, parce que les troupes qu'on avait envoyées chez lui, étant sans argent, pourvoyaient à leurs besoins par la menace ou à main armée.

Jusqu'en décembre 1552, la ville de Trèves avait été occupée par les Hauts-Allemands du colonel von Holl; après cela, on y avait mis un régiment espagnol, et c'était pis encore.

A Thionville, les choses n'allaient pas mieux. On y manquait d'officiers, de soldats, d'ouvriers, d'armes, de munitions, de vivres, de tout enfin. Les réclamations de Jean de Heu sont à peine écoutées. Ce n'est que quand l'ennemi est à la veille de se montrer, que, de Bruxelles, on envoie en toute hâte le commissaire

[1] Arch. gén. de Belgique. Audience, liasse n° 70. Lettres de la duchesse douairière de Lorraine à la reine Marie, écrites de Banneville. La première, datée du 3 septembre 1554, dit que le maître d'hôtel du marquis raconte à qui veut l'entendre que, quand son maître aura réuni à Blamont tout son monde, il marchera à l'ennemi.

de guerre Van der Ee en Allemagne, pour y lever cinq enseignes de gens de pied [1].

Comme les Français ne sortirent point de Metz, malgré les avis de « ce serviteur et agent occulte fort habile et très fidèle » que, suivant Carloix, le maréchal de Vieilleville entretenait à Luxembourg, il faut croire qu'ils ne savaient pas qu'au lieu de quatre mille hommes, nécessaires à sa défense, il n'y en avait pas douze cents dans cette place de guerre, qu'à Thionville non seulement les trois enseignes de la garnison étaient incomplètes, mais qu'on leur devait trois mois de paie, ce qui les disposait assez mal à faire leur devoir à l'occasion.

Cet état de malaise et d'incertitude dura plus d'un an. Pendant tout ce temps, les actes d'hostilité sont, de part et d'autre, de peu d'importance. Un jour de carême de l'an 1555 qu'à Bertrange tout le monde était à l'église pour un enterrement, un détachement de la garnison de Metz y arriva à l'improviste. Les Français profitèrent de l'occasion pour faire un grand nombre de prisonniers et se venger ainsi du seigneur du lieu, Soust de Strambourg, qui leur avait refusé l'entrée de son manoir. Blétange ayant, à ce propos, fait observer que si, par malheur, l'ennemi s'emparait du château de Bertrange, il serait en mesure de le contrarier grandement, on crut faire merveille en envoyant là dix hommes de pied et six hommes de cheval [2]. Les

---

[1] Arch. gén. de Belgique. Audience, liasse n° 70. Lettre de la reine Marie au maréchal van Rossem, de Bruxelles le 25 avril 1554.

[2] Arch. gén. de Belgique. Audience, liasse n° 67. Lettre du maréchal van Rossem à la reine Marie, de Luxembourg le 21 février 1554 (1555 n. s.).

gendarmes montés de la garnison de Thionville suffisaient pour garder la frontière du Luxembourg, du
côté de la Moselle; malheureusement, au moment où
les Français vinrent à Bertrange, ils faisaient une
expédition lointaine sous la conduite de Henri Ysendoorn de Blois, un neveu du maréchal van Rossem.
Il est donc plus que probable que leur absence avait
été signalée à Metz.

Si cependant Groze, le sergent-major des bandes
françaises, que M. de Vieilleville chargeait de préférence à tout autre des coups de main à faire sur le
plat pays, s'entendait fort bien à rançonner les cam-
pagnards et à détrousser les marchands des Pays-Bas,
Jean de Heu lui prouva qu'il savait aussi organiser
d'audacieuses chevauchées. On se vantait de faire
bonne chère à Metz et à bon compte. Il est vrai que,
dans cette ville, la viande de boucherie, les légumes
et le bois à brûler abondaient, que le pot de vin du
pays ne coûtait qu'un demi-patard et que, pour un
patard, les soldats achetaient plus de pain qu'ils n'en
pouvaient manger en toute une semaine [1]. C'était trop
beau pour ne point faire des jaloux. Les Impériaux
de Thionville, qui manquaient souvent du nécessaire,
songèrent donc à couper les vivres à leurs ennemis,
à les affamer si possible.

Déjà en 1553, Charles de Berlaimont et le colonel
de Schauenbourg avaient dispersé à plusieurs reprises les pionniers de l'évêque de Verdun qui devaient

---

[1] Arch. gén. de Belgique. *Lettres à divers*, t, Ier, p. 215. Lettre de Jean
de Heu, sire de Blétange, au maréchal de Gueldre, de Thionville le
1er mai 1554.

LES ADVERSAIRES DU MARÉCHAL DE VIEILLEVILLE.

relier cette dernière ville à Metz par une route à tracer
à travers bois et assez large pour laisser passer cinq
chariots de front [1]. C'était un commencement. Cette
fois, on fit mieux. On opéra un nettoyage complet dans
tous les lieux d'approvisionnement de la garnison de
Metz situés sur les deux rives de la Moselle, sans se
soucier le moins du monde des neutralités, des franchises ecclésiastiques et des anciennes sauvegardes
lorraines. A Cheminot et à Veigy, on enleva les chevaux, le bétail et les provisions qu'on put trouver;
à Juville, près Delme, on fit de même, et l'on s'en
revint paisiblement et sans encombre en suivant les
bords de la Nied; enfin, dans des localités plus rapprochées de Thionville, on ne dédaigna même pas de
s'emparer des fourrages. Une grande clameur s'éleva.
L'évêque de Verdun envoya à Bruxelles son aumônier
particulier, Jean Monet, pour se disculper et faire des
offres de service; mais la reine de Hongrie ne voulut
à aucun prix le recevoir [2]. Elle écrivit, à ce sujet, au
gouverneur général du Luxembourg, Martin van
Rossem, le priant d'avoir l'œil ouvert sur l'envoyé de
l'évêque de Verdun, afin qu'il ne servît point de double
espion [3]. La ville de Metz, plus modeste ou mieux

---

[1] Arch. gén. de Belgique. *Lettres des seigneurs*, t. IX, p. 349.

[2] Nicolas Psaulme, évêque de Verdun, était très mal noté à la cour de
Bruxelles. On le tenait pour un traître, parce que, en 1548, il avait mis le
plus grand empressement du monde à se faire agréer par l'empereur comme
titulaire de l'un des trois évêchés lorrains. Il était originaire de Chaumont,
en Barrois, et avait été prémontré. (Voir WASSEBOURG, *Antiquités de la
Gaule belgique*, p. VCL.)

[3] Arch. gén. de Belgique. Restitution autrichienne de 1862, farde
nº LXX. Lettre de la reine Marie au maréchal van Rossem, du 23 mai 1554.

avisée que Mgr de Verdun, n'envoya pas à Bruxelles. Elle s'adressa au gouverneur de Thionville, lui faisant observer qu'elle n'avait *pas perdu sa qualité de ville impériale et neutre, qu'elle n'était pas et n'entendait pas être de guerre*, et que, par conséquent, selon raison et justice, il fallait rendre à ses vassaux de Cheminot et de Veigy ce qu'on leur avait enlevé [1]. De son côté, le comte de Vaudémont, oncle et tuteur du duc Charles III de Lorraine, éleva la voix, en qualité de haut voué de l'abbaye de Saint-Vincent à Metz, à qui appartenait le village de Juville. Lui aussi, il prétendait que jamais la guerre n'avait été faite ainsi sans aucun souci ni respect des anciennes sauvegardes lorraines reconnues et approuvées par Charles-Quint lui-même en 1543. Cette dernière réclamation était bien, de toutes, la plus sérieuse [2]. On s'en préoccupa à la cour de Bruxelles. Cependant, comme l'abbé de Saint-Vincent continuait à résider à Metz en grande familiarité avec le gouverneur français et que les villes de Metz, Toul et Verdun avaient reçu l'ennemi dans leurs murs, il s'ensuivait que tous, prélats, nobles, bourgeois et manants des trois anciennes cités impériales devaient, partager le sort de leurs garnisons et être, comme elles-mêmes, « tenus de guerre et de bonne prise à l'occasion ». Il n'y eut que pour

---

[1] Arch. gén. de Belgique. Audience, liasse n° 69. Voir lettre originale de la ville de Metz, du 25 avril 1553.

[2] Le comte de Vaudémont fait ici allusion au traité de 1542 entre le roi des Romains, Ferdinand Ier, et le duc de Lorraine, qui fut effectivement confirmé par Charles V, en 1543, à la journée de Spire. Nous avons eu déjà l'occasion de parler de cette ratification, à propos du mariage de François de Lorraine avec Christine de Danemark, nièce de l'Empereur.

le comte de Vaudémont qu'on se montra moins sévère. On renvoya de Thionville, avec les meubles leur appartenant, ceux de ses vassaux qui avaient été faits prisonniers [1].

Si, d'après Carloix, le maréchal de Vieilleville échangea une fois à Luxembourg douze routiers ou déserteurs impériaux contre huit marchands français enlevés par eux sur les confins de la Champagne, notre sire de Blétange fit mieux encore [2]. Il avait, à la fin de juillet 1554, à Thionville, tant de prisonniers français que, ne sachant où les loger et ne se souciant pas de les nourrir à ses frais, il les rendit tous à la liberté, en échange de la promesse de paiement d'un mois de solde. Il est vrai de dire que sa bande de chevaux, commandée par Ysendoorn, venait de rentrer avec un gros butin et cinquante prisonniers qui valaient mieux que ceux qu'on avait laissé aller. Ysendoorn avait poussé jusqu'aux bords de la Meuse. Près de Givet, il avait pillé des bateaux et battu une bande de chevau-légers commandée par un capitaine écossais [3]. Somme toute, les prisonniers de guerre donnaient plus d'embarras que de profits. Un gentil-homme lorrain ayant été relâché par ordre de Blé-tange, le lieutenant de Loewenberg, qui l'avait arrêté et croyait pouvoir compter sur une belle rançon, ne voulut entendre aucune explication et donna sa dé-mission. Il eut tort, et cela par la bonne raison que

[1] Arch. gén. de Belgique. *Lettres des seigneurs*, t. XIV, p. 39. Lettre du maréchal van Rossem à la reine Marie, du 23 janvier 1554 (1555 n. s.).

[2] *Mémoires de Vieilleville*. Édit. Michaux et Poujoulat, p. 216.

[3] Arch. gén. de Belgique. Audience, liasse n° 69. Lettre de Henri von Yzen-doorn de Blois au maréchal van Rossem, de Rochefort le 17 juillet 1554.

les vassaux du duc de Lorraine, prisonnier lui-même
tout le premier du roi de France, n'étaient point, s'ils
résidaient en dehors des Trois Evêchés, à considérer
comme des ennemis, mais plutôt comme des alliés.
Un prisonnier, cependant, qu'à Thionville on se garda
bien de rendre à la liberté, même contre écus son-
nants, fut le comte de la Saulx, capitaine de cent
chevau-légers et gouverneur de Marsal pour le roi de
France [1].

Son arrestation couronna l'une des expéditions les
plus hardies de la petite garnison de Thionville. On
pourrait l'appeler aussi *la joie de Marsal*, tant est
grande son analogie avec un fait d'armes de 1360,
rapporté, sous ce nom, en toutes les chroniques messines. Quand le cardinal de Lenoncourt jugea à propos
de protester, en se retirant à Vic-sur-Seille, contre
l'occupation de Metz par les Français, ceux-ci, sans
doute pour le mieux surveiller, mirent des garnisons
dans les châteaux voisins de Marsal et de Moyenvic.
Peu de temps après, un agent impérial des plus re-
muants qui résidait à Haguenau, le baron de Polweiler, fit savoir à la cour de Bruxelles que, les Français se
gardant mal, il devait être facile de s'emparer de l'un
ou de l'autre de ces deux châteaux [2]. Jean de Heu,
gouverneur de Thionville, fut chargé de l'entreprise.
Il relevait de maladie, en ce moment-là, et se sentait

---

[1] *Mémoires de Vieilleville.* Édit. citée, p. 226. — Audience, liasse
n° 73. Lettres de la reine Marie au comte de Meghem, du 1er au 12 décembre 1555.

[2] Arch. gén. de Belgique. Audience, liasse n° 70. Lettre de la reine Marie
au maréchal van Rossem, d'Arras le 18 septembre 1554.

trop faible encore pour se tenir à cheval ; mais son expérience et sa parfaite connaissance du pays à parcourir guidèrent si bien ses soldats, que le 23 mai 1555, à l'heure des vêpres, ils s'emparèrent, sans coup férir, de Marsal et de son gouverneur.

La confusion et le dépit de celui-ci furent d'autant plus grands qu'il était appelé à Metz, auprès du maréchal de Vieilleville, qui songeait à faire de lui son gendre, et qu'on le forçait d'aller, comme prisonnier de guerre, à Thionville [1]. Carloix a eu le tort de laisser de côté cette plaisante aventure d'un mariage retardé qui fut un mariage manqué [2].

Thionville fit ainsi, pendant plusieurs années, le double office d'épée de Damoclès et de souricière. Les prisonniers français ou lorrains y affluaient. Ceux qu'on ne prenait pas sur les routes, dans les châteaux ou les villages messins, venaient s'offrir d'eux-mêmes aux portes de la ville. Ce fut le cas pour Antoine de Raigecourt, seigneur d'Ancerville, et pour Georges, bâtard de Heu, officier du cardinal de Lenoncourt, ci-devant évêque de Metz. Le premier prétendait qu'il avait affaire à la cour de Bruxelles, et le second qu'il ne voulait autre chose que la protection du gouverneur général du Luxembourg. La reine Marie, avisée sur l'heure de cette double capture, fut d'avis « que les allées et venues de telles gens étaient très dange-

---

[1] Arch. gén. de Belgique. *Correspondance générale*, t. Ier, p. 369. Lettre de Jean de Heu au maréchal van Rossem, de Thionville le 26 mai 1555. — *Lettres des seigneurs*, t. III, p. 266. Lettre du comte de Meghem à la reine Marie, de Luxembourg le 4 août 1555.

[2] *Mémoires de Vieilleville*. Édit. Michaux et Poujoulat, p. 226.

reuses » et qu'il convenait de les bien garder et de
les faire interroger et examiner [1]. Les sires de Blétange et d'Ysendoorn, comme principaux officiers de
Thionville, furent chargés de ce soin. On ne tira pas
grand'chose du bâtard de Heu. Il jura ses grands
dieux qu'il ne savait absolument rien des intrigues
politiques de son maître, dont il gouvernait les écuries.
Il finit cependant par dire que le cardinal avait grandement à se plaindre des procédés du gouverneur de
Metz à son égard. On l'envoya, sous bonne garde, à
Luxembourg, où, ayant été mis en présence du maréchal de Gueldre, il ne fut pas, à ce qu'il paraît, plus
explicite [2]. Le sire d'Ancerville, au contraire, ne demandait qu'à parler. Son interrogatoire est aussi
curieux qu'instructif. Il avoue avoir séjourné, à plusieurs reprises, à Metz, pour le soin de ses propres
affaires, depuis le siège de cette ville par l'Empereur.

Mais il n'a point à se louer de l'accueil que les
Français lui ont fait. Ils ont mis à sa charge les faits
et gestes de plusieurs de ses vassaux, allant jusqu'à
dire que, si un certain Didier Hullot avait l'habitude
de dresser des embuscades pour tous les soldats fran-

---

[1] Arch. gén. de Belgique. Restitution autrichienne de 1862, farde LXVII.
Lettre de la reine Marie au maréchal van Rossem, d'Anvers le 11 mars 1554
(1555 n. s.). — *Lettres des seigneurs*, t. XIV. Lettre du maréchal van Rossem à la reine Marie, de Luxembourg le 13 janvier 1555.

[2] *Correspondance générale*, t. Ier, p. 18. Le maréchal van Rossem envoya,
le 31 mars 1555, l'interrogatoire du bâtard de Heu à la reine Marie. Nous
n'avons pas retrouvé dans les Archives de Bruxelles ce document, et nous
le regrettons d'autant plus qu'il nous aurait peut-être donné une preuve de
plus que, de 1545 à 1555, le cardinal de Lenoncourt n'a pas cessé un seul
instant à vouloir la paix avec l'Empereur et à lutter dans ce sens avec le
connétable de Montmorency contre la faction des Guises.

çais isolés, c'était afin de le fournir de jaquettes de mailles et de pistolets. On lui avait aussi reproché, à Metz, d'être luthérien et d'avoir dit à ses fermiers qu'il leur permettait de manger de la viande les jours défendus. Celui qui avait répandu ces bruits absurdes et osé les répéter devant M. de Vieilleville était Betteville, un voisin de campagne. Il lui avait fallu faire plus d'un voyage à Metz avant de le confondre. Mais, si on ne le tenait plus ni pour un voleur ni pour un hérétique, on n'avait pas consenti à retirer la garnison mise à Ancerville, ce qui le forçait, fort à contre-cœur, à habiter avec sa mère à Rosières, près Saint-Nicolas en Lorraine. Il voulait maintenant forcer les Français à sortir de son manoir; c'est pourquoi il était venu à Thionville demander un passe-port pour aller en cour à Bruxelles, ne doutant pas qu'en sa qualité de bon et fidèle lorrain et de gentilhomme ordinaire de la maison de son prince, on lui accorderait sans peine une sauvegarde impériale, sa seigneurie d'Ancerville, occupée par les Français, malgré les lettres de leur Roi, étant terre de Lorraine [1]. Le bénéfice de neutralité qu'il réclamait ne lui fut point accordé, malgré l'intervention du comte de Vaudémont. Tout ce qu'il put obtenir, ce fut d'être ramené sur le point de la frontière luxembourgeoise le plus rapproché

---

[1] Arch. gén. de Belgique. Audience, liasse n° 67. Voir Response faicte sur les articles proposez au sire dancerville que MM. de Blétange et Disendon (sic) ont envoyée par Georges Le Chappes, hallebardier, demourant à Thionville. — Lettre de la reine Marie au maréchal van Rossem, d'Anvers le 11 mars 1554 (1555 n. s.). — Correspondance générale, t. Ier, p. 8. Lettre de Nicolas de Lorraine au gouverneur de Luxembourg, de Nancy le 21 mars 1554 (1555 n. s.).

de Nancy. Il ne faut pas s'en étonner; la cour de
Bruxelles ne pouvait songer à accorder de nouvelles
sauvegardes, quand, d'une part, son intérêt du moment lui commandait de considérer le traité lorrain
de 1543 comme non avenu et que, d'autre part, elle
savait que le maréchal de Vieilleville ne se gênait
point pour fouler aux pieds lois, coutumes et privilèges et dire aux bourgeois de Metz, en leur impo-
sant un maître échevin pris en dehors de l'aristocratie:
« Je veux vous faire perdre désormais à tous le goût
« et l'appétit de ces mots : Sacré Empereur, Saint-
« Empire et Chambre impériale de Spire. » Il était
évident que celui qui parlait ainsi n'aurait tenu
aucun compte d'une sauvegarde impériale, quelle
qu'elle fût.

Où en était cependant, à ce moment-là, l'entreprise
annoncée du marquis de Brandebourg contre Thionville? La saison favorable aux actions militaires était
revenue, et, comme le marquis ne donnait pas signe
de vie, on s'étonnait, on cherchait à s'expliquer son
inaction. La peste avait-elle ravagé son camp, comme
elle avait décimé les bourgeois et les défenseurs de
Luxembourg et de Thionville? Non pas, mais ses
ennemis, qui étaient ceux de tous les généraux allemands au service de la France, avaient réussi à
dresser de nouveaux obstacles au-devant de ses pas.
Leur coup de maître fut de le faire comprendre dans
la paix de Vaucelles, conclue en cette même année
1555, et de lui ouvrir ainsi le chemin de l'Allemagne.
Le margrave Albert qui, fini, usé avant l'âge, n'était
plus que l'ombre de lui-même, courba la tête, accepta

tranquillement sa défaite. Il mourut, à dix-huit mois
de là, à Pfortzheim, dans le château du margrave de
Bade, son beau-père [1].

Son abdication coïncide avec celle de Charles-Quint;
sa fin est tout aussi triste que celle du grand Empereur. Les remords et les regrets l'obsèdent, le font
assister vivant à ses propres obsèques et lui crient
aux oreilles le jugement sévère de la postérité. Son
siècle, habitué aux caractères de sa trempe, ne le
condamna point. Le roi Philippe II fut peut-être seul
à se féliciter de perdre en lui à la fois un redoutable
adversaire et un créancier. Une note, écrite en 1556
par Viglius, le président du conseil d'État du roi
d'Espagne, nous donne, à ce propos, le renseignement
suivant : « Il reste dû au margrave Albert, pour son
service de Metz, quarante un mille quatre cent cin-
quante-cinq florins à quarante creutzers d'Allemagne [2]. » Ainsi, au bout de quatre ans, le seul des
généraux de l'Empereur qui eût infligé à Henri II une
défaite sérieuse n'était pas seulement payé! Il est
même fort douteux que ses héritiers touchèrent jamais
le prix de son service de Metz. L'ingratitude des
grands de ce monde, leur mépris de la foi jurée passait,
au XVIe siècle, pour un calcul profond, pour une des
meilleures roueries gouvernementales. Cette manière
de faire ne profita cependant pas plus, dans la plupart
des cas, au roi de France qu'elle ne servit la cause
de l'Empereur. Que gagna le duc d'Albe à vouloir

---

[1] A. PFAFF'S, *Deutsche Geschichte*, t. IV, p. 433. — RIBIER, *Lettres et
mémoires d'État*, etc., t. II, p. 630.

[2] Arch. gén. de Belgique. Audience, liasse n° **74**.

faire payer au margrave de Brandebourg les *pots cassés* de l'expédition de Metz?

Que gagnèrent les Guises à pousser Henri II à aller, en 1554, ravager sans pitié le Namurois et le Hainaut plutôt que de rejoindre le margrave, qui l'attendait pour reprendre encore une fois Luxembourg et s'emparer de Thionville et de Trèves?

On serait bien embarrassé de le dire. Ce que nous savons de science certaine, pour avoir consulté la correspondance de la reine de Hongrie avec ses officiers du Luxembourg, c'est que la France, en perdant son temps à brûler, d'un côté, des villages et des châteaux, perdait, de l'autre, l'occasion tant cherchée et depuis si longtemps voulue de devenir maîtresse du cours de la Moselle et d'arriver jusqu'au Rhin. Nous avons dit déjà qu'avec de l'argent les Guises éloignèrent momentanément le margrave; ce qu'il faut dire encore, c'est qu'ils firent semblant d'avoir peur de la peste qui désolait le Luxembourg et de ne vouloir pas exposer à la contagion la personne du roi. Le fait est que, dans ce pays-là, on mourait fort. « Nous vous « serions fort obligé, » écrivait le 4 juillet 1554, le gouverneur de Thionville au superintendant du Luxembourg, « de prendre cette peine de nous faire « avoir un médecin pour assister nos pauvres ma-« lades [1]. »

Les médecins devaient être bien rares, dans ce temps-là; car, neuf mois plus tard, quoique l'épidémie

---

[1] Arch. gén. de Belgique. Audience, liasse n° 69. Lettre de Jean de Heu à Philippe van Orley, de Thionville le 4 juillet 1554.

n'eut pas cessé d'exercer ses ravages, l'homme de l'art impatiemment attendu à Thionville n'y était pas encore arrivé. C'est Blétange lui-même qui nous l'apprend. Étant tombé gravement malade dans les premiers jours de mai 1555, il dut faire venir le seul médecin qu'on eut à Luxembourg et le conserver huit jours à son chevet [1]. Ainsi, vers le milieu du xvie siècle, la ville de Thionville, qui était bien certainement aussi peuplée que de nos jours, la garnison mise à part, n'avait point à demeure fixe dans ses murs le moindre disciple d'Esculape. Voilà bien, on en conviendra, pris sur le fait, le bon vieux temps avec sa merveilleuse imprévoyance en toutes choses! On conçoit que, dans de pareilles conditions, les deux forteresses stratégiquement si importantes de Luxembourg et de Thionville ne pouvaient, pas plus l'une que l'autre, offrir de résistance sérieuse. Blétange l'avoue, pour sa part. Les Hauts-Allemands, enrôlés par le commissaire Van der Ee, redoutent le mal régnant et ne se montrent pas. Le pauvre gouverneur s'en plaint fort, parce qu'il n'a plus autour de lui qu'un petit nombre d'hommes valides, tous fort découragés. Il cherche avec eux l'ennemi pour les distraire, pour leur remonter le moral.

C'est ainsi qu'un jour on eut la bonne chance de rencontrer et de battre un détachement de la garnison de Metz. M. de Vaudancourt, guidon de la compagnie d'hommes d'armes du maréchal de Vieilleville, fut fait prisonnier. Blétange, ayant donné avis à la reine

---

[1] Arch. gén. de Belgique. *Correspondance générale*, t. Ier, p. 309.

de Hongrie de sa bonne fortune, en reçut au bout de quelques jours la réponse suivante :

« Nous voyons que vous avez renvoyé vos prison-
« niers de peu d'apparence pour un mois de gages,
« mais nous désirons que vous ne relaxiez ni le gui-
« don du gouverneur de Metz, ni les hommes d'armes,
« et cela pour aultant que, quant au guidon, nous
« sommes d'intention d'accommoder le seigneur de
« Bettenbourg guidon de la bande de Mansfelt, toute-
« fois sans faire tort à celui qui a ceste charge en
« main, ledit Bettenbourg nous ayant donné à en-
« tendre que les Franchoys ont prins ce pied de ne
« relaxer sinon par eschange de personnages de sem-
« blable qualité, comme capitaine contre capitaine et
« guidon contre guidon, c'est pourquoy requérons
« quon ait à se régler, là-dessus, vous priant nous
« dire quelle gratuité nous pourrions faire à ceux
« qui les ont prins [1]. »

Voilà donc encore un fait d'armes prouvant que les Bourguignons de Luxembourg « *sortaient de leurs tanières* ».

Vincent Carloix ne l'aura sans doute pas trouvé assez important pour en faire mention. Il a perdu là une belle occasion de dire que c'était la peste sans doute qui poussait les ennemis hors de chez eux. En général, il dédaigne les bagatelles; il lui faut des affaires où des milliers d'hommes restent sur le carreau. Et, à ce propos, nous le soupçonnons fort de nous avoir servi deux fois le même plat, en d'autres

---

[1] Arch. gén. de Belgique. Liasse n° 70. Minute de la reine Marie à Jean de Heu, de Saint-Omer, le 27 août 1554.

termes, d'avoir confondu et raconté à deux reprises un seul et même fait d'armes, fixant le premier à la date du 29 septembre, jour de la Saint-Michel de l'an 1554, le second au 20 octobre 1555 [1]. L'accusation est grave; aussi nous empressons-nous de dire que, pour soutenir notre opinion, nous allons invoquer les correspondances officielles de la cour de Bruxelles, tant imprimées qu'inédites, que nous avons à notre disposition, qui se complètent les unes les autres et nous permettent de suivre, jour par jour, à quelques interruptions près, les événements militaires se rapportant au règne de Charles-Quint et plus particulièrement à ses guerres avec la France.

Or, Carloix met toujours le comte de Meghem en jeu; il nous le montre, en septembre 1554, comme en octobre 1555, tombant de nuit dans une embuscade dressée dans un bois que traversait l'ancienne route de Thionville à Metz. Une fois, c'est bien assez; deux fois, ce nous semble trop, d'autant plus que les circonstances des deux récits sont identiques. Nous avons dit déjà qu'au mois de septembre 1554 Meghem n'était ni capitaine de Thionville, ni gouverneur général du Luxembourg, et se trouvait ailleurs aux Pays-Bas. Il n'obtint, en effet, cette dernière charge, comme nous l'avons dit aussi, que le 25 juin 1555, trois semaines après la mort de Martin van Rossem, qui l'avait conservée un peu plus de deux ans. Comme Meghem était à ce moment-là l'un des trois généraux commandant à Givet, il dut attendre au camp l'arrivée du prince

---

[1] *Mémoires de Vieilleville.* Édit. Michaux et Poujoulat, p. 206-209 et p. 216-223.

d'Orange, appelé à le remplacer, et ne put se mettre
en route pour Luxembourg que dans la matinée du
28 juillet 1555. Il fit son entrée dans cette ville le
30 du même mois, dans la soirée. Sa correspondance
avec la reine de Hongrie ne nous laisse pas le moindre
doute à cet égard[1]. Il reste à juger le fait d'armes du
29 septembre 1554 en lui-même.

Il ne soutient pas l'examen. C'est un de ces bulletins de victoire comme on en publiait à Paris quand
le second Empire voulait faire accroire au monde
qu'il était en route pour Berlin, tandis qu'il songeait
déjà à prendre le chemin de Chislehurst. Tout y sonne
faux. Jamais, au grand jamais, même à l'époque du
siège de Metz de 1552, huit enseignes d'infanterie et
huit cents chevaux n'avaient été vus à la fois dans les
murs de Thionville. Le commissaire des guerres au
Luxembourg, Mᵉ Jérôme Kegell, nous en donne la
raison dans ses rapports. « Nous avons, à Thionville,
dit-il, trois enseignes de piétons et la bande de chevaux de M. de Blétange, *et l'on ne pourroit y mettre
un plus grand nombre de gens vû l'incapacité du
lieu*[2]. »

Cependant un officier de Vieilleville déclare que le
29 septembre, de bonne heure le matin, il a vu sortir
huit enseignes et huit cents chevaux des portes de
la ville. Cette troupe, ajoute Carloix, marchait sans
défiance lorsque, dans un bois au-dessus de Ladon-

---

[1] Arch. gén. de Belgique. *Lettres des seigneurs*, t. III, p. 170, 217
et 231.

[2] Arch. gén. de Belgique. *Correspondance générale*, t. II, p. 176. Rapport de Jérôme Kegell à la reine Marie, du 18 juin 1555.

champs, le maréchal de Vieilleville l'attaqua avec furie, en tête et sur les flancs, avec deux cents hommes à peine, dont soixante-dix mousquetaires et douze tambours, et lui tua dix-huit cents hommes.

Ce qui est plus fort que les chiffres que nous venons de citer, c'est l'affirmation qu'on ramassa dix-huit drapeaux et guidons sur le champ de bataille, tandis que l'officier français, qui avait épié les impériaux à leur sortie de Thionville, n'en avait compté que treize. D'où venaient les autres? Il est inutile de se le demander, puisque, en quelques lignes, notre auteur, non content d'inventer et d'exagérer à plaisir, se contredit par-dessus le marché. Si, après cela, nous recourons à la correspondance des gouverneurs de Luxembourg et de Thionville pour savoir la vérité, nous ne tardons pas à apprendre que l'entreprise des impériaux du 27 septembre 1554 n'avait pas pour but de surprendre Metz ou d'enlever des convois de bestiaux qui lui étaient destinés, mais d'épier le gouverneur de cette ville et de tâcher de s'emparer de sa personne. Il est évident que, pour atteindre ce but, c'eût été une insigne maladresse d'employer beaucoup de monde. Voici d'ailleurs, mot à mot, l'ordre donné par la reine Marie au maréchal de Gueldre, le 24 septembre 1554 et expédié le même jour à Thionville : « Monsieur le « maréchal. Par aultre lettre qui va cy contre vous ay « respondu sur les points contenuz en celles que « m'avez escriptes estant encores à Luxembourg. Et « ces deux mots cy vont par courrier à part pour « estre gardez là dessus le secret requis.

« Vous avez déjà entendu comme le marquis se

« transporte de lieu à aultre aux environs de Metz,
« nayant avec luy que peu de compaignie, et quel-
« ques fois seullement dix à douze chevaulx. Et peult
« on estre scheur quil ne se trouve là que pour faire
« le plus de mal que peult, et seroit ce une bonne
« œuvre si on le pouvoit trousser[1]. »

En fallait-il davantage, demanderons-nous, pour
pousser tout officier jaloux de se distinguer, à tenter
sur l'heure, et sans autre préparatif, l'aventure? On
échoua, c'est certain; nous voulons même admettre,
comme le raconte Carloix, que le chef de l'expédition,
s'étant sauvé par les bois, traversa la Moselle dans la
barque d'un pêcheur et parvint ainsi à regagner Thionville; mais cette concession ne nous avance en rien, elle
ne justifie pas la partie la plus importante du récit :
les dix-huit cents hommes tués, les trois à quatre cents
prisonniers et les dix-huit drapeaux et guidons conquis. D'ailleurs, objection tout aussi grave, comment
le marquis de Vieilleville aurait-il pu dresser, en connaissance de cause, une embuscade, puisque l'ordre
de la reine de Hongrie, de l'enlever si possible, est
donné dans le plus grand secret, le 24 septembre,
reçu à Thionville le 28 et mis à exécution dès le lendemain?

Il nous semble évident que, si la rencontre du
29 septembre 1554 avait eu la moindre importance,
nous en aurions trouvé un récit détaillé dans la correspondance de Blétange.

Or, nous n'y rencontrons rien sur la participation

[1] Arch. gén. de Belgique. Audience, liasse n° 70. Lettre de la reine
Marie au maréchal de Gueldre, d'Arras le 24 septembre 1554

du comte de Meghem, cité par Carloix, non plus que
sur l'acte de courtoisie narquoise du maréchal de
Vieilleville, qui se serait empressé, aussitôt rentré à
Metz, d'écrire à Blétange qu'il pouvait faire enterrer
ses morts sans avoir le moindre dérangement à
craindre. Ce que nous y voyons cependant suffit pour
nous apprendre que nous avons eu affaire à un roman, à une fable : il a été fait, de part et d'autre,
quatre ou cinq prisonniers et le maréchal de Vieilleville l'a échappé belle. Voilà tout. « Je consens, » écrit
la reine au maréchal de Gueldre, « la relaxation des
« prisonniers qui sont entre vos mains contre ceulx
« que le gouverneur de Metz a fait des nostres, à l'ex-
« ception toutefois dung italien grand ami du marquis
« Albert, et m'a semblé le plus expédient pour éviter
« dangier de dispute et hazard que pouvez accor-
« der la relaxation desdicts quatre personnaiges [1]. »
Comme d'habitude, on n'échange point quatre prisonniers contre trois ou quatre cents, mais bien homme
contre homme de valeur égale, nous croyons que ces
quelques lignes, d'un caractère officiel et authentique,
suffisent pour mettre fin au débat et nous permettre de
réduire la fameuse bataille du 29 septembre 1554 aux
proportions d'une escarmouche sans importance. Carloix, redisons-le pour son excuse, car c'est la seule
bonne, écrivait sous le règne d'Henri III le récit d'événements qui s'étaient passés trente ans auparavant.

Voilà comment et pourquoi il tombe d'une erreur
dans l'autre et s'embrouille au milieu de toutes les

---

[1] Arch. gén. de Belgique. Audience, liasse n° 71. Lettre de la reine
Marie à Martin van Rossem, de Bruxelles le 27 octobre 1554.

conspirations qui éclatent à Metz, dans le but d'en chasser la garnison française. Le nouveau régime s'était aliéné toutes les classes de la population. Aussi les complots, qui, à partir du siège de 1552, se succèdent sans relâche, sont tantôt civils, tantôt militaires, tantôt ecclésiastiques, quand ils ne réunissent point ces trois éléments. Ce dernier cas se présente en 1554. Le drame a deux actes. Des gentilshommes appartenant aux anciens parages et des bourgeois occupent d'abord seuls la scène. Ils organisent un pétitionnement contre le soi-disant protectorat français, qui constitue à leurs yeux la plus dure, la plus insupportable des tyrannies. Vieilleville est prévenu. Il les surprend au moment où ils sont réunis pour expédier, en témoignage de fidélité, à la chambre impériale de Spire les adhésions qu'ils ont recueillies[1]. Les conspirateurs étaient au nombre de six : quatre gentilshommes et deux bourgeois. Ces derniers sont soustraits à leurs juges naturels. On les noie dans la Moselle, tandis que leurs complices rentés et titrés en sont quittes « pour une fort rigoureuse réprimande », que le gouverneur de Metz, beau parleur à l'occasion, prend la peine de leur adresser.

Carloix résume ce discours, dont il aura eu le brouillon sous les yeux. Nous y voyons qu'en dépit des engagements solennels pris envers les princes allemands, Henri II entendait avoir réuni à tout jamais les trois évêchés lorrains à son royaume. Vieilleville dit encore qu'il faut en prendre bravement son parti ou bien s'attendre à être noyé et frappé dans ses biens

---

[1] *Mémoires de Vieilleville.* Édit. Michaux et Poujoulat, p. 199.

et dans sa famille. Il prétend enfin qu'on a mal entendu les mesures qu'il a prises concernant l'échevinage de Metz, car il n'a fait que « transporter l'autorité communale en d'autres mains ». Ce dernier trait est pour lui une bagatelle. Nous voulons bien croire à sa sincérité, mais, dans ce cas, il reste acquis que, sans s'en douter, il est cent fois plus révolutionnaire que ceux qu'il accuse et qu'il punit. En sa qualité d'Angevin, il est aussi dépaysé sur les bords de la Moselle que le sera, plus tard, le duc d'Albe sur les rives de l'Escaut. Il traite les institutions avec le même laisser-aller que les hommes; ce qu'il appelle un simple changement de mains a détruit et supprimé ce qui avait fait, pendant de longs siècles, l'orgueil, la joie et la prospérité du pays messin, et il veut encore, après cela, qu'on soit bon Français! C'est vraiment trop demander.

II

Nous avons dit que la conspiration de 1554 avait été un drame en deux actes. Les documents concernant le premier acte ayant été brûlés par ordre de Vieilleville, en présence de ceux qu'ils concernaient, nous en savons peu de chose; il n'en est pas de même du second, sur lequel on a beaucoup écrit et même beaucoup plaisanté, puisque, pendant longtemps, « confesser les gens à la façon des cordeliers de Metz » a voulu dire les faire mourir sous le bâton. La justice par trop sommaire de Vieilleville n'obtint point le résultat désiré. Les Messins parvenaient, tous les ans, malgré un maître échevin imposé et entièrement dévoué au roi de France et l'ombrageuse surveillance dont ils étaient l'objet de la part des autorités militaires, à faire entendre leurs plaintes et leurs regrets au sein des diètes de l'Empire. Cette régularité, qui n'était pas sans péril, comme nous venons de le voir, touchait et humiliait à la fois les Allemands, car il leur faisait cruellement sentir à quel point leurs querelles intestines les avaient rendus faibles et impuissants.

L'un des deux bourgeois noyés par ordre de Vieilleville devait être le porteur de la protestation de 1554. Un autre le remplaça et remplit heureusement sa mission.

Quel avait été le premier et comment s'appelait le second? Nous avons cherché en vain leurs noms, même dans les *Observations séculaires* du pasteur Paul Ferry, où il y a assez de choses cependant qu'on ne trouve que là. Nous avons rencontré toutefois dans ces curieux manuscrits une annotation que nous ne pouvons passer sous silence, parce qu'elle se rattache intimement au fait de nos conspirateurs et montre l'impuissance de la terreur contre l'esprit traditionnel et le sentiment unanime de la population. Il paraît donc qu'au moment où deux bourgeois sont noyés et quatre gentilshommes, plus à plaindre peut-être, forcés à faire amende honorable à deux genoux, et même deux ans plus tard, après d'autres tragédies du même genre, l'autorité de l'empereur d'Allemagne était publiquement invoquée à Metz par des officiers publics. Paul Ferry a retrouvé et transcrit un contrat dressé, le 4 juillet 1556, par-devant un notaire messin. Le document débute par ces mots : « Nous, Pierre « Jolly, de par les auctoritez apostolicque et impériale, « notaire public demourant en la ville de Metz, à tous « ceulx les présentes verront, salut [1]. »

Cet acte a son éloquence : il nous prouve que la haute bourgeoisie étant demeurée hostile au nouveau régime, on l'épargne par politique et l'on frappe rudement au-dessus ou au-dessous d'elle pour lui faire peur, pour l'amener à la soumission, à l'obéissance passive. C'est ainsi, comme nous l'avons déjà dit en passant, qu'au début de son gouvernement, le

---

[1] Bibliothèque de la ville de Metz, section des Mss. *Observations séculaires*, de Paul Ferry, t. II, p. 456.

marquis de Vieilleville envoya son prévôt tout rompre et tout briser dans l'atelier monétaire du cardinal de Lenoncourt, disant qu'on y fabriquait de la fausse monnaie ou que, tout au moins, on y faisait fondre l'argent français pour pouvoir frapper un plus grand nombre de pièces portant l'aigle impériale à deux têtes, au lieu des lis de France. Cet acte de violence amena une grosse querelle, dans laquelle tous les torts étaient évidemment du côté du gouverneur de Metz. La cour de France n'y regarda point d'assez près et l'approuva. Ce fut une faute, le droit de frapper monnaie appartenant de toute ancienneté aux évêques de Metz; il était même leur seul droit régalien non contestable, et c'eût été de bonne politique d'en obtenir la cession légale au lieu de le supprimer brutalement, comme on fit [1]. L'ordre ecclésiastique tout entier en France ressentit le contre-coup de ce mépris de ses prérogatives.

En Lorraine, on devint plus attentif, plus soupçonneux. Il ne faut point s'en étonner; de tout temps, les gens d'église ont mis une grande âpreté à la défense de leurs droits, immunités et privilèges. Le cardinal de Lenoncourt avait besoin de beaucoup d'amis pour défendre les siens; il en trouva, comme nous allons voir, de fort dévoués. Carloix avoue seulement que Brimeval, le grand doyen de Metz, était « impérial pour la vie [2] ». Il aurait pu, sans crainte de se tromper, en dire autant des chanoines, curés, vicaires, moines et moinillons de la vieille cité. C'est que tous

---

[1] *Mémoires de Vieilleville*. Édit. Michaux et Poujoulat, p. 201.
[2] *Id.*, p. 198.

avaient perdu au change, se sentaient menacés de perdre davantage encore. L'expropriation, la confiscation même étaient à l'ordre du jour, dans l'intérêt de la défense de la ville. On en murmurait sans trop se gêner, et nous ne serions guère étonné si, un jour ou l'autre, on découvrait la preuve que M. Michel Praillon, ce premier maître échevin non librement élu, mais choisi par le marquis de Vieilleville, se fit aussi impérialiste, s'il ne l'était déjà au moment où il fut investi de la plus haute magistrature réservée, jusqu'alors, aux grandes familles de l'aristocratie. Toujours est-il que nous avons de la peine à croire que Praillon ne soit pour rien dans la déclaration faite le 25 avril 1553 et adressée au gouverneur de Thionville par son collège échevinal, qui met au-dessus de tout les droits de Metz comme cité impériale, et qu'il n'ait rien su de la députation clandestine de la bourgeoisie messine qui, l'année suivante, se rendit en Allemagne [1].

De deux choses l'une : ou il était un magistrat intelligent, ou il était un aveugle volontaire. Cette dernière supposition est sans doute la véritable, car ce fut également sous son échevinat, et non pas en octobre 1555, comme l'écrit Carloix, par erreur, dans ses *Mémoires* sur Vieilleville, qu'éclata la conspiration des cordeliers de Metz, dont les autorités françaises ne furent averties qu'à la dernière minute, alors qu'il

---

[1] Arch. gén. de Belgique. Audience, liasse n° 69. Voir lettre de la cité impériale de Metz à M. de Schauenbourg, seigneur de Preiss, lieutenant pour l'Empereur à Thionville. — *Correspondance des seigneurs*, t. IX, p. 413.

était déjà presque trop tard pour la combattre et la comprimer.

Les dates ont ici leur importance. Jean Bauchez, le greffier de Plappeville, ne s'y trompe pas.

« Mil cinq cent et cinquante et quatre proprement, » dit-il en son rustique langage, « que tous les moynes « du couvent des Frères Baudes furent accusez de « thraison, dont en prison ils furent trestous menez. » Et, après avoir raconté tout au long l'exécution de plusieurs d'entre eux, il ajoute : « Ce fut en la dessus « dite année, au mois de mars la quastriesme journée, « qu'on fit un grand oppropre aux pauvres frères « Baudes, et pour en plus parler, il faut dire qu'on « l'entende, coupables du faict n'estoient ou estoient « excusez. Par de grande fauce omisse ils furent ainsy « traictez[1]. »

Cela signifie assez clairement, nous semble-t-il, le vieux style étant employé, que les frères Baudes ou cordeliers de Metz conspirèrent contre le roi de France en 1554 et que leur châtiment public se fit le 4 mars de l'année suivante. En voici, d'ailleurs, une preuve officielle, qui a, en outre, le mérite de servir de commentaire au conte que l'on a fait de la malice de ces

---

[1] *Journal de Jean Bauchez*, p. 22-24. Péguillon de Beaucaire, qui succéda au cardinal de Lenoncourt comme évêque de Metz, a laissé des commentaires sur l'histoire de son temps. Il n'est pas aussi favorable que Jean Bauchez aux cordeliers de Metz. Il dit que leur prieur était un traître parce qu'il avait introduit à Metz des *soldats étrangers* déguisés en moines sous le prétexte d'un chapitre général de son ordre. (*Rerum gallic. commentaria.* Lyon, 1626, cap. XXVI, p. 866.) Ces soldats étrangers étaient-ils ceux de Charles-Quint ou bien étaient-ce des mercenaires à la solde du cardinal de Lenoncourt? Nous n'avons pu, jusqu'ici, élucider ce point important.

pauvres moines. Le premier avril 1554, c'est-à-dire
1555, d'après le style suivi à la cour de Bruxelles, la
fête de Pâques, qui commençait l'année, ne tombant
que le 14 avril, la reine Marie écrivit à la fois au gardien des cordeliers de Mons et à celui de Nivelles en
ces termes :

« Vénérable, très chier et bien amé. Nous avons
« entendu par lettres du seigneur de Berlaymont que,
« ayant nos ennemis exécutez aulcuns des princi-
« paulx du cloistre des frères mineurs auprez de
« Metz en Lorayne, sur un fondement tel quel et bien
« maigre, et deschassé le reste desd. frères mineurs,
« deux d'entre eulx, pour estre subjectz de l'Empe-
« reur, mon frère, se seroient réfugiez à Namur, sup-
« pliant destre admis et receuz au pays de pardecha,
« et puisque c'est une œuvre pieuse de recueillir de
« semblables personnes, nous vous requerrons et
« néantmoins ordonnons, de par Sa Majesté, quayez
« à recepvoir au nombre des aultres frères qui sont
« à....[1] lung des deux frères réfugiez que le Seig.
« de Berlaymont vous enverra. Mais, comme nos d.
« ennemys ne cessent jamais dans leurs practiques,
« sous quelque prétexte que soit, sera besoing, et
« vous enjoignons bien acertes que ayez bon œil sur
« la conduite dud. frère, et tellement que vous puis-
« siez respondre de sa personne[2]. »

Il nous semble évident que, si les cordeliers de
Metz avaient été des conspirateurs soudoyés par la
gouvernante des Pays-Bas, celle-ci aurait su que leur

[1] A Nivelles et à Mons.
[2] Arch. gén. de Belgique. *Correspondance générale*, t. II, p. 33.

couvent se trouvait à Metz et non auprès de cette ville, et, après l'insuccès de l'entreprise, elle ne se serait pas permis de les traiter avec cette défiance et cette rigueur. Carloix raconte que six moines sur vingt et un furent épargnés par les autorités françaises et renvoyés aux Pays-Bas[1]. C'est aussi inexact que de dire qu'ils étaient tous originaires de la petite ville de Nivelles en Brabant[2]. Deux sur quatre seulement étaient Belges; les deux autres, qui s'étaient également réfugiés à Namur, devaient être des étrangers, car la reine Marie ordonne, à la date du 1er avril 1554 (v. s.), « qu'ils soient renvoyés vers Allemaigne ». Ces pauvres gens avaient sans doute prévu cette décision, car ils quittèrent Namur contre la volonté du gouverneur et sans que l'on sût jamais ce qu'ils étaient devenus[3]. S'il était vrai que leur conspiration eût été découverte au mois d'octobre, et qu'ils furent chassés de Metz, à la fin du mois de novembre suivant, comme le prétend Carloix, comment se serait-il fait qu'ils eussent mis quatre mois pour traverser les Ardennes et arriver à Namur? Le greffier de Plappeville nous a aidé à résoudre cette première difficulté; une autre, plus grande, est d'expliquer la confusion de l'embuscade du 20 octobre 1555 avec la conspiration des cor-

---

[1] *Mémoires de Vieilleville*. Édit. Michaux et Poujoulat, p. 234.

[2] *Id*. Édit. Michaux et Poujoulat, p. 246.

[3] Arch. gén. de Belgique. *Correspondance générale*, t. Ier. Lettre de la reine Marie à Berlaimont, du 1er avril 1554 (v. s.). — Lettre de Berlaimont à la reine Marie, du 4 avril 1554 (1555). « Les deux autres, » dit Berlaimont, « qui estoient envoyez en Italie vers leur général, à ce que m'a dit le gardien de ce lieu, se sont absentez sans mon sceu, ayant pris leur chemin « par les lieux dont javois adverty V. M. »

deliers de Metz, qui eut lieu tout juste un an auparavant.

Carloix, le secrétaire, le confident, l'ami et le biographe du maréchal de Vieilleville, aurait seul pu nous donner la clé de ce mystère, qui pourrait bien être, après tout, le résultat d'une savante combinaison, mais il ne s'en soucie guère, et pour cause. Il se contente de citer, à l'appui de son récit, qui nous séduit par l'apparence de sincérité qu'il lui imprime, certaine gazette du temps, dont le manuscrit, paraît-il, fut soumis à Henri II, qui prit la peine d'y mettre de sa royale main le titre suivant, dont la prolixité nous console presque de n'avoir point sous la main l'original, s'il existe encore :

« La journée des embuscades faicte par le sieur de
« Vieilleville, chevalier de l'ordre du Roy, gouver-
« neur .et lieutenant général dudit seigneur à Metz,
« capitaine de cincquante hommes d'armes de ses
« ordonnances et conseiller en son conseil privé, sur
« le conte de Mesgne et ses troupes de Luxembourg,
« le 20 octobre 1555, entre Metz et Thionville. Ensem-
« ble la mascarade des faulx cordeliers de la reine de
« Hongrie et de leur folle entreprise [1]. »

Prendre un roi pour complice, ce n'est pas trop mal, quand on veut en faire accroire à la postérité [2].

[1] *Mémoires de Vieilleville*, p. 227-228.

[2] Voir notice sur Vieilleville en tête des *Mémoires* publiés par Michaux et Poujoulat, p. 5. — Voir aussi la préface de l'édition de 1757. L'abbé Lambert, qui a publié une *Histoire du règne d'Henri II* deux ans avant la publication des *Mémoires de Vieilleville*, dit qu'on a fait bien des romans sur cette conspiration de cordeliers. Il en cite deux. — Voir l'ouvrage en question, t. II, p. 111.

Ne léguer à celle-ci qu'un manuscrit, c'est mieux encore.

Les *Mémoires* de Carloix sur Vieilleville n'ont même été annotés, comme il convient, par aucun de leurs nombreux éditeurs, à commencer par le P. Griffet, qui mourut à Bruxelles, en 1771, un an à peine après y avoir publié son *Histoire des hosties miraculeuses de Sainte-Gudule.* Ce savant Jésuite, cependant, est l'auteur d'un système pour contrôler la vérité des anecdotes historiques; il faut croire qu'il ne l'avait pas encore inventé en 1757, quand il publia les mémoires qui nous occupent et qui fourmillent d'anecdotes dont le charme ne rachète en aucune façon le manque de véracité. C'est ce que nous voulons prouver de la manière la plus péremptoire en recourant aux mémoires du temps, aux rapports officiels, aux lettres et aux dépêches adressées à la cour de Bruxelles.Ce n'est là qu'une œuvre de patience, à laquelle nous nous livrons avec une confiance d'autant plus grande dans le succès, qu'il y a longtemps déjà que nous savons que le xvie siècle, cette époque d'une foi ardente et furieuse à la fois, a été aussi celle d'une fourberie sans bornes chez les peuples, les rois et les simples particuliers. Il faut donc se glisser avec prudence entre les mensonges intéressés qu'on rencontre pour arriver à la connaissance de la vérité.

Comme en septembre 1554, il s'agissait, suivant le langage de l'époque, de « trousser » le maréchal de Vieilleville et non pas d'enlever à la garnison de Metz sa viande de boucherie sur pied, en octobre 1555, il n'est nullement question de s'emparer de Metz au

moyen de soldats déguisés en moines, mais peut-être
bien d'y entrer par surprise et de vive force. On se
rencontra au-dessus de Mézières, sans doute à Richemont, où les troupes, venues de Luxembourg, d'Arlon
et de Mont-Saint-Jean, devaient rejoindre la garnison
de Thionville. Reprendre Metz signifiait qu'il était
grand temps de sauver Thionville.

A ce propos, l'importance du château d'Ennery
n'avait pas échappé au comte de Meghem. Le 3 septembre 1555, il écrit de Luxembourg à la sœur de
Charles-Quint : « Ce chasteau est pour ce pays de
« merveilleuse importance, car il donne grand empes-
« chement à ceulx de Metz pour avoir vivres, et nous
« asseure les nostres de Thionville, de sorte que, tant
« qu'on le tiendra, les vivres en seront à meilleur
« marché aud. Thionville d'un tiers, et lon couppera
« en partie à ceulx de Metz le chemin d'Allemaigne[1]. »

Quelques jours plus tard, le nouveau gouverneur
général du Luxembourg vient à Thionville et se rend
de là avec Blétange à Ennery. Des ouvriers mineurs
les accompagnent, parce que le conseil suprême de
guerre, qui siège à Bruxelles, est d'avis qu'il serait
plus profitable à la défense de Thionville de faire
sauter les murailles d'Ennery que de les garder. On
finit par renvoyer les mineurs au camp de Givet,
d'où ils étaient venus, parce qu'on reconnut que l'opération serait difficile et prendrait beaucoup de temps[2].

---

[1] Arch. gén. de Belgique. *Correspondance générale*, t. IV.
[2] Arch. gén. de Belgique. *Correspondance générale*, t. IV. Lettres du
comte de Meghem à la reine Marie, de Thionville 6 septembre 1555, et de
Luxembourg 10 septembre 1555.

Trois semaines plus tard, les Français sortent de
Metz et viennent mettre le siège devant le château. Ils
n'ont avec eux qu'une seule pièce d'artillerie que,
pour plus de commodité et à cause du mauvais état
des chemins, ils ont embarquée sur la Moselle. Blétange est averti sur l'heure de leur approche : « Mon-
« seigneur, » écrit-il à Meghem le 1er octobre, « ce jour-
« d'huy environ dessus le midy sont venuz les Fran-
« çoys assiéger le chasteau d'Ennery, et peuvent
« estre en nombre dedeça 250 chevaulx; de l'infan-
« terie dedans le village le nombre ne scay. Et escar-
« mouchent avec lung et laultre. La plus grande
« peure que jay, c'est que mes gens nont point de
« vivres illecq, car je crains, si iceulx ennemys tar-
« dent trois ou quatre jours là, à cause de famine ils
« se rendront.

« S'il vous plaît, vous ordonnerez ce que voulez
« que jen face. Mon advis seroit quon face marcher
« les deux enseignes qui sont à Arlon et la bande de
« Monseig. de Mansfelt avecq les carabins et les deux
« enseignes qui sont devant Luxembourg avecq le
« plat pays. Jespère que sommes gens assez, avecq
« laide de Dieu, pour les rambourrer. Je me recom-
« mande, Monseigneur, à vostre bonne grace, et
« prie Dieu avoir icelle en sa saincte garde. De Thion-
« ville, etc. [1]. »

Si le gouverneur de Thionville ne peut agir sans
en référer au gouverneur général du Luxembourg,
celui-ci ne peut rien faire sans l'ordre exprès de la

---

[1] Arch. gén. de Belgique. Restitution autrichienne de 1862, farde
n° LXX.

reine de Hongrie, gouvernante générale des Pays-Bas. Les inconvénients de cet ordre de choses gothique, légué par la maison de Bourgogne à celle d'Autriche et conservé par celle-ci jusqu'en ces derniers temps, par une sorte de respect superstitieux pour la tradition, sautent aux yeux. Ils sont évidemment, pour la plus grosse part, dans l'insuccès presque constant des armes de Charles-Quint et ont pesé d'un grand poids sur la destinée de ses successeurs. On a accusé nos pères de tout le mal en disant que le contrôle soupçonneux des États généraux des Pays-Bas, en matière d'impôts et de finance, liait les mains au pouvoir central, l'empêchait d'agir avec énergie. C'est là une grosse calomnie, dont nous ne pouvons, tout en passant, nous empêcher de faire bonne justice.

Philippe II foula aux pieds les privilèges et les droits de la nation belge, renonça à l'ennui d'avoir à la consulter sur les actes les plus importants de son administration, et ne fut pas plus heureux que son père Charles-Quint l'avait été en suivant la voie contraire. Le mal était donc ailleurs que dans le contrôle salutaire du pays; il était et ne pouvait être que dans les agissements d'une bureaucratie aussi sourde qu'aveugle. Ce qui le prouve à l'évidence, c'est qu'en Espagne et en Autriche le même système de gouvernement produisit absolument les mêmes fruits amers de honte et de décadence.

Ce que Jean de Heu, sire de Blétange, frère du seigneur d'Ennery, avait proposé au comte de Meghem, pouvait être facilement exécuté, mais ne souffrait pas le moindre retard. Que fait cependant le

gouverneur général du Luxembourg ? Il écrit à
Bruxelles le lendemain, 2 octobre, qu'il serait bon de
déloger les gens qui assiègent Ennery, mais qu'il faudrait auparavant être renseigné sur les forces qui
restent à Metz, et celles-ci sont, à ce qu'il paraît, considérables, le comte de Nevers étant entré la veille
dans cette ville, à la tête de trois cornettes de cavalerie [1]. Cela seul cependant ne l'empêche point de
bouger.

Sa responsabilité est à couvert; il a entre les mains
les ordres de la reine de Hongrie portant que, le roi
de France étant décidé à se jeter avec toutes ses forces
sur le camp de Givet, il devra se tenir prêt à y
envoyer, au premier signal, toutes les troupes dont il
pourra bonnement se passer au Luxembourg. C'est
pourquoi cet aveu lui échappe, que nous n'avons
aucune raison de ne pas croire sincère : « Je suis en
« grande peine, Madame, car, si je trouvais quelque
« bonne occasion pour nuire aux ennemis, je n'ose-
« rois lentreprendre, craignant de faire faute à ce que
« Vostre M.^té m'a commandé. » La cour de Bruxelles
cependant insiste pour qu'il achemine ses troupes
disponibles vers Givet, et lui, de son côté, fait son
possible pour les retenir. C'est que les nouvelles que
lui donnent ses espions sont de plus en plus alar-
mantes. L'un d'eux, lui ayant affirmé que le gros de
l'armée de Henri II tirait droit sur Mariembourg, il l'a
traité de fripon et de menteur, et lui a fait de grandes
menaces ; mais l'espion, ne perdant rien de son assurance, lui répondit qu'il était content d'être pendu

[1] Arch. gén. de Belgique. *Lettres des seigneurs*, t. V, p. 14.

s'il n'avait point dit la vérité. Là-dessus il le fit conduire en prison en lui promettant vingt-cinq sous si
les choses étaient telles qu'il disait [1].

Il rapporte le fait à la reine Marie, et il ajoute phi-
losophiquement : « Ces vingt-cinq sols sont bien peu
de paye pour une chose si chyère que la vie. » A quoi
certes le lecteur, quel qu'il soit, ne saurait s'empêcher
de souscrire. Heureusement pour le pauvre espion,
dix ou douze soldats de la garnison de Luxembourg,
qui avaient été butiner jusqu'à Beaulieu en Lorraine,
rapportèrent des nouvelles identiques aux siennes, et
il fut relâché [2]. Si on lui avait promis une grosse
somme, il aurait été impossible de la lui compter.
L'argent manquait à tel point à Luxembourg, que le
comte de Meghem ne sait trouver une pauvre somme
de deux cent soixante dix écus, qu'il doit à ses espions.
Il supplie la reine de lui envoyer sans tarder cet
argent, car, dit-il, « s'ils ne sont satisfaits d'ici à huit
jours, toute la négociation sera rompue avec eux [3] ».
En attendant, l'ordre de faire marcher vers Mariembourg une partie de la garnison de Luxembourg
n'ayant pas été révoqué, notre gouverneur de Thionville ne fut pas secouru, et le château d'Ennery tomba,
le 5 octobre 1555, au pouvoir des Français. Le lende-

[1] Arch. gén. de Belgique. Restitution autrichienne de 1862, farde n° LXX.
Lettre du comte de Meghem à la reine Marie, de Luxembourg 2 octobre 1555.

[2] Arch. gén. de Belgique. Restitution autrichienne de 1862, farde n° LXX.
Lettre du comte de Meghem à la reine Marie, du 2 octobre 1555.

[3] Arch. gén. de Belgique. Même collection et même farde. Lettres du
6 et du 9 octobre 1555 de Luxembourg.

main, le comte de Meghem reprocha à la reine de
Hongrie d'avoir été mal informée [1].

Il lui apprenait, en effet, que l'ennemi, pour isoler
davantage Thionville, qu'il tenait sans doute pour
plus redoutable qu'elle n'était en réalité, se proposait d'aller ruiner le Mont-Saint-Jean, Souleuvre
et Arlon, et se massait déjà à Norroy-le-Veneur. En
recevant cette nouvelle, le conseil de guerre siégeant
à Bruxelles changea d'avis et permit à Meghem de conserver provisoirement devers lui ses trois enseignes de
Bas-Allemands et la bande de chevaux de Mansfelt. Il
remercia, le 9 octobre, la reine de cette tardive et inutile faveur, qui ne lui rendait pas Ennery et ne le
délivrait point d'une dépendance que le maréchal de
Vieilleville ne connaissait pas, ce qui lui donnait sur
ses adversaires un immense avantage, dont nous
devons ici tenir compte. Ces réflexions sont de nous,
Meghem les a faites, sans doute, mais il s'est bien
gardé de les confier au papier. Voici comment il
s'exprime : « Avant la réception de la lettre de
« V. M^té, par laquelle Elle me mande qu'Elle est
« contente que je retienne encore icy mes trois ensei-
« gnes et la compagnie de Mansfeld, le tout estoit
« désia party, mais, ayant congneu la volonté de
« V. M^té, je les ait fait arrester en un villaige nom-

---

[1] Arch. gén. de Belgique. Même collection et même farde. Le château d'Ennery s'était rendu au bout de cinq jours; le comte de Meghem avait compté,
sans doute, sur une résistance plus longue, car il écrivait à la reine, le
6 septembre 1555 : « Ennery pourra tenir trois à quatre jours s'il n'est
battu que de six ou sept canons ; » or, les Français n'avaient eu avec eux
qu'une seule pièce d'artillerie, qu'ils ramenèrent, aussitôt après, à Metz.

« mé Martelange, là où, à mon advis, ils seront fort
« bien pour pouvoir servir selon les occasions[1].»

Celles-ci ne s'offrant pas assez tôt, le nouveau gouverneur général du Luxembourg, par un souci assez
naturel de sa réputation, résolut de marcher au-devant
des Français. Voulait-il surprendre Metz ou simplement reprendre le château d'Ennery ? Tout nous dit
qu'il s'agissait de Metz, car là était le vrai remède
à la situation. Ce qui paraît certain, c'est que l'ennemi était aussi bien renseigné sur ses mouvements
qu'il pouvait l'être sur son compte. On se rencontra
donc sans être longtemps à se chercher. Les soldats
de Vieilleville, bien nourris et bien payés, rompirent
sans peine ceux de Meghem, qui avaient le ventre
creux, la bourse vide[2].

Le lendemain du combat, qui était le 21 octobre,
un trompette luxembourgeois se présenta en parle-
mentaire aux portes de Metz. Il venait demander au
gouverneur des nouvelles de quinze gentilshommes
flamands ou espagnols dont le sort intéressait vivement Meghem[3]. Aucun d'eux ne fut retrouvé parmi

---

[1] Arch. gén. de Belgique. Même collection et même farde.

[2] On devait, en novembre 1555, aux malheureux soldats des garnisons de
Luxembourg et Thionville plus d'un an de solde, et on leur offre dérisoire-
ment en paiement des draps et des futaines. La bande de chevaux de Blétange fut alors en partie licenciée et reçut un arriéré de dix-huit mois. (Voir
aux Arch. gén. de Belgique, *Correspondance générale*, t. IV, p. 135.)

[3] Treize de ces noms, mal orthographiés, sont malaisés à rétablir. Nous
croyons toutefois qu'il convient de lire : de Poupet, seigneur de la Chaulx;
de Berlaymont; de Boulant, seigneur de Rollers ; de Vergy ; le comte de
Mondragone; le comte de Lodron; le bâtard de Croy; Le Noir ou de Nigri;
le vicomte de Berghes; le comte de Hornes; le seigneur de Martigny; Jean de
Barbançon, seigneur de la Carnoye, et le comte d'Aremberg.

les prisonniers, et on les tint tout d'abord pour morts.
C'était trop se presser. Un certain nombre de gentilshommes volontaires étaient venus de Givet et d'ailleurs pour prêter main forte à Meghem. Ils étaient
tous bien montés et beaucoup d'entre eux réussirent
à s'échapper à travers bois. Grâce aux relais de poste
récemment établis le long de la frontière entre
Luxembourg et Namur, on pouvait aller à Bruxelles
en vingt-quatre heures.

C'est ainsi que s'explique la rapidité avec laquelle
la reine Marie fut informée du revers essuyé par les
troupes de Meghem. Le 22 octobre, dans l'après-midi,
arrivèrent à Bruxelles le jeune Berlaimont, un fils,
sans doute, de Michel de Berlaimont, seigneur de
Floyon, et le jeune Nigri ou Le Noir, un neveu et non
un fils du chancelier de la Toison d'or, qui était dans
les ordres, ce que Carloix ignorait sans doute[1]. Ils
descendirent tout droit au palais et rendirent compte
à la reine Marie du combat qui avait eu lieu, l'avant-
veille, sur les bords de la Moselle. Ici se place une
anecdote dont le résident de France, Le Fresne, fait
sur l'heure l'objet d'une dépêche au roi Henri II[2]. Il

---

[1] *Les tombeaux des hommes illustres qui ont paru au conseil privé du roy
catholique au Pays-Bas*. Liège, 1673, p. 25.

[2] *Mémoires de Vieilleville*. Édit. Michaux et Poujoulat, p. 226. On y
trouve la dépêche reproduite tout au long. Le président de Thou, qui n'en a
pas eu connaissance, la réfute cependant en disant que la sœur de Charles-
Quint fut indignement calomniée dans des chansons, composées, sans
doute, par des courtisans en goguette. Ce qui laisse penser que le docte
magistrat avait raison, c'est que Brantôme, qui courait plutôt au-devant du
scandale qu'il ne reculait devant lui, ne touche pas à la réputation de la
reine de Hongrie. (Voir DE THOU, *Histoire de son temps*. Édit. de Bâle, t. II,
p. 620.)

est possible que la sœur de Charles-Quint ait été assez
vivement impressionnée par ces nouvelles pour se
retirer aussitôt dans ses appartements et faire défendre sa porte; mais la cause de son grand deuil, dont
nous ne trouvons pas trace dans sa volumineuse correspondance, est plus difficile à savoir. Nous voulons
bien admettre qu'elle ait eu des amants, comme sa
tante et sa nièce, qui la précédèrent et la suivirent
dans le gouvernement des Pays-Bas ; mais nous ne
savons rien d'un fils qu'elle aurait eu de Jean de
Ligne, sire de Barbançon et comte d'Aremberg, et qui
aurait été tué dans le combat du 20 octobre[1].

Si nous ne nous trompons pas, il est fait allusion
ici au capitaine Jean de Barbançon, seigneur de la
Carnoye. Dans ce cas, nous pouvons affirmer qu'il
sortit sain et sauf de l'embuscade[2]. Si cependant la
reine Marie n'avait pas été frappée dans ses affections,
ne pouvait-elle pas l'avoir été dans ses espérances,
dans ses calculs d'ambition ? Nous sommes d'autant
plus tenté de répondre affirmativement que, justement
à la veille de l'abdication de son frère Charles-Quint,
elle aurait été enchantée d'avoir repris Metz pour

---

[1] On cite quelques-uns des amants de Marguerite de Savoie et de Marguerite de Parme; ceux de la reine Marie de Hongrie étaient connus de
Jean de Montmorency, sire de Courrières et gouverneur de Tournai, qui,
dans une lettre du 20 octobre 1544 à cette princesse, ne se gêne pas pour
lui dire qu'il lui souhaite l'heureuse continuation de ses amours, dont elle l'a
longuement entretenu. (Voir *Lettres des seigneurs*, t. II, p. 440.)

[2] Jean de Barbançon, seigneur de la Carnoye, était encore prisonnier des
Français en juin 1557, s'il faut en croire certain François de la Treille,
prisonnier de guerre à Tournai. (Voir Arch. gén. de Belgique. Audience,
liasse n° 82.)

compenser aussi largement que possible la perte de Mariembourg et pouvoir dire, qu'après tant de rudes guerres et un si long règne, l'Empereur n'avait rien perdu et remettait intacts à son fils ses États héréditaires. A côté de cette grande joie, qui lui fut refusée, il y avait peut-être l'espérance d'infliger à Henri II une humiliation égale au chagrin qu'il lui avait fait, un an auparavant, en brûlant son palais de Mariemont et en ravageant sans pitié son beau parc de Binche. Quiconque a étudié d'un peu près le caractère de Marie de Hongrie dira sans doute avec nous que, chez elle, l'orgueil de race dominait tout : la femme à coup sûr, la mère peut-être, si elle avait été en jeu.

Carloix, qui lui fait mener grand deuil, a donc pu se tromper, comme Brantôme, qui parle faussement « de sa détresse, de son dépit et de sa rage », à propos des dévastations commises dans ses terres par les ordres et sous les yeux mêmes du roi de France[1]. Il n'est pas mieux inspiré en mettant sur son compte les cordeliers conspirateurs de Metz, qu'elle désavoue ; mais l'histoire étant jolie, elle a été répétée à satiété, comme on fait d'un joyeux refrain, et chacun a fini par y croire. Ce qu'il peut y avoir de vrai dans tout cela, c'est que le marquis de Vieilleville, qui détestait presque autant les prêtres que les Espagnols, ne se sera pas gêné pour composer une satire en action, en choisissant parmi ses prisonniers trente hommes disposés à jouer, pendant quelques heures, le rôle de moines en échange de leur liberté[2]. Son but se devine.

---

[1] *Œuvres*. Édit. de 1787, t. II. p. 549.

[2] BRANTÔME, *Œuvres*. Édit. de 1787, t. VI, p. 436. « Aussi cela, »

Il voulait, à la fois, ridiculiser la sœur de l'Empereur, amuser la cour de France, se faire valoir auprès des Messins et les intimider. Des malins se demandèrent, sans doute, d'où sortaient ces faux moines de la reine de Hongrie, dont il n'avait pas été question lors du procès des cordeliers, mais leurs remarques ne sont pas venues jusqu'à nous. On peut se les figurer cependant et se demander comment et pourquoi il a pu se faire qu'une sentence capitale ayant été exécutée au mois de mars contre plusieurs cordeliers, on ait caché à tous les yeux leurs complices, et qu'on les ait conservés sept mois entiers sous les verroux, dans la prévision d'une plaisante cavalcade? La conclusion nécessaire est que les faux moines de la reine de Hongrie n'ont pas existé, qu'ils sont un trait de génie, qu'ils ont été inventés dans l'intérêt de la cause royale [1].

Ce qui prouverait, à défaut d'autres preuves, qu'on n'avait pas besoin, du côté des Impériaux, de recourir à des travestissements pour tenter de surprendre la ville de Metz, c'est que les conspirations y sont aussi fréquentes et aussi sérieuses après l'embuscade

(l'affaire des cordeliers), dit cet auteur, « fut cause que ledit sieur de Vieil-
« leville advança en la ville le presche et la religion huguenotte, et la mit
« plus haut que devant, de beau despit qu'il eut, et porta à la sienne catho-
« lique très mauvaise vengeance pourtant, pour en avoir reçu une telle
« estrette. »

[1] Cette supposition, étayée, croyons-nous, de preuves suffisantes, est présentée ici pour la première fois. Elle étonnera plus en Allemagne qu'en France, parce que Schiller y a popularisé l'histoire des faux moines de la reine de Hongrie dans une notice sur le maréchal de Vieilleville, qui n'est autre chose qu'un résumé des mémoires rédigés par Carloix. (Voir *Schiller's Saemmtliche Werke*. Édit. Cotta, 1838, t. XI, p. 207 et suiv.

qu'avant. Était-ce bien pour avoir seulement coupé le nez à une fille publique, au sortir d'une orgie, que deux volontaires, originaires de la Provence, furent roués vifs? Le châtiment eût été d'une rigueur excessive. En tout cas, ces deux volontaires avaient chacun un frère à Metz. Ceux-ci s'associèrent pour tirer du gouverneur une vengeance éclatante. L'un s'appelait Comba, l'autre Vaubonnet. Ce dernier pourrait bien être un déserteur de Mariembourg qui, arrêté en avril 1555, par le capitaine de Sautour, Pierre de la Fontaine, et conduit à Namur, raconta à M. de Berlaimont, gouverneur de cette ville, l'histoire suivante :
« Je suis un gentilhomme provençal. Si je suis sorti
« de Mariembourg sans congé, c'est que je ne vis que
« pour me venger. Il y a trois ans de cela que Jacques
« Orsini, un évêque napolitain appartenant à la mai-
« son des ducs de Gravina, a fait de moi le plus misé-
« rable des hommes. J'étais heureux, je possédais une
« femme charmante; ce prélat la vit, la désira, et
« l'enleva de ma maison par ruse et par force. Je le
« poursuivis, sans pouvoir l'atteindre, pour en tirer
« justice et réparation. Un jour, cependant, je ren-
« contrai son neveu, le seigneur Pompée; nous nous
« battîmes en duel, et je le tuai. Mes biens ont été
« saisis à la suite de cette affaire, et des amis m'ont
« fait savoir que j'avais à pourvoir à ma sûreté per-
« sonnelle en quittant mon pays. Voilà la raison qui
« m'a fait sortir de Mariembourg. Maintenant, que je
« n'ai plus aucun égard à garder vis-à-vis de ceux
« qui me frappent et me ruinent parce que je poursuis
« la défense de mon honneur, je viens vous dire qu'il

« vous sera facile d'entrer à Mariembourg quand
« vous le voudrez. Sa garnison se compose, pour la
« plupart, de bandouliers bien faciles à corrompre. Si
« vous ne vous hâtez point à profiter de mes avis, le
« sieur de Bourdillon, qui y est attendu, prendra
« Sautour et autres forts aux environs, et brûlera tout
« dans le pays d'Entre Sambre et Meuse [1]. »

Pourquoi ce Vaubonnet — ce nom n'est pas des
plus communs — ne serait-il pas le même que nous
retrouvons à Metz, quelques mois plus tard, poursui-
vant une autre vengeance et essayant une nouvelle
trahison ? S'il échoue sur ce nouveau terrain, ce n'est
pas faute de se donner tout le mal qu'il faut pour
assurer le succès de son entreprise. Il est, à la fois,
soldat, tavernier, colporteur et double espion, afin de
s'assurer, du côté des Français, la plus grande liberté
possible.

L'accueil qu'il reçoit, à Luxembourg et à Thionville, des gouverneurs de ces places de guerre, ne
peut être attribué qu'à des ordres venus de la cour
de Bruxelles.

Le comte de Meghem fait, à plusieurs reprises, allusion à une négociation secrète, à laquelle Vaubonnet
et ses associés — car ils sont deux, Comba et un soldat
surnommé le Balafré, dont nous n'avons pas encore

---

[1] Arch. gén. de Belgique. *Correspondance générale*, t. Ier, p. 68. Lettre
de Charles de Berlaimont, gouverneur et souverain bailli de Namur, à la
reine Marie, de Namur 13 avril 1554 a. P. (1555). Le seigneur de Bourdillon, cité ici, devint plus tard maréchal de France. Il fut l'un des deux
officiers envoyés, le 4 avril 1552, par Montmorency, au conseil de la cité de
Metz pour lui demander l'entrée de la ville. Son nom patronymique était
Imbert de la Plâtrière.

parlé — pourraient bien avoir été mêlés. En coordonnant toutes les indications éparses que nous avons pu recueillir, voici à peu près, croyons-nous, de quoi il s'agissait : La France, séparée de Metz par la Lorraine, était aussi mal à son aise, malgré la possession de Toul et de Verdun, que la Lorraine elle-même, à qui l'occupation des trois villes impériales ôtait toute liberté d'action et coupait le chemin de l'Allemagne ; c'est pourquoi Henri II proposa au comte de Vaudémont, tuteur du jeune duc, d'échanger la Lorraine contre le Bourbonnais [1]. Si cet échange se faisait, l'Espagne y perdait presque autant que l'Empire d'Allemagne ; c'est pourquoi, dès ce moment, on résolut à Bruxelles de négliger moins que jamais l'occasion de mettre la main sur la ville de Metz ou, si elle ne se présentait pas, de la faire naître. Et, en effet, Metz espagnole ou Metz allemande, la France eût renoncé à avoir la Lorraine.

Ce qui s'est passé alors entre Bruxelles et Vienne n'a pas été suffisamment éclairci. Nous supposons, pour notre part, que Ferdinand Ier aura été, vis-à-vis de Philippe II, pour cause d'impuissance, aussi complaisant que le fut, après lui, Maximilien II ; qu'il aura mis, en un mot, les intérêts de la maison d'Autriche au-dessus de ceux de l'Allemagne. Rien ne prouve qu'un traité secret ait été conclu à propos de la question lorraine ; mais, à coup sûr, une entente

---

[1] Arch. gén. de Belgique. *Correspondance générale*, t. IV. Lettre de Charles de Brimeu, comte de Meghem, à la reine Marie, de Luxembourg 13 septembre 1555.—Voir, dans le même tome, la minute d'une lettre de la reine à Meghem sur le même objet.

qui permit à Pollweiler, le bailli d'Haguenau, et à d'autres agents secrets, qui avaient travaillé jusqu'alors au profit de l'Empire, de se mettre à la dévotion de l'Espagne. C'est moins grave, sans doute, que la violation brutale, par Henri II, de la trêve signée à Vaucelles le 5 février 1556; au fond, cela revient à peu près au même, et le mot de trahison n'est pas de trop. L'évêque de Vienne, Charles de Marillac, qui publia, en 1556, un discours pour excuser la rupture de la trêve de Vaucelles, a laissé, par ignorance, sans doute, cet argument de côté; il valait mieux, cependant, que toutes les considérations qu'il met en avant, oubliant le rôle de défenseur des libertés germaniques dont Henri II, son maître, s'était affublé, et qui lui faisait dire dans ses instructions au comte de Rockendorff, allant pour lui en Allemagne, que l'attitude des villes épiscopales de Trèves, Liège, Utrecht et Cambrai prouvait bien qu'il était plus profitable à l'Empire d'avoir des garnisons françaises que des soldats espagnols à Metz, Toul et Verdun [1].

Il est évident que si l'on avait posé, en ces mêmes termes, aux Messins la question de l'occupation militaire, ils auraient préféré de beaucoup les Français aux Espagnols; mais il s'agissait pour eux, avant toute chose, de retrouver la jouissance de leurs anciens droits et privilèges, de leur autonomie; or, c'est là, justement, comme l'avait prouvé le marquis de Vieilleville, ce que la France royaliste et centralisatrice à l'excès ne voulait permettre à aucun

[1] RIBIER, *Lettres et mémoires d'Estat*, etc., t. II, p. 509.

prix. Il fallait donc, pour en finir avec les conspirations de Metz, ôter à ses patriciens et bourgeois
toute espérance, et rien n'était plus capable d'amener ce résultat que l'annexion du reste de la Lorraine. Ici, la cour de Bruxelles se jeta à la traverse.
Le comte de Vaudémont avait justement un procès à
soutenir contre sa belle-mère, Françoise de Luxembourg, princesse de Gavre, dont dépendait toute la
fortune de la fille qu'il avait eue de Marguerite d'Egmont. On profita de l'occasion pour le gagner par de
bons procédés. Le 20 décembre 1555, le Conseil privé
des Pays-Bas donna au Grand Conseil de Malines
l'ordre de ne point tenir compte de ce que Nicolas
de Vaudémont s'était mis du parti de France, « parce
« que, » dit la missive expédiée à ce propos, « il im-
« porte pour nos affaires le tenir, ensemble le pays
« de Lorrayne, pour maintenant en neutralité[1]. »

Cela fit son effet; aussi, quand la trêve de Vaucelles fut signée, l'affaire de la permutation de Lorraine, comme s'exprime le comte de Meghem, n'avait
pas fait un pas en avant. Afin d'empêcher qu'elle fût
remise sur le tapis avec le moindre espoir de succès,
la reine Marie chargea le comte Lamoral d'Egmont
d'une mission auprès de la cour de Nancy ou plutôt
de son beau-frère, le comte de Vaudémont, qui — danger très grand — venait de se remarier à Paris avec la
sœur du duc de Nemours. Carloix nous raconte les
fêtes données à cette occasion par la cour de France,
et il prétend qu'une citadelle devant être prochai-
nement construite à Metz, les Espagnols rompirent la

---

[1] Arch. gén. de Belgique. Andience, liasse nº 70.

trêve pour s'emparer de la ville. Il met encore une fois le comte de Meghem à la tête de l'entreprise et lui donne le comte d'Egmont et le comte de Mansfelt pour associés. La première question qui se présente ici est de savoir si la négociation secrète, entamée avec Vaubonnet et d'autres encore avant la signature de la trêve de Vaucelles, fut continuée après. Les archives de Bruxelles sont muettes sur ce point. Nous croyons cependant pouvoir nier le fait et repousser du même coup l'insinuation perfide de Carloix, qui calomnie ici Philippe II comme il a calomnié Charles-Quint et ses ministres au profit du roi Henri II[1].

Son but évident est de faire admettre qu'une première rupture de la trêve de la part des Espagnols justifiait celle commise, aussitôt après, par le roi de France, la seule dont l'histoire ait gardé le souvenir. Si cette trahison avait été concertée à Bruxelles, l'ambassade du comte d'Egmont n'aurait été inventée que pour lui servir de paravent, ce qui est aussi peu probable que le concours bénévole du futur vainqueur de Saint-Quentin et de Gravelines et la participation du comte de Mansfelt, encore, en ce moment-là, prisonnier des Français.

Quand on prétend ainsi substituer le roman à l'histoire, il faut connaître par le menu les hommes et les choses, être sûr de son fait, même en ce qui touche aux circonstances les plus futiles, afin de ne pas se

---

[1] Arch. gén. de Belgique. Audience, liasse n° 75. Lettre du duc de Savoie au comte de Meghem, de Bruxelles le 31 mai 1556. L'ordre formel du roi à tous ses gouverneurs et capitaines des villes frontières est de se tenir sur leurs gardes, *mais de ne rien entreprendre contre l'ennemi.*

faire prendre sottement la main dans le sac. Or, c'est ce que Carloix néglige toujours. En octobre 1555, c'est un soi-disant bâtard de la reine de Hongrie, qu'il appelle *le jeune Brabançon*, qui est tué par les gens du maréchal de Vieilleville[1]; l'année suivante, lors de la découverte de la conspiration de Comba et Vaubonnet, c'est, toujours d'après Carloix, un frère bâtard du comte de Meghem qui est pendu comme leur complice. Nous avons retrouvé le premier de ces tués en vie, et nous aurions peut-être retrouvé de même le second si nous avions été mieux renseigné sur son compte.

Une autre circonstance qui nous a frappé, c'est que, chaque fois qu'éclate à Metz une conspiration contre la domination française, il est question de trente soldats déguisés tantôt en moines, tantôt en marchands. Pourquoi ce nombre fatidique de trente? C'est aussi difficile à croire et à expliquer que tout le reste. Une seule chose ne saurait être révoquée en doute: Vaubonnet, Comba, le Balafré et quelques autres conspirateurs, tous Français ou Lorrains, furent roués vifs en 1556. Ils ne furent pas les seuls à subir en cette même année ce supplice barbare. Un serviteur de la famille de Heu, nommé Enguis, qui était demeuré à Ennery après la prise de ce château par les troupes du maréchal de Vieilleville, fut également « mis sur la roue en Saulcy », c'est-à-dire sur la

---

[1] Ce qui est assez amusant, c'est de voir ce *jeune Brabançon* apocryphe pris par le plus récent auteur d'une histoire de Metz, le major Westphal, pour un fils d'un non moins apocryphe duc de Brabant. (Voir *Geschichte der Stadt Metz*. Metz, 1876, t. II, p. 98.)

place de la préfecture, à Metz, où avaient été exécutés les cordeliers, un peu plus d'un an auparavant. Voici à quel propos. Étant entré secrètement en rapport avec le sire de Blétange, gouverneur de Thionville, il introduisit nuitamment à Ennery le capitaine Beaujean avec sa compagnie de Marengeois ou de Wallons ardennais, qui, sans coup férir, se rendirent maîtres du château et du village[1].

Quand, six semaines plus tard, le maréchal de Vieilleville, à la tête de forces imposantes et de plusieurs canons, vint mettre le siège devant le château, il ne consentit à accorder une capitulation honorable à la garnison belge qu'à la condition qu'on lui livrerait le concierge Enguis[2]. Le commandant eut la faiblesse d'y consentir et de vouer ainsi à une mort certaine un innocent, car le maréchal, paraît-il, était très monté et traitait le pauvre Enguis de vilain traître. On le traîna à Metz chargé de chaînes, et, quoiqu'il n'eût fait qu'obéir à ses seigneurs et maîtres, les de Heu, qui n'étaient point sujets du roi de France, on lui fit subir, au bout de dix jours, le supplice réservé aux plus grands criminels.

Ni cette expédition, ni son sanglant épilogue n'ont été rapportés dans les mémoires de Vieilleville. Il est probable que Carloix a confondu l'histoire du capi-

---

[1] Bibl. royale de Bruxelles. Voir Fonds Goethaels, Ms n° 1327, p. 79.

[2] Le manuscrit de la Bibliothèque royale de Bruxelles, que nous avons déjà cité, exagère, sans doute, en disant que « le maréchal de Vieilleville se présenta devant Ennery avec M. de Santracque et quinze mille hommes tant de pied que de cheval ». Il paraît certain que le gouverneur de Metz n'avait pas des forces aussi imposantes à sa disposition. Elles se seraient trouvées, d'ailleurs, hors de toute proportion avec le but à atteindre.

taine Beaujean de Thionville avec l'aventure d'un
capitaine Beauchamp de la garnison de Metz, et qu'il
a été trompé à la fois par la similitude des deux
noms et l'analogie des faits qu'ils rappellent.

Le maréchal de Vieilleville se vengeait cruellement
de ceux qui trompaient son espérance ou qui traver-
saient ses projets. Il avait pris Bayard pour modèle,
mais nous ne doutons pas que le chevalier sans peur
et sans reproche l'eût, en plus d'une circonstance,
désavoué.

Nous ne citerons qu'un seul fait à l'appui de notre
assertion, d'abord parce que son secrétaire a omis
d'en parler, ensuite parce qu'il rappelle les hauts faits
du roi Henri II à Binche et nullement ceux du plus
généreux des Français. Blétange, le gouverneur de
Thionville, qui en est la victime, le rapporte en ces
termes : « Mesmes depuis la présente trefve deux de
« mes chasteaux et ung gros village prez dudict Metz
« ont été entièrement ruinez par les Français[1]. »

Il ne saurait être question ici que du château de
Blétange, de celui d'Ennery et du village du même
nom. On comprend mal cet acte de sauvagerie, puisque, depuis quatre ans, ces biens étant sous séquestre,
leur infortuné propriétaire y perdait plus de trois mille
florins de rente, qui échappaient du même coup à l'administration française. Blétange avait repris Ennery,
il est vrai, mais il y était rentré par surprise, avant
la paix de Vaucelles et sans verser une goutte de sang,
ne faisant là, après tout, que chasser de sa propre

---

[1] Arch. gén. de Belgique. Supplique de Jean de Heu à S. M. la reine.
S. d. (juin 1556). Audience, liasse n° 76.

maison, située sur les terres du roi d'Espagne et d'Angleterre, des étrangers qui s'y étaient installés sans sa permission[1].

On se demandera peut-être pourquoi, quand le château d'Ennery se trouva pour la seconde fois menacé par Vieilleville, le gouverneur de Thionville ne vola point à son secours. La raison, la voici. La faible garnison de Thionville venait d'être réduite de moitié, et, comme dix-huit mois de leurs gages étaient dus aux soldats demeurés sous les drapeaux, il n'y avait rien à attendre d'eux[2]. Ni Frondsberg, ni Mansfelt, ni La Noue, qui ont savamment écrit sur l'organisation militaire de leur temps, n'auraient condamné la conduite de ces pauvres gens. La Noue pose en principe que « la solde doit précéder le service ». Et il ajoute que « s'il y a des gens au monde qui travail-
« lent et hasardent beaucoup, ce sont les soldats; aussi
« ne doivent-ils être frustrés des loyers que les moin-
« dres d'eux espèrent ». Avec de pareils sentiments, s'ils étaient pratiqués, la France ne pouvait manquer de vaincre l'Espagne. Nous avons vu que le règne de Charles-Quint avait été celui des embarras finan-

---

[1] Jean de Heu n'était pas seigneur d'Ennery, mais il intervenait, vu l'absence de son frère Gaspard, en faveur de la veuve et de la fille unique de Nicolas de Heu, son autre frère.

[2] Arch. gén. de Belgique. *Correspondance générale*, t. IV, p. 200. La pétition qu'ils adressent à leur gouverneur et capitaine est navrante. Ils lui demandent d'intercéder pour eux, afin qu'on ait pitié de leur situation et de *la grande nécessité dont leurs chevaux ont à souffrir*. Les bourgeois ne leur font plus le moindre crédit, et cela tombe au moment où le prix du pain augmente de moitié et celui du vin d'un quart. Quand ils auront touché leur solde arriérée, ils promettent de faire au roi « tout extrême et bon service ».

ciers sans cesse renaissants ; le règne de Philippe II
se dessine dès les premiers jours comme devant être
celui de la faillite. De quoi vivait Blétange, dont les
soldats mouraient de faim? Nous serions bien empêché
de le dire, car, privé de la rente de ses terres par la
conquête de Metz par Henri II, il se plaignait de
n'avoir pas reçu un denier de son traitement depuis
qu'il était sorti de captivité [1]. Il voulait prendre sa
retraite et on le retenait à son poste, un peu à cause
de l'estime qu'inspiraient son caractère et ses bons
services, et beaucoup, sans doute, à cause de l'impossibilité où l'on était ne s'acquitter envers lui.

Le duc de Savoie, alors gouverneur général des
Pays-Bas, crut se tirer d'embarras en lui adressant, au
nom du roi Philippe II, des paroles flatteuses et, ce qui
valait évidemment mieux, des lettres patentes lui donnant, à partir du 1er juillet 1556 et définitivement, les
fonctions de gouverneur de Thionville, qu'il n'avait
exercées jusque-là qu'à titre provisoire. On lui accor-
dait, en outre, une garde de hallebardiers d'honneur.
Il n'eut pas, malheureusement, à jouir longtemps de la
tardive justice qu'on lui rendait. Il succombait cinq
mois plus tard aux suites de son attaque de peste

---

[1] Arch. gén. de Belgique. Audience, liasse n° 76. Supplique que le sire
de Blétange adresse à S. M. la Royne. Ce document resta, sans doute, sans
réponse. Marie de Hongrie se contenta d'écrire dessus ces mots : « A moy
baillée par le président pour estre gardée. Ce 29 de juing 1556. » Nous y
voyons que son traitement comme gouverneur (de 1,200 livres) ne lui avait
jamais été payé, qu'on devait dix-huit mois de gages aux soudards licenciés
le 20 mars 1556 et tout autant aux autres, qu'enfin, comme gouverneur, il
avait déboursé douze cents écus pour le service du roi et trois mille écus
pour sa rançon.

noire. Avec lui disparaissait le dernier adversaire sérieux du maréchal de Vieilleville, qui allait donc pouvoir s'occuper de nouveau de son plan favori, la conquête de Thionville. Il n'y manqua pas, comme nous allons voir, car, bon gré mal gré, nous devons le suivre jusque-là et raconter, chemin faisant, tout ce qu'à propos de Thionville sous Charles-Quint nous avons laissé de côté et tout ce que M. Teissier, son unique historien, a négligé de dire.

LES SIÈGES DE THIONVILLE.

LES SIÈGES DE THIONVILLE.

I

Si, en général, les atlas historiques étaient faits avec plus de soin, on saurait y voir qu'en 1542, au moment où le théâtre de la lutte entre Charles-Quint et François Ier est transporté du côté des Ardennes et de la Flandre, les limites des États héréditaires de Bourgogne, nom que l'on donnait alors aux provinces belges, à la Hollande et à la Franche-Comté, dépassaient beaucoup plus Thionville sur la rive droite que sur la rive gauche de la Moselle[1]. L'importance de cette constatation saute aux yeux. C'était de l'Alle-

---

[1] On peut considérer la rivière de l'Orne, qui se jette dans la Moselle à Richemont, comme servant de frontière à l'ancien duché de Luxembourg, sur la rive gauche de la Moselle, tandis que, sur la rive droite, notre extrême limite descendait vers Fauquemont, englobant les nombreux villages cités, en 1552, par Gaspard de Heu, dans une lettre qu'il adresse à M. de Bugnicourt et dont l'original existe aux Arch. gén. de Belgique. (Voir *Lettres des seigneurs*, t. VI, p. 44.) — D'autres renseignements non moins décisifs se rencontrent dans le *Dénombrement des feux au quartier de Thionville fait en* 1561. (Voir Arch. gén. de Belgique. Chambre des comptes, reg. 710.)

magne centrale, c'est-à-dire de l'Allemagne luthérienne en guerre avec son Empereur espagnol, que
le roi de France tirait le gros de son armée ; il avait
donc un intérêt très grand, surtout dans le cas où la
guerre viendrait à se prolonger, à maintenir ses communications avec les pays d'outre-Rhin par la voie
la plus commode pour lui et la plus courte possible.

Cela nous explique pourquoi, dès 1541, Guillaume
de la Marck, sire de Jametz, se met en campagne,
offrant titres et pensions aux gentilshommes lorrains
et luxembourgeois qui s'engageront à aider de tout
leur pouvoir le roi de France à mettre la main sur
Thionville[1]. Cette ville, en effet, outre sa grande valeur
stratégique, offrait l'avantage d'être très rapprochée
de l'électorat de Trèves et des confins du Palatinat,
deux célèbres bureaux de recrutement; elle commandait, en outre, à d'importantes voies marchandes allant
d'Allemagne vers la Lorraine et les Pays-Bas.

Si la tentative d'embauchage ne marcha point à
souhait, c'est que l'agent français faisait peur, qu'on
se souvenait du châtiment infligé par Charles-Quint
à son père, le terrible Sanglier des Ardennes, pour
l'avoir audacieusement provoqué et vilainement trahi.
D'ailleurs, en Luxembourg, la France n'exerçait ni
la même confiance, ni la même fascination qu'en Lorraine. Le quartier de Thionville était encore, au XVIe

---

[1] Arch. gén. de Belgique. *Lettres des seigneurs*, t. Ier, p. 74. Lettre de
la Raugravine, abbesse d'Andenne, à la reine de Hongrie, d'Anden (*sic*) le
18 décembre. « Etant en ce lieu d'Anden jay sceu pour vray que le roy
de France practique d'avoir la ville de Thionville, et sont les affaires me-
nées si avant que led. roy a ordonné argent et gens pour exploiter ce trafficque. »

siècle, entièrement germanique de mœurs et de langage. Le fait est officiellement constaté par un document de 1542. Les États de Luxembourg ayant voté, cette année-là, en faveur de l'Empereur, une aide extraordinaire de trois florins par feu, un dénombrement du duché fut ordonné. Le conseiller Jean Keck, chargé de ce travail, se servit du français et de l'allemand, suivant que l'une ou l'autre de ces deux langues était parlée par les habitants de la localité dont il relevait les feux. Or, pour la ville et la prévôté de Thionville, sans en excepter un seul village, comme, d'ailleurs, pour Luxembourg, Vianden, Echternach et Remich, la langue allemande est seule employée[1]. L'expulsion en masse des habitants de Thionville, à la suite du siège de 1558, ne modifia que momentanément cet état de choses, la paix de Cateau-Cambrésis leur ayant restitué, au bout d'un an, leur patrie et leurs maisons[2]. On resta luxembourgeois ou, pour mieux dire, espagnol jusque sous le règne

[1] Arch. gén. de Belgique. Chambre des comptes, reg. n° 698. Ennery s'appelait alors Underichen et Pepinville Poppelsdorff. (Voir aussi les reg. n°s 710 et 711.)

[2] Arch. gén. de Belgique. Chambre des comptes, reg. n° 710. On trouve dans ce volume les noms de tous les propriétaires de la ville de Thionville et, dans le nombre, il n'en est pas un seul qui soit wallon ou gaulois. Il faut donc en conclure que les Thionvillois rentrèrent en masse dans leurs foyers. En ceci, ils montrèrent plus d'attachement au sol natal que les gens de Virton qui, après la ruine à peu près complète de leur ville par les Français, étaient allés se fixer en grand nombre à Longwy, à Metz et à Verdun, « non ayant cœur ni affection », dit un rapport de 1545 des Virtonois fidèles à Charles-Quint, « de revenir audict Virton ne y maisonner, ains laisser icelle vostre ville à ruyne craindans que, si autre guerre se mouvoit ou survenoit, ilz pourroient de la nuit ou le lendemain derechief estre pillez et dangereusement molestez de leurs ennemys ». (Arch. de Belgique. Audience, liasse n° 28.)

de Louis XIII. La seconde conquête de Thionville par
les Français, en 1643, ne fut point marquée par des
mesures violentes, mais par un travail d'assimilation
lent et d'autant plus sûr. Les mœurs, les usages, les
idées reçues se modifièrent de génération en génération; il n'y eut que la langue maternelle qui se cram-
ponna désespérément au foyer de la famille et y resta
maîtresse.

C'est ce que M. Teissier, le dernier sous-préfet de
Thionville sous la restauration, constate en 1828, en
ces termes : « Le peuple est laborieux, calme, ami
« des armes, habitué à la pensée qu'il concourra au
« service militaire, docile à la voix de ses magistrats,
« reconnaissant du bien qu'il en reçoit ; il entend le
« français, mais il aime à parler l'idiome exclusif des
« villages environnants, patois allemand, tout à fait
« inintelligible pour celui qui ne sait que la langue
« de Wieland et de Goethe[1]. »

Le portrait est flatteur, assez conforme à ce que
nous avons, à cette heure même, sous les yeux, et
cependant, combien n'eût-il pas été plus satisfaisant,
au point de vue français, si la première République
et le premier Empire, trop occupés d'eux-mêmes ou
de guerres extérieures, avaient songé à organiser
l'instruction publique, comme savent le faire les Allemands!

On n'était pas le moins du monde savant à Thionville, au début du règne de Charles-Quint; mais, par
contre, on y jouissait de ce bien-être qu'amène et
qu'entretient la prospérité du commerce, et l'on y

---

[1] *Histoire de Thionville*. Metz, 1828, p. 294.

avait cette fierté que donne aux bourgeois l'usage des libertés communales[1].

Aussi, quelle différence notable entre les Thionvillois de 1828, gouvernés de Paris, ayant à leur tête des magistrats non librement élus, et ceux dont parle Me Corneille Scepperus, le conseiller de Charles-Quint, dans son rapport de 1545 sur la situation des affaires au pays de Luxembourg [2]! « Au regard de « Thionville, dit-il, sera bien que S. M., en temps et « heure, pense de la pourveoir de quelque chief pour « la défendre advenant le siège, daultant que le séneschal de Haynnau (Pierre de Werchin) n'est nullement délibéré, comme il a dict à Scepperus, lequel « aussi le croit, de soy mectre en icelle pour chief, « mais bien sous charge dautruy. Les ouvraiges de « ladite ville ne sont pas encoires parachevez; elle « est sans flancqz, la donne en aulcuns lieux bien « estroicte et non encore assez haulte. Est petite ville, « mais de belle situation et qui mériteroit estre « agrandie et mieulx fortifiée qu'elle n'est. Le peuple « est dur et maulvais, de nulle obéissance. Il y a peu « de provisions, et fault que tout vienne du prince « s'il la veult conserver. Le Sg don Alvaro (de Sande) « feroit son compte de la garder avec V ou VI[c] hom-« mes de guerre, mais le mystère sera d'en faire

---

[1] Un fait assez remarquable, c'est que le seul érudit connu qui ait vu le jour à Thionville au xvi[e] siècle soit justement un protestant. Il s'appelait Pierre Pfoertner, en latin Itator, appartenait à la secte des unitaires et publia en Pologne, en 1563, avec d'autres Belges qui étaient venus le rejoindre, une traduction de la Bible.

[2] Arch. gén. de Belgique. Audience, liasse n° 18. Rapport que fait Me Corneille Scepperus des affaires de Luxembourg. (Original.)

« sortir les Allemans qui sont quasi un corps avec les
« bourgeois [1]. »

Ainsi, ces Luxembourgeois du xvi⁰ siècle, qui se
gouvernaient eux-mêmes, étaient durs et mauvais, de
nulle obéissance, parce qu'ils savaient, à l'occasion,
tenir tête à l'arbitraire et préféraient de beaucoup,
comme hôtes et défenseurs, des mercenaires allemands, qui pouvaient sans effort se croire chez eux,
aux soudards espagnols toujours difficiles à satisfaire.
Il nous semble qu'en les blâmant, le conseiller Scepperus fait leur éloge. Ce qu'il ne dit point, c'est qu'il
eût suffi parmi eux d'un seul traître pour donner à
François Iᵉʳ sur Charles-Quint, et à bien moindres
frais, l'avantage que sut prendre, plus tard, son fils
Henri II en plantant l'étendard fleurdelisé sur les
murs de Metz. Ce traître ne se trouva dans Thionville,
ni alors ni plus tard. Et c'est énorme, car, vers 1550,
on était à peu près ruiné par la guerre, et titres et
pensions, nous le savons, attendaient, à coup sûr,
celui qui eût révélé au roi de France, dans les termes
dont s'était servi Mᵉ Scepperus parlant à son auguste
et souverain maître, la faiblesse extrême d'une place
de guerre que, depuis l'attaque infructueuse du duc
Philippe le Bon en 1443, on tenait pour imprenable.

Les gouverneurs généraux du Luxembourg font
leur possible pour entretenir cette illusion. Chaque
fois que les armées de la France menacent leurs frontières, nous les voyons se renfermer à Thionville avec

---

[1] La bourgeoisie de Thionville ne pouvait pas être nombreuse, puisqu'un
recensement fait en 1542 ne porte les ménages contribuables qu'au chiffre
de deux cent soixante-dix.

leurs principaux officiers et l'élite de leurs gens. La
reine de Hongrie approuve cette manière de faire, dans
une lettre qu'elle adresse de Bruxelles, le 18 juillet
1542, à Pierre de Werchin, son sénéchal du Hainaut.
« Et quant à Luxembourg, » dit-elle, « puisqu'elle
« n'est en assiette ni fortifiée pour soubtenir aulcun
    effort, et que y mettant gens d'honneur et d'estoffe
« pour la défendre, ils ne polroient recepvoir que
« honte et dommaige, je me remets à vous d'en user
« selon que verrez convenir pour le mieulx [1]. » Cela
nous explique parfaitement comment il a pu se faire
que le duc d'Orléans, ayant sommé Luxembourg, le
29 août 1542, y soit entré sans coup férir dès le lendemain, et pourquoi encore, ayant jugé à propos
d'abandonner, au bout de peu de jours, sa conquête, il
ait pu y rentrer, le 13 septembre de l'année suivante,
presque aussi facilement que la première fois [2]. Les
Français étaient bien décidés à y faire, après cette
seconde conquête, un long séjour. « Je vous asseure
« que de dix ans Bourguignon ne se déclairera en ce
« lieu, » écrivait Nicolas de Boussut, de Luxembourg

---

[1] Arch. gén. de Belgique. *Lettres des seigneurs*, t. Ier, p. 201.

[2] Sur la foi du P. Berthollet, dont les dates sont aussi peu sûres que
celles de Dom Calmet, nos historiens ont prétendu jusqu'ici que, le 19 septembre 1543, les Français avaient repris Luxembourg. C'est une erreur;
une lettre interceptée, adressée par l'amiral Claude d'Annebaut à l'ambassadeur de France près le duc de Clèves et datée de Luxembourg ce XIIIe de
septembre, dit positivement : « *Ce jourd'hui nous avons prins la ville et le
chasteau de Luxembourg.* » L'original existe, il se trouve aux Arch. gén.
de Belgique, dans la collection des papiers de l'Audience, liasse n° 16. Un
autre document, que nous avons rencontré au même endroit, confirme cette
date du 13 septembre. C'est une lettre du comte Salentin d'Isembourg,
écrite la veille, qui nous apprend qu'il s'est échappé de la ville assiégée
avec toute la garnison.

le 27 novembre de la même année, à Lalande, le gouverneur de Montmédy pour le roi de France [1].

Si François Ier n'avait pas ordonné d'élever sans retard des fortifications redoutables et de creuser, là où c'était nécessaire, des fossés profonds, le vieux et brave soldat des guerres d'Italie ne se serait pas permis une déclaration ressemblant assez à une fanfaronnade. Ce qu'il ne pouvait certes pas prévoir, c'est que son souverain, après avoir fait ce qu'il fallait pour mettre Luxembourg à l'abri d'un coup de main, négligerait absolument d'assurer les approvisionnements de cette place de guerre, ne tenterait rien contre Trèves, Thionville et Bastogne. C'était si bien indiqué que, déjà le 23 avril 1543, Charles-Quint avait écrit à sa bonne sœur, la reine Marie : « Si l'ennemi vient à « s'emparer de Luxembourg, d'Arlon et de Bastogne, « nostre pays de Luxembourg est perdu, et nous sera « impossible de garder Thionville et, par ainsy, le « chemin vers la Germanie et nos Pays-Bas sera en- « tièrement clos [2]. » L'excuse de Charles-Quint pour n'avoir pas mis plus tôt obstacle à l'exécution de ce plan était de manquer d'argent; celle de François Ier doit être beaucoup plus difficile à trouver, puisque nous ne la rencontrons nulle part dans les mémoires du temps. Pour ravoir Luxembourg, Charles-Quint pardonne au comte de Fürstenberg, comme, neuf ans plus tard, il pardonnera au marquis de Brandebourg, dans l'espoir de reprendre Metz. Il était dans la

---

[1] Arch. gén. de Belgique. *Lettres des seigneurs*, t. II, p. 364.

[2] Arch. gén. de Belgique. *Correspondance de la reine Marie avec Charles-Quint*, t. III, p. 60.

destinée de ce malheureux prince de devoir perpé-
tuellement se contredire et acheter fort cher, comme
défenseur du Pape, les services de ses propres sujets,
mieux disposés à servir son rival François Ier.

Joachim de Rye, son premier sommelier de corps,
fut l'instrument de sa réconciliation avec Guillaume
de Fürstenberg. Il était le parent de ce dernier et
pouvait répondre de lui, à la condition que l'Empereur voulût bien ordonner au procureur fiscal de sa
chambre impériale de Spire de vider promptement,
par une sentence de non-lieu, un procès en confiscation entamé contre les Fürstenberg et l'un de leurs
vassaux. Cela fut fait. Le comte, qui était à Strasbourg, en remercia humblement l'Empereur et s'en-
gagea à se trouver à Trèves le 10 octobre 1543 à la
tête des troupes qu'il a réunies à Blamont, dans le
but d'arracher aux mains du cardinal de Guise l'abbaye de Gorze[1]. Charles-Quint se souvint à ce propos
que le comte Guillaume avait un vieux compte à
régler avec la cité de Metz, et, craignant un coup de
tête de sa part, il s'empressa de lui mander très affec-
tueusement « de cesser toutes forces et violences à
« l'endroit de ceulx de Metz et de ne rien innover
« directement ou indirectement à ce qui a esté der-
« niarement pourvu de sa part[2]. »

---

[1] Arch. gén. de Belgique. Audience, liasse nᵉ 17. Lettre de Guillaume de
Fürstenberg à Charles-Quint, de Strasbourg le 30 octobre 1543. Cette date
est erronée; le texte même de la lettre prouve qu'elle a été écrite le 30 septembre. Charles-Quint, d'ailleurs, y a répondu de Mons à la date du
17 octobre 1543.

[2] Arch. gén. de Belgique. Audience, liasse nº 17. Lettre de Charles-Quint
à Guillaume de Fürstenberg, s. d.

Où en étaient cependant les affaires au Luxembourg? Le gouverneur général, Pierre de Werchin,
était renfermé à Thionville, ses conseillers réfugiés
à Trèves, le comte Jean de Nassau à Bastogne, le comte
d'Isembourg à Echternach, tandis que les Français
se fortifiaient à Luxembourg et à Arlon. Les trois
généraux impériaux étant trop faibles pour rien
entreprendre, le conseil du Luxembourg envoya, le
17 octobre, de Trèves un messager au comte Guillaume pour le prier de profiter, le plus qu'il pourra,
des derniers beaux jours[1].

Il était alors à Châtel Saint-Blaise à sept kilomè-
tres de Metz. Ce fut là qu'il reçut aussi la lettre de
Charles-Quint. La minute, que nous en avons eue
sous les yeux, ne porte pas de date; comme cependant il y est fait très clairement allusion à la mission
du conseiller Boisot, nous croyons qu'elle ne saurait
être ni antérieure ni postérieure à la seconde moitié
du mois d'octobre 1543. C'est après en avoir pris
connaissance que Fürstenberg quitte ce château à la
tête de ses gens, n'y laissant, pour toute garnison,
que dix fantassins sous le commandement du jeune
comte de Manderscheid. Combien n'eût-il pas à se
repentir de sa prompte obéissance! Il a à peine
tourné de dos que les agents français travaillent les
catholiques de Metz auxquels la malencontreuse politique impériale a rendu le pouvoir; ils leur donnent
à entendre le danger qu'il y a pour eux de laisser

---

[1] Arch. gén. de Belgique. Audience, liasse n° 17. Lettre du président du
conseil de Luxembourg à Guillaume de Fürstenberg, de Trèves le 17 octobre 1543.

Châtel Saint-Blaise au pouvoir des hérétiques, ce château étant un poste militaire important; on les écoute, les magistrats sont débordés, ils deviennent les complices des étrangers et ordonnent l'expédition. Bégin parle d'une armée de onze mille hommes, commandée par Nicolas de Gournay[1]. C'est une exagération manifeste. Jamais la cité de Metz n'aurait mis toute sa population masculine valide sur pied pour poursuivre et atteindre un aussi mince résultat, pour servir les passions d'une fraction de son aristocratie, car, en y regardant de près, nous avons vu ceci dans l'expédition de Châtel Saint-Blaise.

Le parti des Gournay, désireux de faire passer une fois de plus le parti des de Heu ou, pour mieux dire, les protestants comme ennemis de la majesté impériale et comme infracteurs de la paix et de la neutralité du pays messin, accuse l'un des leurs, Jacques d'Esch, d'avoir fait ouverture au comte de Fürstenberg de Chastel Saint-Blaise, malgré le vœu de sa mère, Agnès d'Aubrienne, une fervente catholique à ce qu'il paraît. La protestation de cette dame, en qualité de douairière de Henri-Philippe d'Esch, était-elle fondée en droit? Nous n'avons pu le savoir, mais la cité de Metz l'affirme dans une lettre du 10 décembre 1543, adressée à Pierre de Werchin, gouverneur général du Luxembourg, disant, en outre, qu'elle a cru d'autant plus devoir faire cette besogne, qu'à son défaut les troupes impériales auraient dû s'en charger et enfreindre sa neutralité[2]. La cour de Bruxelles

---

[1] BÉGIN, *Biographie de la Moselle,* t. IV, p. 528.

[2] Arch. gén. de Belgique. Audience, liasse n° 13. Lettre de la ville de

n'accepta point ces excuses, comme l'on peut s'en
assurer par les instructions suivantes données par la
reine de Hongrie à ceux du conseil de Luxembourg :
« Quant à la violence usée par ceulx de Metz à la
« prinse de la maison St Blaise, c'est, à la vérité,
« chose méritant chastoy et revanche, mais estant les
« choses ès termes qu'elles sont, et les divisions au
« faict de la religion si grandes en la cité de Metz, sans
« compter les intelligences et pratiques que y entre-
« tiennent les François, le mieulx eust esté de dissi-
« muler la chose présentement, attendant conjonction
« et opportunité pour en avoir raison[1]. »

D'un autre côté, le comte de Manderscheid, qui
avait appelé à lui sa compagnie luxembourgeoise
pour jouer quelque bon tour aux Messins, fut officiellement invité à ne point faire contre eux d'effort hors
de proportion avec le tort dont il avait à se plaindre.
Comme il lui importait peu de rentrer à Chastel Saint-

Metz à Pierre de Werchin du 10 décembre 1543. Chastel Saint-Blaise dépendait d'Augny et se trouvait sur le territoire messin.

[1] Arch. gén. de Belgique. Audience, liasse n° 17. Instructions pour le
conseil de Luxembourg, de Bruxelles le 12 décembre 1543. Ces instructions furent, sans doute, modifiées dans la suite, parce que le Dr André Lacuna, en qui Charles-Quint avait mis sa confiance, lui fut envoyé, vers ce
temps-là, par la cité de Metz pour lui apprendre, contre toute vérité, que
les Gournay étaient innocents et les de Heu seuls capables d'appeler les
Français pour remettre à Metz la secte luthérienne en honneur. L'accusation est répétée par l'Empereur dans deux lettres adressées à Pierre de
Werchin. L'une de ces lettres se termine toutefois par ce conseil : « Vous
« debvrez bien peser, considérer et mesurer d'où et de quelle source pro-
« cèdent les rapports qu'on peult vous avoir fait de ceulx dud. Metz. » Le
conseil est fort sage; aussi l'Empereur, avant d'accuser certains Messins sur
la foi d'un personnage peu recommandable, aurait-il bien fait de le mettre,
tout le premier, en pratique.

Blaise, il s'empara du château de Talange qui, non seulement était favorablement situé pour surveiller les Messins, mais, en outre, appartenait à Nicolas de Gournay, le chef de l'expédition dont il avait été la victime. Le comte de Fürstenberg trouva, sans doute, la revanche aussi spirituelle qu'intelligente, car il vint à Talange pour y célébrer avec son ami Manderscheid les fêtes de Noël[1]. Ses soldats, en grand nombre, se logèrent dans le village et les fermes environnantes. La cité de Metz s'en alarma et envoya une députation à l'empereur Charles-Quint, qui la reçut à Spire et ne voulut rien lui promettre, s'en référant à ce que sa sœur, la reine de Hongrie, déciderait[2]. Comme le gouverneur général du Luxembourg avait autorisé l'occupation de Talange, la jugeant fort avantageuse pour lui, les impériaux y conservèrent une garnison jusqu'en 1552, et cela malgré tous les efforts de son propriétaire mal avisé.

Quand le comte de Fürstenberg arrive à Talange, vers le 25 décembre 1543, il venait de terminer une campagne d'hiver peu fructueuse, à cause de l'insuffisance de ses forces, mais, à coup sûr, fort honorable pour lui. Et, comme nous le retrouvons, nous allons aller d'un coup jusqu'au bout de son histoire, d'abord parce qu'elle est peu connue et en vaut la peine, ensuite parce qu'elle touche de fort près à la fortune de

---

[1] Arch. gén. de Belgique. Audience, liasse n° 17. Lettre du conseiller Scepperus à la reine de Hongrie, de Thionville le 26 décembre 1543.

[2] Arch. gén. de Belgique. Audience, liasse n° 18. Lettre de Charles-Quint à la reine Marie. Cette lettre, sans lieu ni date, a évidemment été écrite de Spire en janvier 1544.

Thionville. C'est le 2 novembre, à la tête de trois enseignes de piétons hauts-allemands, tous gens de bonne mine, portant la croix rouge de Bourgogne, qu'il se présente aux portes de cette ville[1]. On le reçoit froidement. Officiers et soldats se refusent à l'accompagner, sous le prétexte qu'ils ne veulent ni servir ses querelles particulières ni s'engager, en plein hiver, dans une aventure où il n'y a que horions à recevoir et nul profit à espérer. Il insiste sans succès. Les cavaliers, qui n'ont point reçu leur paye, sont aussi entêtés que les piétons. Que faire cependant sans canons et sans cavalerie? Il expédie un courrier à son cousin Joachim de Rye, pour le prier de lui envoyer toute l'artillerie disponible qu'on trouvera à Namur, et il se dirige vers Mont-Saint-Jean où, fort heureusement, plusieurs détachements de cavalerie espagnole se joignent à lui. Le 7 novembre, il est devant les murs d'Arlon, dont il s'empare, au bout de deux jours. Soleuvre lui ouvre également ses portes.

C'est déjà là un résultat considérable. Les convois de vivres destinés à la garnison française de Luxembourg sont arrêtés à Stenay et le chemin est coupé au vicomte d'Estoge, qui est allé en Champagne chercher des renforts. Si maintenant l'artillerie attendue de

[1] Arch. gén. de Belgique. Audience, liasse n° 17. Lettre de Pierre de Werchin à Marie de Hongrie, de Thionville le 3 novembre 1543. Ce chiffre de trois enseignes est officiel, et l'on ne comprend vraiment pas comment Martin du Bellay, en ses *Mémoires*, a pu se tromper au point de prétendre que les forces que le comte de Fürstenberg amenait avec lui se montaient à près de douze mille hommes. Il nous faut admettre que, comme la plupart de ses compatriotes et des nôtres qui ont écrit sur les guerres du temps de Charles Quint, il aura confondu la campagne de 1543 avec celle de l'année suivante.

Namur arrivait, l'on pourrait tenter le siège de Luxembourg avec bonne espérance de succès, mais elle ne vient pas[1]. Le mauvais état des routes l'arrête probablement. Le comte Guillaume se désespère. Il se retourne du côté de Pierre de Werchin, mais le vieux sénéchal de Hainaut a la goutte et s'excuse de ne pouvoir bouger. Le comte se fâche à la fin, le traite de misérable et de trompeur. C'était trop se presser : l'accès de goutte n'était que trop réel ; le conseiller Scepperus s'en assura par lui-même. Quant aux gendarmes de Schauenbourg, que Fürstenberg aurait voulu avoir, le gouverneur général n'a pu les empêcher, aussitôt leur solde empochée, de rentrer chez eux. Il faut être initié aux mœurs militaires de ce temps pour comprendre les craintes, les embarras et les ennuis des princes et de leurs généraux dont les mercenaires, qui ne le savent que trop bien, tiennent dans leurs mains l'honneur et la vie. Quand on ne les paie pas, ils désertent ; quand on les paie, ils

---

[1] M. Charles Henne dit le contraire, dans son *Histoire du règne de Charles-Quint en Belgique*, t. VIII, p. 155 et suiv., mais c'est en rapportant à l'année 1543 des faits appartenant à l'année suivante. Les onze à douze mille hommes du comte de Fürstenberg de cet auteur montent à quinze mille dans le *Manuel de l'histoire luxembourgeoise*, de Joseph Paquot. (Luxembourg, 1839, 2e édit., p. 47.) Or, en admettant que toute la cavalerie luxembourgeoise, qui était, sur le papier, de quatre cents chevaux, ait rejoint devant Luxembourg, en 1543, le comte de Fürstenberg et ses trois enseignes de piétons, le chiffre total de ses forces n'a pu dépasser seize cents hommes. L'année suivante, la petite armée de Fürstenberg s'élève à onze enseignes de lansquenets, ce qui, à raison de quatre cents têtes par enseigne, ne fait, encore une fois, que quatre mille quatre cents hommes. On voit donc que, malgré les témoignages jusqu'ici incontestés du P. Bertholet et du curé Tellot, il faut en rabattre, et cela encore considérablement.

s'en vont encore plus volontiers, si leur temps de service est expiré. Ne peut-on se passer d'eux? Il faut mettre à leurs services un prix plus élevé, se ruiner parfois pour les garder sous les drapeaux.

Le comte de Fürstenberg accomplit donc un véritable tour de force en reparaissant à Thionville, après une campagne d'hiver de deux mois, avec trois enseignes de lansquenets plus fortes qu'auparavant. Au lieu de l'en féliciter, on en murmure, parce qu'on est sans le sou et qu'il faut courir de porte en porte pour réunir la somme nécessaire au paiement de ces braves gens. Ils n'ont pu prendre Luxembourg, faute de canon pour battre les murailles en brèche, mais ils l'ont bloquée, à partir du 11 novembre, et ils l'eussent gagnée par la faim si, dans les premiers jours de décembre, les Français n'avaient pas réussi à tromper leur surveillance et à y introduire un convoi de vivres. Le froid était, d'ailleurs, devenu si vif que force leur fut d'abandonner l'entreprise ou, pour parler comme leur chef, de remettre la partie au printemps prochain. Mont-Saint-Jean, Soleuvre et Arlon étant gardés par les Espagnols, avec des chefs aussi vigilants que don Alvaro de Sande et don Pedro de Arias; ils avaient pu, en tout repos de conscience, prendre leurs quartiers d'hiver. Le comte Guillaume part de Talange, s'arrête à Moulins lez-Metz et, de là, se rend directement à Strasbourg. Dès les premiers jours du printemps, il se met aux ordres de l'Empereur pour aller reconquérir Luxembourg. Le 16 avril 1544, Charles-Quint mande de Spire à Pierre de Werchin qu'il ait à tenir la bande de chevaux du sire de Blétange à la disposition de Fürstenberg[1].

Celui-ci ne tarde pas à reparaître. Son lieutenant et confident ordinaire, le baron de Heideck, l'a précédé de huit jours auprès de don Ferdinand de Gonzague, vice-roi de Sicile, que Charles-Quint, dans sa récente et malencontreuse prédilection pour les étrangers, a mis à la tête de son armée des Pays-Bas. Comme il a une revanche à prendre, Fürstenberg n'a rien voulu abandonner au hasard, et c'est le fameux capitaine Schertlin de Burtenbach qui a formé les cadres des onze enseignes de lansquenets, à la tête desquelles il veut, à tout prix, ramasser des lauriers[2]. Cette fois, son espérance n'est pas déçue; la récolte est même abondante. Son parc d'artillerie est formidable. Les canons sont venus de partout : de Namur, de Thionville, de Sierck, même de Liège. On en a tant, qu'après la prise de Luxembourg, don Ferdinand de Gonzague en abandonne un certain nombre en plein champ, sans plus se soucier de ce qu'ils deviendront. Pierre de Werchin lui rappelle qu'il lui

[1] Arch. gén. de Belgique. Lettre de Charles-Quint à Pierre de Werchin, de Spire le 26 avril 1544. L'ordre de l'Empereur ne fut pas exécuté, parce que la bande de Blétange, en récompense, sans doute, de ce qu'elle avait souffert en tenant la campagne en novembre et décembre 1543, avait été mise à la demi-solde, et que Blétange, indigné de ce traitement, avait donné sa démission. Tout s'arrangea dans le courant du mois de mai 1544, mais trop tard, et le vice-roi de Sicile, en qualité de général en chef, décida que la bande de Blétange ne prendrait point part à la campagne de France. Les autres bandes luxembourgeoises, à savoir celles de Sappoigne, de Rollers et d'Estrechin, se trouvèrent au siège de Saint-Dizier.

[2] Arch. gén. de Belgique. Audience, liasse n° 20. Lettre du comte de Fürstenberg à Charles-Quint, de Marmoustier le 13 mai (1544).

a promis de les lui ramener. Le vice-roi de Sicile lui répond avec un sans-façon superbe : « Le temps me manque, mais c'est bientôt fait à vous d'aller les reprendre où ils sont[1]. » Il y a encore mieux que cela. Les généraux italiens, Gonzague et Marignan, nettoient complètement les arsenaux de Luxembourg, d'Arlon et de Thionville. Échelles, bêches, pics et hoyaux, ils enlèvent tout, sans permission et sans payer[2].

« Service de l'Empereur, » est la réponse qu'ils opposent à toutes les réclamations et, en disant cela, ils croient avoir tout dit. « Que faire, Madame? » s'écrie le vieux sénéchal de Hainaut dans l'une de ses lettres à la sœur de Charles-Quint. « Nous « sommes absolument sans outils, et il est cepen- « dant bon besoin que l'on fasse œuvre en cette ville « de Luxembourg pour la remparer et aussi en Ar- « lon. » Dans tout ceci, remarquons-le, pas un seul fait n'est mis à charge du comte de Fürstenberg et de ses gens. On dirait, cependant, qu'on se défie d'eux. Pendant son séjour à Metz, Charles-Quint

---

[1] Arch. gén. de Belgique. Audience, liasse n° 21. Lettre de Pierre de Werchin à la reine Marie, de Luxembourg le 10 juin 1544. Quelques jours plus tard, le gouverneur général fit remplacer les canons prêtés au vice-roi de Sicile par vingt-quatre pièces d'artillerie françaises trouvées à Luxembourg, à savoir huit canons avec fleur de lis, onze pièces tirant sept livres de fer, deux couleuvrines tirant dix-sept livres de fer et trois autres pièces tirant également dix-sept livres de fer. (Voir un état des munitions de guerre de la place de Thionville, dressé en juin 1544, dans la liasse n° 21 de l'Audience.) Trois mois plus tard, il ne restait plus à Thionville que deux canons et deux mille boulets. (Lettre de J. de Lyere à Charles-Quint, du 4 septembre 1544.)

[2] Voir lettre de Pierre de Werchin à la reine Marie, citée ci-dessus.

n'est entouré que d'Espagnols et d'Italiens. Les Allemands et les Bourguignons, c'est-à-dire les gens des
Pays-Bas, sont entrés en Lorraine. Le comte Guillaume occupe la ville de Bar, où le duc et la duchesse
de Lorraine se sont réfugiés [1].

C'est de là qu'il se porte, le 26 juillet, sur Vitry,
pour ouvrir à Charles-Quint, encore retenu devant
Saint-Dizier, le chemin de Paris. Le duc Maurice de
Saxe, les marquis de Brandebourg et d'Este y vont
avec lui. Ces derniers avaient chacun un corps de
cavalerie sous leurs ordres. La rencontre avec les
Français fut chaude, car le maréchal de Brissac,
le héros des guerres d'Italie, les commandait. On
l'emporta cependant. Fürstenberg, qui avait bravement payé de sa personne, fut atteint d'une arque-
busade [2]. L'Empereur ne se contenta point de le féliciter d'avoir hâté la capitulation de Saint-Dizier; il
lui envoya son chirurgien pour le panser, sa litière
pour le transporter plus commodément à Bar et,
quelques jours plus tard, un magnifique cheval de
bataille en cadeau [3]. Ces faits disent hautement que le
comte jouissait, en ce moment-là, de la plus grande
faveur. Sa blessure était peu grave, puisqu'à partir
du 1er août, il écrit journellement à l'Empereur et au

---

[1] Arch. gén. de Belgique. Audience, liasse n° 23. Lettres du comte de
Fürstenberg à Charles-Quint et au vice-roi de Sicile, de Bar, le 1er, 2, 3 et
4 août 1544. — Lettre du duc François de Lorraine à Charles-Quint, du
château de Bar, le 18 août 1544.

[2] *Mémoires de Martin du Bellay.* Édit. de 1573, p. 1104-1107. —
A. HENNE, *Histoire de Charles-Quint en Belgique*, t. VIII, p. 190.

[3] Arch. gén. de Belgique. Audience, liasse n° 23. Lettre du comte de
Fürstenberg à Charles-Quint, de Bar le 8 août (1544).

vice-roi de Sicile pour les renseigner sur les moindres
faits et gestes des ducs d'Aumale et de Guise[1]. Ses
rapports sont parfois en contradiction avec ceux de
Jean de Récourt, baron de Licques, dont les soldats
wallons s'entendent si mal avec les lansquenets allemands de la garnison de Bar-le-Duc qu'ils ne veulent pas aller ensemble contre l'ennemi[2]. On les
sépare. Fürstenberg reste jusqu'au 22 août à Bar,
avec le duc Maurice de Saxe. Il marche alors à la
rencontre de l'Empereur du côté de Châlons-sur-
Marne, toujours escarmouchant.

La jonction faite, il se souvient qu'il doit exister au-
dessous de Châlons un bon gué; il s'en va seul, de nuit,
à sa recherche et, l'ayant trouvé, il est fait prisonnier
par des coureurs français. Le voilà à la Bastille. Quand
la paix de Crespy fut signée, il racheta sa liberté au
prix de trente mille écus[3]. Le collier de l'ordre de la
Toison d'or valait-il, à ses yeux, ce prix-là? Dans l'affir-
mative, Charles-Quint le récompensa suffisamment de
ses services dans le chapitre de son ordre tenu à
Utrecht, en 1545[4]. C'est à la fin de cette même année,
en septembre, que le comte Guillaume, s'il faut en
croire le rapport d'un espion impérial, eut une nouvelle querelle avec la cité de Metz, à propos d'une
nonne du nom de Passavant[5]. Les choses en vinrent

[1] Arch. gén. de Belgique. Même coll. et même liasse.
[2] Arch. gén. de Belgique. Même coll. et même liasse.
[3] *Mémoires de Martin du Bellay.* Édit. La Rochelle, 1573, p. 1117. —
Ch. HENNE, *Histoire du règne de Charles-Quint en Belgique*, t. VIII,
p. 190.
[4] *Le Mausolée de la Toison d'or.* Amsterdam, 1689, p. 171.
[5] Arch. gén. de Belgique. Audience, liasse n° 24. Voir Rapport secret de
Perthuy, daté du 15 septembre.

au point que le comte ouvrit de nouveau à Blamont des bureaux d'enrôlement. Tout fut heureusement apaisé. Le comte, d'ailleurs, n'avait plus la même ardeur, les infirmités lui venaient avec l'âge, et il ne sortit plus guère de son château d'Heiligenberg[1]. Son fils Egon mourut devant Metz, au mois de novembre 1552, et l'illustration du nom passa à une autre branche de cette race féodale.

[1] Il est inconcevable que le comte Guillaume n'ait point trouvé jusqu'ici de biographe. Tout ce que nous avons encore à dire sur son compte, c'est qu'il mourut à Heiligenberg, le 8 mars 1549. Son fils Egon, qui succomba devant Metz, était né le 7 septembre 1521. Sa mère était une comtesse de Werdenberg.

II

M. Teissier, le seul et unique historien de Thionville, ne donne point la liste de ses capitaines gouverneurs sous Charles-Quint; c'est là une lacune regrettable, que nous voulons combler ici, un peu tardive-
ment peut-être, dans l'intérêt de notre récit. Ainsi que
le conseiller Scepperus l'avait mandé à l'Empereur,
son gouverneur général du Luxembourg ne se souciait
en aucune façon d'assumer sur sa tête la garde d'une
ville aussi mal aisée à défendre et aussi exposée que
l'était Thionville. C'est pourquoi Pierre de Werchin
nomma le 3 juin 1542, au gouvernement de cette
place, le comte Salentin d'Isenbourg, en remplacement de Wéry de Créange, seigneur de Pittange, qui
était absent et que la reine de Hongrie, à cause de
sa grande dextérité dans le maniement des affaires
publiques, employait plus volontiers comme négociateur que comme homme de guerre. Salentin d'Isenbourg refusa la charge de gouverneur de Thionville
en s'excusant sur sa jeunesse et son inexpérience[1].
La reine de Hongrie trouva ces excuses mauvaises.
Le 23 juin, elle lui écrivit que Hubert Turcq, seigneur
de Hemert, qu'il proposait en son lieu et place, étant

---

[1] Arch. gén. de Belgique. Audience, liasse n° 12. Lettre de Salentin
d'Isenbourg à Pierre de Werchin, du Mont-Saint-Jean, le 21 juin 1542.

employé ailleurs, il devait, sans perte de temps, prendre possession de sa nouvelle charge[1].

Le jeune comte refusa de nouveau et force fut à Werchin, qui, sur ces entrefaites, était arrivé à Arlon, de chercher autour de lui un personnage d'étoffe, comme il dit, qui fût disposé à courir le risque et l'honneur à la fois d'être assiégé dans Thionville par le roi de France en personne[2]. Le premier qui s'offrit à lui fut le justicier des nobles du duché de Luxembourg, un certain Boulant de Rollers, qui, quelques années plus tard, se sauva en France pour échapper aux conséquences de sa lâcheté. L'affaire ne s'arrangea pas, fort heureusement, parce qu'il demandait que son traitement comme gouverneur fût proportionné au risque à courir. Le gouvernement des Pays-Bas manquait absolument d'argent en ce moment-là. Il ne payait pas ses troupes, qui en murmuraient; il n'avait pas même de quoi fournir à la défense et à l'approvisionnement des places fortes de la frontière. Salentin d'Isenbourg fut autorisé à en faire l'aveu ; il obtint ainsi de la ville de Thionville qu'elle ferait fondre à ses frais un canon[3]. Ce fut dans de pareilles conditions que Georges de la Roche, seigneur de Heffanges, capitaine de piétons luxembourgeois, accepta de remplir à Thionville, par intérim, les fonctions de gouverneur et celles de prévôt. Cette dernière

---

[1] Arch. gén. de Belgique. Audience, liasse n° 12. Lettre de la reine Marie au comte Salentin d'Isenbourg, de Bruxelles le 23 juin 1542.

[2] Arch. gén. de Belgique. *Lettres des seigneurs*, t. Ier, p. 139. Voir lettre de Pierre de Werchin à Marie de Hongrie, du 22 juin 1542.

[3] *Lettres des seigneurs*, t. II, p. 252. Lettre du même à la même. De Luxembourg le 12 mai 1543.

charge avait été occupée, jusqu'à ce moment, par le sire d'Ottenges, auquel, vu ses bons services, on accorda une pension, ce qui constituait une économie assez notable[1].

Georges de la Roche rendit de bons services. Il assoupit à plusieurs reprises la révolte de ses mercenaires et fit travailler presque constamment aux fortifications de Thionville, en tenant compte, autant que faire se pouvait, des progrès de l'art militaire[2]. La garnison, outre quelques canonniers, ne se composait que de quatre enseignes de Hauts-Allemands, quand les Français, après avoir repris Arlon et Luxembourg, vinrent escarmoucher en vue de la place. « Il n'est jour », écrivait, le 20 septembre 1543, Werchin, qui était revenu à Thionville, « qu'ilz (les Français) ne « courent piller et brusler les villaiges et tousjours en « bon nombre, à quoy je ne puis résister, car je ne « tiens icy gens de chevaulx[3]. » Il aurait pu ajouter, comme nous l'apprend, un peu plus tard, le conseiller Scepperus, qu'il était le prisonnier de ses soldats auxquels il avait engagé sa parole, faute d'argent, pour les satisfaire, et que ceux-ci étaient, à leur tour, les

---

[1] Audience, liasse n° 15². Lettre du même à la même, de Luxembourg le 22 mai 1543. — Papiers d'État, registre aux dépêches militaires, n° 368. — Liasse n° 18. Lettre de Werchin à la reine Marie, du 14 février 1544. On y voit que d'Ottenges avait été lieutenant du pays de Luxembourg sous le marquis de Berghes et qu'il était alors à Metz, en qualité de commissaire impérial, avec le comte d'Isenbourg. Ce dernier décéda à Metz, à la fleur de son âge, le 16 février 1544. Il était seigneur de Mont-Saint-Jean en Luxembourg. (Voir *Lettres des seigneurs*, t. II, p. 382.)

[2] Arch. gén. de Belgique. Chambre des comptes, voir registre n° 27183.

[3] Arch. gén. de Belgique. Audience, liasse n° 16. Lettre de Werchin au chancelier de Granvelle, de Thionville le 20 septembre 1543.

prisonniers des bourgeois, qui ne les auraient point laissé partir sans en être payés. Claude d'Annebaut, baron de Retz, gouverneur de Luxembourg pour le roi de France, eût sans doute tiré grand profit de cet état de choses s'il lui avait été révélé et ne se serait point contenté d'une simple reconnaissance, comme celle du 16 septembre, où l'officier commandant fut tué.

Le conseiller Scepperus a bien raison de dire, trois mois plus tard, quand les Français affamés quittent définitivement le Luxembourg, que tout le monde est ébahi qu'ils aient fait si peu de chose avec de si grands moyens [1]. Le reste du temps, le gouvernement de Georges de la Roche fut, contre toute attente, assez paisible. Ce que nous en savons nous permet de dire que les économies ne sont pas toujours bonnes à faire, qu'un gouverneur de place frontière ne peut être, en même temps, prévôt et faire la police du plat pays comme il convient. « La besogne est trop lourde à Thionville pour une personne seule et le gouvernement ferait bien de la répartir sur deux officiers, » observa à ce propos le conseiller Scepperus [2]. On en tint bon compte, et quand, en avril 1545, le colonel Bernard de Schauenbourg demanda, avec plus d'instance que jamais, à être déchargé du gouvernement

---

[1] Arch. gén. de Belgique. Audience, liasse n° 18. Rapport du conseiller Scepperus sur l'estat des affaires au pays de Luxembourg, du 24 juin 1544.

[2] Voir le rapport ci-dessus. Georges de la Roche termina sa carrière comme prévôt de Luxembourg, ayant obtenu cette charge en 1556, à la mort de son frère Bernard, sire de la Roche et de Mondorff, et l'ayant conservée jusqu'en 1561.

de Saint-Dizier, on l'envoya à Thionville comme capi-
taine-gouverneur.

Son prévôt, Jean d'Immerseele, seigneur de Bauldry,
le quitte pour succéder à Jean de Lyere en qualité de
commissaire général des montres ; mais, comme il connaît fort bien les personnages les plus influents de la
ville de Metz, on le renvoie à Thionville, comme lieutenant ou prévôt, dans les premiers jours de 1552.
Le comte de Mansfelt, alors gouverneur général du
Luxembourg, y arrive bientôt de son côté. Il poursuit
avec la ville de Metz une importante négociation ayant
trait à la conservation de sa neutralité politique, et il a
tenu à se rapprocher. Les Messins avouent ne pouvoir
se maintenir sans secours contre une agression venant
de la France ; mais ce secours, d'après eux, ne saurait
être composé que de gens de guerre levés en Allemagne, parce qu'ils sont eux-mêmes gens d'Empire et
ne voudraient pour rien au monde donner un prétexte d'agression à l'ennemi puissant qui les guette.
Or, demander des soldats allemands c'était, malheureusement, vouloir des luthériens, et Charles-Quint,
on le sait, les avait en horreur. Cela seul, paraît-il, fit
échouer la négociation. Schauenbourg, Bauldry, Blétange et quelques autres officiers en sont au désespoir. Blétange écrit en cour, le 17 mars, offrant de
passer outre à ses risques et périls. On repousse ses
offres comme, deux mois plus tard, on repoussera
celles du comte de Mansfelt.

La correspondance de Schauenbourg nous prouve
encore que le magistrat de Metz, en le qualifiant, à
plusieurs reprises, de seigneur de Preisch, avait con-

tinué à le confondre avec son frère Christophe qui, avant de succéder, le 3 septembre 1545, à Boulant de Rollers comme justicier de la noblesse luxembourgeoise, avait rempli, au nom de l'Empereur, des missions de confiance à la cour de Nancy, à Metz et ailleurs. Si Christophe était un courtisan accompli et presque un savant, son frère Bernard, au contraire, n'écrivait que l'allemand et se contentait de parler le français tant bien que mal. Ce fut sans doute pourquoi le comte d'Egmont, aussitôt que le siège de Metz par les troupes impériales fut mis en avant, lui envoya à Thionville, en qualité de prévôt et de secrétaire au besoin, un jeune et brillant gentilhomme brabançon, Jean de Hinckart, seigneur d'Ohain [1]. C'est lui qui nous raconte jour par jour ce qui arrive à Thionville et dans ses environs immédiats pendant les mois de septembre et d'octobre 1552. Ses lettres au comte d'Egmont sont bien tournées, pleines de renseignements curieux. Ce qu'il nous dit des hésitations d'Albert de Brandebourg nous amène tout naturellement à rapprocher la conduite de ce prince de celle tenue, dix ans plus tôt, par le duc d'Orléans, dans des circonstances à peu près identiques.

Que fait le duc en septembre 1542? Il abandonne le siège de Thionville, parce que, à l'autre bout de la France, son frère est en train de se couvrir de gloire à bon marché, tandis que lui se trouve en présence d'un échec qu'il tient pour à peu près certain, et, comme il n'entend pas que les choses aillent de cette

[1] Arch. gén. de Belgique. *Lettres des seigneurs*, résumées par Wynants. Le comte d'Egmont à la reine Marie, de Luxembourg le 30 août 1552.

façon, il colore l'abandon de son entreprise d'une excuse quelconque, en répandant le bruit qu'un héraut était venu le prier de laisser là Thionville, parce qu'elle était ville d'Empire [1].

Que fait maintenant le margrave? Il négocie avec le roi de France et les Guises; il ne leur donnera Thionville que si l'on tombe d'accord sur le prix, mais pour que ses soldats ne murmurent point contre lui, il fait courir le bruit qu'avant de rien entreprendre, il doit attendre l'arrivée du comte Ulric de Mansfelt, qui doit lui amener une grosse troupe de gens de cheval et de pied [2].

Nous savons aujourd'hui que le comte Ulric et le héraut impérial se valent, que leur intervention devant Thionville n'est qu'un conte; mais les contes ont parfois de bons effets, puisque, sans le héraut inventé par son frère et devenu légendaire, il est plus que probable qu'en 1552 Henri II se serait attaché à Thionville, et, sans doute, avec succès.

[1] Voici le récit que fait de ce curieux événement le receveur général de Luxembourg, alors à Thionville, à la reine de Hongrie : « Madame. Je ne puis scavoir ou entendre qui a mheu le ducq (d'Orléans) de se retirer à tel désordre et dilligence. Le parthuy (un agent secret que la cour de Bruxelles entretenait à Metz) m'escript que, pour sauver lhonneur de la retraite de larmée lon a faict entendre au camp des lantzknechtz quil estoit venu un herault de lempire qui avoit inthimé à Mon⁶ dorléans que Thionville estoit ville dempire et, pour ce, ny allast point. Le semblable disent les prisonniers allemands. » La lettre originale, qui est du 9 septembre 1542, se trouve aux Arch. gén. de Belgique. *Lettres des seigneurs*, t. II, p. 291. — Vincent Carloix rapporte aussi le fait dans les *Mémoires de Vieilleville*, liv. IV, chap. 26.

[2] Arch. gén. de Belgique. *Lettres des seigneurs*, t. IX. Lettre de Jean de Hinckart à la reine Marie, de Thionville le 10 septembre 1552. — Lettre du comte de Boussu à la même, de Ghelfelt, le 17 septembre 1552, qui dit que le margrave a fait acheter à Trèves des chariots et des bateaux.

On sait que ce prince campa deux jours entiers, le 25 et le 26 juin 1552, sous les murs de cette ville sans rien entreprendre et sans rien inventer non plus pour justifier l'abandon de son entreprise. Cette conduite a mis les chroniqueurs de son temps dans l'embarras; ne pouvant l'expliquer convenablement, ils ont préféré s'en taire tout à fait. Les Bénédictins de la congrégation de Vannes, qui ont publié en six volumes in-4° l'*Histoire générale de Metz*, ont suivi leur exemple. M. Teissier, dans son *Histoire de Thionville*, le leur reproche avec raison [1]. Un oubli de cette nature est grave; il suffit, pour dénaturer l'ensemble des faits, pour empêcher qu'on en saisisse l'enchaînement nécessaire et la logique, comme nous le prouve l'histoire du siège de Metz par Charles-Quint, qui a eu cours jusqu'à nous et que nous avons combattue en la redressant de notre mieux. Ce qu'on aura cependant de la peine à croire, c'est que Bernard de Schauenbourg tomba en disgrâce pour n'avoir rien fait de saillant ou d'héroïque contre le roi de France ou le margrave de Brandebourg, quand ils étaient devant Thionville.

Se défendre de son mieux s'il était attaqué, tel était son devoir; il prouva qu'il était tout disposé à faire bonne contenance, et le mécontentement que la cour

---

[1] *Histoire de Thionville*. Metz, 1828, p. 84. Ce que M. Teissier ne constate cependant pas, et que nous devons dire ici, c'est que le roi de France avait toutes les chances pour lui. La ville d'Ivoix, baptisée plus tard du nom de Carignan, était tombée en son pouvoir le 24 juin; il le savait donc le lendemain et pouvait être sûr de ne pas être sérieusement inquiété, le gouverneur général de Luxembourg, Mansfelt, ayant été fait prisonnier, par la même occasion, avec l'élite de ses gens.

de Bruxelles lui montra n'avait pas de raison d'être.
Il eut, d'ailleurs, les comtes d'Egmont et de Boussu
pour répondants, la reine de Hongrie ayant offert sa
charge à Philippe de Stavèle, seigneur de Glajon,
grand maître de l'artillerie aux Pays-Bas. Celui-ci,
qui savait, mieux que personne, que Thionville manquait de pièces de rempart et devait, en cas d'attaque,
y suppléer au moyen d'arquebuses à croc, s'empressa
de refuser. Le comte de Boussu l'excusa en ces
termes : « M. de Glajon m'a dit qu'il irait à Thion-
« ville, puisque V. M. le lui commande, mais seule-
« ment à la condition que Schauenbourg y restât,
« parce qu'il connaît bien le lieu, les munitions et
« aultres ressources, et, qu'en oultre, il ne trouvoit
« nullement convenable de priver ledict Schauen-
« bourg de son gouvernement. Il dit aussi qu'il a
« ceste charge depuis longtemps, et ne pourroit-on
« la lui retirer sans deshonneur pour luy et sans que
« plusieurs le tinssent pour suspect de maulvais ser-
« vice, ce dont sa vie durant il polrait estre blasmé.
« Quant à moy je suis du mesme advis[1]. »

L'excuse étant bonne, la reine s'en contenta et
Schauenbourg conserva son commandement. Il eut,
cependant, à l'occasion du siège de Metz, un grand
chagrin. Charles-Quint avait été surpris par une
attaque de goutte au camp de Boulay; il souffrait
beaucoup et voulait aller se reposer à Thionville.
On y envoya en toute hâte des ouvriers pour jeter un

---

[1] Arch. gén. de Belgique. *Lettres des seigneurs*, résumées par Wynants.
Lettre du comte de Boussu à la reine Marie, du camp d'Asselhuys le 3 septembre 1552.

pont volant sur la Moselle. Manquèrent-ils de diligence, ou bien leurs officiers ne mirent-ils point à leur disposition un matériel suffisant? On ne sait. Mais, le 23 octobre, dans la soirée, au moment où l'Empereur arriva dans sa litière, le pont n'était pas achevé. Il y eut une confusion extrême; les ordres se croisaient, se contredisaient, et tout le monde perdait la tête. Enfin, des planches, apportées par des bourgeois, permirent à l'Empereur de traverser, non sans danger, la Moselle et de faire, à la lueur des torches et par une pluie battante, son entrée à Thionville. Cette entrée-là n'a pas été gravée. Elle trouvera peut-être un jour son peintre.

Les bagages de l'Empereur et ses gens durent rester sans abri, jusqu'au lendemain, de l'autre côté de l'eau. Le gouverneur de la ville n'en pouvait rien; il eut, malgré cela, à supporter le contre-coup de cette mésaventure. L'Empereur ne recommença à lui faire bonne mine qu'au bout de huit jours, quand il lui proposa une partie de chasse dans les environs[1].

Le moment était singulièrement choisi pour se divertir. Mais les grands de ce monde n'ont jamais pensé ni agi comme les autres hommes. Le comte de Boussu, arrivé du camp de Metz le 2 novembre, est obligé, dès le lendemain, de prendre part à ce divertissement. Il apportait cependant d'assez mauvaises nouvelles. L'Empereur, qui avait à Thionville toutes

---

[1] Arch. gén. de Belgique. *Lettres des seigneurs*, t. VII, p. 471 et 549. — Lettres de Charles Tisnacq à la reine Marie, du 21 et du 27 octobre 1552. — Voir aussi les lettres de Corneille van Baersdorp, de Boussu et d'Egmont sur le même sujet.

ses aises, s'y plaît sans doute, car il y reste jusqu'au
18 novembre ; il y revient le 1er janvier suivant,
ramenant les débris de son armée de Metz. Pendant
dix-huit jours, il assiste à son défilé. Thionville n'est
plus un joyeux rendez-vous de grands seigneurs, c'est
un hôpital ; les malades qu'on amène apportent avec
eux les germes d'un mal qui, pendant plusieurs
années, décimera sa population, celle de Luxembourg
et des autres cités bourguignonnes voisines. Le colonel de Schauenbourg tombe malade et, comme la
convalescence tarde, il demande un congé en mars
1554, et se retire dans ses terres[1]. Est-ce bien lui, ce
colonel Bernard de Schauenbourg qui, en 1568, revient
du fond de la Hongrie à la tête d'un régiment de
Hauts-Allemands pour aider le duc d'Albe à pacifier,
comme on sait, les Pays-Bas[2]? Dans ce cas, nous avons
le regret de dire qu'il gâta, aux yeux de la postérité,
une belle et honorable vie.

Ce qui paraît certain, c'est qu'il renonça, dès 1554,
à ses fonctions de capitaine gouverneur de Thionville
et qu'il s'arrangea de façon à être remplacé par son
cousin Jean de Heu, seigneur de Blétange et de Montigny en Luxembourg. La meilleure preuve que nous
en ayons, c'est le mal qu'il se donna avec le baron
Frédéric de Brandenbourg, l'ancien gouverneur de
Namur, un autre cousin de Jean de Heu, pour tirer
celui-ci de sa captivité. Il fallut, paraît-il, menacer la
cour de France de ne plus relâcher de prisonniers

---

[1] Arch. gén. de Belgique. Audience, liasse n° 70. Lettre de Marie de
Hongrie à Martin van Rossem, de Bruxelles le 25 avril 1554.

[2] NEYEN, *Biographie luxembourgeoise*, t. II, p. 112.

également disposés à payer leur rançon pour le ravoir. Thionville, cependant, ne pouvait rester plus longtemps sans gouverneur; on y envoya le comte de Meghem pour aussi longtemps que durerait l'absence du colonel de Schauenbourg. Meghem y vint, trouva tout mal et retourna, au bout de quinze jours, à Bruxelles, avec un mémoire disant les conditions auxquelles il consentait à se laisser enfermer dans une place frontière aussi mal pourvue de tout ce qui était nécessaire à sa défense. L'Empereur lui accorda le changement de garnison, c'est-à-dire des Hauts-Allemands contre les Bas-Allemands qui y étaient, mais lui refusa le reste par raison financière[1].

C'était évidemment ce que Meghem cherchait, ce qu'il voulait. Voyons cependant en quoi consistaient les travaux que notre gentilhomme flamand prétendait être nécessaires pour mettre Thionville à l'abri d'un coup de main. Le rapport du conseiller Scepperus de 1545, que nous avons cité, nous y a préparé. Il demande la réparation des murailles et la construction de cinq plates-formes, à savoir : celle des Augustins, celle qui regarde vers Metz, celle de la Noblesse, celle de la Porte-Basse et celle de la Moselle[2]. Ces cinq plates-formes devaient donc correspondre aux cinq grands bastions de la place; elles ne furent point achevées, et l'on eut sans doute lieu de s'en repentir, puisque, dans les dernières années du règne de Philippe II,

---

[1] Arch. gén. de Belgique. Audience, liasse n° 70. Lettre de Marie de Hongrie à Martin van Rossem, du 16 avril 1554.

[2] Arch. gén. de Belgique. Audience, liasse n° 70. Voir Lettres de Martin van Rossem, du 16 et du 25 avril 1554.

on fit en demi-lunes des travaux beaucoup plus coû-
teux. Jean de Heu resta ainsi seul candidat pour le
gouvernement de Thionville. Il fut agréé et entra en
fonctions à la fin de mai 1554. Comme il fut, jusqu'à
sa mort, en 1556, le plus constant et le plus sérieux
adversaire du maréchal de Vieilleville, nous n'avons
rien à ajouter ici au récit que nous avons fait de ses
actions. Ce que nous n'avons pas dit cependant, c'est
qu'il n'eut ni les moyens ni les loisirs d'améliorer l'état
des choses à Thionville. Sa correspondance avec la
reine de Hongrie est suffisamment éloquente à cet
égard. Il a des canons, mais il manque d'artilleurs et
de boulets. Il a des moulins à faire de la poudre, il a
du salpètre, mais il manque de soufre. Il a engagé des
terrassiers pour établir des plates-formes aux endroits
les plus faibles, mais tantôt c'est l'argent qui lui fait
défaut, tantôt c'est la peste qui décime ces ouvriers et
les pousse à abandonner leurs travaux. Et ce ne sont
pas là les seules misères qu'il éprouve. L'épidémie
l'atteint, l'abat, et il ne traîne plus qu'une misérable
vie. Il donne sa démission quatre ou cinq fois de suite
avant qu'elle soit acceptée[1]. C'est à son successeur
qu'est réservé le périlleux honneur d'avoir à défendre
Thionville contre toute une armée.

---

[1] Arch. gén. de Belgique. *Lettres des seigneurs*, t. XV. Voir lettre du
comte de Meghem au duc de Savoie, du 17 avril 1555 (1556, n. s.). « Quant
« à ce que Vostre Altesse mescript de M. de Blétanges je traicteray avec
« luy afin qu'il demeure encoires quelque temps en sa charge, et jusques à
« tant que Vostre Altesse y ait pourveu quelque aultre combien il mescript
« journellement pour en estre demis, et partant je la prie y pourveoir le plus
« tost quelle pourra. » Le 2 avril, le comte avait appris au gouverneur
général des Pays-Bas que M. de Blétange s'était déjà adressé quatre ou
cinq fois à lui pour être déchargé de son commandement.

III

Qu'une place honorable et lucrative soit courue, rien de plus naturel au monde ; mais après ce que nous avons dit de Thionville, qu'il se soit trouvé des gentilshommes belges capables de se disputer l'honneur d'aller y mourir de la peste ou d'y risquer leur honneur, cela dépasse les bornes du vraisemblable.

Rien n'est plus vrai cependant. Les amateurs affluaient. L'un d'eux, Baudouin de Barbançon, seigneur de Villemont, fut à tel point dépité de n'avoir pas été tout d'abord accueilli, qu'il donna sa démission de lieutenant de la bande d'ordonnance du comte de Mansfelt et chercha à se défaire de sa charge de prévôt de la ville d'Arlon [1]. Le choix du duc de Savoie tomba sur le capitaine Pierre de Quaderebbe, qui s'était acquitté avec autant de zèle que d'intelligence des difficiles fonctions de prévôt du camp de Givet. Vincent Carloix, le rédacteur aussi amusant que peu véridique des *Mémoires de Vieilleville,* doute de ses talents militaires, « parce que, dit-il, il avait été toute « sa vie nourri à la judicature et tiré de la mairie de « Louvain pour commander là-dedans », c'est-à-dire à Thionville [2]. Or, c'est tout juste le contraire qui est vrai. Fils de soldat et soldat lui-même, Quaderebbe

---

[1] Arch. gén. de Belgique. Audience, liasse n° 74. Lettre du duc de Savoie au comte de Meghem. Bruxelles, le 20 mars 1556.

[2] Édit. Michaux et Poujoulat, p. 239.

avait passé la plus grande partie de sa vie dans les camps et conquis ses grades sur les champs de bataille. Dans une lettre qu'il adresse, en 1555, du camp devant Mariembourg au duc Philibert de Savoie, il se vante d'avoir porté depuis vingt-deux ans le harnais militaire [1]. Il était alors à la tête d'une compagnie de deux cents chevaux et remplissait les fonctions de prévôt en chef.

Il devait cette dernière charge à la confiance qu'il avait toujours inspirée à l'illustre maréchal de Gueldre, Martin van Rossem. Celui-ci l'avait vu à l'œuvre à Thionville en 1554, et il déclare qu'il n'avait pu faire un meilleur choix, parce qu'il avait trouvé en lui un brave gentilhomme, bien diligent et parlant toutes les langues [2]. Et voilà comme quoi il avait été nourri toute sa vie à la judicature! S'il consent si volontiers à se laisser enfermer à Thionville, c'est, croyons-nous, que ses fonctions de capitaine du camp de Givet sont déplaisantes au possible, « d'autant », dit-il lui-même, « qu'il me faut être sur pied de l'aube jusqu'à la nuit et donner audience à un chacun [3]. » Il n'est d'abord que gouverneur par provision. Il a entendu dire que la candidature du capitaine Paul de Carondelet, seigneur de Maulde, a été mise en avant pour le cas où le sire de Blétange viendrait à mourir, mais il va mieux, et Quaderebbe, qui veut savoir à quoi s'en tenir, demande le 15 juillet 1556

---

[1] Arch. gén. de Belgique. *Correspondance générale*, t. IV, p. 135.

[2] Arch. gén. de Belgique. *Correspondance générale*. Lettre à la reine Marie, de Givet le 18 mai 1555.

[3] Arch. gén. de Belgique. Audience, liasse n° 1112. Voir les pièces jointes aux commissions et patentes qui le concernent.

au duc de Savoie si, dans le cas où Blétange reviendrait à Thionville, il doit « tout lui bailler en main et s'en retourner ». Le duc lui ordonne de rester [1].

Jean de Heu, sire de Blétange, meurt bientôt après, et — fait caractéristique qui n'étonnera guère après tout ce que nous avons dit — l'administration espagnole veut opérer des réductions sur les traitements qu'elle ne parvint jamais à payer. Georges de la Roche est encore prévôt de Thionville ; on lui propose, pour supprimer l'emploi, de l'échanger contre celui de justicier des nobles du duché de Luxembourg, qui est électif, il est vrai, mais, d'ordinaire, accordé sur la recommandation du souverain. Georges de la Roche accepte le marché, et le duc de Savoie s'empresse de faire savoir à Quaderebbe que, eu égard à ses bons services passés, il a été définitivement choisi par le gouvernement pour la capitainerie et aussi la prévôté de Thionville, avec traitement de douze cents livres par an [2]. Il ne reçut cependant ses lettres patentes qu'un an plus tard [3]. Quant à ses gages, qui doivent lui être payés par le trésorier général des guerres, il n'en entend pas plus parler que son prédécesseur ou que les autres fonctionnaires ou officiers de la couronne.

---

[1] Arch. gén. de Belgique. Audience, liasse n° 77. Lettre du duc de Savoie à Quaderebbe, de Bruxelles le 18 juillet 1556.

[2] Arch. gén. de Belgique. Audience, liasse n° 74. Lettre du duc de Savoie à Quaderebbe. (Minute s. d.) — Liasse n° 75. Lettre du duc de Savoie au comte de Meghem. (Minute s. d.) Ces deux lettres doivent appartenir, selon toute apparence, au mois de mars 1557.

[3] Les lettres patentes de Quaderebbe, comme gouverneur de Thionville, sont du 6 mai 1558 et celles qui lui donnent la charge de prévôt dans la même ville, du 7 du même mois. (Voir Dépêches de guerre, vol. 368.)

Et cependant la guerre est déclarée de nouveau et, d'un moment à l'autre, Thionville peut être investie.

En septembre 1557, il n'y tient plus et adresse au comte de Lalaing, qui gouverne les Pays-Bas comme lieutenant général du roi Philippe II, en l'absence du duc de Savoie qui est à l'armée, un récit lamentable de ce que ses soldats ont à souffrir faute d'argent et de ce que lui-même endure. « Je ne désire dit-il, « rien plus en ce monde que de pouvoir faire mon « devoir au service de mon maître, comme ai fait « depuis vingt-cinq ans y ayant bien dépensé la « moitié du peu de bien que Dieu m'a donné, « et, à présent, dépenser le reste viendrait mal à « point pour mes vieux jours. Que Votre Seigneurie « me fasse ce bien de m'ordonner quelque argent ou « ne sera-t-il possible de le pouvoir entretenir. La « charge est grande et d'importance et ne faut-il dor- « mir. Votre Seigneurie le sait, nous avons les voisins « nos contraires fort près, d'autres qui ne nous mon- « trent guère d'amitié et d'autres contraires. Je sais « certainement que les Français n'ont pour espions que « ceux qui, pour être gardés, leur ont promis beau- « coup [1]. » Nous pouvons négliger le reste de la lettre, car nous avons ici assez d'aveux pour rétablir dans son entier la vérité historique.

[1] Arch. gén. de Belgique. Audience, liasse n° 84. Lettre de Quaderebbe au comte de Lalaing, de Thionville le 8 septembre 1557.

IV

Thionville, la cité indomptée, le ferme et solide boulevard des Pays-Bas du côté de l'Orient, succombe une première fois, en 1558, malgré le dévouement de ses défenseurs, et cela uniquement parce que l'administration espagnole est déplorable, parce que la politique de Philippe II a fini par isoler les Pays-Bas en Europe, par faire, comme le dit fort bien Quaderebbe, de tous ses voisins des ennemis. On s'en aperçoit encore mieux à Thionville qu'ailleurs sur nos frontières. Le plan d'attaque des Français n'est autre que celui de feu le margrave de Brandebourg, qui se résume en ces quelques mots : prendre avec soi de douze à quinze mille hommes, avoir de trente à trente-cinq gros canons et attaquer ensuite la ville à la fois sur la rive droite et sur la rive gauche de la Moselle. C'est ce plan que le maréchal de Vieilleville reprend ; il n'y change absolument rien, et cependant, à entendre son secrétaire Carloix, l'idée est à lui seul ; elle est triomphante, infaillible. Ce qui toutefois lui appartient en propre, c'est l'engagement téméraire qu'il prend vis-à-vis du roi de France d'entrer tambours battants à Thionville sept jours après avoir investi la place [1].

D'où pouvait lui venir cette assurance? Du rapport d'un espion auquel autrefois il avait fait grâce de la

---

[1] *Mémoires.* Édit. Michaux et Poujoulat, p. 258.

vie. Carloix l'appelle Hansclavez et Hansclaur[1]. Le
major Westphal croit devoir lire Hans Klauer, sans
nous dire pourquoi il germanise ou rectifie, de préférence, l'un des noms donnés par Carloix et pas
l'autre[2]. C'est pourtant le nom dont il ne veut pas qui
est le bon ou à peu près. Hans Cless était un vieux
pécheur. Le sénéchal du Hainaut lui avait fait faire,
en 1544, son procès à Luxembourg, comme coupable
de lèse-majesté, pour avoir servi le roi de France, à
l'encontre du recès de Spire, et il avait été, de ce chef,
condamné, par contumace, à la peine de mort. Nous
avons rencontré par hasard une lettre de Charles-
Quint au magistrat de la ville de Trèves, dans laquelle
l'Empereur se plaint amèrement de ce que la ville
n'ait pas voulu livrer ce malfaiteur, qui était son sujet,
à l'officier qu'il avait envoyé pour le mettre entre les
mains de la justice de Luxembourg[3]. L'excuse de la
ville est tout simplement que Hans Cless s'était marié
à Trèves et y avait acquis le droit de bourgeoisie, qui
avait, paraît il, dans ce temps-là, le pouvoir singulier
d'innocenter le passé de ceux qui le recevaient.

Une autre raison d'impunité pour Hans Cless, que
Carloix nous révèle, c'est qu'il était le parent du
colonel Jacob von Augsbourg, lequel se trouvait à la
charge de l'électeur de Trèves et lui confiait des
détachements de reîtres pour faire aux Français le
plus de mal possible. Un jour, il est fait prisonnier et

---

[1] *Mémoires*. Édit. Michaux et Poujoulat, p. 214, 215, 257, 267.

[2] *Geschichte der Stadt Metz*, 1876, t. II, p. 109.

[3] Arch. gén. de Belgique. Audience, liasse n° 18. La minute de la lettre
de Charles-Quint ne porte point de date. Elle doit appartenir au mois de janvier 1544 ou 1545.

condamné à être noyé sur l'heure avec ses gens; il les rachète et se sauve avec eux. On le reprend longtemps après; on le reconnaît et, cette fois, Vieilleville lui fait grâce de la vie, à la condition de ne plus porter les armes contre la France, tant il aime à jouer au justicier, à purger la garnison de Metz d'officiers capables de mettre l'amour de l'argent au-dessus des devoirs de leur charge. C'est à lui qu'il songe pour l'aider à prendre Thionville. Hans Cless vient de Trèves, à son appel, et se met à sa disposition. Ce qu'on exige de lui demande autant d'adresse que de résolution. Il doit se rendre à Thionville, en étudier les fortifications, en connaître au juste le chiffre des défenseurs, leurs engins, leurs ressources tant militaires qu'autres. Il accepte la commission et, au bout de huit jours, il reparaît avec un mémoire disant plus qu'on ne lui demande [1].

« En quoi, dit ici Carloix, il n'avait rien oublié;
« jusqu'au nombre des pelles, picqs, crocs, bêches et
« hottes pour les réparations [2]. »

Ce luxe de renseignements nous laisse rêveur. Nous savons que Quaderebbe croit n'avoir rien à craindre des espions français, qui, pour être gardés, promettent beaucoup et donnent peu. Se serait-il mépris sur le compte de Hans Cless? Et comment celui-ci a-t-il pu tromper sa surveillance? La réponse n'est pas facile. Seulement, il nous semble que le fameux rapport, que Carloix apprend par cœur et s'en va réciter au roi de France, n'est pas en tout conforme à la vérité. La gar-

---

[1] *Mémoires* cités. Édit. Michaux et Poujoulat, p. 257-258.
[2] *Mémoires*. Édit. Michaux et Poujoulat, p. 258.

nison de Thionville était, en 1558, moins faible qu'il
ne dit, puisque, d'après nos recherches, elle comprenait
trois enseignes de lansquenets peu fortes, chacune de
trois cents têtes environ, cent chevaux de l'une des
bandes luxembourgeoises et quatre pointeurs ou artilleurs du roi. C'est avec ces ressources relativement
minimes que Quaderebbe avait songé un instant à
surprendre la ville de Toul, ce qui était une folie,
puisque cette ville était d'origine impériale et que sa
conquête eût fait sortir le roi d'Espagne de son rôle [1].

Il soumet cependant, au mois d'octobre 1557, cette
entreprise au jugement du comte de Mansfelt et l'abandonne, non sans regret, quand on lui retire les noirs
harnais de Hans Wallart, auxquels il destinait le principal rôle, pour les remplacer par des cavaliers
luxembourgeois, plus faciles à tenir en bride.

Nous devons dire ici que le comte de Mansfelt, sorti
de captivité, avait repris, le 1er octobre 1557, le gouvernement de la province de Luxembourg, et que le
comte de Meghem, peu regretté, du reste, par les
Luxembourgeois, avait été appelé à d'autres fonctions.
Le motif pour lequel, au début du siège de Thionville,
Mansfelt ne prend pas des mesures capables de sauver
cette forteresse, c'est que Philippe II, qui n'avait rien
prévu, avait commis la maladresse de l'envoyer, avec
le président du conseil de Luxembourg, Hornung, en
qualité de commissaire extraordinaire à la diète impériale, et qu'il n'était rentré d'Allemagne qu'à la fin
d'avril, c'est-à-dire trop tard.

---

[1] Arch. gén. de Belgique. Audience, liasse n° 84. Voir les lettres de
Lalaing à Quaderebbe, du 23 et du 30 septembre 1557.

Au bout de trois semaines, il reçoit, à sa grande satisfaction, de l'argent pour ses soldats. S'il lui manque encore bien des choses indispensables, il a au moins un lieutenant aussi expert que brave en la personne d'Andrieu d'Allamont, seigneur de Malandry et de Chauffour, venu à Thionville à la tête d'une compagnie de la bande d'ordonnance de Berlaimont [1]. Pendant qu'il prend avec cet officier ses dernières dispositions pour bien recevoir l'ennemi, Hans Cless s'est rendu en Allemagne avec le titre de capitaine, des lettres du roi de France l'autorisant à lever pour son compte six régiments de lansquenets et deux régiments de cuirasses noires et de l'or plein ses poches [2]. Son succès est d'autant plus rapide, qu'il établit ses bureaux d'enrôlement dans les contrées les plus hostiles aux Espagnols.

C'étaient tous de hauts et puissants seigneurs qui commandaient la cavalerie, et tous des luthériens, à l'exception du comte Vonder Leyen, un neveu de l'électeur de Trèves. Les autres étaient un jeune duc de Lunebourg, un neveu du duc de Simmern, de la maison palatine, un frère du duc de Deux-Ponts, un bâtard du duc de Wurtemberg et un neveu de l'électeur de Mayence [3].

On le voit, les questions politiques et religieuses, qui avaient empêché l'Allemagne de prendre part, en 1552, au siège de Metz par Charles-Quint, n'existent

[1] Arch. gén. de Belgique. *Dépêches de guerre*, t. CCCLXVIII. Voir la patente donnant au sieur de Malandry la superintendance de la ville de Thionville, en cas de blessure ou de mort du sieur de Quaderebbe.

[2] *Mémoires.* Édit. Michaux et Poujoulat, p. 258-261.

[3] *Mémoires de Vieilleville.* Édit. Michaux et Poujoulat, p. 261.

plus quand il s'agit d'aller assiéger Thionville au profit
du roi de France. C'est que, depuis 1548, cette dernière
ville ne faisait plus partie de l'Allemagne, qu'elle était
espagnole et qu'en la donnant à Henri II avec d'autres
villes luxembourgeoises, on espérait sans doute le
décider plus facilement à rendre Metz, Toul et Verdun
à l'Empire [1]. Le maréchal de Vieilleville avait commencé avec ses propres forces l'investissement de
Thionville le 17 avril 1558. Le secours d'Allemagne le
rejoignit devant cette place le 26 du même mois.

Il avait alors sous ses ordres douze mille hommes de
différentes armes et trente-cinq canons de divers cali-
bres, c'est-à-dire tout juste ce qu'il avait demandé pour
sortir, au bout de sept jours, victorieux de son entreprise [2]. Mais il était sur le point de manquer à sa
parole quand, fort heureusement pour lui, quoi qu'en
dise son secrétaire Carloix, François de Guise, l'illustre
défenseur de Metz, lui fit savoir qu'il eut à cesser les
opérations du siège et à l'attendre. Le duc de Guise
étant son supérieur, il dut se soumettre et se contenter
de cette mauvaise excuse, qu'avant d'aller plus avant,
il convenait d'avoir au nombre des assiégeants autant
de Français que d'Allemands. Le duc tarde, ce n'est
que le 28 mai qu'il arrive au camp, à la tête d'un

---

[1] Nous ne faisons là qu'une supposition, fondée sur l'attitude des Électeurs et de la plupart des villes impériales à la diète d'Augsbourg de 1558,
où il fut beaucoup question d'amener par la douceur le roi de France à éva-
cuer les Trois Évêchés et à remettre en liberté le jeune duc de Lorraine.
Voir aux Arch. gén. de Belgique, dans la Secrétairerie allemande, vol. 444,
une lettre du comte P.-E. de Mansfelt et Félix Hornung au duc de Savoie,
écrite d'Augsbourg le lundi après Lætare 1557, ce qui correspond au
21 mars 1558.

[2] *Mémoires.* Édit. Michaux et Poujoulat, p. 262.

secours de quatre mille hommes et prend le commandement en chef. Le maréchal de Strozzi, qui l'a accompagné, lui donne toujours raison contre Vieilleville, si
bien que celui-ci ne peut appliquer aucune de ses idées
et qu'il doit accepter cependant sa part de responsabilité dans les mécomptes et les échecs qu'on éprouve.

Il avait toujours voulu diriger la principale attaque
contre la porte de Luxembourg, tandis que Guise et
Strozzi s'entêtent à attaquer la ville sur la rive droite
de la Moselle seulement. La brèche faite, on traverse
la rivière, on monte à l'assaut, et l'on est repoussé
avec perte. On en revient alors au plan primitif. C'est
ici que le succès se dessine et que, le 23 juin, après
une résistance héroïque, Quaderebbe et le petit nombre
de soldats valides qui lui restent se rendent à discrétion. Résumons maintenant les faits. Le siège avait
commencé le 17 avril; il avait donc duré deux mois et
sept jours, et Philippe II, qui était justement aux Pays-
Bas, n'avait fait aucune tentative sérieuse pour sauver
une ville dont la conservation avait pour lui une importance capitale. Il se montre là inférieur à ce brigand
de Hans Cless qui, en six semaines, a trouvé et enrégi-
menté sept à huit mille Allemands. Le comte de Mansfelt tente une fois, vers la fin du siège, à jeter deux
cents arquebusiers dans la place, mais ils sont repous-
sés [1]. Une armée de secours s'organise, il est vrai, aux

---

[1] Arch. gén. de Belgique. *Documents historiques,* t. XA, p. 104. Lettre
du comte de Mansfelt à Philippe II, de Luxembourg le 17 juin 1558. « Jay
« advisé, » écrit-il, « de depescher ceste nuit cent arquebusiers de la com-
« paignie de don Francisco de Zappata et cent des meilleurs de mon régi-
« ment qui soubs la conduite dudit Francisco et de deux gentilshommes
« miens regarderont d'entrer à Thionville. » M. Teissier parle, d'après les

portes de Bruxelles et à Namur ; mais ce n'est que le
19 juin, quatre jours avant la capitulation de Thionville, qu'elle va s'ébranler sous la conduite du duc de
Savoie et du comte Philippe de Hornes [1].

A ce propos, il n'est peut-être pas inutile de révéler
la ruse hors de saison qu'emploie le duc de Savoie pour
rendre le courage à Quaderebbe et à ses compagnons
et les décider à prolonger la résistance dans la mesure
du possible. Il date de Namur 18 juin 1558 une lettre
qu'il écrit de Bruxelles au gouverneur de Thionville
pour lui dire qu'il vole à son secours [2]. Elle n'aura
peut-être jamais été remise à son adresse, parce que
les Français faisaient si bonne garde que la plupart
des messagers ne pouvaient passer. Les dernières nouvelles que le comte de Mansfelt reçoit de Quaderebbe
sont du 15 juin. Il lui mande que le secours presse,
que la garnison est bien affaiblie [3]. Au point où l'on en
était avec l'armée de secours, il est fort douteux qu'il
ait pu être délivré en tenant huit jours de plus, et
cependant, quand il arrive à Namur le 27 juin et fait
au duc de Savoie un récit complet du siège de Thionville, on le reçoit comme un coupable. Un conseil de

mémoires du temps, de deux autres tentatives du même genre ; mais il ne
dit rien de celle-ci qui, seule, est renseignée dans les correspondances officielles de l'époque.

[1] La présence du comte de Hornes étant constatée à Bruxelles, en mai et
en juin 1558, il n'est guère probable qu'au commencement du siège, il ait
cherché à se jeter dans Thionville, ainsi qu'on l'a dit. Ce seigneur arrive
à Luxembourg seulement le 16 ou le 17 juin 1558, avec les ordres du roi.
(Voir *Documents historiques*, t. X, p. 104.)

[2] Arch. gén. de Belgique. *Documents historiques*, t. X*bis*, p. 103, et même
tome, p. 111.

[3] Même collection, t. X*bis*, p. 99. Lettre du comte de Mansfelt au duc
de Savoie, de Luxembourg le 16 juin.

guerre décidera, lui dit-on, s'il mérite des éloges ou un châtiment [1].

Philippe II, le grand coupable, ne voit pas clair dans ses propres affaires, n'est pas à la hauteur de la situation. Comme nous le prouve la réponse qu'il donne à son généralissime, il ne songe pas un instant à se jeter au-devant de l'armée victorieuse du duc de Guise, à sauver Luxembourg, Virton, Arlon et les autres villes closes voisines de Thionville; il se préoccupe du sort de Philippeville, de Charlemont, d'Avesnes, qui ne courent pour le moment aucun risque [2]. Quelle est la conséquence de cette manière de faire? C'est que les Français, sachant le comte de Mansfelt trop faible pour se risquer hors des murs de Luxembourg, brûlent, sans se gêner, Virton et Arlon, n'y laissant, pour ainsi dire, pierre sur pierre, et s'établissent dans les autres châteaux de la frontière luxembourgeoise qui sont à leur convenance. On ne mit pas, fort heureusement, ces tristes événements sur le compte du gouverneur de Thionville, qui obtint de ses juges une sentence favorable. Il retourna vivre à Louvain, où il exerça la charge de mayeur. De Thou se trompe donc quand il dit qu'on le traîna en Espagne, où il fut

---

[1] Arch. nationales de France. Papiers de Simancas, *litt.* K 1491, B. 10. Lettre (en espagnol) du duc de Savoie à Philippe II, de Namur le 27 juin 1558.

[2] Arch. nationales de France. Papiers de Simancas, *litt.* K, n° 1491. Lettre de Philippe II au duc de Savoie, de Bruxelles le 24 juin 1558. Nous y relevons cette phrase aussi injuste que cruelle : « Je compte bien qu'à l'heure « qu'il est vous aurez infligé le châtiment que comporte la perte de Thion- « ville (*la pena que dezis la perdida de Tiunvilla*). » Quelques jours plus tard, comme on demandait au marquis de Berghes s'il jugeait Quaderebbe coupable, il répondit, en courtisan bien appris, qu'il préférait ne point donner son avis sur cette affaire.

retenu en prison[1]. Il oublie que Philippe II était alors aux Pays-Bas.

La disgrâce de Quaderebbe ne fut pas de longue durée. Dès le 21 avril 1561, il fut appelé à remplir les fonctions importantes de commissaire général des montres de guerre en remplacement de feu Robert Haller[2]. En 1566, le 17 décembre, Marguerite de Parme, la gouvernante générale des Pays-Bas, en récompense de son attitude correcte pendant les troubles de cette même année, lui accorda, aux frais du Roi, une garde de huit hallebardiers embâtonnés[3].

Enfin, après les honneurs vinrent les profits, et, à partir du 1er septembre 1570, Quaderebbe toucha une rente viagère de quinze cents livres[4]. Les confiscations pour cause d'hérésie permettaient au roi d'Espagne de sauver au moins de la misère ceux de ses serviteurs qui s'étaient ruinés à son service. Ici, l'ancien gouverneur de Thionville se montra moins scrupuleux que le marquis de Vieilleville, qui, dans des circonstances à peu près identiques, refusa une somme d'argent con-

---

[1] *Histoire universelle.* Édit. de Bâle, t. II, p. 572. Un autre fait que de Thou avance, et dont nous n'avons pas rencontré de trace dans les correspondances ayant trait au siège de Thionville de 1558, c'est que les soldats flamands et espagnols se disputè.ent l'honneur de défendre les ravelins de la place et que le gouverneur, pour les mettre d'accord, y envoya sa compagnie luxembourgeoise. Il faudrait, pour que ce fût vrai, qu'il ait eu des Espagnols à Thionville; or, il n'y en avait guère qu'à Luxembourg, en ce moment-là, et certainement pas un seul parmi les trois enseignes de lansquenets et la compagnie d'ordonnance de Malandry, qui formaient toute la garnison de Thionville.

[2] Arch. gén. de Belgique. *Dépêches de guerre*, t. CCCLXIX, p. 74.

[3] Même collection, t. CCCLXIX, p. 141.

[4] Arch. du département du Nord, à Lille. Chambre des comptes. Voir compte n° 4 de Martin Vanden Berghe, p. 90.

sidérable en disant qu'il ne mangeait pas de ce pain-là.
Quel a été cependant le sort de la pauvre ville belge
conquise par les Français? On l'a vidée de fond en
comble. Nobles, bourgeois ou manants n'ont eu, sans
distinction ni privilège, que douze heures devant eux
pour s'en aller où ils voudront avec leurs meubles les
plus précieux. On leur prêta charrettes et fourgons
pour procéder avec plus de rapidité à leur déménage-
ment. Carloix, qui fut le témoin oculaire de ce lamentable exode, nous dit qu'il n'y avait personne qui ne
fût saisi de compassion à la vue de ces malheureux,
obligés de dire un éternel adieu à leurs terres, maisons et héritages, et que seul le duc de Guise demeu-
rait impassible [1]. Il le calomnie, sans doute, puisque
Vieilleville aurait voulu raser la ville, moins, sans
doute, pour répondre à la destruction de Thérouanne
par Charles-Quint que pour pouvoir désormais, comme
gouverneur de Metz, dormir tranquille, tandis que
Guise, qui ne sait pas encore s'il pourra mettre la
main sur Luxembourg, s'y oppose de toutes ses forces
et fort sagement, à notre avis. On attire à Thionville
une population de langue française, des Messins et
des Lorrains pour la plupart, en leur vendant les
maisons à vil prix. Ces nouveaux venus n'ont pas à
se féliciter de leur spéculation, car, si la guerre les a
enrichis, la diplomatie se prépare à les rendre plus
pauvres qu'avant.

Le comte d'Egmont ayant remporté, le 13 juillet
1558, l'importante victoire de Gravelines sur le maréchal de Termes, Guise se vit obligé de renoncer à ses

---

[1] *Mémoires.* Édit. Michaux et Poujoulat, p. 268.

grands projets et de se diriger à marches forcées vers
la frontière de Picardie. Les régiments allemands
l'avaient abandonné pour la plupart[1], et les troupes
qui lui restaient n'étaient pas capables de changer la
face des affaires. On songea donc à faire la paix. Les
plénipotentiaires se donnèrent rendez-vous à l'abbaye
de Cercamp, aux portes de Cambrai. Avant leur réunion, cependant, il y eut bien des intrigues cardina-
lesques et autres, dont l'histoire se tait et qu'il est important de connaître. Nous ne dirons rien ici de l'entrevue de Péronne, qui eut pour conséquence de séparer
et de mettre au-dessus des intérêts de la France ceux
de la maison de Guise; nous passerons également sous
silence l'histoire de ce moine fort éloquent de Metz
auquel Vieilleville fait la leçon et qui convertit à des
idées de paix et de concorde Philippe II et Henri II,
aussi désireux l'un que l'autre de ne pas en venir aux
mains et de s'affaiblir peut-être tant, l'un et l'autre,
que l'hérésie, qui les guette, aurait d'eux bon marché.
Notre excuse est de ne point vouloir nous écarter
inutilement de notre sujet.

Nous aimons et estimons par-dessus tout la critique
historique; nous lui avons fait, croyons-nous, la part
assez belle pour être dispensé de nous arrêter devant
deux faits où le roman l'emporte si bien sur la réalité qu'on ne sait plus en reconnaître ni en deviner
avec sûreté les contours. Schiller, plus poète qu'historien, n'a négligé ni les cardinaux marchandeurs,
ni le moine diplomate de Metz; il les a popularisés

---

[1] Arch. gén. de Belgique. *Documents historiques*, t. XA, p. 115. Lettre
du comte de Mansfelt au duc de Savoie, de Luxembourg le 7 juillet 1558.

comme son capucin du camp de Wallenstein, et c'est assez pour leur gloire. Un point sur lequel il nous faut, au contraire, appuyer, c'est que Philippe II, furieux de l'assistance décisive que les Allemands ont apportée aux vainqueurs de Thionville, intrigue sourdement pour se venger d'eux. Le personnage qu'il emploie à cela est Nicolas de Polveiller, bailli de Haguenau pour l'archiduc Ferdinand d'Autriche, que son maître autorise à servir le mieux et le plus qu'il pourra le roi d'Espagne et d'Angleterre, soit comme négociateur ou comme officier recruteur [1]. Polveiller découvre dans la Franche-Comté, sans doute, où il se trouvait à la tête d'un régiment de Hauts-Allemands recrutés par lui, un gentilhomme capable de s'emparer de Metz par surprise.

Ce gentilhomme ne veut pas être nommé encore, mais il est tout dévoué à Philippe II et lui demande, pour mettre entre ses mains la cité convoitée, une seigneurie des Pays-Bas valant huit mille écus de rente, plus une somme de vingt mille écus destinée à ceux qui l'aideront dans son entreprise. Le roi y consent, et le fait constater par un acte authentique dressé à Mons le 8 août 1558 et contresigné par Jean de Courteville [2]. Polveiller reçoit ce document à Cambrai, où il vient d'arriver avec un certain personnage appelé Nicolas van Stade, qui est, sans doute,

---

[1] Arch. gén. de Belgique. Secrétairerie allemande. *Correspondance du duc d'Albe avec Pollwiller*, t. III, p. 12. Le document est de 1573 (1574 n. s.). Il est intitulé : *Ce que prétend le baron de Pollwiller de S. M. Cath.*

[2] Ce document curieux, retrouvé à Simancas par M. Gachard, a été publié par M. Poullet dans le premier volume de sa *Correspondance du cardinal Granvelle.*

mêlé à l'affaire[1]. Un mois plus tard, Gaspard de Heu, l'ancien échevin de Metz, est étranglé au château de Vincennes sur l'accusation d'avoir pris part à ces intrigues. Dans trois semaines, dit-il avant de mourir, le roi de France saura qui a remis la question de Metz sur le tapis. Il se trompe de peu, car, dès les préliminaires de la paix de Cambrai, il est question de rendre Thionville à l'Espagne et Metz, Toul et Verdun à l'Allemagne, afin de mieux couvrir les frontières orientales des Pays-Bas, et tout se devine.

L'argument des plénipotentiaires espagnols que le droit du roi de France de retenir devers lui les trois évêchés lorrains a cessé par le fait de la mort de l'empereur Charles-Quint, avait été invoqué quelques mois auparavant au nom de la ville de Metz devant la diète d'Augsbourg et avait donné lieu à un débat qui ne fut pas, sans doute, sans exercer une influence décisive sur l'issue du siège de Thionville.

Que répondent à cela les plénipotentiaires français? Que c'est à l'empereur seul d'intervenir pour ce qui le concerne[2]. Le 8 novembre, les Français demandent, en échange de leurs concessions, qu'on leur accorde la démolition d'une ville pour venger et compenser la

---

[1] Arch. nationales de France. Papiers de Simancas, *litt.* K, n° 1492. Lettre du duc de Savoie à Philippe II, du 5 août 1558. Nicolas von Stade ou Stadt, que nous ne retrouvons nulle part, pourrait bien être le nom de guerre de Jean Sturm ou de Gaspard Gamant, également mêlés à cette entreprise. Voir la *Biographie de Sturm*, publiée à Strasbourg, en 1855, par M. Charles Schmidt, p. 97.

[2] Arch. gén. de Belgique. Restitution autrichienne de 1862, farde n° XLVI. Lettre des plénipotentiaires espagnols, qui sont le prince d'Orange, Ruy Gomez, Granvelle, encore évêque d'Arras, et Viglius, à Philippe II, de Cercamp le 29 octobre 1558.

destruction de Térouanne. Cette singulière application de la loi du talion est admise. On cherche la victime expiatoire. Les Français mettent Thionville en avant; on leur oppose que ce n'est pas sérieux de leur part, et ils déclarent alors se contenter de voir abîmer la ville d'Ivoix.

Tout cela se discutait bien posément, bien sérieusement, comme s'il se fût agi de la chose la plus naturelle du monde. Les plénipotentiaires espagnols, considérant qu'Ivoix, aujourd'hui Carignan, a de belles maisons, des églises, et que sa destruction ruinerait une foule de braves gens qui ont eu déjà grandement à souffrir des guerres passées, proposent à Philippe d'accorder plutôt de raser Mariembourg, qui n'est composé que de huttes de soldats. Le roi mande de l'abbaye de Groenendael qu'il préfère sacrifier Ivoix, le camp de Mariembourg lui étant indispensable pour la sûreté et la défense du Brabant. Cette réponse peint l'homme. Quelques jours plus tard, on apprend la mort de la reine Marie d'Angleterre, et les négociations sont suspendues pour être reprises seulement au mois de février suivant à Cateau-Cambrésis. La paix est signée le 3 avril. Elle fut un jour de deuil et d'humiliation pour la France, un jour de triomphe pour l'Espagne, qui devint et ne demeura que trop longtemps la première d'entre les puissances catholiques du monde. La Saint-Barthélemy est contenue en germe dans ce traité néfaste. Son but principal n'est pas, en effet, de réconcilier deux puissants ennemis, mais de les unir pour la défense de leur foi commune. L'exécution du traité fut extrêmement laborieuse.

Quand Thionville fut évacuée par sa garnison française et par ses nouveaux habitants, qui y perdirent le prix de leurs acquisitions et des travaux de restauration qu'ils avaient fait faire, on ne s'entendit plus du tout sur les limites de la prévôté. La duchesse Marguerite de Parme, que Philippe II, son frère, à son départ pour l'Espagne, avait nommée gouvernante des Pays-Bas, prit cette affaire à cœur.

Elle exigea que Thomas Perrenot, seigneur de Chantonay, ambassadeur d'Espagne en France, n'eut de repos qu'elle fût réglée. Il se conforma si ponctuellement à ses ordres, que, pendant plus d'un an, il ne parla pas d'autre chose au cardinal de Lorraine, le suivant aux quatre bouts de la France. Un jour, à Saint-Dizier, le cardinal lui dit : « Attendez donc, « mon cher, que les chasses de la cour soient un peu « refroidies pour me parler de ces choses-là. » Huit jours plus tard, à Troyes, Chantonay l'entreprend de nouveau et en tire cette réponse : « Nos commis étant « en Cambrésis, ont·eu grande raison de ne rien « décider touchant les limites de Luxembourg, Metz, « Toul et Verdun, car cela dépassait leur compé- « tence [1]. Mais on s'en est occupé ici, et l'on vient « d'envoyer, de la part de la cour, des commis qui « seront à Verdun à cette heure. »

Ces commis furent exacts au rendez-vous; ils avaient à leur tête Senneterre, le lieutenant du maréchal de Vieilleville, qui se montra aussi retors qu'un procureur normand. Il discutait à perte de vue sur

[1] Arch. gén. de Belgique. Cartulaires et manuscrits, vol. 190, intitulé : *Négociations de France.*

Lumey, Ennery et Gorze. Ces deux dernières localités
étaient depuis longtemps disputées à la maison de
Bourgogne, la première dans un intérêt stratégique,
la seconde à cause des droits du cardinal de Lorraine,
confirmés par François Ier et Henri II. Chantonay écrit
à Bruxelles qu'on aura Ennery, quoique Senneterre se
permette de dire qu'une basse-cour et un village sont
une seule et même chose, et que, la France ayant des
droits sur une certaine basse-cour d'Ennery, le village
de ce nom doit lui rester; il mande aussi qu'il faudrait renoncer à Gorze, parce qu'on aurait sur ce point
affaire à bien forte partie, le cardinal n'étant pas
homme à se départir de ce qu'il tient[1]. On se conforma à ce conseil, et tout finit par s'arranger; la
frontière luxembourgeoise fut, à peu de chose près,
aussi rapprochée de Metz qu'avant la guerre.

La conséquence naturelle que nous en tirons, c'est
que, tôt ou tard, les Français devront, pour être en
repos, reprendre Thionville ou les Espagnols mettre
la main sur Metz.

Cette situation explique la conduite tenue par
Philippe II. Il veut nuire autant que possible à la
France, mais il ne veut aider en rien dans sa querelle
l'Allemagne, d'abord, parce qu'elle est aux trois
quarts hérétique, ensuite parce qu'elle lui avait
témoigné une vive répugnance quand Charles-Quint
avait voulu lui assurer la succession à l'Empire, et
une hostilité manifeste lors du siège de Thionville. Sa
première vengeance est de répondre aux princes

---

[1] Coll. et vol. ci-dessus. Voir Lettre de Chantonay à Marguerite de Parme,
d'Amboise le 22 avril 1560.

allemands que le supplient d'insister de nouveau sur
la restitution de Metz, Toul et Verdun : « Je ne puis
rien faire pour vous ; vos affaires ne me regardent
point. » Sa seconde vengeance, à laquelle il travaille,
comme le prouve le traité secret conclu avec un
inconnu, présenté par le baron de Polveiller, est de
tâcher de confisquer à son profit les trois villes impériales. On peut suivre pas à pas la marche de cette
intrigue dans la correspondance du cardinal de
Granvelle, qui en tient tous les fils dans sa main. Les
Allemands sont poussés à réclamer Metz parce qu'on
sait bien que la France est d'accord avec le vieil et
pusillanime empereur Ferdinand pour ne pas la
rendre, et qu'on tient à mettre en évidence leur
impuissance à passer des menaces à l'action. Cela
réussit. Les patriotes messins, qui n'ont pas eu meilleur succès à la diète d'Augsbourg de 1559 qu'à celle
de 1558, se retournent alors du côté du bailli Polveiller et de Strasbourg.

. C'est à ce moment-là que Gaspard Gamaut, le bourgeois de Metz banni jadis de sa ville natale pour avoir
suivi les prêches de Farel, l'avoir hébergé sous son
toit et s'être déclaré le partisan du comte de Fürstenberg, devient « observateur » ou agent secret pour le
compte de la cour d'Espagne. Il s'entend admirablement avec le célèbre Jean Sturm qui, d'après son biographe, croyait n'avoir rien à redouter pour Strasbourg de l'Espagne, mais tout à craindre de la France,
qui avait toujours menacé son indépendance et la
menaçait encore du haut des remparts de Metz [1]. Ces

---

[1] CHARLES SCHMIDT, *Vie de Jean Sturm*. Strasbourg, 1855, in-8°, p. 97.

deux protestants, chose étrange, se défient donc moins
du Roi protecteur des jésuites et des inquisiteurs que
des Guises et de leurs partisans. Ils restent d'abord
sans rien faire d'important jusqu'en 1565, échangeant
toujours énormément de lettres avec le cardinal de
Granvelle et Polveiller. On a de l'argent, des soldats,
on n'attend qu'un signal de Philippe II, qui ne le
donne pas et finit par déclarer qu'il renonce à Metz,
bien à contre-cœur, parce que, tout bien considéré,
il ne veut pas faire un tort inévitable à la religion en
déclarant la guerre à la France [1].

C'était bien la peine d'avoir noirci, pendant huit ans,
Dieu sait combien de rames de papier, d'avoir dépensé
des sommes folles pour aboutir à cette piteuse déclaration : Je voudrais bien, seulement je n'ose pas. Même
Polveiller, le plat quémandeur, s'en indigne. Il se féli-
cite de n'être point sujet du roi d'Espagne, de n'être
tenu en rien vis-à-vis de lui, de pouvoir poursuivre
l'affaire de Metz sans lui. Sturm, Gamaut et Schütz,
qui se faisait appeler du nom grec de Toxitès, font une
déclaration analogue, et le fameux Lazare de Schwendi
et ses officiers, « par jalousie ou autrement » comme
dit Gamaut, mettent leurs épées à la disposition de
l'empereur Maximilien II, ils ne veulent plus entendre
parler de Philippe II, ni avoir affaire avec Granvelle
ou son agent Polveiller [2].

---

[1] POULLET, *Correspondance du cardinal de Granvelle*, t. IX, p. 609. Lettre
de Philippe II à Thom. de Perrenot, Sgr de Chantonay, du 22 octobre 1565.
— Voir aussi, dans le même volume, la lettre du cardinal de Granvelle à son
frère Thomas, du 28 septembre 1565.

[2] POULLET (*même ouvrage*).—Voir lettres du 22 mai 1565 ou 28 décembre

C'est la fin de l'intrigue. Maximilien II met les intérêts dynastiques au-dessus de la dignité de sa couronne, de la volonté des princes électeurs et des vœux de l'Allemagne entière : il renonce ainsi à ce que ses contemporains appelaient « l'emprinse de Metz ».

Quel beau rôle eût été le sien s'il s'était fait une arme de l'engagement, pris à l'abbaye de Cercamp par les plénipotentiaires français, de discuter avec l'Empereur la validité des droits de leur maître sur les trois évêchés de Metz, Toul et Verdun !

Les patriotes messins lui eussent prêté les mains de grand cœur. Leur chef reconnu est un riche et puissant seigneur, que nous avons eu déjà l'occasion de citer, Claude-Antoine de Vienne, baron de Clervant et seigneur de Chambley, qu'on trouve assez souvent désigné sous ce dernier nom. Il a épousé Catherine, fille aînée de Robert de Heu, qui lui a apporté en dot les terres de Montoy, Going et Grimont et le titre héréditaire de sénéchal de l'évêché de Metz. C'est la seconde fois que, par une dérision du sort, ces fonctions féodales sont dévolues à un protestant, à un homme ayant autant d'énergie que d'autorité personnelle. Ce qui augmente encore son autorité, c'est que son cousin germain, le sénéchal de Lorraine, Olry du Chastelet, baron de Deuilly, qui est marié à l'une des filles du marquis de Vieilleville, partage ses croyances religieuses et ses vues politiques [1]. L'Alle-

---

de la même année. Cette dernière lettre de Polveiller à Granvelle est importante. Elle énumère les raisons pour lesquelles il convient de renoncer à l'entreprise de Metz.

[1] BRANTOME, *Œuvres*, VI, p. 420. Cet auteur écrit de Lys pour Deuilly.

magne aurait donc eu là un double et puissant levier pour aider au triomphe de sa cause, si son Empereur ne l'avait point trahie.

On fit auprès de lui une dernière et suprême tentative. Gaspard Gamaut, qui, à ce moment-là, doit avoir définitivement quitté le service d'Espagne, signe en 1566, au nom de la noblesse, des anciens paraiges et de la bourgeoisie de Metz, une pétition à Maximilien II[1]. Son insuccès pousse les Messins dans les bras des Huguenots de France. Nous aurions ici un long et curieux récit à faire si la constatation du fait ne suffisait pas à notre sujet, s'il ne nous donnait pas à entendre que Thionville est perdue du jour où l'Espagne n'a plus en Lorraine ni partisans, ni amis. L'Espagne écrase dans les Pays-Bas méridionaux la révolution qui y éclate en cette même année 1566, et, dès qu'elle a triomphé, elle applique une partie de ses ressources à mettre en meilleur état de défense ses places frontières. Thionville absorbe, de 1570 à 1596, des sommes considérables[2]. Son enceinte est élargie d'un bon tiers et défendue maintenant par des demi-lunes et des bastions mieux en rapport avec les progrès de la science militaire.

---

[1] Voir la *Lothringer Zeitung* du 3 novembre 1876. Le document est rédigé en allemand. M. Goetze, archiviste à Idstein, en a retrouvé la minute ou la copie dans les papiers du professeur et antiquaire Bodmann, au château de Heiligenberg, en Bavière. Il porte l'intitulé suivant : *Bittschrift an den deutschen Kaiser Maximilian II um Wiedervereinigung der Stadt Metz mit dem deutschen Reiche*. 1566.

[2] Arch. gén. de Belgique. Chambre des comptes. Voir les vol. 27185 et 27186, contenant dix comptes des receveurs des ouvrages et fortifications de Thionville, allant de 1555 à 1606.

Henri de la Tour, duc de Bouillon-Turenne, vint en 1595, à la tête d'un corps d'armée français, reconnaître la place, mais l'approche de François de Verdugo, à la tête de la garnison de Luxembourg, suffit pour le forcer à la retraite [1]. La paix de Vervins, trois ans plus tard, donna à l'Espagne de nouveaux loisirs pour rendre, si possible, à Thionville sa vieille réputation de place inexpugnable. L'ingénieur des Fossez s'y employa avec zèle. Le siège infructueux de 1639, commandé par le marquis de Feuquières, qui y laissa la vie, donna sans doute aux Thionvillois une fausse sécurité. Mais leur insuccès de 1639 servit les Français dans ce sens qu'ils comprirent que ce n'était point avec les douze mille hommes, qui avaient suffi à Guise et à Vieilleville et que Feuquières avait eu à sa disposition, qu'il convenait de venir attaquer une place de guerre agrandie et beaucoup mieux fortifiée qu'autrefois. Le duc d'Enghien voulut avoir en 1643 cinquante mille hommes; il s'en servit avec intelligence et le plus complet succès répondit à son attente. Cette fois, Thionville devint française pour tout de bon et le resta deux cent et vingt-sept ans. Sa conquête arracha à la Belgique un territoire fertile, désarma sa frontière sur l'un des points les plus importants et lui ravit le trafic de la Moselle comme route marchande.

La politique mauvaise de ses princes étrangers lui valut cet irréparable malheur. « Les habitants (de Thionville), » dit ici M. Teissier, « se rappelant leur

---

[1] BENTIVOGLIO, *Histoire de la guerre de Flandre*, trad. par Loiseau, t. III, p. 419. — TEISSIER, *Histoire de Thionville*, p. 106.

ancienne origine, reprirent bientôt le cœur français [1]. » C'est une erreur aussi grossière que de dire
que cette ville, successivement bourguignonne et espagnole, ait jamais vécu sous le sceptre d'un prince
allemand et n'a fait aujourd'hui que retourner dans
le giron maternel. Le patriotisme se laisse volontiers
aller à des exagérations de cette nature, surtout lorsque le succès a quelque chose à se faire pardonner.
Le nôtre, sans être tiède le moins du monde, ne se
laissera point engager dans cette voie. Nous avons
voulu faire un livre d'histoire, une œuvre sérieuse et
sincère; c'est pourquoi, sans cacher nos sympathies
pour les vaincus d'autrefois, pour les faibles et les
petits, nous croyons pouvoir dire, maintenant que
nous sommes arrivé au bout de notre tâche, que nous
n'avons été ni l'avocat d'une idée, ni le porte-drapeau
d'un principe, mais uniquement l'esclave de la sainte
vérité.

[1] *Histoire de Thionville.* Metz, 1818, p. 126.

FIN

www.ingramcontent.com/pod-product-compliance
Lightning Source LLC
Chambersburg PA
CBHW072347030726
47505CB00014B/1154